KB052882

스캔들
메이커
SCANDAL
MAKER

스캔들 메이커

1판 1쇄 찍음 2015년 9월 9일
1판 1쇄 펴냄 2015년 9월 16일

지은이 | 이아현
펴낸이 | 고운숙
펴낸곳 | 봄 미디어

기획·편집 | 정수경 박혜진

출판등록 | 2014년 08월 25일 (제387-2014-000040호)
주소 | 경기도 부천시 원미구 소향로1/, 304(누성프라자) (우)420-864
영업부 | 070-5015-0818   편집부 | 070-5015-0817   팩스 | 032-712-2815
E-mail | bommedia@naver.com
소식창 | http://blog.naver.com/bommedia

값 10,000원

ISBN 979-11-5810-136-7 03810

스캔들 메이커

SCANDAL MAKER

이아현 장편 소설

Contents

prologue

"야, 너 그 소문 들었어?"

"소문? 무슨 소문?"

여직원들을 위해 마련해 놓은 휴게실은 오늘도 수다 소리로 시끄러웠다. 휴게실에 있던 두 여직원들이 대화를 주고받자, 뒤에서 커피를 마시고 있던 사람들의 시선이 그들에게로 향했다. 소문, 이 얼마나 궁금증을 유발하는 단어인가! 진실이든 루머이든 간에 그것은 귀를 쫑긋 세우게 만들었다.

사람들의 시선이 모여들었다는 것을 알았는지, 하늘색 스프라이트 셔츠와 검은색 바지를 멋들어지게 소화한 여자가 언성을 조금 더 높이며 답했다.

"이번에 온 정윤상 실장님 있잖아."

인사팀 조미연 주임의 말에 여직원들의 눈이 반짝였다. 그리고 그건 곁에 앉아 있던 인사팀 강주영 주임 또한 마찬가지

7

였다.

정윤상 실장.

그는 미국의 유수 대학을 졸업한 유능한 인재였다. 시즌(Season) 본사에서도 늘 직함 앞에 '최연소'라는 타이틀을 달았던 그가 이번에 한국으로 발령을 받자, 한국 지사 직원들은 모두 그를 주목했다.

도대체 어떤 사람일까?

한국 사람이라고 하던데, 얼마나 대단하기에 미국 본사에서 회장의 비호를 받는다는 소리까지 들려올 정도로 승승장구한 것일까?

모두들 그런 의아함을 품었더랬다. 그러다 한 달 전, 그가 출근을 한 순간 그들은 무릎을 탁 쳤다.

어머, 외모 때문이었나 봐!

정윤상 실장은 뭇 여성이라면 한눈에 반할 정도로 잘생긴 외모를 가지고 있었다. 브라운관에 나오는 연예인이 아닐까, 생각이 될 정도로.

하지만 단순히 외모만 잘생겼다면, 취업 준비생들의 선망인 외국계 기업에 다니는 여직원들이 모두 눈을 빛내진 않았을 것이다.

고개를 힘껏 들어야 할 정도로 큰 키, 부하 직원들에게도 깍듯하게 존댓말을 하는 젠틀맨다운 면모, 거기에다가 5개 국어까지 가능한, 요즘 유행이라는 뇌섹남이기까지!

한 번이라도 그와 대화를 나눠 본 여자는 마음을 빼앗기지 않을 수가 없으니, 미연의 입술에 시선이 모였다. 하지만 처음

운을 뗄 그녀는 사람들의 시선을 즐기는 듯 의미 모를 웃음만 지을 뿐이었다.

"정윤상 실장님이 왜?"

결국 참다못한 주영이 물었다. 정윤상 실장이 도대체 뭘 어쨌냐고, 네가 알고 있는 정보를 내놓으라며. 그러자 미연이 어조를 한층 낮춰 말했다. 속닥속닥, 아주 비밀스러운 이야기를 하는 듯이.

"나정희 팀장 있잖아."

"나정희 팀장? 나 마녀?"

의외의 인물이 언급되자 주영의 눈이 동그랗게 변했다.

마케팅 팀장 나정희.

그녀는 시즌 한국 지사에 있는 직원들이라면 모두 알 정도의 무시무시한 완벽주의자로, 히트시킨 상품이 손에 다 꼽을 수 없을 만큼 기념비적인 인물이었다.

특히 지난해 그녀가 추진했던 드라마 '해, 달, 별'의 홍보 효과는 대단했다. 여자 주인공 차희가 시즌 S/S 신상 백을 들며 매진 열풍이 일었고 웃돈을 얹어도 살 수 없게 되자 시즌의 급이 한 단계 더 높아졌다는 평까지 들었다.

신입 사원이라면 모두 그녀처럼 되고 싶어 했다. 능력뿐만 아니라 큰 키에 귀 밑에서 찰랑거리는 단발머리는 커리어 우먼처럼 완벽하고 스타일리시했으니까.

하지만 실제로 그녀와 함께 일을 한 사람들은 그녀를 '마녀'라고 불렀다. 냉기를 풀풀 풍기는 얼음 마녀.

그런 그녀가 언급이 되자 직원들 사이에서 웅성거리는 소리가 커져 갔다. 둘이 어떤 사이인지 도통 종잡을 수가 없었기 때문이다. 하지만 곧 들려오는 말에 사람들의 얼굴에 놀라움이 서렸다.

"두 사람, 같은 고등학교를 나왔다고."

"그게 무슨 상관이야? 같은 학교 졸업할 수도 있지."

주영이 김샌다는 듯 푸시식 숨소리를 냈다. 시즌엔 같은 학교를 나온 사람들이 많았다. 엘리트 코스를 밟아 온 사람들이 대부분이니 그럴 수밖에.

더 들을 것도 없다는 듯 쪼로록, 빨대로 커피를 마시던 주영이 곧 이어진 미연의 말에 고개를 돌려 그녀를 바라보았다.

"그래, 그거라면 별문제가 되지 않겠지."

고개를 절레절레 저은 미연은 본인도 처음에 듣고 믿고 싶지 않았던 그 사실을 꺼내 놓았다.

"두 사람, 고등학교 때 사귀었다고 하더라고."

"뭐, 사귀어?"

"그래."

"헉!"

확신에 찬 말에 주영이 숨을 들이켰다. 하지만 '헉' 소리를 낸 건 그녀들의 옆 테이블에 앉아 있던 직원이었다. 미연은 그보다 더 폭발력이 큰 말을 내던졌다.

"두 사람 모두 서로가 첫사랑이래."

"헉!"

이번엔 주영의 입에서 소리가 흘러나왔다. 그 반응에 미연이 읊조리듯 말을 이었다.

"내 친구가 나 팀장이 자기 동창이라면서 졸업 앨범을 보여주더라. 이쯤 되면 믿을 수밖에 없겠지?"

"……야, 대박. 진짜 대박."

그게 사실이라면 이보다 더한 스캔들은 없을 거라며 주영이 호들갑을 떨었다. 그러자 미연이 쯧, 혀를 찼다.

"과거라면 내가 또 이 정도로 충격은 안 받았을 거야."

"왜, 설마 현재 진행형이야?"

주영이 눈을 게슴츠레 뜨자 미연이 고개를 주억거렸다.

"이번에 여름휴가를 같은 시기에 냈다지?"

"……."

"어디 그뿐이라니? 둘 다 여름휴가지가 제주도라고 하더라."

"그건 어떻게 알았는데?"

"제주도에 직원들 빌라 있잖아. 거길 예약했대."

"진짜? 헐……."

그녀의 말에 여기저기서 곡소리가 들려왔다. 정 실장을 노렸던 여직원들은 분명 아직도 두 사람의 마음이 이어져 있다 생각한 것인지 인상을 찌푸리고 있었다.

아, 망했다. 상대가 나 팀장이라니.

성격만 아니라면 그녀 또한 꿀리는 것이 없는 사람이었다. 더욱 두 사람이 나란히 서 있는 모습을 떠올리니 그렇게 잘 어울릴 수가 없었다.

달칵.

한창 이야기를 나누던 두 사람은 물론이고, 곡소리를 내던 사람들까지 한곳으로 시선을 움직였다. 그곳엔 한꺼번에 날아든 시선에 당황한 나 팀장이 서 있었다.

뭐지?

그녀가 미간을 구기며 사람들을 보았다.

"아, 점심시간 다 끝나 가네?"

"사무실 들어가자."

어색하게 웃음을 흘린 직원들이 하나둘 자리를 털고 일어났다. 정희에게 꾸벅꾸벅 인사를 한 후 한꺼번에 썰물 빠지듯 우르르 몰려 나가자 그녀의 고개가 옆으로 기울었다.

"뭐야?"

사람들의 대화 내용을 예상조차 하지 못한 정희가 인상을 구겼다.

chapter 1
주기가 돌아오다

맨해튼 중심가에 위치한 오피스텔 13층.

모던한 분위기로 꾸며진 오피스텔 안엔 원두가 갈리는 소리만 울려 퍼졌다.

드르륵, 드르륵.

직접 원두를 갈아 커피를 내리는 남자의 손길은 막힘이 없었다. 집 안에 곧 고소한 원두향이 퍼져 나갔다.

아직 해도 뜨지 않은 시각. 은은한 할로겐 조명만이 켜져 있는 공간을 가로지른 남자가 창가로 향했다. 커피가 닿은 그의 입꼬리가 부드러운 곡선을 그리며 위로 올라가고, 눈동자는 도시의 불빛을 가득 머금었다.

남자는 여유로운 표정이었다. 지난주까지만 해도 잠잘 시간이 없을 정도로 치열한 생활을 했지만, 오랫동안 이어 오던 타국 생활을 접기로 결심한 순간부터 '사생활'을 가질 수 있었기 때문이다. 그리고 그는 그 시간의 대부분을 한 여자에게 쏟았다. 창에서 고개를 돌린 그의 시선 끝에, 잡지 하나가 놓여 있었다.

멋들어지게 세팅된 짧은 머리카락, 커다란 눈을 더욱 돋보이게 하는 스모키 화장, 매혹적으로 웃고 있는 붉은 입술.

"우리 나정희, 많이 컸네."

웃음기 섞인 목소리로 말한 남자가 옅은 웃음을 내뱉었다. 한국에 들어가기로 결정한 후부터 계속 신경 쓰고 있는 여자.

후후, 바람 소리처럼 웃던 그의 눈동자가 어둠을 머금었다.

✻　　　✻　　　✻

오랜만에 고국 땅을 밟아서일까. 아니면 이 높다란 건물에 그의 정신을 온통 붙잡고 있는 존재가 있어서일까. 그는 오늘 기분이 꽤 괜찮았다. 일어나자마자 무시무시하게 쌓여 있는 이 삿짐을 마주해야 했음에도.

반질반질 잘 닦인 구두로 로비로 들어선 그가 곧장 데스크로 향했다. 이 건물의 가장 꼭대기 층에 있는 사무실로 향하는 순간에도 그의 입가에선 미소가 떠나질 않았다.

어떻게 변했을까?

2년 만이었다. 그녀를 만나는 것은.

자신을 힐끗힐끗 보는 시선들을 익숙히 무시한 그는 원하는 층에 엘리베이터가 멈춰 서자 걸음을 옮겼다. 그리고 그를 기다리고 있던 비서의 안내를 받아 사무실 안으로 들어섰다. 그곳엔 젊은 CEO가 있었다.

김 사장이 사람 좋은 웃음으로 악수를 청하자, 윤상은 손을 가볍게 맞잡은 후 위아래로 흔들었다. 앞으로 상사가 될 사람이었지만 윤상의 얼굴엔 여유로움이 넘쳤다. 세상 거칠 것이 없는 그였기에 지을 수 있는 표정이었다.

"정 실장님에 대해선 익히 들었습니다."

"그 말, 무섭네요. 익히 들었다라."

김 사장이 웃음 띤 얼굴로 자리를 권하자 소파에 앉은 윤상은 연이어 들려오는 인사치레에 고개를 저었다.

"하하, 본사에선 한국 지사로 안 보내고 싶다고 온통 우는 소리만 가득하던데요."

실제로 본사의 반응은 그러했다. 왜 굳이 한국 지사로 가는지 그의 결정을 이해하지 못하겠다는 반응이 대다수였고, 이에 윤상은 늘 의뭉스러운 표정만 지었었다. 그리고 그건 지금도 마찬가지였다.

"다들 의아해하고요. 보통⋯⋯."

김 사장이 떠보듯 말했다. 왜 이곳으로 왔냐고. 혹여 그가 한국 지사의 사장 자리를 노리는 것은 아닐까, 그러한 상상을 하고 있는 듯이.

그러자 윤상은 가볍게 고개를 저었다. 그의 생각을 손바닥 보듯 보았으니, 거기에 대해 대답을 해 주는 편이 좋으리라. 난 당신의 자리를 노리고 있는 것이 아니라고. 그러니 불안해할 필요 없다고 말이다.

"보통 본사에서 다른 지사로 가는 건 좌천처럼 보이죠."

"그렇죠. 본사에서도 충분히 포지션을 잡았다고 들었습니다."

능력 있는 직원의 곁엔 사람이 몰리는 법이다. 그리고 관심과 시기를 동시에 받는다. 그건 윤상에게 익숙한 것이었다. 사회생활을 시작하면서부터 그러한 시선들은 늘 그를 따라다녔으니까. 뛰어난 기획력과 이를 밀어붙이는 리더십은 사람들의 이목을 끌기 충분했다.

하지만 이 모든 것을 내려놓고 그가 한국에 온 이유는 아주 단순했다.

"찾고 싶은 게 있어서요."

"찾고 싶은 거?"

"네."

이해하지 못한 듯 김 사장이 눈을 동그랗게 뜨며 물었다. 그 모든 것들을 포기하면서까지 찾고 싶은 것이 뭐냐고. 하지만 윤상은 또다시 의뭉스러운 표정으로 웃기만 할 뿐이었다.

더 지체하면 영영 손에서 놓아야 할 것 같아 그는 한국행을 선택했다. 그리고 결정을 내린 그 순간부터 그는 단 하나의 목표를 위해 빠르게 일을 처리해 나갔다. 계획은 김 사장에게도 말하면 안 될 정도로 은밀하게 진행되어야 했다. 목표물은 눈치가 빨랐고, 행동력 역시 그 못지않게 대단했으니까.

"그런 게 있습니다."

더 이상은 묻지 말아 달라는 듯한 말에 김 사장이 고개를 끄덕이곤 화제를 돌렸다.

"다음 주부터 출근이시죠? 잘 부탁드립니다."

"제가 드려야 할 말 같습니다."

윤상이 잘라 말한 뒤 예의 바른 웃음을 지었다. 그건 그가 쓰는 가면 중 가장 완벽한 것으로, 그를 오랫동안 알아 온 사람들도 깜빡 속아 넘어가곤 했다. 그의 시꺼먼 마음은 모른 채. 그리고 그건 김 사장도 마찬가지인지 화답하듯 웃었다.

"잘 부탁드립니다, 김 사장님."

말을 이은 그가 자리에서 일어났다. 정식 출근을 하기 전 해야 할 일이 있었으니까.

"그럼 전 팀원과 이야기 나눈 후에 들어가 보겠습니다."

나정희를 만나는 것.

그리고 자신이 완벽하게 돌아왔음을 알리는 것.

굳은 얼굴로 자신을 노려볼 그녀의 모습을 떠올리는 것만으로도 벌써부터 짜릿한 쾌감이 올라왔다.

"이런, 제가 너무 오랫동안 잡아 두었군요."

김 사장이 손목시계를 확인했다. 어제 귀국을 했다고 들었으니 정식 출근 후 이야기하는 편이 좋겠다는 생각이 들었다.

"기대하겠습니다, 정 실장님."

가볍게 고개를 숙여 인사를 건넨 윤상이 사무실을 빠져나왔다. 그리고 딱 떨어지는 슈트를 입은 채 자신에게 인사를 건네는 비서에게 다가가 마케팅 부서가 몇 층에 있는지 물어본 후 엘리베이터로 걸음을 옮겼다.

아래로 내려가는 숫자를 좇던 그가 눈을 감았다.

답지 않게 긴장감이 조금 몰려왔다. 정말 왜 그런 것인지는 모르겠지만.

마케팅 부서를 찾은 후 나 팀장의 자리가 어디 있는지 물어보면 그녀를 금세 찾을 수 있겠지. 2년 전에 봤을 때 몸이 부서져라 일을 하고 있었으니 자리에 없을지도 모르겠지만. 그렇다면 회의실이든 외근을 나간 업체든 찾아가 그녀를 기필코 만나고야 말겠다. 오늘 갑작스럽게 만나야 그녀의 표정이 더 리얼리티 있을 테니까 말이다.

띵—

엘리베이터가 도착하는 소리에 그가 눈을 떴다. 그리고 저멀리 보이는 인영에 입술을 부드럽게 휘었다.

그를 보자마자 바짝 얼어 버린 여자. 굳이 찾아다니는 수고를 덜게 된 그가 즐거운 듯 시니컬하게 입술을 휘었다.

나정희, 찾았다.

인생엔 주기가 있다. 기분이 널을 뛰는 사람은 그 주기에 맞춰 조증과 우울증이 반복되기도 한다.

현대사회를 살아가는 사람이라면 일주일을 주기로 월요일엔 극도의 불안감과 우울감을 느끼고, 금요일 저녁이 되면 감정 과다라고 생각될 정도로 즐거움을 느낀다.

여자에게는 특별히 한 달에 한 번씩 찾아오는 생리 주기도 있다. '아, 내가 여자구나'라고 몸소 느끼게 되는 날들. 이 역시 몸이 나쁘지 않은 이상 일정하게 '주기'를 지킨다.

하지만 정희는 다른 사람들은 가지고 있지 않은 '주기'가 하나 더 있었다.

스물셋, 대학을 졸업하기도 전에 시즌에 입사하면서 사회생활을 시작한 그녀는 '월요병'을 겪지 않았다. 생리통도 심하지 않은 편이어서 생리 주기 역시 무섭지 않았다. 하지만 그 '특별한 주기'만큼은 두려웠다.

"그 이야기 들었어요, 팀장님?"

심란한 얼굴로 달력을 보던 정희가 흘러내린 머리카락을 귀 뒤로 넘기며 목소리가 들려온 쪽으로 고개를 돌렸다. 고양이처럼 삐죽 올라간 그 눈꼬리에, 말을 건넨 자연이 몸을 움찔 떨었다. 하지만 정희는 짐짓 모른 척 물었다.

"뭐가요?"

"아, 이번에 본사에서 사람이 온다고……."

정희의 눈매가 더욱 날카로워지자 자연은 괜히 말을 걸었나 생각하며 침을 꼴깍 삼켰다.

정희의 검은 눈동자가 번들거렸다. 그것이 다소 날카로운 눈매와 어우러져 검은 고양이를 연상시켰다.

"네, 들었습니다."

"본사에서 아끼는 직원이라고 하던데……."

"입맛에 맞게 일하는 사람이니 아낄 수밖에요."

정희의 어조가 날카롭게 들리자 자연의 몸이 다시 한 번 떨렸다.

아! 괜히 말 걸었어!

그녀가 그러한 후회를 하고 있을 때였다. 정희가 무심한 얼굴로 자리에서 일어났다. 방금 전 얼굴에 가득하던 표정은 어느새 소리 소문 없이 자취를 감춘 뒤였다.

"회의 시간이네요. 저번에 부탁드렸던 PPT는 준비하셨죠?"

"아, 네!"

"그럼 가죠."

정희가 먼저 투명 파일을 들고 자리를 옮기자 자연이 고개를 꾸벅 숙였다. 그리고 막 회의에 참석하기 위해 일어선 경란을 향해 걸어가 심통 난 얼굴로 입술을 삐죽였다.

"아우, 저 마녀."

"왜왜, 뭔데?"

멀리서 둘이 대화하는 장면을 보고 있던 경란이 호기심에 찬 얼굴로 물었다. 그러자 자연이 흩어진 A4 용지를 모았다. 이번 회의 자료였다. 미리 준비해 둔다는 것을 깜빡 잊었기에 서둘러 종이를 모아 스테이플러로 콕콕 찍기 시작했다. 회의에 참석할 여덟 명의 사람들에게 나눠 줄 발표 프린트를 준비하는 와중에도 자연은 수다를 늘어놓았다.

"이번에 새로 오는 실장님 있잖아."

"아아! 그 완얼?"

완벽한 얼굴을 줄여 완얼.

이번에 본사에서 한국 지사로 오게 된 윤상은 몇 번의 언론 노출로 인하여 이미 유명 인사였다. 능력은 둘째치더라도, 한 번 보면 잊지 못할 얼굴의 그가 한국 지사로 온다는 소문이 돌면서부터 여직원들의 관심사는 온통 '정윤상 실장'에게로 향해 있었다.

그러고 보니 다음 주부터 출근이라고 했던가?

자연이 자료를 끌어안은 후 걸음을 옮기자 경란도 옆에서 그녀의 보폭에 맞춰 움직였다.

"그래. 정윤상 실장님 이야기하니까 글쎄, 도끼눈을 뜨고 날 잡아먹을 것처럼……."

"에이, 그건 아니다. 멀리서 봤을 땐 평소랑 똑같은 표정이던데? 원래 좀 서늘하게 생겼잖아."

"아니야! 평소보다 냉기가 두 배는 더했다고!"

자연이 항의하듯 외치자, 조금 앞서 걷고 있던 정희의 걸음이 우뚝 멈췄다.

"히끅! 혹시 내 이야기 들은 거 아니야?"

"그러게 목소리 좀 죽이지."

경란은 곧 이어질 정희의 서릿발 어린 시선을 예측하며 어깨를 움츠렸다. 하지만 예상과 달리 정희는 정면만 주시하고 있었다.

옆에서 같이 긴장하고 있던 자연이 고개를 옆으로 기울였다. 그러자 미처 보이지 않던 존재가 눈에 들어왔다.

키가 큰 남자였다. 웬만한 여자는 고개를 힘껏 들어야 겨우 눈을 마주칠 수 있을 정도로. 거기에다 댄디한 차림새까지 더해진 남자는 막 잡지책에서 튀어 나온 것처럼 보였다. 만약 언론을 통해 미리 얼굴을 보지 않았다면 경란과 자연은 그가 이번 시즌의 새로운 모델이 아닐까, 생각했을 것이다. 하지만 두 사람은 정윤상의 얼굴을 알고 있었고, 그건 앞서 걷던 정희 또한 마찬가지였다.

"야야! 완얼, 완얼!"

"헉!"

뒤에서 들려오는 호들갑에 정희의 얼굴이 종잇장처럼 일그러졌다.

그래, 얼굴은 참 번드르르하지. 참기름을 발라 놓은 것처럼. 하지만 그의 실체를 알고 있는 정희는 그녀들처럼 호들갑을 떨며 윤상의 존재를 반길 수가 없었다.

모른 척 지나갈까? 아직 팀원들이랑 저 인간이 인사를 한 것도 아니잖아? 그래, 그게 좋겠다!

눈동자를 이리저리 굴리며 고민하던 정희는 결론을 내리고 다시 걸음을 옮겼다.

또각또각, 날카로운 힐 소리가 오늘따라 귀에 거슬렸다. 방금 전까지만 해도 새 구두를 개시한 첫날이라 나름 괜찮았던 기분이 윤상을 보자마자 한없이 다운되었다.

옆으로 비켜 가면 돼.

그녀가 침을 꼴깍 삼키며 그의 곁을 막 지나려고 할 때였다. 윤상이 길쭉한 다리를 옮겨 그녀의 앞을 가로막았다.

움찔.

아래를 바라보고 있던 정희의 몸이 떨렸다.

이 인간이 진짜!

회사라는 사실도 잊은 그녀가 욕지거리라도 뱉어 주려 고개를 들었다.

그와 사적으로 악감정이 있다 하더라도, 회사에서까지 아는 척을 해 괜한 구설수에 오르고 싶지 않았다. 하지만 정윤상은 늘 그렇듯 그녀의 마음은 깡그리 무시하고 자신이 하고 싶은 대로 했다.

정희가 그를 쏘아보았다. 날카로운 눈매가 독기를 잔뜩 머금고 있었음에도, 그는 입꼬리를 부드럽게 휘며 매력적인 미소를 지었다.

"오랜만이다, 나정희."

그가 손을 앞으로 내밀며 악수를 청했다.

브라운색의 눈동자를 보던 그녀의 시선이 아래로 뚝 떨어져 남자다운 손을 보았다. 그녀는 이 손이 얼마나 큰지 알고 있었다. 이 손을 잡고 끔찍하리만치 높은 언덕길을 오르곤 했었으니까. 자신의 머리를 툭툭 두드리는 그 촉감 또한 알고 있었다.

그래서 싫었다. 모든 걸 기억하고 있는 제 뇌가. 몸이.

그의 미소를 보고 또다시 호들갑을 떠는 팀원들의 목소리를 들으며 정희는 눈을 질끈 감았다.

2년에 한 번씩 찾아오는 그녀의 끔찍한 주기가 돌아왔다. 그리고 이번엔 그 주기가 꽤나 길어질 것만 같았다.

정윤상, 이 개자식!

독기가 바짝 오른 정희가 고개를 옆으로 돌렸다. 그리고 마이웨이처럼 다시 걸음을 옮기려고 할 때였다. 그가 앞을 막은 후 작은 목소리로 속살거렸다.

"무시?"

짧은 말에 정희가 입술을 잘근잘근 씹었다. 덕분에 예쁘게 발려 있던 립스틱이 지워졌으나 그녀는 상관치 않은 채 이를 악물며 말을 짓이겼다.

"비켜."

"뒤에서 보는 눈도 있는데, 악수 정도는 받아 줘야 하지 않겠어? 이래 봬도 네 상산데."

그가 뒤를 힐끗 바라보며 말했다. 그리고 경란, 자연과 눈이 마주치자 웃는 얼굴로 고개를 숙였다.

아오, 이중인격! 아니야, 저건 다중인격이야!

밖으로 꽥! 비명이 터져 나오려는 것을 정희가 애써 억눌렀다. 그 대신 분노에 찬 말을 읊조리듯 쏟아 냈다.

"꺼지라고 해야겠어? 거기까진 말하지 않게 해 주라."

"우리 정희, 오랜만에 만나도 사포 같네."

까칠, 까칠.

그가 장난스럽게 뒷말을 이었다. 그녀의 얼굴이 눈에 띄게 굳어졌다. 그나마 다행인 것은 그녀의 표정을 볼 수 있는 위치에 아무도 서 있지 않다는 것.

그녀가 거칠어진 호흡을 애써 갈무리하며 말했다.

"무슨 짓이야?"

"무슨 짓이긴."

독기가 바짝 오른 말에 윤상이 생글생글 웃으며 가볍게 되받아쳤다. 그녀의 얼굴에서 핏기가 싸아악 가셨다.

2년 전의 그도 지금처럼 능글맞았었다. 유일하게 그녀에게만 그런 얼굴을 보여 주곤 했었다. 하지만 이 정도로 집요하진 않았다. 망할 주기가 2년 만에 업그레이드되어 나타난 것이다!

"너 괴롭히는 거지."

역시나!

그녀가 옅은 신음을 내뱉으며 눈을 감았다.

그가 단순한 여름휴가를 온 것이라면, 그녀가 이토록 절망적인 표정을 짓지는 않았을 것이다. 하지만 겉만 번지르르한 이 남자는 다음 주부터 자신의 상사가 될 예정이었다. 그것도 본사의 절대적인 신임을 받는 무소불위의 권력을 가진 상사!

벌써부터 피곤이 밀려오자 이마를 짚은 정희가 신음 섞인 목소리로 말했다.

"장난 그만하고 비켜. 회의 들어가야 해."

"그렇다면 어쩔 수 없지."

그가 어깨를 으쓱였다. 자신의 옆을 후다닥 지나가며 마지막까지 생글생글 웃는 자연과 경란을 보고 다시 한 번 웃음을 지어 준 그가 작은 목소리로 말했다.

"집은 그대로?"

"……그건 알아서 뭐하게."

"회포나 풀자고."

주위 사람들이 사라지자 그가 그제야 정희의 어깨에 손을 얹었다. 거리낌 없는 행동이었다. 그리고 정희 역시 그 손길을 신경 쓰지 않는 눈치였다.

이렇게 빈틈을 보이니, 지난 시간 그는 정희를 잊지 못했다. 한없이 거리를 두려고 하는 것 같다가도 가벼운 자신의 터치엔 아무렇지도 않은 듯 반응해서.

그렇다면 그녀가 극도로 싫어하는 행동만 피하며 조금씩 다가가면 된다고 생각했다. 여기서 그녀가 극도로 싫어하는 행동이란 '회사에 두 사람의 관계가 알려지는 것' 정도일 것이다. 정희는 예전부터 사람들의 시선을 받기 싫어했고 사생활이 알려지는 걸 원치 않았으니.

윤상은 무섭도록 그녀에 대해 많은 것을 알고 있었다.

"2년 만인데."

그의 말에 정희가 고개를 내저었다. 싫다고 답을 해 봤자 그가 퇴근 시간에 맞춰 자신의 앞에 나타나리라는 것 정돈 예상할 수 있었다. 정윤상은 한번 한다면 하는 남자였다.

"일찍 퇴근해."

가볍게 이야기를 마친 후 다시 엘리베이터로 걸어가는 윤상의 뒷모습을 바라보던 정희가 따지듯 물었다.

"무슨 생각이야?"

"뭐가."

"왜 한국 지사로 왔냐고."

금칠이 되어 있는 성공 가도를 포기하고.

그녀의 말에 윤상이 걸음을 멈췄다. 그리고 천천히 몸을 돌려 정희를 바라보았다. 오직 그녀만을.

"글쎄, 왜 그럴까?"

입은 묻고 있었으나 시선은 이미 대답을 해 주고 있었다. 그가 한국에 돌아온 이유를. 하지만 정희만큼은 이를 알아차리지 못했다.

다이어리 위에 올려져 있는 펜촉은 움직이지 않고 가만히 멈춰 있었다. 덕분에 눌려진 촉끝에서 흘러나온 잉크가 번져 오돌토돌한 표면의 원이 그려졌다.

마치 넋을 놓은 사람처럼 멍한 시선을 저 멀리 두고, 팀원들의 발표 소리를 백색소음 삼던 정희가 펜을 힘껏 움켜쥐었다. 마치 분질러 버릴 것처럼.

인생에 도움이 안 되는 놈.

그녀가 이를 부득부득 갈며 다른 세상에 생각이 닿아 있을 때였다.

PPT를 끝낸 자연이 긴장한 얼굴로 정희를 계속 보다 말고 불렀다. 기다림은 길었고, 답이 돌아올 만큼 충분한 시간이 흘렀다. 하지만 정희는 아무런 말도 하지 않고 있었다. 그것이 발표에 대한 고민인 줄 알았던 자연은 곧 정희의 눈동자가 흐리멍덩해져 있다는 것을 깨닫곤 또다시 그녀를 불렀다.

"팀장님, 팀장님?"

아래로 향해 있던 시선을 번뜩 든 정희가 자신에게 향해 있는 여덟 쌍의 눈동자를 보며 인상을 찌푸렸다.

아, 이런. 회의 시간에 다른 생각을 하다니.

이제껏 회사 생활을 하면서 이토록 얼빠진 짓거리를 한 적은 단연코 없었다. 하지만 지금 그녀는 발표 대부분을 듣지 못한 상황이었다. 어떤 식의 변명도 통하지 않을 만큼.

정희가 평소답지 않게 당혹스러운 표정으로 자연을 보며 물었다.

"아, 어디까지 이야기했죠?"

"두 달 뒤 제주도 면세점 입점 건으로……."

정희의 물음에 팀원 대부분이 놀란 눈으로 그녀를 보았다.

뭐야, 저 마녀가 웬일이래?

수군수군, 저들끼리 하는 이야기가 들려오자 정희가 서둘러 PPT 자료를 살폈다. 여기서 표정 관리를 하지 못하고 당황하는 모습을 보여 줬다간 웃음거리가 될 터였다. 아니면 오늘 저녁,

직원들끼리 가지는 술자리에서 안줏거리가 되거나.

정희가 서둘러 프린트 내용을 숙지한 후 자연을 보았다. 그
녀는 '이 인간이 갑자기 왜 이러나' 하는 표정으로 자신을 보
고 있었다.

"할인으로 홍보를 하자?"

정희의 날카로운 물음에 자연이 서둘러 고개를 주억거렸다.
그리고 방금 발표했던 내용을 다시 한 번 앵무새처럼 읊어 댔
다.

"네, 작년에 대한 호텔에 입점했을 때도 일부 항목 15% 할인
으로……."

"자연 씨."

"네?"

"올해 몇 년 차죠?"

탁, 탁.

펜으로 테이블을 두드리는 정희의 표정은 무심했다. 그게 오
히려 긴장감을 불러일으켜 회의실 안엔 무거운 침묵이 내려앉
았다.

"2, 2년 차입니다."

작은 소음 하나 없는 곳에 자연의 떨리는 목소리만 울렸다.
눈을 아래로 내리깔며 기획안을 보는 정희의 행동에 그 떨림은
커져 가기만 했다.

마녀는 날카로운 선구안을 가지고 있었다. 다른 팀장이 보았
다면 평범하다고 했을 이 기획안에서 그녀는 '약점' 혹은 '단점'
을 찾아낼 것이고 발표자를 몰아붙일 것이 뻔했다. 앞서 발표

했던 팀원들 모두 그녀에게 한 번씩은 면박을 당했으니까.

그러게 왜 제주도 면세점 건을 나에게 시켜선!

자연은 애초에 큰일을 맡긴 정희가 원망스러워지기 시작했다. 자신은 이제 겨우 인간 구실을 하기 시작한 2년 차니까.

"2년 차라면 이제 알 법도 한데……."

"그, 그게……."

"가격 결정권이 소비자에게 있으면 일반 브랜드죠. 흔한 중저가 브랜드. 하지만 가격 결정을 업체가 주도하고 있으면 명품으로 취급됩니다."

"……."

"여기서 마케팅을 할인전으로 하자? 그것도 제주도 면세점 오픈을 알리는 마케팅을?"

답은 정해져 있으니까 넌 대답만 하면 돼.

정희는 마치 그렇게 말하는 것 같았다. 나긋나긋한 음성에 자연은 물론이고, 자리를 차지하고 앉은 사람들 모두가 저도 모르게 고개를 끄덕였다.

정희가 자연을 올려다보며 미소 지었다.

"다시 생각해야 되겠죠?"

"네, 네!"

따뜻함이 배어 있는 다정한 목소리에 자연이 힘껏 대답했다. 그녀가 지금 할 수 있는 일은 그것뿐이었으니까. 하지만 기획안이 거절당한 상태였던지라 얼굴은 딱딱하게 굳어 있었다.

또 야근인가. 오늘은 금요일인데! 불금인데! 약속도 있는데!

회의는 다음 주여도 적당한 아이디어가 떠오를 때까진 머리를 쥐어뜯으며 고민해야 할 것이다.

주말에 일을 해야 하나?

자연의 얼굴이 우울하게 가라앉을 때였다.

"저라면 희소성을 가지고 마케팅을 할 것 같네요. 이번에 보이 브랜드 들어오고, 그중에서 키홀더가 100점 정도 들어오죠?"

"아!"

자연의 눈이 반짝였다.

기획안은 까였지만 정희는 친절하게도 적절한 답을 알려 주고 있었다. 그리고 자연이 준비한 프린트에 직접 수정 사항을 적어 주기까지 했다.

"다음 회의까지 준비할 수 있겠어요?"

"네!"

오늘 야근은 물론이고, 주말에 일을 하지 않아도 된다. 방향은 잡았으니, 그에 맞는 자료만 준비하면 될 터였다.

정희는 눈에 띄게 밝아진 자연의 얼굴을 보며 피식, 웃음을 내뱉은 후 자리에서 일어났다. 자신의 움직임을 따라 시선을 옮기는 팀원들을 본 그녀가 손목시계를 확인하고 말했다.

"그럼 회의는 여기까지 하죠."

퇴근이 가까워진 시각이었다.

오늘은 금요일이니 야근자 없이 퇴근하라는 말에 팀원들이 밝은 얼굴로 짧게 '네'라고 답했다. 가장 먼저 회의실을 나선 정희는 다이어리 사이에 끼여 있던 휴대전화가 진동하자 걸음을 멈췄다.

"먼저 들어가세요."

"네, 팀장님."

우르르 몰려가는 팀원들의 뒷모습을 보던 그녀가 전화를 받았다. 전화 너머로 반가운 이의 목소리가 들려왔다.

—정희?

"어, 오빠."

—회사야?

"응."

정우는 맨해튼에 있는 친오빠이자 '2년 주기'의 근원이기도 했다. 두 사람은 유치원부터 시작해 고등학교까지 함께 다닌 친구였고, 정희가 그 망할 인간을 만난 것도 모두 정우 때문이었다.

정희는 이 모든 일이 시작된 고등학교 신입생 시절을 떠올리다 말고, 정우의 목소리에 퍼뜩 정신을 차렸다.

—정윤상 한국 들어갔다며.

"오빠도 몰랐어?"

이건 예상 못 한 전갠데?

두 사람은 같은 도시에서 일을 하고 있었고, 가끔 술잔을 기울이기도 하는 것 같았다. 2년 전 정우가 윤상을 통해 그녀에게 생일 선물을 전달하기도 했었으니까.

그 일만 아니었어도 윤상을 만나지 않았을 텐데.

그녀가 뻐득뻐득 이를 갈았다. 생일 선물이 고가의 것이라 인편으로 보내는 편이 더 좋다는 것쯤은 알고 있었기에 정우를 원망할 수도 없었다.

후, 숨을 내뱉던 그녀는 2년 전 정우가 선물해 준 목걸이를 만지작거렸다.

―알았으면 너한테 먼저 연락이라도 하지 않았겠어?

"생각해 보니 그렇네."

정희가 한숨을 푹 내뱉었다. 그의 한국행을 알았다면 정우가 먼저 언질을 해 줬을 것이다.

벽에 비스듬히 기댄 정희는 퇴근을 하는 사람들의 인사를 받아 주었다. 애써 마음을 갈무리하고 감정을 숨기다 잠시의 틈을 두고 들려오는 정우의 목소리에 인상을 찌푸렸다. 대화의 주제가 윤상으로 넘어가는 순간, 평정심을 유지할 수가 없었다.

―만났어?

"어."

―목소리 들어 보니 알 만하다.

"뭐, 그렇지."

―…….

기분 나쁜 티가 역력한 목소리에 정우가 침묵을 지켰다. 그 두 사람의 지질한 관계를 그 역시 모두 알고 있었으니까. 분위기가 급격히 다운되자 정희가 대화의 주제를 다른 곳으로 돌렸다.

"올 추석에는 한국 들어와? 여동생 보고 싶지도 않아?"

―보고는 싶은데, 일정을 봐야 할 것 같다.

망설임 없는 답이 흘러나왔다. 말인즉, 이번 추석에도 한국엔 오지 못한다는 뜻이었다. 정희가 인상을 빡 찡그렸다.

"그 병원에 의사는 오빠뿐이야?"

―병원 입장에서 보았을 때 의사는 여럿이지만 내 환자들에게 의사는 나 하나뿐이지.

명쾌한 답에 정희가 입을 꾹 다물었다.

82년도에 도대체 무슨 일이 있었던 거야? 정우도 그렇고 정윤상도 말로는 이길 수가 없다.

인상을 팍 찡그리며 '한국에 들어올 마음은 영영 없는 거냐!' 라고 말을 하려던 찰나였다.

—알지? 윤상인 절대 안 된다.

"미쳤어?"

어떻게 그런 말도 안 되는 생각을 할 수가 있어!

그녀가 빽 소리를 질렀다. 그러나 감정이 요동치는 그녀와 달리 정우는 너무도 평온하고 흔들림 없는 목소리로 답했다.

—아니, 안 미쳐서 그러는 거야.

"말이 돼? 내가 그 인간이랑? 우린 가족이랑 똑같다고. 오빠나, 윤상 오빠나 나에겐 친오빠야. 오빠도 알잖아."

—넌 그렇게 생각해도 상대는 그렇게 생각하지 않을 수도 있어.

말도 안 돼.

정희의 눈빛은 그렇게 말을 하고 있었으나, 정작 입을 통해 흘러나오는 말은 없었다.

❋   ❋   ❋

띠리리리— 띠리리리—

징그럽다고 생각될 정도로 집요하게 울리던 전화가 뚝 끊겼다. 그러더니 액정에 '부재중 전화 2통' 이란 글자가 떠올랐다.

두 번의 전화 모두 '나정우'에게서 걸려 온 것이었다.

심드렁한 얼굴로 액정을 보던 그가 아파트 문 쪽으로 시선을 돌렸다.

이 집은 친구인 '정우'의 것이었다. 그리고 현재는 정희가 살고 있는 곳. 그가 도어록으로 손을 뻗었다.

띠띠띠띠.

비밀번호 일곱 자리를 누르는 손길에는 망설임이 없었다. 그리고 곧 띠리릭 소리와 함께 문이 열리자 그의 입술이 부드럽게 휘었다.

"참 허술해."

2년 전에 당해 놓고, 여전히 비밀번호를 바꾸지 않다니.

공부와 일에 있어서만큼은 완벽한 여자였지만, 이럴 때 보면 허술하기 그지없었다. 이런 면을 알고 있는 사람이 많지 않아 다행이지만.

4년 전, 그녀가 이사를 했을 때 그가 사 준 소파가 거실 한가운데 떡하니 자리 잡고 있었다. 인간미 하나 흐르지 않는 집은 사람이 산다기보다는 모델하우스 같았다. 딱 필요한 것만 자리 잡은 집엔 그 흔한 그림 하나 걸려 있지 않았다.

윤상이 걸음을 옮겨 테이블로 향했다. 그곳에 손바닥보다 조금 큰 액자가 세워져 있었다.

환하게 웃고 있는 정희와 정우, 그리고 어색한 얼굴로 웃고 있는 자신.

고등학교 하복을 입고 교정에서 환하게 웃고 있는 사진에서 시선을 떼지 못하던 그가 그날의 기억을 떠올리곤 사진 속에서

처럼 어색하게 웃었다.

"뭘 그렇게 비싸게 굴어요?"

사진을 찍기 싫다는 자신의 말에 정희는 그렇게 말을 했었다. 그러면서 귀찮은 기색의 정우와 자신을 양쪽에 세워 두고 사진을 찍었다.

이땐 참 행복했다. 인생의 고민이라곤 없었던 시절이니까. 그건 정우와 정희 역시 마찬가지였다. 두 사람의 인생이 급격히 변한 것은 여름방학이 끝난 직후, 부모님이 돌아가시면서부터였다.

"어떻게 들어왔어?"

"우리 정희, 여전히 단순하기도 하지."

달칵.

액자를 내려놓은 윤상이 천천히 뒤돌아섰다. 그리고 구두를 대충 휙휙 벗어 던지는 정희를 봤다. 사진을 보느라 그녀가 들어오는 소리도 듣지 못했다.

그가 웃으며 다가가자 정희가 입고 있던 재킷을 벗다 말고 휙 노려보았다. 윤상이 미소를 머금으며 말했다.

"주민등록 뒤 번호잖아, 비밀번호. 2년 전에 당하고도 아직 안 바꿨어?"

"바꿨어!"

그녀가 항의하듯 외쳤다. 그러다 곧 인상을 팍 찡그렸다.

"바꿨는데 몇 번이고 까먹어서……."

결국 경비 아저씨에게 부탁을 해야 했고, 사각 건전지를 가져와 비밀번호를 다시 주민등록 뒷자리로 바꿔야 했다.

"정희야, 굳이 내게 네가 바보라는 사실을 이야기하지 않아도……."

"왁!"

꽥 소리를 지르며 말을 막은 그녀가 도끼눈을 뜨며 윤상을 노려보았다. 정희는 여자치곤 큰 키였지만, 윤상은 '사람' 치고 큰 키였다. 185cm가 조금 넘는 그와 시선을 마주하기 위해 뒷목이 뻐근해지도록 고개를 치켜들고 있던 그녀가 짜증스레 말했다.

"바보 아니거든?"

"비밀번호도 기억 못 하는 머리라면 굳이……."

"다른 건 잘하니까……."

괜찮아, 라고 말을 하려고 하던 그녀가 고개를 갸웃거리는 윤상의 모습에 입술을 깨물었다.

"응?"

아, 저 뻔뻔한 인간!

저런 반응이 더욱 울화통을 터지게 만들었다.

"아, 됐어. 옷 갈아입고 나올 테니까 기다려."

그녀가 이를 악물며 말했다. 진지하게 대응을 해 봤자 자신만 손해다. 상대가 진지하지 않은데 감정을 앞세워 봤자니까.

정희는 윤상을 스치듯 지나 드레스 룸으로 향했다. 안으로 쏙 들어가는 그녀의 모습을 말없이 바라보던 그가 조금의 시간이 흐른 후에 걸음을 옮겼다.

드레스 룸 문손잡이를 잡은 그가 조심스럽게 옆으로 돌렸다.

철컥.

잠금장치에 걸려 문이 열리지 않자 그가 피식 웃음을 뱉었다.

문이 잠겨 있다는 것쯤은 알고 있었다. 그녀가 들어가자마자 달칵 소리가 났으니까. 하지만 그가 굳이 문손잡이를 돌린 데엔 다 이유가 있었다.

"변태야!"

바로 저 반응.

안에서 빽 들려오는 고함 소리에 그가 작게 웃음을 흘렸다.

"재미있단 말이야."

쿡 찌르면 돌아오는 반응에 그녀를 놀리는 것을 멈출 수가 없었다. 마치 그것이 삶의 활력이라도 된 것처럼.

곧 문이 열리고 붉어진 얼굴을 드러낸 그녀가 팔짱을 척 끼며 낮게 분노를 쏟았다.

"오빠, 나 서른둘이거든? 오빤 서른넷이고? 유치하게 이럴래?"

"뭐가 유치한데?"

"옷 갈아입는다고 했잖아! 그런데 문을 여는 건 무슨……!"

경우야!

그녀가 뒷말을 이으려고 할 때였다. 걸음을 옮겨 그녀의 앞에 바싹 다가온 그가 문과 자신의 사이에 그녀를 가둔 후 개구쟁이처럼 웃었다.

"서른둘과 넷이니까 할 수 있는 거지."

"이 인간이 또 장난을……."

"장난 아닌데?"

천천히 고개를 숙인 윤상은 얼굴이 맞닿을 만큼 가까운 거리가 되어서야 입술을 달싹였다. 긴장감을 불러일으킬 만큼 가까운 거리였으나 어찌 된 일인지 정희의 얼굴엔 짜증만 어려 있었다. 성적 호기심은 전혀 느끼지 못한다는 듯이.

"그만해. 나 진짜 화나려고 해."

간단히 손바닥으로 그의 몸을 밀친 정희가 부엌으로 향했다. 냉장고 문을 열고 맥주 두 캔을 꺼내는 모습을 멀찍이서 보고 있던 윤상이 무심히 말했다.

"나가서 먹으려고 했는데."

"나 저녁 안 먹는 거 알잖아. 요즘 살쪄서……."

"살이 걱정인 인간이 손에 맥주를 들고 있는 건 무슨 경우지?"

"……괜찮아. 쌀이 더 살쪄."

"그래."

짧은 답에 정희가 그를 힐끗 보았다. 또 자신을 놀리는 건 아닌가 해서. 하지만 그녀의 예상과 달리 윤상은 웃고 있지 않았다.

무심한 눈빛에 그녀가 변명하듯 말을 이었다.

"그리고 막 엄청 많이 마시는 것도 아니고."

"그렇겠지."

역시나 짤막한 답.

그의 눈동자는 오직 맥주에 고정되어 있었다. 서른둘이면 충분히 술을 마실 나이였고 남들도 거기에 대해 왈가왈부할 수 없었다. 하지만 약간의 알코올만 들어가도 평소 굳게 두르고 있는 장벽이 허물어진다는 걸 윤상은 알고 있었다. 그렇기에 그는 그녀가 술을 마시는 것을 좋아하지 않았다.

하지만 이를 알 리 없는 정희는 의자에 앉으며 그에게 장난스럽게 말했다.

"마시기 싫나 보지?"

"아닙니다, 나정희 님."

굳어 있던 표정을 갈무리한 그가 장난을 가장했다. 늘 그랬던 것처럼. 그러자 그의 거짓 가면에 속아 넘어간 그녀가 맥주 하나를 앞으로 내밀며 한숨처럼 말했다.

"그래. 그럼 조용히 앉아. 우리 할 이야기 많잖아."

그 말에 그도 수긍한다는 듯 고개를 끄덕였다.

뭐 만들어 줄까? 정희의 물음에 윤상이 고개를 저었다. 그런 후 맞은편에 자리를 잡고 앉아 맥주 캔을 따 내밀었다. 자연스럽게 캔을 받아 든 그녀가 시원하게 맥주를 들이켰다.

꼴깍꼴깍, 울대가 울리는 것을 보던 그도 캔을 따 맥주를 마셨다. 안주는 식탁 옆에 있던 김 튀김이었다. 아삭, 입에서 부서지는 김 부스러기에 그가 다시 한 번 캔을 기울일 때였다.

"오빠 전화 안 받았다면서?"

"굳이 받을 필요 있나. 또 냉기 폴폴 풍기면서 잔소리만 할 텐데."

흥, 콧방귀를 뀐 그가 턱을 괴며 정희를 보았다. 허공에서 마주친 시선에 정희가 몸을 움찔 떨었다.

또 무슨 꿍꿍이야?

윤상이 저렇게 묘하게 웃을 땐 항상 '사달'이 나곤 했다.

"회사에선 제발 나 아는 척하지 마. 고등학교 때랑 같은 꼴 당하기 싫으니까."

"어떤 꼴을 당했는데?"

그가 모르는 척 물었다. 눈동자를 반짝이며.

서른 살까지만 해도 저렇게 웃는 걸 보면 엄청 화가 났었는데, 이젠 아니었다. 그래, 해탈할 때도 됐지.

그녀는 심드렁한 표정을 지으며 그가 굳이 듣길 원하는 답을 들려주었다.

"잘난 오빠와 잘난 오빠 친구를 둔 덕에 내 고등학교 생활이 얼마나 엉망이었는데."

"그렇게 엉망이었나? 난 좋았는데."

"뭐?"

맥주를 마시다 말고 정희가 윤상을 힐끗 보았다.

그는 웃고 있었다. 하지만 늘 짓는 의뭉스러운 웃음은 아니었다. 진심인 듯 투명한 눈동자를 정희에게서 떼지 않은 채 그가 말을 이었다.

"난 좋았다고."

"……"

"아직도 잊지 못할 만큼."

이러다 얼굴이 뚫리는 것은 아닐까. 정희는 그런 쓸데없는 생각을 하며 고개를 숙였다.

아무렇지도 않은 척 굴기 위해 캔을 만지작거리던 그녀가 동그랗게 눈을 뜬 채 숨을 훅 내뱉었다.

콩닥콩닥!

심장이 갑자기 빠르게 뛰었다. 하지만 윤상은 거기서 말을 멈추지 않은 채 그녀를 코너로 더욱 몰아붙였다.

　손을 뻗은 그가 정희의 머리를 다정하게 쓰다듬어 줬다. 아련한 기억 저편에 있는 그날처럼.

　"정희야, 오랜만이다."

　"어색하게 왜 이래?"

　자신의 머리에 닿아 있는 손을 떼어 낸 그녀가 윤상을 보며 말했다. 그러나 그는 의미 모를 웃음만 지을 뿐이었다.

　"다음 주부터 잘 부탁한다."

chapter 2
첫사랑을 만나다

 새로운 생명이 움트기 시작하는 3월의 교정.

 올해는 봄이 늦게 찾아온다더니 그 말이 하나 틀린 것 없다는 듯 바람은 여전히 차가웠다.

 커다란 대강당, 월요일 아침마다 교장 선생님의 훈화 말씀이 이어지는 곳에 오늘은 신입생 환영회가 있었다.

 환영회라고 해 봤자 내년에 수능을 앞두고 오들오들 긴장을 하고 있는 2학년과, 인생 중 가장 중요한 시험을 앞두고 마지막 스퍼트를 올려야 할 썩어 가는 3학년들이 모여 함께 인사를 나누는 자리 정도였다.

 선생님들의 간단한 소개 후 지질한 교장 선생님의 말씀이 이어졌다.

 평소라면 조용한 침묵이 내려앉아 있어야 할 시간에 어찌 된 일인지 학생들 사이에선 웅성거리는 소리가 점차 커져 갈 뿐이었다.

기존의 2 · 3학년들은 호기심이 가득한 눈으로 1학년이 있는
곳을 보고 있었다. 다들 조금 높은 곳에 앉아 있었기에 1학년
학생들의 머리통 정도는 볼 수 있었고, 그들의 시선은 세 번째
줄 중심에 앉아 있는 한 여학생에게 모여 있었다.

"야, 야. 쟤 예쁘다."

시꺼먼 동복을 입고 있는 남학생의 말에 다른 이들도 동조한
다는 듯 고개를 끄덕였다. 다른 아이들이 입으면 죄수복 혹은
거무튀튀하게 느껴지는 교복이, 여학생이 입고 있으니 고가의
슈트처럼 느껴졌다.

기다란 머리를 헐렁하게 묶고 있는 여학생은 아직 어린 티를
벗지 못한 소녀에 가까웠으나 커다란 눈과 여리여리한 몸매는
사춘기 소년들이 침을 꼴깍 삼키기에 충분했다.

소녀가 시선을 아래로 내리깔자, 방금 전 호들갑을 떨던 2학
년 남학생의 입에서 감탄사가 터져 나왔다. 기다란 속눈썹이 검
은 그림자를 만드니 이건 화보나 다름이 없었다.

"와. 대박, 대박."

"2학년 성현아보다 예쁜 것 같은데?"

"그걸 말이라고 하냐?"

'대훈 고등학교' 최고의 퀸카로 통하던 성현아쯤은 간단히
발라 버린다는 듯 남학생이 얼굴까지 붉히며 소리쳤다. 그러자
옆에서 발정 난 수캐들의 이야기를 가만히 듣고 있던 다른 남
학생이 혀를 끌끌 차며 잘라 말했다.

"야, 꿈 깨."

"뭐? 왜? 남자 친구 있대?"

처음부터 끝까지 오직 신입생에게 지대한 관심을 쏟고 있던 남학생이 우울한 얼굴로 물었다.

그래, 저 얼굴에 남자 친구가 없는 건 말이 안 되지. 세 다리, 네 다리는 물론이고 문어 다리로 남자를 만난다고 해도 할 말이 없으리라.

대훈고는 기본적으로 중학교 성적이 우수한 학생들만 입학을 할 수 있었다.

어디 그뿐이던가, '사' 자 직업의 부모를 둔 아이들조차 극빈층이란 이야기를 들을 정도로 금수저를 문 이들만 들어올 수 있는 곳이었다.

공부 잘해, 집 부자야, 거기에 예쁘기까지 해.

그러니 당연히 남친도 있겠지……라는 생각을 할 때였다. 무심한 표정의 남학생이 툭 내뱉듯 말했다.

"쟤 나정우 선배 여동생이래."

"헐!"

"오빠 얼굴이 그런데 너 같은 게 눈에 들어오겠냐?"

"아, 씨."

그 말의 파급력은 꽤나 대단했다. 2학년은 이제 그녀의 외모뿐만 아니라 대훈에서도 수재로 통하는 '나정우'에 대해서 이야기하기 시작했다.

저 예쁜이가 나정우 선배 동생이래!

2학년들이 새로운 대화 주제로 떠들썩하게 이야기할 때였다.

이미 정우의 동생인 '정희'의 존재에 대해 알던 3학년들 역시 그녀에게 관심을 보이고 있었다.

정우는 모의고사에서 한두 문제만 틀리는 괴물이었다. 세상에 저렇게 완벽한 인간이 또 있나 싶었던 3학년들은 정희 또한 차석으로 입학했다는 사실에 다시 한 번 개탄했다.

왜 신은 저 남매에게 모든 것을 올인하셨나!

정우의 옆에 있던 윤상 또한 이들과 마찬가지로 신입생들 사이에 섞여 있는 정희를 보고 있었다.

"다들 네 동생한테 관심이 참 많다?"

주위 아이들의 이야기가 고스란히 두 사람의 귀에까지 들려왔다. 남학생들은 대부분 '예쁘다'란 1차원적인 반응이었지만 여학생들은 달랐다. 많은 것을 가진 '동족'에 호의적인 반응을 보이는 이는 적었다.

윤상의 말에 정우가 그를 힐끗 흘겨보며 말했다.

"너만 관심 안 주면 돼."

딱 잘라 하는 말에 윤상이 키득키득 웃음을 뱉었다. 소년이 웃자, 방금 전까지만 해도 정희를 노려보던 여학생들의 얼굴이 발갛게 변했다.

학교 축제에서 인기투표를 할 때마다 1·2위로 뽑히는 윤상과 정우였다.

주로 1위를 차지하는 것은 윤상이었는데, 냉기를 폴폴 풍기는 정우와 달리 사교성이 좋은 윤상이 더 많은 여학생들을 홀려 그렇다는 가설이 팽배하게 퍼져 있었다.

윤상이 장난스러운 웃음을 지으며 고개를 갸웃거렸다.

"에이, 꽁꽁 숨겼다가 이제야 보여 주는데 어떻게 관심을 안 가져?"

정희는 초등학교를 외할머니가 있는 호주에서 다녔다. 중학교는 근교에서 수재가 다니기로 유명한 여자중학교를 다닌 탓에 정우와 유치원부터 고등학교까지 같이 다녔던 윤상도 정희를 실물로 보는 것은 이번이 처음이었다.

사람이 맞나 싶을 정도로 타인에게 관심이 없는 정우였지만, 동생에 관한 문제만큼은 달랐다. 윤상의 작은 관심에도 도끼눈을 뜨는 것을 보면.

그 반응이 재미있는 듯 윤상은 정우의 심기를 툭툭 건드리며 장난을 쳤다.

신입생 환영회가 끝나고 각자 배정받은 반으로 흩어지기 전 쉬는 시간. 아이들은 마지막까지 정희에게서 시선을 거두지 않은 채 걸음을 옮기고 있었다.

자신에게 쏟아지는 시선에 정희가 콧잔등을 찡긋거렸다.

우씨, 내 이럴 줄 알았지.

중학교 때도 야자가 늦게 끝날 때면 늘 데리러 오는 오빠 때문에 지대한 관심을 받았었다. 여자중학교였던지라 그 관심은 지나칠 정도였다. 이래서 같은 학교로 오기 싫었는데.

정희가 한숨을 푹 내뱉을 때였다. 홍해가 갈라지는 기적을 다시 한 번 본 것은.

정우와 윤상이 생글거리면서 걸음을 옮기자 아이들이 양옆으로 흩어져 길을 내주었다. 단 한 번의 막힘도 없이 자신의 앞으로 다가온 두 사람에게 정희가 고개를 갸웃거렸다.

오빠 옆에 있는 사람은 누구지?

그녀의 눈이 호기심으로 빛날 때였다.

"네가 정희야?"

윤상이 웃는 얼굴로 물었다. 그의 웃음에 볼을 발그레 붉힌 정희가 짧게 '네'라고 답하자, 윤상이 정우를 휙 노려봤다.

"와, 왜 나정우가 나한테 널 소개 안 해 줬는지 알겠다. 정희, 엄청 예쁘게 생겼네?"

"오빠?"

정희가 소개를 해 달라는 듯 바라보자 정우의 얼굴이 종잇장처럼 일그러졌다. 하지만 어쩔 수 없는 상황에 눈짓으로 소개를 했다.

"나정희, 정윤상."

그의 말에 윤상의 눈빛이 반짝였다. '정' 자 돌림인가, 라는 단순한 생각을 하며.

윤상의 표정이 심상치 않자 정우가 낮은 목소리로 경고했다.

"눈독 들이지 마라."

"에? 이렇게 예쁜데?"

"정윤상. 죽는다, 진짜."

정우를 놀리는 일에 열을 올리던 윤상이 어깨를 으쓱였다. 그러더니 반쯤 얼이 빠진 얼굴로 자신을 바라보는 정희를 향해 허리를 숙였다.

두 사람의 시선이 마주했다. 갑작스레 바짝 다가온 남자의 얼굴에 정희가 저도 모르게 고개를 뒤로 뺄 때였다. 윤상이 손을 뻗어 소녀의 머리를 쓰다듬은 것은.

"정희야, 반가워."

오래된 벗이 투덕거리는 모습을 멍하니 보던 정희의 얼굴에 순간 불길이 화르륵 끼쳤다. 소년의 가벼운 터치에 소녀의 심장이 터질 듯이 뛰었다.

"아, 개꿈."

이불을 끌어당겨 얼굴을 덮은 정희의 입에서 끙 앓는 소리가 흘러나왔다. 머리에 닿았던 그 온기가, 아직도 사라지지 않고 그 자리에 남아 있었다.

그때의 자신은 무척 어렸다. 상대가 어떤 사람인지, 어떤 성격을 가졌는지도 모르고 사랑에 빠질 수 있는. 풋사랑은 그렇게 시작되었고, 가슴이 그토록 뛰었던 것은 처음이었다.

이불 속에서 몸을 비비던 정희가 모자란 공기에 숨을 허덕거리다가 벌떡 상체를 일으켰다. 평소 주말엔 늘 해가 중천에 뜰 때까지 늦잠을 잤다. 하지만 오늘은 더 이상 잠이 올 것 같지 않았다.

자리를 털고 일어난 그녀가 곧장 욕실로 향했다. 저녁엔 고등학교 친구들과 약속이 있었다. 친구들이라고 해도 주눅 들지 않기 위해 모두 명품으로 치장한 채 만나는 자리였으니, 되도록 완벽하게 나가야 했다.

하지만 거울 속 자신의 모습은 그런 결심과는 반대로 최악이었다. 어제 새벽녘에 겨우 잠이 들어서 그런지 피곤함이 가득했다.

"후."

깊은 한숨을 내뱉은 그녀가 칫솔에 치약을 짰다.

개꿈을 꾸고, 지난밤 잠들지 못했던 것은 모두 '정윤상' 때문이었다.

"정희야, 오랜만이다."

머리에 닿았던 그 손길이 다시 떠오르자 정희가 손을 들어 머리를 쓰다듬었다.

"왜 갑자기 떠오르고 그래?"

그녀가 인상을 팍 찡그렸다.

❀   ❀   ❀

하루에 단 여덟 테이블만 예약을 받는다는 레스토랑은 소문대로 음식 맛은 물론이고 분위기까지 좋았다. 무리해서 테이블 전체를 예약한 후 만난 다섯 명의 여자는 대한민국을 쥐락펴락하는 집안의 자제들이었다.

어떤 이는 다음 차기 대권 후보로 거론되고 있는 집안의 딸이었고, 또 어떤 이는 열두 살에 대한민국 주식 부자 순위 20위 안에 들었다. 이 자리는 특별히 부모님들이 정해 준 친구들끼리 만나는 모임이었다.

자신의 통장에 얼마가 꽂혀 있는지도 모르는 여자들 사이에서 유일하게 평범한 이가 있다면 그건 바로 나정희였다. 그녀가 이 자리에 참석할 수 있었던 것은 그녀의 배경이 아닌 D.C 그룹

정 회장 때문이었다.

D.C 그룹 정 회장의 후원을 받고 자란 소녀. 그 소녀가 여자가 되어, D.C 그룹 차남과 결혼을 한다는 소문은 이미 정설이 되어 있었다. 장차 D.C의 작은 사모가 될 정희와 알고 지낸다 하여 나쁠 것이 없었으니, 서민인 그녀도 이 모임에 포함이 된 것이다.

말끔하게 접시를 비운 그들은 곧 샐러드와 함께 와인을 즐기기 시작했다. 즐거운 척 대화를 주고받던 분위기는 미란이 청첩장을 꺼내면서 완전히 뒤바뀌었다.

"나 결혼해."

미란의 말에 여기저기서 축하 인사가 쏟아졌다. 지난달 결혼에 대해 언질을 주긴 하였으나 청첩장을 확인해 보니 생각보다 날짜가 빠듯했다.

고급스러운 펄 종이에 프린트되어 있는 청첩장을 멍하니 보던 정희가 곁에서 들려오는 말에 서둘러 표정 관리를 했다.

"와, 그럼 이제 정희만 남은 건가? 넌 소식 없어?"

"소식은 무슨. 남자나 소개시켜 주고 그런 이야기를 해."

정희의 어조가 다소 까칠하게 흘러나왔다. 이에 친구들은 '어머, 너 정도면'이라는 말을 시전하며 그녀의 연애에 대해 왈가왈부하기 시작했다.

늘 이런 패턴이었다. 모임이 있을 때면 친구 하나가 청첩장을 가지고 왔고, 자연스럽게 정희의 연애사에 대해 떠보는 듯한 말들이 이어지곤 했다.

그것이 자신이 정말 D.C 그룹 차남과 결혼을 하게 될 것인지, 말 것인지에 대해 알아보려는 것임을 알고 있는 그녀는 늘 앓는 소리로 대화를 종식시켰다.

항상 하던 대로 대화를 끝내려고 했던 정희는 미란의 말에 인상을 찌푸렸다.

"윤상 선배 한국에 완전히 들어왔다며?"

아, 젠장. 오늘은 이야기가 쉽게 안 끝나겠네.

정희가 얼굴을 찌푸렸다.

"진짜? 무슨 바람이 불어서?"

대학 때부터 쭉 맨해튼에서 지냈던 윤상이 이번에 완전히 한국에 들어왔다는 이야기에 여인들의 눈이 반짝였다.

고교 시절, 그녀들의 아이돌이었던 사람이 한국에 들어온 것만으로도 흥분할 일이었지만, 그는 D.C 그룹의 차남이었다.

물론 인정받지 못하는 가족이긴 했으나. 하여튼 이번에야말로 정희가 D.C 그룹과 연을 맺을 것인지에 대해 관심이 쏟아졌다.

"너랑 같은 회사지?"

미란의 물음에 정희가 심드렁한 얼굴로 고개를 끄덕였다.

"어."

같은 회사다뿐이겠는가. 다음 주부턴 자신의 상사가 되신다. 하지만 그녀는 이 사실까진 굳이 말하지 않았다.

정희가 싱싱한 조개처럼 입을 꾹 다물자 친구들이 호들갑을 떨었다.

"썰 좀 풀어 봐. 무슨 일 때문인지."

"무슨 일이긴. 갑자기 고국이 그리워지기라도 했나 보지."

"그게 말이 돼?"

여인들이 기가 막힌다는 듯 인상을 찌푸렸다. 윤상이 절대 고국이 그리워질 리가 없다며. 하지만 정희는 그 말도 안 되는 주장을 꿋꿋하게 이어 나갔다.

"말이 안 될 건 또 뭐야."

정말 그럴 수도 있지. 무심하게 말한 정희가 와인을 홀짝였다.

"스무 살에 정 회장님이 쫓아내듯이 미국으로 보내 버렸잖아. 그 양반이 고집 꺾는 거 봤어?"

"그럼 정 회장님이랑 화해라도 했나 보지."

"그건 진짜 말도 안 된다."

미란이 인상을 찡그렸다.

D.C 그룹의 차남, 그는 정 회장과 사이가 좋지 못했다. 그를 탐탁지 않게 여겼던 정 회장은 윤상이 스무 살이 되자마자 쫓아내듯 미국으로 보내 버렸다.

장남이 후계자 수업을 받으며 그룹 내에 자리를 잡아 갈 때도 차남은 배제되었다. 그에게 주어진 것은 약간의 주식 정도일 뿐이었다.

그래서 모두들 정희와 윤상이 결혼을 하게 될지도 모른다는 이야기를 했었다. 아무런 배경도 없는 정희와의 결혼으로 후에 윤상의 배경을 키우지 않으려 한다고. 그 때문에 정희를 고등학교 때부터 후원해 왔다는 말도 안 되는 소문은 이제 거의 기정사실화가 되어 버린 상태였다.

모두들 꿈이 추리 탐정이라도 되는 양 그것을 입에서 입으로 전하며, 이번에 윤상이 들어옴으로 인해 정희와의 결혼이 임박했다는 소식도 덧붙이곤 했다.

물론 단순히 정희가 정 회장의 후원만 받았다면 이런 이야기가 사실처럼 들려오진 않았을 것이다. 그녀는 이 세계에서 봤을 땐 '하층민'이나 다름없었으니까. 하지만 소문에 확신을 심어 주는 일이 하나 있었다.

"너, 윤상 선배랑 고등학교 때 사귀지 않았어?"

두 사람이 아주 오래전 교제를 했었다는 이야기. 미란의 물음에 정희의 얼굴이 백짓장처럼 하얗게 변했다.

"무슨 그런 말도 안 되는 소릴⋯⋯!"

"응? 안 사귀었어?"

"그래."

단호하게 대답한 정희는 고개까지 내저었다. 그러자 친구들 사이에 웅성거림이 커졌다.

"어? 난 둘이 서로 좋아하는 걸로⋯⋯."

"그 이야긴 그만하자."

기분 나쁘다는 듯 말을 자른 정희가 와인을 홀짝이며 사람들의 시선을 사뿐히 무시했다. 술이 과하다는 생각이 들었지만 제정신으로 있을 수가 없어 계속 와인을 들이켰다.

다들 그런 정희의 눈치를 볼 때였다. 깨끗하게 비운 잔에 다시 술을 채운 그녀가 친구들과 눈을 일일이 맞춘 후 무거운 입술을 달싹였다.

"너희가 왜 그런 생각을 하는진 알고 있어. 내가 정 회장님이 이사장으로 있는 곳에서 후원을 받은 건 맞는데, 실제로 뵌 적은 한 번도 없어."

이건 사실이었다. 그리고 후원을 받은 것은 소문과 달리 고등학교 때가 전부였다. 대학은 그녀 스스로가 벌어 다닌 것이었으니까.

제대로 후원을 받은 이는 그녀가 아닌 그녀의 오빠 나정우였다. 그가 의사가 될 수 있었던 것은 모두 D.C 장학 재단 덕분이었고 그 일은 그녀도, 정우도 고마워하고 있었다.

"윤상 오빠 단순히 우리 오빠랑 절친이어서 잘 알고 지내는 것뿐이고."

"야⋯⋯."

"내가 몇 번이나 말해야 믿을래?"

정희가 힘없이 묻자 눈치를 보던 친구들이 변명하듯 말을 꺼냈다.

"아, 알았어. 왜 화를 내고 그래?"

"그래. 네가 아니라면 아닌 거지."

다들 그렇게 말은 했지만 믿는 이들은 없었다. 정희의 말을 단순히 믿을 정도로 그녀들은 순진하지 않았다. 윤상과 그녀의 사이에 흐르던 기류는 단순히 '오빠 친구'로 설명할 수 없는 것이었으니까. 하지만 정희는 마지막까지 그 말도 안 되는 주장을 늘어놓았다.

"너희가 내 혼삿길 막는 이야기를 하니까 그렇잖아."

그 소문 때문에 정희는 제대로 된 연애조차 할 수 없었다. 물론 소문뿐만 아니라 2년 주기로 찾아오는 윤상의 존재 때문에 연애 세포가 다 죽어 버렸다는 것이 더 옳은 말이었지만.

다시 와인을 홀짝거린 그녀가 한숨 섞인 목소리로 말을 마쳤다.

"제발 그만 좀 해. 나도 이야기하기 지친다."

"이틀 전에 한국 들어온 사람한테 대리운전을 시켜?"

윤상이 허탈한 얼굴로 차 옆에 쪼그려 앉아 있는 정희를 보았다. 만취한 그녀는 고개를 들 힘도 없다는 듯 힘겹게 시선을 올려 윤상을 보았다.

"어? 왔네?"

반쯤 꼬인 혀와 발그레해진 뺨. 취해도 단단히 취한 그녀가 비틀거리며 자리에서 일어나자 윤상이 서둘러 팔을 뻗어 흔들리는 몸을 잡아 주었다.

"뭘 술을 이렇게 많이 마셨어?"

그가 엄한 목소리로 말했다. 세상 무서운 줄 모르고 취할 때까지 알코올을 섭취한 그녀가 마음에 들지 않는다는 듯이. 그러자 정희는 그가 했던 말을 떠올리며 굳은 어조로 중얼거렸다.

"언젠 늘 부르라며."

"술을 마실 거면 취하도록 마시지 마. 기집애가 세상 무서운 줄도 모르고."

그런 후, 취하도록 마실 거면 자신을 부르라고 했었다. 자신이 한국에 있다면, 그녀의 곁에 있을 때면 부르라고. 그럼 군말

없이 달려오겠다고.

그 역시 정희와 처음 술자리를 가졌을 때 제가 했던 말을 떠올리며 고개를 주억거렸다.

"그래, 그래. 내 입으로 그런 소리를 했었지."

보조석 문을 연 윤상은 그녀가 차에 오를 때까지 팔을 잡아준 뒤, 안전벨트까지 해 줬다. 두 사람의 가슴이 순간 부딪칠 정도로 가까워졌다가 멀어졌다. 하지만 그녀를 집에 데려다주어야 한다는 생각만 가득했던 윤상은 이런 거리감도 느끼지 못하고 있었다.

보닛을 돌아 운전석으로 온 그는 축 늘어져 있는 정희를 보며 한숨을 쉬었다. 차에 시동을 걸고 사이드브레이크부터 풀자, 눈을 감은 그녀가 자그마한 목소리로 운을 뗐다.

"오빠."

짧은 부름에 윤상은 침묵을 지켰다. 그러자 정희가 천천히 눈을 떠 정면을 봤다. 차는 어느새 빠르게 길거리를 내달리고 있었다. 멍하니 이를 바라보던 그녀가 고저 없이 말했다.

"아직도 애들은 나보고 오빠랑 고등학교 때 사귀었냐고 물어본다? 말도 안 되지?"

"그래? 진짜 사귈 걸 그랬다. 그럼 덜 억울할 텐데."

그가 장난 섞인 목소리로 말했다. 그 말에 아무것도 어려 있지 않았던 그녀의 얼굴에 순식간에 감정이 찾아들었다. 예쁜 얼굴에 어울리지 않게 인상을 쓴 그녀가 고개를 휙 돌려 윤상의 옆모습을 봤다. 어둠을 밝히는 가로등 불빛, 노란 그 불빛이 서려 든 옆모습은 참 잘났다.

그래, 윤상은 참 잘났다. 자신은 못났고.

이런 잘난 인간이 장난을 걸면 자신 역시 그렇게 되받아치면 되는데, 그러질 못했다.

"나 보기 안 부끄러워?"

그녀가 감정이 그득 묻어나는 목소리로 말했다. 그러자 빨간색 신호를 받고 차를 멈춘 그가 그녀를 보았다.

"내가 부끄러울 일이……."

그의 말에 정희의 눈동자가 습기를 머금었다. 우는 것은 아니었다. 갑자기 찾아든 화가 그렇게 만들었을 뿐이지.

"키스했잖아. 2년 전에."

"……."

"왜 그랬어?"

그녀의 물음에 윤상의 얼굴이 굳어졌다. 딱딱하게. 툭 건들면 와르르 부서질 것처럼.

"정희 너……."

알고 있었어?

그가 그렇게 물으려다 말고 입을 다물었다.

그가 출국을 하기 하루 전날이었다. 정희와 술자리를 가졌던 그는 술에 취한 그녀에게 도둑 키스를 했었다. 입술만 살짝 닿았다가 떨어지는 가벼운 터치. 그 터치에 윤상의 마음은 와르르 무너졌었다.

가질 수 없는 여자. 가져서는 안 되는 여자. 모두들 이 여자와 자신은 될 수 없다고 말하는데, 자신의 마음은 그렇지 않아 참 가슴이 저렸던 날.

그걸 그녀는 몰라야 했다. 모르고 있어야만 했다. 하지만 그녀는 모든 것을 알고 있었고, 그를 속여 왔다. 아무것도 모르는 척.

술김에 하는 말에 그는 아무런 답도 해 줄 수가 없었다.

사랑해.

너를 정말 좋아하고 있어.

그렇게 말을 해야 하는데. ……이젠 그렇게 하기로 했는데.

그가 인상을 구겼다. 그리고 연신 이어지는 말에 입술을 깨물었다.

"왜 그랬냐고."

널 무척 좋아하니까.

아무것도 모르는, 아무런 힘도 가지지 못했던 어린 소년이었을 때부터.

"나한테 왜 그러는 거야, 도대체."

널 무척 사랑하고 있으니까.

"난 그래서 오빠가 싫어."

"……."

"오빠가…… 너무너무 싫어."

정희가 느릿느릿한 어조로 말을 이었다. 그녀는 어느 순간 '오빠가 싫어'라는 말만 읊고 있었다. 그 목소리가 멈추고 얼마 뒤, 그가 천천히 입술을 열었다.

"난 네가 원하는 걸 해 줄 수가 없어."

"……."

따뜻하고 안락한 가정.

"난 그게 뭔지 모르거든."

"……."

그가 평생 가져 보지 못한 것.

"그래도…… 난."

곁에서 아무런 답도 들려오지 않자 그가 고개를 돌려 정희를 봤다.

어느새 그녀는 깊은 잠에 빠져 있었다.

그가 허탈하다는 듯 웃었다. 그 웃음은 마치 우는 것처럼 보이기도 했다.

"널 잊을 수가 없었어."

그 오랜 시간 동안.

❊   ❊   ❊

무시무시한 여름이 찾아왔다. 다음 주에 시작될 여름방학을 앞두고 학생들은 들뜬 마음을 숨기지 않았다.

물론 고2, 고3 학생들은 일주일이 지난 뒤 다시 학교에 와야 했지만 그래도 그게 어딘가. 더욱 방학 땐 지긋지긋한 교복 대신 사복을 입을 수 있어 학생들은 어찌 되었든 방학을 반기는 분위기였다.

딩동댕동—

쉬는 시간을 알리는 종소리가 울리자, 운동장에서 체육 수업을 가졌던 1학년 5반 학생들이 우르르 수돗가로 모여들었다. 그중에는 긴 머리카락을 쫑긋 묶은 정희도 섞여 있었다.

소녀는 아직도 반 친구들 사이에 섞여 들지 못한 것인지 멀찍이 서서 아이들이 자리를 비우길 기다렸다. 새초롬한 얼굴엔 땀이 송골송골 맺혀 있었고, 뺨도 발그레한 것이 많이 더운 것 같았다.

몇몇 아이들이 교실로 들어가자 정희가 빈 수돗가에 자리를 잡았다. 수도꼭지를 돌린 소녀는 양 손바닥 가득 차가운 물을 받아 얼굴에 끼얹었다. 하얀색 체육복이 젖는 줄도 모른 채.

열기가 확 끼친 팔에도 찰랑찰랑 물을 뿌린 소녀가 막 수도꼭지를 잠글 때였다. 커다란 손이 소녀의 머리를 툭 친 것은. 갑작스러운 손길에 깜짝 놀란 정희가 고개를 옆으로 돌리자, 그곳에는 윤상이 서 있었다.

"어? 오빠?"

"체육이었어?"

"네."

늘 웃는 인상의 그가 오늘따라 표정을 굳히고 있었다. 왜 그런지 몰라 고개를 갸웃거리던 정희는 자신의 어깨에 툭 걸쳐지는 하복 상의에 눈을 동그랗게 떴다. 그는 대충 걸치고 있던 교복을 소녀의 어깨에 올려 준 후에도 인상을 찌푸렸다.

"다 비쳐."

"네? 뭐가…… 아."

정희가 자신의 몸을 내려 보다 말고 얼굴을 붉혔다. 체육복이 젖어 핑크색 브래지어가 모두 비치고 있었다. 어깨를 동그랗게 만 소녀가 서둘러 그의 교복을 여몄다. 그 모습에 그제야 윤상이 구겼던 인상을 반듯하게 폈다.

"이제 봐 줄 만하네."

늘 그랬던 것처럼 그가 장난스럽게 웃었다. 어쩔 줄 몰라 몸을 배배 꼬는 정희를 보며.

"감사합니다."

정희가 힐끗 시선을 들어 그와 눈을 맞춘 후 고개를 꾸벅 숙였다. 이 모습으로 복도를 활개 치고 다녔을 자신의 모습을 떠올리자 그 마음은 더욱 진해졌다. 그가 아니었다면 오늘 전교생에게 제 속옷 색깔을 자랑하고 다닐 뻔했으니까.

소녀의 말에 윤상이 아니라며 고개를 절레절레 저었다. 두 사람의 모습을 옆에서 보던 정희의 같은 반 친구들이 작게 속삭였다.

"야, 저거 봐. 윤상 선배랑 나정희 아니야?"

"와, 그럼 그 소문이 진짜였어?"

작은 목소리로 말을 주고받는다고 한 것이겠지만, 안타깝게도 두 사람의 대화는 정희와 윤상의 귀에 고스란히 전해졌다.

요즘 윤상과 정희가 사귄다는 소문이 학교 내에 파다하게 퍼져 있었다. 처음엔 정우 때문에 윤상이 정희에게 잘해 주는 것이라 생각했던 아이들도, 그 소문을 믿기 시작한 눈치였다.

당연히 그럴 수밖에.

사교성이 좋은 윤상이라 하더라도 타인에게 먼저 다가서는 일은 극히 적었다. 먼저 다가오질 않으니 그를 어렵게 생각하는 아이들도 많았다.

하지만 정희에게만은 달랐다. 학교에서 우연히 마주칠 때면 다정하게 웃어 주었고, 먼저 손을 내밀어 머리를 쓰다듬어 주기도 했다.

그 모습은 아이들의 눈에도 친구의 여동생을 챙긴다기보다는 남자로서 대하는 것처럼 보였다.

두 사람이 아직은 아니더라도 곧 사귀게 될 것이라는 의견이 팽배하니 정희가 반 친구들에게 은근히 따돌림을 당하는 것은 어찌 보면 당연했다. 학교 성적이, 좋아하는 선배가 전부일 나이였으니까.

정희의 얼굴이 눈에 띄게 창백해지자 윤상의 눈동자에 의문이 스며들었다.

"우리 정희, 표정이 왜 그래?"

정희가 반쯤 울먹이는 눈동자로 그를 올려다보다 고개를 내저었다. 자신에게 따라붙는 소문에 어쩔 줄 몰라 하며 당황하는 어린 소녀의 모습에 윤상이 턱을 쓰다듬었다.

"흐음."

소녀와 방금 전 두 사람을 입방아에 올렸던 반 친구들을 번갈아 보던 윤상이 고개를 숙여 속삭이듯 작은 목소리로 말했다.

"표정이 왜 그러냐니까."

"친구들이 오해를……."

"오해? 무슨 오해?"

정희가 미처 말을 끝맺지 못하고 입을 굳게 다물자 윤상이 제법 엄한 목소리로 말했다.

"사람들은 똑바로 말을 해야 알아줘. 그건 나 역시 마찬가지고."

그렇게 억울한 표정만 짓지 말고, 제 속마음을 솔직히 말하라는 윤상의 충고에 입술을 아작아작 깨물던 정희가 억울함이 가득한 눈망울로 말했다.

"오빠랑 저랑 사귀는 사이라고 해요. 그게 아닌데, 마치 사실인 것처럼."

"그걸로 반 친구들이 뭐라고 그래?"

"네."

"정희는 그게 싫고?"

"네, 싫어요."

소녀의 말에 소년의 얼굴이 상처로 얼룩졌다. 고저 없이 하는 말은 진심이었다. 소녀는 소년과의 소문이 싫었고, 이에 상처 받고 있었다.

"왜 싫은데?"

소년이 나지막하게 물었다. 그러자 소녀는 여전히 자신들을 힐끗힐끗 바라보는 학생들의 눈초리에 미간을 찡긋거리며 말했다.

"내 이야기를 뒤에서 남들이 하고 다니는 거요. 그게 사실이든 아니든 싫어요."

"나랑 소문나서 싫은 건 아니고?"

끄덕끄덕. 정희가 힘없이 고개를 끄덕이자, 윤상의 표정이 밝아졌다.

"다행이네. 정희가 날 싫어하는 줄 알았는데."

"내가 왜 오빠를 싫어해요?"

정희가 눈을 동그랗게 뜨며 물었다. 그러자 어깨를 힘껏 으

쓰여 목을 짧게 만든 윤상이 소녀가 자신의 앞에 설 때마다 하는 동작을 따라 하며 놀리듯 말했다.

"맨날 나만 보면 자라목이 되니까."

"그건 오빠가 계속 날 놀리니까⋯⋯."

그렇죠, 라고 말을 끝맺기도 전이었다. 윤상이 손을 뻗어 소녀의 어깨를 감싸 쥐었다.

히끅!

깜짝 놀란 정희가 딸꾹질을 했다. 하지만 윤상은 개의치 않은 채 장난스럽게 웃으며 말했다.

"다행이다. 난 우리 정희가 무척 좋거든."

"⋯⋯."

정희가 숨을 왈칵 들이켜며 얼떨떨한 표정을 지었다. 하지만 반짝반짝 별처럼 빛나는 그의 눈동자에서 시선을 떼지 못하는 것은 여전했다.

윤상이 방금 전 정희와 그의 사이를 이야기하던 여학생들에게로 시선을 돌렸다. 움찔, 윤상의 시선이 닿자 그들 역시 몸을 떨었다.

"우리 정희 괴롭히면 선배한테 혼난다?"

"네?"

생글생글 웃는 얼굴로 경고를 하는 윤상의 모습에 분위기 파악을 하지 못한 여학생들이 멍하니 되물었다. 그러자 방금 전까지만 해도 웃는 얼굴이었던 윤상이 웃음기를 말끔히 걷고 무심히 말했다.

"정희 괴롭히지 말라고. 뒤에서 동물원 원숭이 보듯 보지도 말고."

나지막한 목소리엔 힘이 있었다. 단순히 하는 말이 아니라는 듯이. 그래서였을까. 멍하니 그를 보던 아이들이 겁을 잔뜩 집어먹은 얼굴로 빠르게 사과의 말부터 꺼내 놓은 것은.

"아, 죄, 죄송합니다."

"나한테 죄송할 건 없는데. 그렇지, 정희야?"

소년이 생글생글 웃었다. 창백해진 사람들 가운데서 홀로 맑게 빛나는 얼굴로.

흙빛이 된 정희가 고개를 주억거리며 이를 악물었다. 두근두근 뛰기 시작하던 심장은 어느새 터질 것처럼 빠르게 뛰고 있었다.

꿈뻑꿈뻑.

무거운 눈꺼풀을 깜빡이던 정희는 순간 닥치는 두통에 인상을 썼다. 숙취로 몸이 괴로운 것은 둘째치더라도, 뇌리에서 서서히 지워져 가던 그날의 일을 꿈으로 꾸자 더 기분이 좋지 않았다.

"아, 또 개꿈."

"개꿈?"

"헉!"

숨을 들이켠 그녀가 상체를 벌떡 일으켰다. 방문에 어깨를 기댄 윤상이 팔짱을 낀 채 그녀를 바라보고 있었다.

이곳은 분명 자신의 집이었다. 그리고 이곳에 그가 있을 이유는 없었다.

어제의 일을 깡그리 잊은 그녀가 비명처럼 말했다.

"오빠가 왜 여기 있어?"

당신이 왜 여기에 있냐고!

왜 내 집에 들어와 있냐고!

분명 어제 외출을 하기 전 현관 비밀번호를 바꿨었다.

어떻게 비밀번호를 알았지?

그녀의 눈동자에 혼란스러움이 가득했을 때였다.

쯧쯧, 윤상이 혀를 찼다. 예상은 하고 있었지만 어제의 일을 통으로 날려 버린 모양이었다. 그가 고개를 비스듬히 치켜들며 한심하다는 듯 말했다.

"어제 네가 불렀잖아. 대리운전 하라고."

"내가? 설마!"

"설마가 사람 잡는다, 정희야."

"……."

만고 진리의 법칙을 이야기하는 그의 모습에 정희가 입을 꾹 다물었다. 그리고 머리통을 부여잡으며 어제 있었던 일을 떠올리기 위해 악을 썼다.

어제 그녀는 멀쩡한 모습으로 취한 친구들을 모두 집으로 돌려보냈다. 그리고 마지막까지 남아 자리를 정리한 후 차가 있는 곳으로 걸음을 옮겼다.

이제 곧 여름이라는 것을 알리듯 후덥지근한 날씨에 순간 술기운이 확 올라왔고…….

아, 어떻게 해.

그녀가 눈을 질끈 감았다. 반쯤 꼬인 혀로 그를 불렀던 것까지 모두 기억이 났다.

　—나정희, 너 딱 기다려.

　'너 취했어?' 라고 묻는 윤상의 말에, 당장 잠들어도 이상하
지 않을 만큼 취했다고 했었다. 그랬더니 화가 났는지 나지막
한 목소리로 그가 말했었다.
　그다음은? 그다음은 어떻게 됐지?
　아무것도 떠오르지 않자, 정희가 얼굴을 종잇장처럼 일그러
뜨렸다.
　혼란스러움이 가득한 얼굴을 보던 윤상이 고개를 절레절레
젓곤 걸음을 옮겨 그녀에게 다가갔다.
　그녀는 윤상이 자신의 앞에 손바닥을 내밀자 뭐냐는 듯 올려
다보았다. 그가 한심하다는 듯 정희를 내려다보며 손바닥을 흔
들었다.
　어젯밤 그가 잠든 그녀의 얼굴을 클렌징 티슈로 닦아 준 덕
분에 맑은 얼굴이긴 했으나 머리는 귀신 산발이요, 다크서클이
내려앉은 얼굴은 남에게 보여 주기 부끄러울 지경이었다. 하지
만 오랜 시간을 함께한 정희는 그런 것은 신경도 쓰지 않은 채
그를 봤다.
　윤상이 강한 어조로 말했다.
　"아직 대리운전비 못 받았다."
　그의 말에 정희가 얼굴을 일그러뜨렸다. 그 모습에 어제의
일을 대부분 떠올렸음을 알아차린 그가 다시 한 번 손바닥을

흔들자 그녀가 반쯤 앓는 목소리로 물었다.

"……얼마면 돼?"

"가을 동화냐? 내가 정말 너한테 돈 받겠어?"

"아, 돈 달라며!"

정희가 적반하장으로 소리치자 윤상이 내밀었던 손을 들어 그녀의 머리통을 움켜쥐었다.

"아, 아파!"

"어젠 내가 너한테 아무런 말도 안 했는데, 다 큰 기지배가 취할 때까지 술 마시고. 잘하는 짓이다. 어?"

"그럼 다 컸으니까 술 마시지…… 아! 아프다고!"

말도 안 되는 궤변을 늘어놓는 정희의 모습에 윤상이 꿀밤을 먹였다. 딱, 소리가 날 만큼 강하게 내려치는 손길에 그녀가 빽 소리를 질렀다. 하지만 윤상은 여전히 분이 풀리지 않는다는 듯 엄하게 말을 이었다.

"너 정우한테 다 이른다. 고주망태가 되어서 길거리에 널브러져 있었다고."

"그건 거짓말이잖아! 널브러져 있었던 적 없거든?"

"여기서 팩트는 '고주망태'야."

"……."

입이 열 개라도 할 말이 없습니다.

그녀가 그러한 표정으로 입술을 깨물었다. 그가 정말 정우에게 이 사실을 알리는 날엔 날벼락이 떨어질 게 분명하니까. 물론 지금 상황도 비상이긴 했다. 오빠만큼 윤상도 화낼 때 무서우니까.

정희가 자신의 눈치를 살살 살피자 윤상이 깊은 한숨을 내뱉었다. 그는 정희가 술 마시는 걸 좋아하지 않았다. 불안해 견딜 수가 없어서.

더 화를 내고, 더 따끔하게 혼을 내야 하는 것을 알면서도 그녀가 콧잔등을 찡긋거리자 할 수가 없었다.

숙취 때문에 머리가 깨질 듯 아프겠지. 그러게 이기지도 못할 술은 왜 그렇게 마셔선.

그가 한숨 섞인 목소리로 말했다.

"해장이나 해."

"와, 오빠 짱."

팡팡 뛰는 몸짓으로 침대에서 일어난 그녀는 그의 뒤를 따라 부엌으로 갔다. 살림에 영 소질이 없는 그녀와 달리 대학교에 들어가면서부터 자취를 시작한 그는 꽤 음식 솜씨가 좋았다.

북어를 넣고 끓인 콩나물국을 본 그녀가 식탁에 앉자 맞은편에 자리한 그가 숟가락을 건넸다. 밥상은 하나뿐이었다. 아침을 먹지 않는 윤상이 그녀만을 위해 차린 것이었다.

숟가락을 내려놓은 정희가 국그릇째 들고 시원하게 국을 들이켰다. 목구멍을 타고 들어온 뜨끈한 국물에 방금 전까지 미식미식 올라오던 속이 가라앉는 기분이 들었다.

그녀의 모습을 살피던 그가 조심스러운 어조로 물었다.

"괜찮아?"

"어, 엄청."

국그릇을 내려놓은 정희가 살겠다는 듯 활짝 웃었다. '어쩜 남자가 이렇게 음식 솜씨가 좋지?'라고 생각하며. 그러다 곧

어쩜 여자가 이렇게 음식 솜씨가 없을 수 있냐며 늘 한탄하던
제 요리를 떠올리곤 숟가락을 집어 들었다.

정희가 밥을 떠 국에 푹푹 말아 크게 한술 떠먹을 때였다.
생글생글 웃던 윤상이 말했다.

"그럼 나한테 시집올래?"

"뭐?"

손을 멈추고 윤상을 보자 그가 고개를 주억거렸다. 네가 들
은 게 맞다는 듯이. 정희의 얼굴이 와자작 일그러졌다.

이 이야기를 들은 게 몇 번째더라?

이번엔 동요는 물론이고, 속지 않겠다는 듯 그녀가 인상을
썼다.

"또 어디서 장난질을……."

"장난 아닌데?"

얼씨구? 말은 잘하지.

그녀는 심드렁한 얼굴로 숟가락을 다시 입안에 밀어 넣었다.
우적우적, 내숭 따윈 집어치우고 쌀알을 씹던 그녀가 밥을 꿀
떡 삼킨 후에 말했다.

"오빠랑 나랑 결혼? 말이 돼? 그 촉새들이 떠들어 댄다고 오
빠까지 휘둘리지 마라?"

다시 한 번 휘적휘적 국을 휘저은 정희가 북어를 떠 입안에
밀어 넣으려는 순간 드르륵, 의자 끌리는 소리가 났다. 커다란
손이 그녀에게 다가오더니 목에서 찰랑이던 목걸이를 쥐었다.

목걸이는 2년 전 정우에게서 생일 선물로 받은 것이었다. 커
다란 큐빅을 네 발로 잡아 둔 심플한 펜던트는 그녀의 취향에

70

딱이어서 받았을 때 무척 기뻐했었다.

윤상이 그녀의 목걸이 잡아당겼다. 팽팽하게 잡아당겨진 얇은 체인이 두 사람의 분위기와 비슷했다.

"기억한다며."

나지막한 목소리에 정희가 인상을 찌푸렸다. 도대체 뭘 기억한다는 거야? 그러다 불쑥 다가온 얼굴에 깜짝 놀라 숨을 삼켰다. 두 사람의 입술이 닿을 만큼 가까운 거리에 있었다. 옴짝달싹할 수 없어 정희는 눈만 깜빡였다. 조금만 움직여도 입술이 닿을 것만 같았다.

"⋯⋯."

거친 숨을 내뱉는 그녀의 모습에 윤상이 입술을 부드럽게 휘며 물었다.

"내 마음은 그런데, 넌?"

"오, 오빠?"

"네 마음은 어떠냐고."

그가 강압적으로 물었다. 진중한 눈빛엔 거짓 하나 없었다. 다른 이들이 봤다면 지금 그가 진심으로 말하고 있다는 생각이 들 정도로. 하지만 정희는 훅 끼쳤던 긴장을 몰아낸 후 손을 뻗었다.

"싫어."

짧은 거절의 말과 함께 넓은 가슴을 밀어내자 의외로 윤상이 순순히 물러났다. 그녀는 자신에게 닿는 진득한 시선을 애써 무시한 채 밥을 만 콩나물국을 후루룩 먹었다.

아, 정말 맛있네.

쓸데없는 생각을 하던 그녀는 집요한 시선을 다시 한 번 느낀 후에야 입술을 뗐다.

"내가 오빠한테 한두 번 당해?"

"내가 뭘 어쨌기에?"

그가 자리에 털썩 앉으며 팔짱을 꼈다. 그러자 정희가 울화가 치민다는 듯 그를 봤다.

"고1 때도 나 좋다고 했다가 나중엔 그게 아니었다고……."

"그건 거짓말."

"나 스무 살 때도 시집오라고 장난으로……."

"그건 장난 아니었어."

"그러고 2년 전에 우린 가족이라며!"

"그건 아주 심한 거짓말."

으드득.

그녀가 이를 갈았다. 말싸움으론 도저히 이길 수가 없다. 궤변인데도 막상 되받아칠 말이 떠오르지 않으니까.

"그만하자."

일요일 아침부터 오빠와 말장난하고 싶지 않다며 그녀가 다시 국을 떠먹으려고 할 때였다.

"지금은 장난 아니야."

그가 나지막하게 말한 것은.

"……뭐?"

원래 이쯤 되면 윤상은 장난을 멈추곤 했다. 그는 멈출 '때'를 아는 사람이었으니까. 하지만 오늘은 진중한 얼굴로 그렇게 잘라 말했다. 장난이 아니라고.

72

"다음엔 네 입에서 YES가 나오도록 해야겠네."

말을 마친 윤상이 자리에서 일어나더니 입술만 휘어 웃었다.

"난 이만 간다."

곧장 걸음을 옮겨 현관으로 향하는 그를 그녀가 시선으로 좇았다.

달칵.

문이 닫히는 소리와 함께 그녀가 멍한 눈을 깜빡였다.

뭐야, 화난 거야? 갑자기 왜?

끔뻑끔뻑. 갑작스러운 분위기 변화에 그녀가 적응하지 못한 채 눈을 깜빡이다 말고 고개를 아래로 내렸다. 뜨거운 김이 모락모락 올라오던 국이 금세 식어 있었다. 방금 전까지만 해도 무척 맛있었는데…….

얼굴을 일그러뜨린 그녀가 짜증스럽게 말했다.

"에이, 저 인간이 또 미쳐서 날……."

그래. 어디 한두 번이야, 저러는 게? 그러니까 나정희, 너도 그만 휘둘리라고. 지겹도록 당해 왔잖아. 그만할 때도 됐어. 뇌를 가진 사람이라면 더 이상 속으면 안 돼.

흥, 콧방귀를 뀐 그녀가 숟가락으로 밥을 퍼 입안으로 밀어 넣었다.

"맛없어."

먹고 있는 와중에도 군침이 흐를 만큼 맛있었는데, 지금은 그렇지가 않았다.

결국, 그녀는 숟가락을 내려놓았다.

＊　　　　＊　　　　＊

드디어 정윤상 실장이 떴다!

출근하는 길에 그를 마주쳤던 직원들의 입에서 알음알음 나기 시작한 소문에 시즌 한국 지사는 월요일 아침부터 떠들썩했다.

어떤 이들은 굳이 마케팅부에 올 일이 없었음에도 기웃거리며 소문 속 그를 보기 위해 노력했지만, 윤상은 아침부터 사장에게 불려 가 면담을 하고 있었다.

그가 사무실로 돌아온 것은 점심시간이 끝난 직후였다. 사무실을 잠시 둘러본 윤상은 팀원들을 불러 모았다. 자신을 호기심 어린 얼굴로 보는 여덟 명의 직원과 빳빳하게 서 있는 정희를 훑어보던 그가 예의 바른 웃음을 지으며 말했다.

"잘 부탁드립니다, 정윤상 실장입니다."

고개까지 숙여 인사를 하는 모습에 팀원들이 박수로 그를 환영했다.

정희가 앞으로 한 걸음 나서 차례대로 팀원을 소개시켜 주자 그들과 악수를 나눈 윤상은 마지막으로 정희에게 손을 내밀었다.

"나정희 팀장님, 반갑습니다."

"아? 아, 네."

"앞으로 잘 부탁드립니다."

"저, 저야말로."

얼떨떨한 눈으로 보던 정희가 손을 마주 잡았다. 커다란 손

74

은 그녀의 손을 다 감싸 쥐고도 남을 정도였다. 가볍게 악수를 나눈 정희가 부담스러울 만큼 자신에게 꽂혀 있는 시선에 고개를 비스듬히 옆으로 돌렸다.

아, 이러다가 저 눈빛에 찔려 죽겠네.

그녀가 어색한 웃음을 흘렸다.

"제가 잘 부탁드려야지요. 앞으로 나정희 팀장님께 많은 도움을 받아야 할 텐데."

"아, 아닙니다."

"앞으로 친하게 지내요."

친밀한 미소에 주위에 있던 여직원들이 동요하는 것이 느껴졌다. 하지만 정희는 끝까지 평정심을 유지하기 위해 애썼다.

"내일 실장님 환영회를 준비했는데, 시간 괜찮으시죠?"

"아, 그렇게까지 하실 필요는 없는데."

"정말요?"

그렇다면 지금 당장이라도 취소할 수 있어!

그녀가 눈을 번뜩이자, 그 속이 빤히 보인다는 듯 그가 느른한 웃음을 지었다.

"준비해 주셨다니 기쁜 마음으로 참석하겠습니다."

윽.

정희가 터져 나오려는 신음을 집어 삼키며 웃었다.

"하, 하하. 네."

하지만 흘러나오는 음성은 어색하기 그지없었다.

자신을 꿰뚫어 볼 것만 같은 눈빛에 정희가 고개를 옆으로 획 돌렸다. 그리고 반짝이는 눈으로 자신을 바라보고 있는 자연에게 말했다.

"자연 씨, 실장님 회사 안내 좀 부탁드려도 될까요?"

자연의 표정이 눈에 띄게 밝아졌다. 하지만 그 기대는 윤상의 한마디에 와르륵 무너졌다.

"나정희 팀장님이 해 주시면 안 되겠습니까?"

"네?"

정희와 자연 모두 당황한 얼굴로 그를 보았다. 하지만 윤상은 세상에 이렇게 완벽한 상사는 없어요, 라는 표정과 모습으로 말을 이었다.

"현재 진행 중인 프로젝트들도 궁금하고요."

"그건 이미 보고서로…… 아닙니다. 제가 하겠습니다."

정희가 반쯤 포기한 목소리로 말했다. 그의 눈동자가 고집스레 빛나는 것을 보며.

다른 핑계를 댄다고 하더라도 그는 기어코 자신에게 회사 안내를 부탁할 것이다. 아니, 하게 만들 것이다. 그렇다면 말이 길어지기 전에 이 상황을 정리하는 편이 좋았다.

앞서 사무실을 나서는 그의 뒤를 따르던 정희가 주위를 살폈다. 이제 막 업무가 시작될 시각이어서 그런지, 복도는 인기척 하나 없이 조용했다.

그와 적절한 거리를 둔 정희가 목소리를 낮춰 물었다.

"나한테 갑질하고 싶어서 한국 지사로 온 건 아니지?"

"뭐, 어느 정도는."

"오빠!"

그녀가 낮게 분노를 쏟아 냈다. 장난질은 그만하라고. 하지만 윤상은 개의치 않은 얼굴로 그녀의 보폭에 맞춰 천천히 걸음을 늦췄다.

"회사에서는 정 실장으로 불러 주시죠?"

"……읏."

"왜, 회사에서 적절하게 선을 지키고 싶은 거 아니야? 여전히."

입을 꾹 다물고 윤상을 노려보던 정희가 먼저 걸음을 옮겼다.

그의 시선이 앞서 걸어가는 그녀의 구두에 닿았다.

키도 큰 애가 왜 저런 걸 신지?

얇은 굽은 넘어지면 단순히 발목이 접질리는 정도로 끝나지 않을 만큼 위태로웠다. 마치 서커스를 하는 것처럼. 단정한 차림과 달리 화려한 힐을 보던 윤상 역시 발을 움직일 때였다. 위험해 보인다 싶더니 순간 발을 잘못 디딘 그녀의 몸이 옆으로 기울었다.

어어, 그런 소리를 낼 새도 없이 급격히 기울어지는 몸에 정희가 팔을 허우적거릴 때였다. 재빠르게 다가온 윤상이 그녀의 가느다란 허리를 팔로 휘어 감으며 제 품으로 잡아당겼다.

"후."

그의 입에서 안도의 한숨이 흘러나왔다. 하지만 갑작스러운 상황에 정희는 여전히 눈만 깜빡이는 중이었다.

스물하나가 되었을 때였다. 여름방학을 맞아 잠시 한국을 찾았던 그는 정희에게 성인식 선물을 해 주었다. 붉은 장미꽃과 향수. 그 향수를 그녀는 아직도 쓰고 있었다.

선물을 받았으니, 자신도 선물을 주어야 되겠다는 생각에 그녀 역시 향수를 구입해 그가 사는 맨해튼으로 보냈던 적이 있었다. 그리고 그의 품에서 나는 향은, 그때 그녀가 주었던 향수와 같은 향이었다.

남성 향수치고도 달콤한 향, 인위적인 향보단 꽃내음에 가까운 그 향에 정희가 멍한 얼굴로 그를 올려다보았다.

"칠칠맞지 못하게."

오빠, 향수 아직도 안 바꿨어?

평소 그의 체향에 신경을 쓴 적이 없던 터라 그녀는 자신도 모르게 그렇게 물을 뻔했다. 갑작스럽게 알아낸 '사실'은 필터링을 거치지 않고 입술을 통해 흘러나오는 경우가 많으니까.

하지만 가까스로 그 말을 막아 냈다. 그 물음을 던지면 자신 역시 그가 처음 준 향수를 아직도 쓰고 있다는 사실을 스스로 알리는 짓거리를 하게 될 것만 같아서.

"퇴근하고 뭐해? 데이트할까?"

그녀의 몸을 똑바로 세워 준 그가 가벼운 어조로 물었다. 그러자 서둘러 정신을 갈무리한 그녀가 아무렇지도 않은 척 대답했다.

"아쉽지만 안 되겠네요. 데이트 약속이 먼저 잡혀 있어서."

"뭐?"

그의 표정이 굳어졌다. 그 모습을 힐끗 흘겨본 정희가 고개를 저었다.

"왜 정색을 하고 그래?"

"어제 내 말은 한 귀로 듣고 한 귀로 흘렸나 보지?"

"그런 말에 놀아날 정도로 내가 어리진 않거든?"

정희가 먼저 걸음을 옮겼다. 방금 전보다 더 다급한 걸음걸이였다. 하이힐을 신고서 낼 수 있는 최대 속력이었으니까.

하지만 그가 보통 기럭지던가. 순식간에 다가온 그가 손을 뻗어 정희의 팔을 움켜쥐었다. 강한 힘에 그녀의 얼굴이 일그러졌다.

"오빠, 아파."

"그럼 더 잘 알겠네? 어리지 않으니까."

"하고 싶은 말이 뭐야?"

"나 아주 진지해."

"……도대체 왜 그러는 건데? 말도 없이 한국 지사로 와서, 예전엔 장난처럼 웃고 넘기던 일들을 이젠 진심이라 하고. 나보고 도대체 어떻게 하라는 거야?"

"어쩔 수 없다는 말로 도망치지 않기로 했어."

"오빠."

"이젠 웃고 넘길 수 없을 만큼 마음이 너덜너덜하기도 하고."

"……"

진중한 눈빛에 정희의 얼굴 또한 차분하게 가라앉았다.

그는 웃고 있지 않다. 오히려 조금 화가 나 보이기도 했다.

그녀가 입술을 달싹이며 그의 마음에 대해 다시 한 번 물으려고 할 때였다. 유리문이 열리더니 직원 둘이 나왔고, 서로 대치한 두 사람을 이상하다는 눈초리로 보았다.

"아……."

어떻게 해. 당황한 정희가 눈을 깜빡일 때였다.

그녀가 어쩔 줄 몰라 하자, 한숨을 내뱉은 윤상이 그녀의 손에 있던 파일을 가져와 예의 바른 웃음을 지었다.

"그럼 제주도 면세점 건이 현재 가장 먼저 처리해야 하는 사안이네요?"

"……네? 아, 네."

무슨 말인지 몰라 눈을 동그랗게 뜨던 그녀가 이내 그의 의중을 알아차리곤 고개를 끄덕였다. 그리고 자신들을 스쳐 가며 여전히 고개를 갸웃거리는 두 사람이 들을 수 있을 만큼 큰 목소리로 말을 이었다.

"이번 주에 내부 미팅이 있습니다. 담당자는 김자연 씨입니다."

"아, 김자연 씨요. 이 자료는 제가 한번 살펴봐도 될까요?"

"네."

짧게 고개를 끄덕인 정희는 두 사람의 시선이 여전히 자신들에게 향해 있다는 사실을 깨닫곤 콧잔등을 찌푸렸다. 그들은 두 사람을 호기심 가득한 얼굴로 보고 있었다.

"그리고 환영회는 회만 아니면 됩니다. 회는 못 먹어서."

"네. 알겠습니다."

정희가 슬쩍 고개를 뒤로 돌렸다. 관심을 거둔 것인지 두 사람이 엘리베이터에 탑승하자 그녀가 안도의 한숨을 내뱉었다. 또 괜한 소문에 휩싸일 뻔했다.

눈에 띄게 안도하는 모습에 윤상이 무심한 얼굴로 읊조렸다.

"당황하지 마. 나도 이제 혈기만 앞서던 고등학생이 아니니까. 네가 곤란해하는 건 싫어."

"……후."

"그리고 방금 한 말은 장난 아니야. 널 놀려 먹을 만큼 어리지도 않고."

윤상의 말에 정희가 의심스럽다는 눈으로 그를 올려다보았다. 그러다 눈동자에서 무언가를 발견하곤 그녀 역시 진지하게 물었다.

"갑자기 왜?"

진심이다. 이 인간이 뭘 또 잘못 먹었는지는 모르겠지만 진심이 분명했다.

그녀가 윤상을 만났던 것은 고1이었다. 물론 그가 대학을 미국에서 다닌 덕분에, 얼마 안 되어 떨어져 지내긴 했으나 어찌 되었든 알아 온 세월은 강산이 변하고도 남을 시간이었다.

그녀는 윤상의 본모습을 알고 있었기에 그의 마음이 어떠한지 알 수 있었다. 긴긴 시간 동안 그의 의중을 알아내기 위해 눈치를 봤던 적도 있었으니까.

아침은 안 먹으니까 어제저녁에 뭐 잘못 먹었나? 그녀가 인상을 팍 찡그리자 그가 입술을 길게 늘어뜨리며 웃었다.

"믿기진 않겠지만 꽤 오래됐어."

"그럼 이제 와서 왜라고 묻는 게 빠르겠다."

"이제야 용기가 생겼거든. 돈도 많이 벌었고."

뭐? 돈을 많이 벌어?

다른 사람들이 들으면 혀를 찰 소리였다. 아, 혀를 차는 대신 있는 놈들이 더하다며 욕을 한 바가지 할지도 모르겠다.

그녀가 고개를 절레절레 저었다.

"난 오빠를 그런 식으로 생각해 본 적이 없어."

물론 첫사랑이긴 하지만. 이젠 그와 정말 편안한 사이였다. 한 방에서 자고도 아무런 일이 없을 만큼.

윤상은 자신을 놀려 먹는 것을 빼곤 꽤 좋은 사람이었고, 의지가 되어 주었다. 그와 성인이 된 후 연애를 꿈꿨던 적이 단 한 번도 없었으니 그녀가 할 수 있는 말은 '당연한 거절'이었다.

"그럼 일단 포지션은 계속 유지할게."

"어떤 포지션?"

"오빠 친구."

방금 전까지만 해도 한 치도 물러서지 않을 것 같더니, 지금은 너무나 순순히 물러선다.

이거야 당최, 감을 잡을 수가 있어야지.

그녀가 마음대로 하라는 듯 어깨를 으쓱이자 그가 장난스럽게 웃음을 흘렸다.

"그런 다음에 빈틈이 보이면 파고들어야지."

"……불편해."

그녀가 한 박자 늦게 답했다. 그런 마음은 불편하다고.

"불편해하지 마. 불편하다고 날 안 볼 건 아니잖아?"

"……그래서."

"불편해하면 너만 손해라고."

아, 진짜! 얼굴에 철판을 깔았나.

그녀가 인상을 팍 쓰며 그를 노려보았다.

"안 볼 수 있으면 안 보고 싶네."

오빠한테 미쳤다는 소리를 듣기도 싫고.

그녀가 똥 씹은 얼굴로 말을 잇자, 그가 작게 웃음을 뱉었다. 손은 어느새 구겨진 그녀의 미간을 꾹꾹 누르고 있었다.

"그래서 오늘은 무슨 데이트가 있는데?"

"미팅 있어."

"저녁 약속이야?"

"어, 식사 약속."

짧게 답한 그녀가 얼마 떨어지지 않은 곳으로 걸음을 옮겨 유리문을 활짝 열었다. 회의실이라는 설명을 덧붙이자 넓은 사무실 내부를 눈으로 훑던 그가 무심히 말했다.

"집 좀 같이 봐 달라고 하려 했더니."

"집? 집은 왜? 이사하게?"

"어."

왜 멀쩡한 집을 두고 이사를 하려는지는 모르겠으나 그녀는 고개를 끄덕였다. 방금 전 고백을 하고 그 고백을 거절한 사람이라고 하기엔 두 사람 모두 너무 평의한 모습이었다.

"흠, 내일은 환영회고…… 그럼 모레 같이 갈래? 그날은 약속 없어."

"모레?"

"어. 저기가 제품 보관실이고, 옆이 기획팀."

사적인 대화를 하면서도 자신이 해야 할 일은 꿋꿋이 하는 정희의 모습을 내려다보던 윤상의 표정이 굳었다.

"어쩌지? 그날은 본가 들어가 봐야 하는데."

"본가?"

그리고 그 표정은 정희에게로 옮겨져 갔다.

정희의 눈동자가 일렁였다. 그가 본가에 가는 일은 그리 많지 않았다. 2년마다 한 번씩 한국에 휴가를 왔을 때도 본가에는 들르지 않았었다. 그런 그가 본가에 간다는 이야기에 정희가 걱정스러운 기색으로 물었다.

"괜찮아?"

당연히 괜찮지 않을 것이다. 정 회장과 윤상은 사이가 좋지 못하니까. 아들을 유배 보내듯 미국으로 쫓아냈던 것까지 그녀는 모두 알고 있었다. 갑작스러운 유학 소식에 공항까지 달려가 눈물을 한 바가지 쏟았었으니까.

정희의 얼굴이 공항에서 눈물의 이별을 했던 그날처럼 혼란스러움으로 가득해지자, 그가 들고 있던 파일로 그녀의 머리를 툭 내려쳤다.

"이게, 어디서 그런 표정이나 짓고."

"내가 지금 어떤 표정인데?"

모르겠다는 듯 윤상을 보던 정희가 이내 입을 꾹 다물었다. 그가 서글프게 웃고 있어서.

그는 웃음이 참 많은 사람이었다. 평소 부러 만들어 내는 예의 바른 웃음도 그러했고, 자신의 앞에서 장난스럽게 웃는 것도 그러했다. 슬프든, 기쁘든, 우울하든 그는 웃었다. 그녀가 아차 싶은 얼굴로 그의 팔을 움켜쥐었다.

한국으로 돌아온 그는 정희의 앞에서 늘 웃고 있었다. 혹 그 속에 '단순한 웃음'이 아닌 '만들어 낸 웃음'이 있었던 것은 아닐까?

갑작스럽게 귀국을 한 그 때문에 도망갈 궁리만 하던 그녀가 혼란스러운 얼굴로 입술을 달싹일 때였다.

"정 실장님."

김 비서였다. 인기척도 없이 다가온 그가 두 사람을 보고 있었다. 정희가 깜짝 놀라 그의 팔을 붙잡고 있던 손을 떼어 냈다. 그리고 도망치듯 더듬더듬 뒤로 물러섰다.

그런 그녀의 모습을 보던 윤상이 고개를 돌려 김 비서를 향해 희미한 웃음을 지었다.

"무슨 일이시죠?"

"본사에서 실장님 짐이 왔는데요."

"아, 로비에 있나요?"

"아직 대중에 공개되지 않은 제품도 있어서 3층 창고에 두었습니다. 사람이 기다리고 있습니다."

"네, 갈게요."

깍듯하게 허리를 숙인 김 비서가 무심한 얼굴로 돌아서자, 윤상이 그녀를 보며 짧게 말했다.

"간다."

"오빠."

방금 전 대화를 들었으니 가타부타 말을 덧붙이진 않았지만 정희는 다시 한 번 팔을 뻗어 그를 붙잡으려고 했다. 도망치듯 멀어진 거리만큼 다시 다가와서. 하지만 그는 그녀가 자신을 붙잡기 전에 몸을 돌렸다.

"괜찮아."

걸음을 옮긴 그가 멈춰 있던 엘리베이터에 탑승했다. 문이 닫히기 전까지 그는 웃는 얼굴이었고, 곧 층수는 아래로 향했다. 그 모습을 멍하니 바라보던 그녀가 제 손을 내려다봤다.

"뭐가 괜찮다는 거야?"

왜 그렇게 놔 버렸지? 단순히 소문 때문에? 아니면 자동 반사? 내가 이렇게 반사 신경이 좋은 인간이었어?

쓸데없는 생각으로 가득하던 그녀는 방금 전 그가 진중한 얼굴로 진심을 전했던 순간을 떠올렸다.

"어떻게 믿으라는 거야?"

후, 한숨을 내뱉은 그녀가 바닥을 발로 탁탁 쳤다.

왜 이렇게 잡스러운 생각들이 머릿속을 가득 채우는지 모르겠다.

정 회장과 내일 만나기로 했다는 그도 걱정이 되고, 십수 년을 알아 온 오빠가 자신에게 정식으로 교제 신청을 한 것도 이상하고, 김 비서의 등장에 벌레처럼 그를 피해 버린 것도 마음에 걸렸다.

그러다 문득 그녀가 인상을 팍 썼다.

"아, 그런데 왜 난 놀라지도 않는 거야?"

그의 고백에 놀랄 법도 한데 자신의 심장은 평소처럼 뛰고 있었다. 생물학적인 반응 따윈 없었다.

"교육의 힘이네."

아니, 세뇌의 힘인가?

윤상의 고백이 놀랍지 않은 것은 그가 수없이 자신에게 장난처럼 내던진 그 말 때문인지도 모르겠다. 아니면 기정사실처럼 떠돌았던 그 소문 때문이거나.

❀   ❀   ❀

잠들지 못하고 아직 해가 뜨기 전 세상을 내려다보는 윤상의 얼굴은 차분히 가라앉아 있었다. 예전의 기억, 그 어딘가에 닿아 있는 채로.

띠리리— 띠리리리—

날카롭고 단조로운 벨소리가 그의 생각을 방해했다. 고개를 돌린 윤상이 침대 위에 아무렇게나 던져 있는 휴대전화 액정을 보았다.

나정우.

정희를 떠올릴 때 가장 걸리적거리는 존재이자, 지긋지긋한 시간을 함께해 온 죽마고우에게서 걸려 온 전화였다.

미간을 찌푸린 그가 흐응, 콧소리를 냈다.

"끈질긴 놈."

전화를 받아, 말아.

후에 왜 받지 않았냐고 뭐라고 하더라도 새벽인 점을 들어 핑계를 늘어놓으면 된다. 정우의 잔소리 레퍼토리야 뻔했으니, 전화를 받고 싶지 않은 것도 당연했다.

하지만 그는 전화를 받았다. 더 이상 무시했다간 목석같은 친구 녀석이 열 받아 당장 한국으로 날아올지도 모르니까. 그

리고 가슴이 답답해진 지금, 그를 놀리고 싶은 마음이 모락모
락 피어나기도 했다.

─한국이라며.

고저 없는 목소리에 윤상의 입술이 느른하게 벌어졌다. 창틀
에 엉덩이를 걸치고 앉은 그가 뒤통수를 창에 기댔다. 차가운
기운이 스멀스멀 몰려왔다.

"참 빨리도 물어본다."

─그거야 네가 전화를 안 받으니까. 이 전화까지 안 받았으
면 팩스로 행운의 편지를 보내려고 했지.

"받으면? 네가 할 말이야 뻔하지."

윤상이 장난스럽게 웃으며 말했다. 그러자 정우가 딱딱하게
굳은 목소리로 중얼거렸다.

─정희 괴롭히지 마라.

"동생 걱정하는 거야? 친구 걱정은 안 하고? 오랜만에 온 고
국인데."

즐거운 듯 윤상이 말하자 전화 너머로 분노에 찬 목소리가
들려왔다.

─올리기만 해 봐. 그땐 사력을 다해 방해해 줄 테니까.

말투엔 진심이 가득했다. 그래서 윤상은 방금 전과는 달리
앓는 목소리로 사정하듯 말했다.

"그러지 마. 벌써 마음이 아프다."

─안 올리면 되잖아.

"나만 보면 인상부터 구기는데, 어떻게 안 올려?"

─너!

분노가 가득한 고함에 윤상이 몸을 움찔 떨었다.

아아, 너무 나갔다. 진짜 화나게 해 버렸네.

그가 찔끔한 표정으로 서둘러 너스레를 떨어 댔다.

"알았어, 알았어. 안 그러면 되잖아."

─경고했다.

"네, 알겠습니다. 나정우 님."

─장난하지 마.

"알았어."

입가에 부드러운 미소를 머금은 윤상이 창밖으로 시선을 돌렸다. 세상에 환한 빛이 점차 드리워지고 있었다.

이 자식, 아직도 병원이네.

전화 너머로 들려오는 소음에 그가 미간을 찌푸렸다. 컬럼비아 병원에서도 손끝으로는 따를 자가 없을 정도로 서전으로서 인정받고 있는 친구 녀석은 아직도 병원을 제 집으로 알고 있는 듯했다.

그가 무심히 물었다.

"병원 생활은 어떠냐?"

─나쁘진 않아.

"좋지도 않다는 말이네."

자신 역시 그랬다. 맨해튼에서의 생활은 좋지도 나쁘지도 않았다. 열심히 일을 했고, 그만큼 빠르게 승진하여 회사에서도 인정을 받았다.

풍족하게 생활할 수 있을 만큼 돈도 벌었고, 미국 전역을 돌아다니며 여행도 했다. 나쁠 것이 없을 생활이었는데, 단 하나 없는 게 있었다.

나정희.

단 하나의 존재가 없자, 다른 것들은 소용이 없어졌다.

예전엔 그 여자가 이 정도로 크지 않았는데, 최근엔 복리로 그리움이 쌓여 가는 기분이었다. 왜 자신에게 이러한 변화가 생겼는지 그는 잘 알고 있었다.

"정리되는 대로 들어올 거냐?"

마지막으로 술잔을 기울였을 때, 정우는 한국행을 고민하고 있다고 했었다. 그때 윤상은 입을 꾹 다물며 자신의 계획을 이야기하지 않았었지만.

윤상의 물음에 망설임 없는 정우의 답이 들려왔다.

—너 하는 것 봐서.

"아이고, 무서워라."

울리면 당장이라도 돌아오겠다는 뜻이군.

방해하지 말라고 경고를 할까, 고민하던 그가 고개를 저었다. 그것보단 친구의 오장육부를 뒤집을 말을 하는 편이 더 효과가 좋으리라.

그의 얼굴이 개구지게 변했다.

"많이 예뻐졌더라, 정희."

—정윤상.

정우가 그의 이름을 또박또박 부르며 위협적으로 으르렁거렸다. 정희는 유일한 여동생이면서 유일한 가족이었다. 그들의 부모는 교통사고로 허망하게 하늘나라로 가 버렸으니까.

—미친놈.

전화 너머로 들리는 분노에 찬 말에 윤상이 방금 전과는 달리 얼굴에 가득하던 웃음을 지웠다.

　무감한 표정으로 창밖을 보던 그가 천천히 눈을 감았다. 눈 밑에 어둠이 깊게 드리웠다.

　"장난 아니야."

　애초부터 나정희는 그에게 장난이 아니었다. 장난으로 죽마고우의 동생을 건드는 몰상식한 인간은 아니었다. 다만, 용기가 없었을 뿐이다. 자신을 볼 때마다 인상을 구기는 정희는 자존감을 바닥으로 끌어 내리기에 충분했다.

　하지만 이젠,

　"이번엔 정말 사력을 다해 보려고."

　그러지 않을 참이었다. 저돌적으로 다가갈 것이고, 단단한 벽을 깨부술 생각이었다.

　그의 이런 마음을 눈치챈 것일까. 정우가 무심히 말했다.

　─장난 아닌 거 알아. 하지만 정 회장님도 장난이 아니라는 거 알고 있어.

　"……."

　─내겐 고마운 분이야. 그리고 그분이 어떤 생각을 가지고 있는지도 모두 알고 있고. 네가 그 마음만 포기하면 D.C에서 제대로 된 경영자 수업을 받을 수 있다는 것도 알고 있어. 이 경우엔…….

　"내가 돈 때문에 놀아날 인간이 아니라는 것도 알고 있겠지. 그리고 불효자라는 것도 알고 있고."

　되돌아오는 것은 그와 비슷하게 무심한 어조의 말이었다. 시름이 깊다는 듯 정우가 한숨을 뱉었다.

—다 떠나서 너만 보면 학을 떼는데 가능하겠냐?

내 동생이긴 하지만 걔 고집도 만만치 않은데. 이어진 말에 윤상이 허탈한 웃음을 내뱉었다.

"한 번도 부딪쳐 본 적이 없으니 제대로 해 봐야지. 그래도 안 되면 그땐 지금보다 더 괴롭힐 거야."

—초딩.

정우가 놀리듯 말했다. 무감했던 목소리엔 어느새 웃음이 서려 있었다. 유치해도 이렇게 유치할 수 없다며. 그러자 윤상이 항의하듯 외쳤다.

"뭐가!"

—좋아하면 괴롭히지 말고 잘해 줘.

진중한 말에 씩씩거리던 호흡이 가라앉았다. 진심으로 하는 말은 윤상의 말문을 막히게 만들기 충분했다.

—네놈이 준비한 생일 선물, 내가 주는 거라고 거짓말이나 하지 말고.

"안 받을 거니까. 내가 준다고 하면."

윤상이 정희의 목에 걸려 있던 목걸이를 떠올리며 웃었다. 그가 심사숙고해 고른 것이었지만, 결국 그 목걸이는 정우가 준 것이 되었다. 그 스스로, 그렇게 만들었다.

—후우…… 나도 모르겠다.

복잡한 심경에 휩싸인 듯한 정우의 목소리가 울렸다.

동생만 생각하면 죽어라 반대를 하는 게 맞았다. 하지만 윤상과 오랜 시간을 보내 온 그였던지라, 친구 녀석을 생각하면 두 사람이 잘되었으면 하는 마음도 있었다.

그의 한숨 소리에 윤상의 입술이 부드럽게 호를 그렸다.

"예전엔 죽어라 반대하더니."

—지금도 죽어라 반대해. 네가 사는 세계는 우리가 살고 있
는 세계와 다르니까. 정희가 원하는 것도 그런 게 아니라…….

"알아, 나도. 그 아이가 원하는 건 해 줄 수 없다는 거."

—그럼 그만 접는 게 어때? 너 끈기라곤 눈 씻고 찾아봐도
없잖아. 안 될 것 같으면 미리 포기부터 하는 놈이잖아. 그런데
정희한테는…….

"그러니까. 나도 그게 참 신기하다니까."

스스로도 허탈하다는 듯 윤상이 웃음을 뱉었다.

"왜 걔만 안 될까."

몇 년째더라…….

그는 까마득히 오래전부터 지속된 감정의 '처음'을 떠올려
보았다. 그러다가 친구 정우에게 들켰던 그날도. 그의 표정이
어두워졌다.

그 기억은 그를 절로 다운되게 만들었다. 그리고 곧이어 닿
는 날카로운 감정에 천천히 입술을 뗐다.

"동생 시집보내냐?"

—내가 미쳤냐? 너한테 정희를 시집보내게?

"아, 거참. 앞뒤가 안 맞으시네. 방금 전까지 응원해 주던 거
아니야?"

—나도 모르겠다.

장난스럽게 치부해 버리려던 계획이 실패로 돌아가자 윤상

이 난감하다는 듯 이마를 긁적였다. 그리고 곧 너무나 당연한 말이 들려왔다.

—정희 마음이지.

모든 건 그 아이의 마음.

"그래서 어렵다."

윤상의 눈동자가 어둡게 빛났다.

—난 정희한테 죽어라 안 된다고 말할 거다.

"나한테는?"

—정희한테 내가 친오빠인 것처럼, 너한텐 친구니까.

"너도 참 인생 복잡하게 산다."

두 사람의 대화는 해가 밝도록 계속 이어졌다.

❊   ❊   ❊

"팀장님, 외근 잘 다녀오셨어요?"

아침에 곧장 명동에 위치한 '뉴 백화점'에 다녀온 정희는 3시가 되어서야 사무실에 도착할 수 있었다. 다음 달에 몰려올 요커 때문인지 백화점에선 1층 명품 매장에 입점해 있는 모든 업체에게 20% 할인 행사를 제안하였다.

매년 여름 세일을 한 달이나 앞당기고, 그중 일부는 백화점에서 부담을 할 테니 나머진 업체 측에 양해를 부탁한 것이다.

청담에 위치한 시즌 매장에서 15% 이상 할인 행사를 하지 않기로 방침을 세워 둔 지 반년도 되지 않아 이러한 요청이 오자 정희는 직접 뉴 백화점 실무 담당자를 만나 이에 대해 심도 깊은 대화를 나누어야 했다.

결국 아침부터 진이 다 빠져 사무실에 들어섰고, 막 프린트를 하러 가던 다혜가 그녀를 발견하곤 인사를 건넸다. 그 뒤로 여기저기서 날아든 인사에 고개를 끄덕인 정희가 다혜를 보며 물었다.

"별일 없었죠?"

"네, 없었어요. 아, 맞다. 팀장님 오시면 바로 실장님 방으로 들어오라고 하셨어요."

다혜의 말에 정희의 얼굴이 일그러졌다.

나 방금 전까지 적장에서 치열한 전투를 치르고 온 사람이거든요?

그렇게 앓는 소리를 하고 싶었으나, 그녀는 무거운 걸음을 옮겨 제 자리에 가방을 내려놓은 후 곧장 실장실로 향했다.

똑똑.

노크를 한 정희가 문을 열고 안으로 들어가자 서류와 함께 아직 한국에선 출시되지 않은 제품을 보고 있던 윤상이 고개를 들었다.

"실장님, 외근 다녀왔습니다."

"네, 수고했어요."

표정은 물론이고 목소리에도 피곤이 가득했다. 관찰하는 시선으로 그의 얼굴을 꼼꼼히 뜯어보던 정희의 미간이 찡긋, 일그러졌다.

쯧쯧, 한숨도 못 잔 얼굴이네.

신경 쓰인다는 듯이 그의 얼굴을 한참이나 들여다볼 때였다.

그녀가 들어오기 전까지 보고 있던 서류에서 눈을 떼지 못하던 그가 자리에서 일어났다. 한번 일을 시작하면 무섭도록 집중을 하는 그였고, 한번 쥔 일은 성에 찰 때까지 해야 직성이 풀리는 사람이었다.

자리에서 일어나면서도 여러 개의 서류철에서 시선을 떼지 못하고 만지작거리는 모습에 정희가 깍듯이 말했다.

"조금 이따가 다시 오겠습니다."

"아니에요. 보고할 게 많죠? 앉아요."

다정한 얼굴로 웃은 그가 다이어리와 테이크아웃 커피 잔을 들고 걸음을 옮겼다.

소파에 앉은 정희는 어젯밤 있었던 미팅부터 오늘 아침 나누었던 열기 튀는 대화까지 머릿속으로 정리하기 시작했다. 회의 땐 잡다한 소리를 늘어놓아 봤자 집중력만 흩어진다는 것을 그녀는 잘 알고 있었다. 팩트만 정확하게 전달하기 위해 몇 번이고 머리를 굴리던 그녀는 그가 들고 있던 커피 잔을 제 앞으로 내미는 것을 보았다.

"뭐예요?"

"커피죠, 달달한 커피."

"……저 주시는 거예요?"

"회의 때문에 점심도 제대로 못 챙겨 먹었을 부하 직원을 위해 도시락을 사 둘까 하다가 그건 부담스러워할 것 같아 커피만 샀습니다. 마셔요."

저렇게까지 말을 하는데 거절할 이유는 없었다. 왜 그의 것은 없는지 시선을 옮기던 그녀가 책상 한편에 놓여 있는 커피 잔들을 보았다. 그 역시 점심을 먹지 않은 것인지 책상 위에 놓인 커피만 하더라도 넉 잔은 되었다.

몸에 있는 수분의 대부분을 커피로 만들 작정인지 아침부터 지나칠 정도로 많은 카페인을 들이켠 흔적에 그녀가 고개를 저었다.

지금 둘은 서로에게 아주 깍듯한 존댓말을 하는 중이었다. 공적인 관계로 일을 해야 하는 시간이었으니까. 그렇다면 그녀가 지금 해야 할 일은 그에 대한 걱정보다는 커피를 준 것에 대한 감사 인사, 그리고 어젯밤과 오늘 있었던 일에 대한 보고였다.

"감사합니다."

그녀가 입술을 적실 정도로만 커피를 마신 후 앞에 내려놓았다. 그리고 어제 있었던 일부터 차근차근 보고하기 시작했다.

"카넬 씨, 이번 한국 방문 건으로 배우 지민을 만났습니다."

"아, 카넬 씨와도 친분이 있죠."

아이돌이었던 지민은 현재 인기가 많은 연기파 남자 배우로 자리매김한 상태였다. 시즌의 패션쇼에도 자주 초대를 받는 그는 카넬과도 개인적인 친분이 있어, 한국에서 여는 파티에 참석하기로 되어 있었다.

이와 관련해 시즌 신상품 스크랩북을 가지고 직접 지민과 관계자들을 만난 그녀는 고급 레스토랑에서 맛있는 음식을 먹으며 즐거운 시간을 보냈다.

패션 이야기는 그녀가 좋아하는 것이었고, 취향이 비슷한 사람과의 대화는 즐거운 법이었으니까.

방금 전까지만 해도 굳어 있던 그녀의 입술 끝이 부드럽게 올라가는 것을 긴밀한 시선으로 알아차린 그가 무심한 어조로 물었다.

"표정이 아주 밝습니다?"

"아주 멋있는 사람이더라고요."

"나정희 팀장의 상사보단 안 멋있을 겁니다."

어우!

날카로운 논객처럼 쏘아붙이고 싶은 마음이 차오른 정희가 입술을 달싹일 때였다.

손을 뻗은 그가 그녀의 앞에 놓여 있던 잔을 가져와 한 모금 마셨다.

"뭐하시는 겁니까, 실장님?"

"줬다가 뺏는 짓이요."

"……그거 성희롱이야. 직장 내 성희롱!"

"성희롱? 내가 언제? 아아."

그의 시선이 잔 끝 쪽에 묻어 있는 핑크색 립스틱 흔적으로 향했다. 그제야 말뜻을 이해했다는 듯 그가 커피 잔을 허공에서 흔든 후 피식, 바람 빠지는 소리를 내며 웃었다.

"유치하게."

어린애야? 그런 걸 신경 쓰게?

그의 눈초리가 그녀를 비웃는 것만 같았다.

나정희. 참자, 참아야 해.

저 인간은 섬세함이라곤 눈 씻고 찾아봐도 없는 인간이잖아. 어디 그뿐이야? 저 인간은 정말 안타까운 상황이긴 하지만 내 상사라고. 내가 퇴사를 하지 않는 이상 이 관계는 영영 계속될 거고.

정희는 이를 악물며 서둘러 일 이야기를 진행했다. 빨리 이야기를 끝내고 제 자리로 돌아가기 위해서였다. 이야기는 이미 머릿속에 말끔하게 정리가 되어 있었다.

"오늘 아침엔 뉴 백화점 실무자와 만나 할인 건으로 이야기를 했습니다. 15% 이하 할인은 없다는 입장을 고수했지만, 그쪽에선 이미 다른 곳들도 모두 동의했다며, 이에 대해 협력해 달라고 요청하는 중입니다."

뉴 백화점에 입점해 있는 것들은 대부분 '중저가 브랜드'였고 고가의 브랜드는 명품관을 따로 만들어 운영하고 있었다. 그러니 다들 그 말도 안 되는 할인율에 동의했지.

그녀가 인상을 굳히며 이야기를 하자, 윤상이 빨대로 쪼로로 소리를 내며 커피를 마셨다. 하지만 장난스런 행동과 달리 느른하게 흘러나오는 목소리는 단호했다.

"나정희 팀장님의 생각은요?"

"반댑니다. 회사의 기존 방침을 흔들면서까지 진행하고 싶진 않습니다."

"이하 동문."

탁 소리를 내며 테이크아웃 잔을 내려놓은 그가 소파에 등을 기대며 기다란 다리를 꼬았다. 유려하게 뻗은 다리를 멍하니 보던 그녀가 나지막한 어조에 퍼뜩 고개를 들어 그를 봤다. 브라운색의 눈동자가 그녀의 속마음을 모두 알고 있다는 듯 깊게 가라앉아 있었다.

"제가 직접 담당자를 만나 보겠습니다. 따로 자리를 마련해 주시겠어요?"

"네, 알겠습니다. 시간은 언제가 편하십니까?"

나정희, 정신 차려.

더 이상 얼빠진 모습을 보여 주고 싶지 않았던 그녀가 딱딱한 어조로 묻자 윤상은 여전히 여유로운 모습으로 답을 해 주었다.

"이번 주는 무리고, 다음 주 수요일이나 목요일이 좋겠네요."

"네, 그럼 연락을 취한 뒤 말씀드리겠습니다."

이야기를 마쳤다는 듯 정희가 자리에서 일어났다. 오늘은 평소보다 늦게 출근하였으니 빨리 일을 처리하지 않으면 그의 환영회에 제때 참석하지 못할 것이다.

아, 그것도 괜찮나?

쓸데없는 생각을 하던 그녀는 다시 테이크아웃 잔을 드는 그를 보며 인상을 찌푸렸다.

"다른 여직원들에겐 그러지 마세요."

"질투?"

그의 입술이 느른하게 벌어지는 것을 보던 정희가 나지막하게 외쳤다.

"실장님!"

어디 그런 말도 안 되는 소릴!

씩씩거리며 거친 숨을 내뱉는 정희의 모습에 그가 어깨를 으쓱이더니 자리에서 일어났다. 손엔 여전히 그 문제의 커피를 든 채로.

"수고했어요."

약을 올리듯 생글생글 웃고 있는 얼굴을 보며 정희가 이를 까드득 깨물었다. 아오! 실컷 욕지거리라도 내뱉어?

"환영회 장소 변경이야."

"응?"

"회사 앞 미담(湄潭), 8시."

도도하게 턱을 치켜 든 정희가 그를 비웃듯 말했다.

"참고로 횟집이야."

흥.

콧방귀를 뀐 그녀가 고개를 팩 돌렸다.

당하고만은 있지 않겠다는 듯 대응하는 정희를 보며 그가 속으로 웃음을 삼켰다.

"역시, 놀리는 재미가 있다니까."

❀   ❀   ❀

직장 생활은 일도 물론 중요했지만, 다른 직원들과의 관계도 중요하다. 그 때문에 한 달에 한 번씩 회식을 가지기도 하며, 워크숍, 체육대회 등의 커다란 행사를 가지기도 한다.

대부분의 직장인들이 그러하듯, 시즌의 직원들 또한 단체 행동을 좋아하지 않았다.

상사의 기분에 맞춰 코가 삐뚤어지도록 술을 마셔야 하는 회식도, 공기 좋고 물 좋은 곳이라는 핑계로 회사를 벗어나 코가 삐뚤어지도록 술을 마셔야 하는 워크숍도, 직원들의 건강 증진을 위해 가지는 자리이지만 코가 삐뚤어지도록 술을 마셔야 하는 체육대회도!

결국 기승전 '술' 인 자리들은 여직원들에겐 최악이나 마찬가지였다.

하지만 어찌 된 일인지 시즌 한국지사 앞에 위치해 있는 '미담' 에 모인 마케팅부 직원들은 여느 때와 달리 웃고 있었다. 누가 시키지도 않았는데 먼저 시원한 사케를 마시고, 평소라면 가까이 가려고도 하지 않을 상사의 곁에 먼저 다가가 이야기를 나누고 있었다.

"실장님, 한잔하세요."

다혜는 요망한 웃음을 지은 채 윤상의 곁에 앉는 자연을 보며 혀를 끌끌 찼다.

속 보이는 거 봐라.

만약 자신도 '유부녀' 란 신분이 아니었다면, 아니, 적어도 세 살배기 아이가 있지 않았다면 멋진 상사의 등장에 자연처럼 알랑방귀를 꼈을지도 모르겠다.

잘생긴 데다가 능력 있고, 성격도 모나 보이지 않는 윤상은, 싱글 여성 모두가 군침을 흘릴 만한 조건을 가지고 있었으니까.

그래도 저건 너무 티 나지 않나?

윤상은 자신의 쪽으로 바짝 몸을 당기고 앉는 자연의 모습에 당황한 듯 미소를 지었다.

"가, 감사합니다."

감사해 보이지 않는데?

윤상의 모습을 보던 다혜가 자신의 잔을 내밀며 말했다.

"자연 씨, 난 안 줘요?"

"어? 주임님도 계셨어요?"

난 눈에 보이지도 않는다는 거군.

"난 오렌지 주스면 돼요."

"그렇죠. 임산부가 술이라니. 말도 안 되죠."

자연이 다혜의 잔을 채워 주며 말했다.

가득 찬 잔을 기울여 입안을 적신 다혜가 자연과 떨어지기 위해 엉덩이를 움직이고 있는 윤상을 보았다. 예의 바른 웃음을 짓고 있긴 했으나 어색함이 뚝뚝 흐르는 그의 미소에 다혜가 속으로 웃음을 삼켰다.

"아쉽네요. 다음 주부터 출산휴가라 같이 일해 보지도 못하고. 실장님 이야기 많이 들어서 함께 일해 보고 싶었거든요."

"저도 많이 아쉽습니다."

"제가 돌아오실 때까지 계시길 바랄게요. 둘째라 눈치가 보여서 휴가를 짧게 쓰려고 했는데……."

말끝을 흐린 다혜는 윤상의 뒤쪽에 앉아 있는 정희를 보았다. 다른 팀원들과 술잔을 기울이다가 눈이 마주치자 정희가 어색하게 웃었다.

"팀장님이 편의를 많이 봐주셔서, 이번에도 염치 불구하고 길게 썼어요."

"그러십니까?"

"네."

시선을 돌린 다혜는 관심 어린 시선으로 자신을 바라보는 눈동자에 놀라 잠시 말을 멈췄다.

이건 뭐지?

아줌마의 촉을 발동한 그녀가 떠보듯 말했다.

"음, 여직원들 사이에선 잔다르크 같은 존재거든요. 받아먹을 게 있으면 눈치 보지 말고 받아먹으라고. 덕분에 미운털이 박히는 것도 많지만, 그래도 좋은 분이에요."

말을 이으면 이을수록 윤상의 눈매가 부드럽게 변했다.

"마치, 나정희 팀장 잘 봐 달라고 말씀하시는 것 같습니다?"

"네, 정확하세요."

말을 마친 다혜가 윤상을 보았다. 부드러운 웃음은 방금 전 자연에게 지어 보이던 것과는 달랐다.

뭐지?

그녀가 의아한 마음을 품을 때였다.

곁에서 두 사람의 이야기를 듣고 있던 자연이 서둘러 끼어들었다.

"그런데 실장님께선 어떻게 그렇게 빨리 진급하셨어요? 사생활도 없이 일만 하신 거 아니에요?"

턱을 괸 채 묻는 그녀의 시선에는 오직 윤상만 보이는 것 같았다. 게슴츠레 뜬 눈은 그를 유혹하려는 듯 반짝이고 있었다.

자연을 보던 그가 앞에 놓인 술잔을 옆으로 슬쩍 치웠다. 다른 테이블에서도 술을 기울인 것인지 발그레해진 뺨을 보니 몇 잔 더 마시면 사고라도 칠 것 같았다.

"음. 아니에요."

짧게 말을 잘라 낸 그가 제 앞에 놓여 있는 술잔을 손끝으로 만지작거렸다. 사케 잔은 손바닥에 폭 감길 정도로 작았다.

"일만 하는 인생은 부질없으니까요."

"네?"

심오한 대답에 자연이 이해하지 못하겠다는 듯 고개를 기울였다. 하지만 다혜는 다른 식으로 받아들인 것인지 놀란 눈으로 그를 보았다.

들리는 소문에 의하면 그는 빠르게, 높은 곳으로 올라가기 위해 미친 듯이 일하는 워커홀릭 같았으니까.

하지만 실제로 만나 본 그는 전혀 다른 사람이었다.

"그렇게 일하는 사람은 분명 주위 사람들한테 상처를 줘요. 전 그렇게 살고 싶지 않아서 적당히 하는 편이고요."

"우와, 적당히 해서 최연소 타이틀을 모두 갈아 치우신 거예요? 이거 은근히 자랑 같으신데요?"

"그런가요?"

다혜가 놀란 듯 묻자 그가 되묻더니 이내 고개를 절레절레 저었다.

"자랑은 아닌데."

"자랑 맞으시거든요?"

윤상이 어색한 웃음을 흘리더니 쥐고 있던 사케 잔을 기울여 씁쓸한 술을 들이켰다.

그의 모습을 빤히 바라보던 다혜가 시선을 아래로 내려 오렌지 주스를 보았다.

"뭐, 그래도 실장님의 말에는 동감해요. 세상에는 성공보다 중요한 게 더 많으니까."

자신의 꿈, 자아 같은 것보다 중요한 것은 세상에 얼마든지 있었다. 하지만 정작 사람들은 그걸 잊고 산다. 너무나 당연한 것들이니까.

시끌시끌.

시간이 흐를수록, 작은 룸 안에 소음이 커져 갔다.

한 병, 두 병. 빈 병들이 룸을 나가고, 그 자리를 시원한 물방울이 쪼르르 흐르는 새 병들이 채웠다.

이젠 각자 그룹을 형성해 이야기를 하고 있는 사람들을 훑어보던 윤상이 걸음을 옮겼다. 비어 있는 정희의 옆자리에 앉은 그는 심각한 테이블 분위기에 장난스럽게 말했다.

"회식 와서 일 이야기하는 상사가 최악인 거 모르십니까?"

그의 말에 경란이 어색한 웃음을 지었다. 벗어날 타이밍을 기다리고 있었는데 마침 잘됐다는 듯. 경란이 자리를 뜨자 정희가 심통 맞은 표정을 지었다.

"그게 뭐가 잘못됐어?"

정희는 그렇게 말하기는 했으나 찔리는 것은 있는 모양인지 입술을 뾰족하게 내밀었다. 턱을 괴며 그 모습을 바라보던 그가 무심한 눈길로 말했다.

"모두 너처럼 생각하는 건 아니니까. 너처럼 사는 것도 아니고."

"내가 어떻게 사는데?"

"일 욕심이 아주 많잖아."

그게 뭐 문제냐는 듯 정희가 눈을 동그랗게 떴다. 그러다 문득 이곳이 회식 장소라는 것과 주위에 팀원들이 버글버글 하단 사실을 깨닫곤 눈동자를 굴렸다.

다행히 팀원들도 그녀처럼 술기운에 신경이 많이 누그러진 것인지 끼리끼리 모여 술잔을 기울이기 바빴다.

후, 위험했어.

혹여 다른 이들이 그와 자신의 친밀한 관계를 읽을까 눈치를 보던 그녀가 엉덩이를 옆으로 물려 사이를 벌리며 씨익 웃었다.

"회는, 입에 맞아?"

"못 먹는 거 알면서."

자신의 환영회였음에도 한 젓가락도 먹지 못한 그가 옆에 있던 밑반찬을 집어 우물우물 씹자, 그녀가 술잔을 기울이며 후후 웃었다.

"그러게 능글맞게 굴라고 했어?"

내가 언제?

그러한 눈으로 정희를 보던 윤상이 스스로 술잔을 채운 후 다시 들이켜려는 그녀의 손을 붙잡았다.

"그만 마셔."

꽤 단호한 음성이었다. 그래서 정희는 순간 멍한 표정을 지어 버렸다. 자신의 손을 쥐고 있는 그의 손을 바라보며 커다란 눈을 깜빡였다.

"응? 아."

"이만 정리하자."

"어? 벌써?"

"자연 씨는 벌써 꿈나라고."

정희는 고주망태가 되어 가는 팀원들을 보았다. 다들 목소리 톤이 한층 올라가고 얼굴은 벌겋게 익어 있었다.

그녀가 이번엔 테이블에 엎어져 자고 있는 자연을 힐끗 바라봤다. 그녀의 무릎엔 윤상의 것으로 보이는 재킷이 덮여 있었다.

대부분 여직원들이긴 했으나, 남자 직원도 있었다. 술에 취해 자세가 흐트러지는 자연을 그냥 두고만 볼 수 없어 덮어 준 것이었다. 하지만 정희는 다른 의미로 받아들인 것인지 콧잔등을 찡긋거렸다.

"어이고, 매너남 나셨네."

비꼼을 담았지만 애써 가볍게 이야기하려고 노력하는 어투. 그 말에 윤상의 미간이 모여들었다.

하지만 정희는 이를 알아차릴 정신이 없었다. 오랜만에 가진 회식이었고 한 잔, 두 잔 마시다 보니 자신도 모르게 주량을 넘어서 있었다.

그래서 평소라면 절대 하지 않을 말을 내뱉고 말았다.

"자연 씨가 오빠한테 관심이 있나 봐."

"어?"

"왜? 내가 못 할 말이라도 했어?"

정희의 물음에 멍한 눈동자를 몇 번 깜빡이던 그가 굳게 닫혀 있던 입술을 휘며 웃었다. 그리곤 진한 미소를 지은 채 나지막하게 말했다.

"내 관심은 넌데."

"……."

알코올 때문인지, 아니면 그가 만들어 낸 분위기 때문인지는 모르겠으나, 그 말은 무척 진심처럼 느껴졌다.

정희가 그를 멍하니 올려다보았다. 진위를 알아내기 위해서. 그러나 그는 어느새 평소처럼 얼굴빛을 바꾼 후 자리에서 일어났다.

"가자."

술자리는 빠르게 정리되었고, 그는 택시를 태워 직원들을 하나둘 보냈다.

마지막으로 남은 두 사람은 한 택시에 올랐다. 먼저 정희의 집으로 향한 그는 그녀와 함께 택시에서 내렸다.

그녀의 집 앞. 풀벌레가 우는 소리를 백색소음 삼아 정희와 마주 선 그가 로비를 힐끗 눈짓하며 들어가라 종용했다.

"그냥 가게?"

"지금 유혹하나?"

그의 말에 정희가 인상을 구겼다.

"그게 아니라……."

"간다."

산뜻하게 말한 윤상이 몸을 돌려 멀어졌다. 그의 뒷모습을 한참이고 바라보던 정희가 고개를 뚝 떨어뜨리며 바닥을 툭툭 찼다.

"뭐야, 정말."

왜 그런 것인지는 모르겠으나 마음이 울렁거렸다.

투명한 유리문으로 몇 번이나 정희와 시선이 마주쳤는지 모른다. 일에 집중하다가 문득 고개를 들면 어김없이 그녀가 자신을 보고 있었고, 시선이 마주치면 마치 도둑질을 하다 들킨 사람마냥 깜짝 놀라 고개를 돌리는 모습에 그의 웃음이 진해졌다.

신경 쓰고 있는 건가?

그는 쓰레기통에 가득 차 있는 테이크아웃 잔들을 보았다. 오늘 식사 대신 마신 커피였다. 팀원들이 점심시간에 해장을 하러 가자며 제안했지만, 볼 서류가 많다며 거절했었다.

흐트러짐 없이 자연의 PPT 자료를 검토하는 정희의 모습을 바라보던 그가 턱을 괬다. 그리고 다시 한 번 시선이 마주치자, 피식 웃음을 내뱉었다.

"참 알기 쉬워."

그가 사는 세계의 사람들은 자신처럼 저마다 가면을 쓰고 있었다. 그렇게 해야만 살아남는 곳이었고, 누리는 것들을 지키기 위해서 어쩔 수 없는 선택이었다.

하지만 정희는 달랐다. 처음 만났던 그 순간부터, 그녀는 마치 투명한 바다처럼 속을 숨기지 못하는 사람이었다.

뺨을 붉히며 부끄러워하던 그 모습, 그것을 아직도 잊을 수가 없었다.

샘플을 하나둘 만져 보던 그가 퇴근 시각이 훌쩍 지나서야 자리에서 일어났다. 책상을 정리하고 밖으로 나오자, 홀로 자리를 지키고 있는 정희가 보였다.

인사를 한 후 사무실을 나서자, 정희가 재빨리 그의 뒤를 따라나섰다.

엘리베이터 앞에 선 둘은 조용히 붉은색 숫자가 변하는 것만 보았다. 문이 열리고 엘리베이터에 오른 둘은 저마다 지하 1층과 2층을 눌렀다. 침묵은 어깨가 짓눌릴 만큼 무거웠다.

굳은 그의 옆모습을 보던 정희는 몇 번이고 입술을 뗐다가 다물길 반복했다. 하고 싶은 말이 많은 표정이었으나 무표정한 얼굴 때문에 쉬이 입술을 뗄 수 없는 모양이었다.

망설이고 망설이던 그녀가 조심스러운 기색으로 물었다.

"바로 본가 들어가는 거지?"

"어."

여전히 정면을 바라본 채 짧게 답하는 그의 모습에 정희가 가방을 뒤적이더니 플라스틱 통 하나를 꺼내 무심히 건넸다.

"이거라도 마셔."

"선식?"

갈색의 선식 가루를 탄 물에 그가 고개를 기울였다. 그러자 정희가 어색한 얼굴로 방금 전 그의 시선이 닿아 있던 곳을 내려다봤다.

"정신 똑바로 차려야지."

"어?"

"정 회장님과 단판 지으러 가는 거 아니야? 뭔지는 모르겠지만, 정 회장님 앞에선 밥도 제대로 못 먹을 거 아니야."

그가 놀라서 되묻자 정희가 빠르게 말했다. 손을 힘주어 마주 잡는 것을 보니 이 상황이 어색해 미치겠다는 모습이다. 그녀의 손을 말간 눈동자로 바라보던 그가 물었다.

"왜 그런 생각을 한 건데?"

"그런 일이 아니면 오빠가 왜 먼저 정 회장님을 만나러 가겠어?"

입술을 삐죽인 정희가 그의 얼굴을 곁눈질하며 말을 이었다.

"얼굴은 다 썩어 가지고."

"썩었는데도 이렇게 잘생겼으면 얼마나 완벽한 거야."

"오빠, 제발 사람이 걱정할 땐……."

그녀가 말을 끝맺기도 전이었다. 도중에 말을 잘라 낸 그가 그녀의 어깨를 감싸 쥐며 귓가에 속삭였다.

"그래서 우리 정희, 이거 먹고 지금 나보고 힘내라는 거야?"

"……."

"기왕이면 도시락을 사 주든가. 선식이 뭐냐, 선식이."

짝!

제 어깨를 감싸 쥔 손을 찰싹 내려친 정희가 고개를 팩 돌렸다. 여전히 삐죽인 입에선 '그럼 업무 중에 나가서 도시락을 사 와야 한다는 말이냐'라든가, '그런 불량 직원은 시즌엔 없다'라는 투덜거림이 흘러나왔다.

그 모습에 그가 플라스틱 통을 내려다보았다. 가루가 뭉쳐져 있는 것을 보니 급히 탄 기색이 역력했다.

지하 1층에 엘리베이터가 멈춰 서자 아래를 바라보고 있던 그녀가 그를 홱 노려본 후 짜증스럽게 말했다.

"……걱정해 줘도 난리야!"

신경질적으로 걸음을 옮겨 자신의 차로 향하던 정희가 아니나 다를까, 발을 헛디디며 삐그덕거렸다.

그 모습을 바라보던 그는 문이 닫히자 시선을 내려 플라스틱 통을 보았다. 그러다 뚜껑을 열어 한 모금 마시곤 입안에서 가루가 녹아내리는 느낌에 피식 웃음을 내뱉었다.

"미치겠다, 정말."

나정희, 진짜.

미치도록 귀여워서 어쩌냐.

❋   ❋   ❋

달그락, 달그락.

식기가 부딪히는 소리만 들리는 곳. 넓은 식탁은 열 명이 앉고도 남을 만큼 널찍했지만, 자리를 차지하고 앉은 사람은 단 셋뿐이었다.

D.C 패밀리.

D.C의 최고 수장과 차기 수장, 그리고 그들에게 미움을 받아 미국으로 쫓겨난 탕아.

셋은 아무런 말도 없이 식사를 한 후 자리에서 일어났다.

윤상은 자신의 팔을 붙잡는 형 영상의 손길에 고개를 돌렸다. 굳은 표정의 영상이 말했다.

"한국에 들어왔으면 연락을 했어야지."

"음, 형 얼굴을 제대로 보려면 정리해야 할 일이 있어서."

"정리해야 할 일?"

여주댁이 서재로 차를 가져가는 모습을 힐끗 보던 윤상이 고개를 끄덕였다.

"지금 이 상태에선 형을 편히 볼 수 없잖아. 주위 사람들 눈이 있는데."

"……정윤상."

"사람들은 다 내 눈치를 봐. 내가 혹시나 그들의 것을 탐내진 않을까, 그들의 것을 내가 가지고 가면 어떻게 하지."

"……."

"내가 아무리 말을 해도 믿어 주질 않아."

영상의 얼굴이 굳어졌다. 동생은 어떤 생각을 하고 있는지, 눈을 마주 보고도 알아낼 수 없을 만큼 사업가적 기질이 뛰어난 사람이었다.

고등학교 때, 아버지에게 받은 사업 자금으로 1년 만에 세 배의 흑자를 낸 자신과 달리 동생은 서른두 배의 흑자를 냈다. 그때 동생이 만든 회사는 현재도 D.C IT로 운용이 되고 있었다.

아버지는 동생을 아꼈다. 엇나가는 동생을 어떻게 해서든 품으로 돌아오게 하고 싶어 늘 시험을 했고, 머나먼 미국에 보내는 것으로 벌을 주었다.

하지만 동생은 결국 D.C가 아닌 다른 회사를 선택했고, 아직도 아버지와 감정의 골은 깊기만 했다.

"난, 네가 내 자리를 탐낸다고 해도 상관없다."

영상의 말에 윤상은 고개를 저었다. 원치 않는다는 듯이.

"형, 그건 내가 원하는 게 아니야."

"넌 이 자리에 책임을 져야 해."

"⋯⋯내가 이제껏 아버지에게 받아 온 것 때문에?"

"그래."

딱 잘라 하는 말에 윤상이 희미한 웃음을 지었다.

영상은 자신의 어깨를 툭툭 두드린 후 서재로 향하는 윤상의 모습에 깊은 한숨을 내쉬었다. 눈을 감은 그의 얼굴에 아쉬움이 서렸다.

함께하면 좋을 텐데.

동생은 그럴 마음이 없어 보였다.

달칵, 문을 열고 안으로 들어간 윤상은 자리에 앉아 차를 음미하고 있는 정 회장의 모습에 미소를 머금었다.

능글능글 웃는 얼굴에 정 회장이 시선을 돌려 결재판을 보았다. 오랜만에 연락을 한 아들 녀석이 어떤 말을 할지 빤히 보인다는 듯이. 그는 지금 대화를 피하고 있었다.

"아버지, 이야기 좀 하시죠."

"⋯⋯노크하는 예의도 못 배운 거냐?"

"배운 것 같기도 하고, 아닌 것 같기도 하고요."

"마음에 안 드는 녀석."

"잘 알고 있으니 굳이 언급하지 않으셔도 돼요."

정 회장의 왼쪽 의자에 앉은 윤상이 검은색 가죽 가방에서 노란 봉투 하나를 꺼내 내밀었다. 정 회장이 눈짓으로 이게 뭐냐고 묻자 윤상은 여전히 웃는 낯으로 가볍게 말했다.

"저, 그냥 제 마음대로 살래요."

"뭐?"

생글생글 웃으며 하는 말에 정 회장의 얼굴이 딱딱하게 굳어졌다. 그가 지금 진심이라는 것쯤은 아비로서 단박에 눈치챌 수 있었다.

정 회장의 표정을 눈으로 좇던 윤상의 얼굴이 차차 굳어졌다.

"회장님이 가장 무서워하는 건 내가 형의 자리를 빼앗으려고 하는 경우 아니에요? 그룹이 갈기갈기 찢겨서 회장님이 이루어 온 모든 것들이 부서지는 것."

"너……!"

"안 그럴게요. 그럴 마음도 없고요."

무심한 표정으로 고저 없이 읊조린 그가 천천히 눈을 감았다.

"그러니 한 번만 제 마음대로 하게 해 주세요."

부탁이었다, 이건. 처음이자 마지막으로 하는 부탁.

하지만 정 회장은 그 부탁을 간단히 묵살했다. 자신이 가진 것들을 이야기하며.

"아직도 정신 못 차렸구나. 내 말만 들었어도 D.C는 네 것이었다."

"필요 없습니다. 그런 거."

"그런 거? 정윤상, D.C가 가진 힘이 얼마나 큰 줄 알아? 넌 더 크게 될 수 있는 놈이다. 내 말만 듣는다면, 천하를 가질 수도 있어!"

"제가 원하는 건 돈으로 살 수 없는 것들이에요."

그리고 정희가 원하는 것 역시, 돈으로는 살 수 없는 것들이었다.

윤상이 노란색의 두툼한 봉투를 내려다보았다. 지난 시간 동안 정희에게 가기 위해 힘써 왔던 것들. 그것들을 들고, 이제야 한국으로 다시 돌아올 수 있었다.

"이건 예전에 부탁드렸던 정우, 정희 학비예요."

"……."

"이건 아버지가 제 앞으로 해 둔 것들. 이제 모두 돌려 드릴게요."

정 회장이 노란 봉투를 쥐었다. 안을 열어 보자 그에게 양도했던 주식과 통장, 그리고 서류가 들어 있었다.

찬찬히 살펴보던 정 회장의 입술이 부드럽게 휘었다. 이래서 탐이 났다. 아들 녀석은 빚을 지면 그냥 넘어가는 법이 없었고, 어떻게 해서든 결과물을 만들어 자신에게 가져왔으니까.

정 회장이 말없이 서류를 바라보자, 윤상이 장난스럽게 말했다.

"이자까지 두둑하게 넣었어요."

"……월급쟁이로는 힘들었을 텐데."

"돈 냄새는 귀신같이 맡게 하셨잖아요."

그렇게 치더라도 꽤 힘든 시간들이었지만.

하지만 견딜 만했다. 2년에 한 번, 그녀를 만날 수 있었으니까. 그 시간은 오랜 비밀을 품고서 홀로 고군분투하는 자신에게 주는 보상과도 같은 것이었다.

그의 얼굴에 서리는 따스한 웃음에 정 회장이 할 말을 잃은 듯 허허 웃었다. 통장에는 정확히 15년 전 그가 빌려준 돈의 열 배가 들어 있었다. 더 이상 무어라 말을 할 수가 있을까.

"그냥 아버지 자식 안 할래요, 나."

아버지 대신 여자를 선택하겠다는 망할 불효자에게.

"하하, 하하하."

웃음을 내뱉은 정 회장이 고개를 저었다.

chapter 3
소년의 마음

"야, 나정우."

"왜?"

책에 고정되어 있던 시선을 무심하게 든 정우가 윤상을 보았다. 눈을 반짝이는 게 심상치가 않았다. 오랜 시간 벗으로 지낸 시간들이 위험 경보를 알리며, 시선을 피하라고 종용했다.

정우가 다시 책으로 시선을 내렸다. 꿍꿍이가 가득한 친구의 시선을 피해. 하지만 정윤상이 어떤 인물인가. 집요한 것으로 치자면 세계 제일이라 할 수 있을 만큼 한 고집 하는 인간이었다.

똑똑.

책 위를 가볍게 손으로 두드린 윤상이 책상에 뺨을 기댔다. 시선은 여전히 샤프를 놀리며 수학 문제를 풀고 있는 정우를 향한 채.

전생에 공부만 하다가 죽은 귀신이라도 붙었나? 그렇다면 과거 시험에 계속 떨어져서 한 많은 귀신일 거야.

쓸데없는 생각을 하던 윤상이 밖에서 맴맴 들려오는 매미 울음소릴 들으며 웅얼거렸다. 시원한 에어컨 바람과는 달리 쨍알쨍알 울리는 여름의 소리에 잠이 솔솔 왔다.

"정희는 뭘 좋아해?"

"……뭐? 정희?"

고개를 돌려 자신을 바라보는 정우의 얼굴이 구겨져 있는 걸 본 윤상이 헤실헤실 웃으며 힘껏 고개를 끄덕였다. 소년의 웃음은 순수했지만, 동생의 이야기에 급격히 바뀐 정우의 표정은 어둡기만 했다.

"그건 알아서 뭐하게."

"알고 싶어서."

"관심 꺼라. 세상에서 제일 나쁜 놈이 친구 동생한테 집적거리는 놈이다."

"그것보다 더 나쁜 놈이 있지."

윤상의 말에 정우의 고개가 기울어졌다. 그러자 윤상이 고개를 들어 턱을 괬다. 음흉한 웃음에 정우의 얼굴이 더욱 구겨지는 것이 즐겁다는 듯이.

"예쁜 동생 가진 놈."

"정윤상. 죽는다, 진짜."

장난질 그만하라며 정우가 짜증스럽게 말했다. 샤프를 들고 있는 손이 부들부들 떨리는 것을 보니 여기서 더했다간 머리에 구멍이라도 날 것 같았다.

"정희 생일이잖아. 생일 선물 주고 싶어서."

그가 본심을 말했다. 정희의 생일은 무더운 여름이 절정에 달하는 8월 13일이었다. 당일에 만나 생일을 축하해 주는 것이 좋겠지만, 안타깝게도 방학이었다. 그날 정희를 만나는 건 정우 때문에 무리일 터이니, 생일 선물이라도 전해 주고 싶었다.

정우가 고개를 저었다.

관심 꺼.

그의 표정이 마치 그렇게 말하는 것만 같았다. 하지만 윤상은 한 치도 물러서지 않은 채 물었다.

"우리 정희도 작고 반짝이는 거 좋아하나?"

"정희를 뭘로 보는 거야?"

그렇게 속물인 줄 아냐?

정우가 눈살을 찌푸리며 뒷말을 잇자 윤상은 왜 그렇게 당연한 것을 묻냐는 듯 눈을 동그랗게 떴다.

"여자."

"야!"

정우의 비명에 같은 반 학생들의 시선이 두 사람에게 닿았다.

또 정윤상이 나정우의 성질을 긁어 놓는구나, 라는 눈치들이었다. 목소리를 높이는 일이 극히 드문 나정우가 저토록 화를 낼 땐 윤상과 이야기를 할 때뿐이었으니까. 아이들은 금세 신경을 끄고 교재를 보느라 정신이 없었다. 이 무더운 여름이 지나고 선선한 바람이 불기 시작하면 수능이 바로 코앞이었다.

하지만 세상 무서울 것이 없는 정윤상은 수능조차도 두려워

하지 않았다. 현재 그의 관심사는 '정희의 생일 선물' 뿐이었다.

"여자는 자고로 작고 반짝이는 걸 좋아하는 법이지."

그가 손마디의 반을 접어 정우의 앞으로 내밀었다. 이만한 사이즈의 작고 반짝이는 것이 어떻겠냐며. 정우의 얼굴이 다시 한 번 일그러진 것은 두말하면 잔소리였다.

"아직 애거든?"

그런 애한테 생일 선물을 다이아몬드로 주는 게 말이 돼?

예전부터 그랬지만 정윤상은 보통 또래와는 생각하는 구조가 다른 사람이었다.

초등학교 때 정우 때문에 처음 먹어 본 불량식품이 너무나 맛있어 개당 10원짜리 과자를 10만 원치나 산 적도 있었으니까. 그리고 정우에게 이런 신세계를 소개시켜 줘서 고맙다며 반을 뚝 떼 주었다. 덕분에 정우는 그 과자를 물릴 때까지 먹어야 했다. 달달함에 속이 미식거릴 때까지.

그건 시작에 불과했지. 속으로 생각하던 정우가 고개를 절레절레 저었다.

"우리도 애야."

"하지만 나는 스케일이 애는 아니지."

아니까 다행이다.

그렇게 톡 쏘아붙일까?

고민하던 정우는 자신이라도 멀쩡한 정신으로 제대로 된 답을 해야 하지 않겠냐고 생각을 고쳐 먹었다. 그래, 괜히 여기서 빈정대면 눈을 번득이고 있는 저 괴짜가 정말로 작고 반짝이는 걸 사서 정희에게 안길지도 몰랐다.

"하지만 네가 선물을 주려고 하는 사람은 애거든? 부담스러워할걸?"

"그래?"

"그래. 상식적으로 생각하자, 우리."

정우의 말에 공감한다는 듯 윤상이 고개를 주억거렸다.

"그럼 성인이 되면 줘야겠네."

이미 다이아몬드에 꽂힌 거냐? 정우가 혀를 끌끌 찼다.

"그때 줘도 부담스러워할 거다. 넌 오빠 친구일 뿐이니까. 그리고 부모님 돈으로 살 게 뻔한데, 그걸 정희가 좋아하겠어? 네가 산 게 아니라, 네 아버지가 산 것 같은 느낌일 텐데."

"아."

윤상이 눈을 동그랗게 떴다. 허점을 찔렸다는 듯이.

물론 용돈을 받아서 생활하지 않았고, 개인적으로 미션을 받아 만든 작은 IT 회사에서 나오는 돈도 적지 않았으나, 윤상은 거기에 대해 가타부타 말하지 않았다. 자신이 만들었다고 해도 그 사업 자금은 처음부터 아버지 것이었으니까.

소년이 드디어 제정신을 차렸다는 듯 고개를 끄덕이자, 정우는 안도의 표정을 지었다. 요즘 눈치를 보아하니, 자신의 동생 또한 친구 녀석에게 마음이 있는 듯했다.

후, 한숨을 내쉰 정우가 고개를 저었다. 두 사람이 좋다고 하면 자신이 굳이 반대할 것도 없지만 친구와 동생이 연애를 한다는 생각만으로도 몸에 열이 불끈불끈 올랐다.

아직 정윤상을 믿지 못해서 그래. 어떤 생각을 하며 사는 놈

인지 12년 동안 같이 지내 왔으면서도 잘 모르잖아? 정희에게
하는 것도 반 장난일 수 있어.

생각에 빠져 있던 정우의 샤프 놀림이 더뎌질 때였다.

"정희는 방학 때 뭐해?"

"비밀."

갑작스러운 물음을 가벼이 넘긴 정우가 10분째 풀지 못하고
있는 수학 문제를 노려보았다. 공식만 대입하면 아주 쉽게 답
을 얻을 수 있는 문제였다. 못 풀 것도 없었지만 자신을 바라보
며 생글생글 웃고 있는 윤상 때문에 도저히 집중이 안 됐다.

탁.

결국 샤프를 내려놓은 정우가 윤상에게 관심을 돌렸다.

"넌 뭐하는데?"

"놀러 가."

"팔자 좋다. 고3이."

고개를 절레절레 저은 정우는 여름방학 내내 자신과 정희는
집에 있고 부모님만 외가인 호주로 간다는 사실을 비밀에 부쳤
다. 말해 줘 봤자 자신의 정신 건강에 좋을 게 하나도 없으니
까.

단기 어학연수라고는 하나, 어릴 적 맨해튼에서 자란 윤상에
게는 가벼운 여행 정도밖에 되지 않았다.

그는 맨해튼에 도착하자마자 그곳에 있는 친구들과 즐거운
시간을 보냈다. 아버지인 정 회장의 눈 밖에서 지내는 시간은
즐거웠으나, 간혹 떠오르는 정희 때문에 예전만큼 재미있지는

않았다.

그는 정희에게 줄 작은 핀을 보며 학교에 갈 날만 손꼽아 기다렸다.

선물을 건네주며 물어봐야지. 좋아하는 사람이 있냐고, 난 어떠냐고. 자신의 마음을 전하리라 마음먹은 소년은 더디게 흘러가는 날을 하루하루 헤아렸다.

그리고 개학날, 등교 시간에 맞춰 학교에 도착한 윤상은 정우의 빈 책상을 보며 고개를 갸웃거렸다.

지각할 놈이 아닌데?

유치원부터 고등학교까지 함께 다니면서 정우가 지각하는 모습은 한 번도 보지 못했던 터라, 윤상의 미간이 좁아졌다.

그때 교실 앞문이 열리더니 담임이 들어왔다. 담임은 정우의 존재는 애초부터 없던 것처럼 조회를 시작했다.

대훈 고등학교는 있는 집 자식이 대부분이었고, 따로 학습을 하고 있다는 것만 증명하면 자율 학습에 빠질 수 있었다. 하지만 정우는 꼬박꼬박 자율 학습에 참여해 왔기에 비어 있는 자리를 언급 한 번 하지 않는 것은 이상한 일이었다.

무슨 일이지?

윤상의 의문이 커질 때였다. 조회를 마친 담임이 정우에 대해 언급한 것은.

"정우는 오늘 부모상 때문에 못 나오게 됐다. 반장, 평소에 정우랑 누가 친했지?"

그 말에 답 대신 자신에게 쏟아지는 시선에 윤상의 얼굴이 일그러졌다.

"오늘 마지막 날이니⋯⋯."

조회가 끝나면 장례식장에 가 보라고 말하려던 담임은 미처 말을 끝맺지 못하고 입을 다물어야 했다.

쾅—!

드르륵, 바닥에 끌리는 소리와 함께 의자가 뒤로 넘어지며 요란한 소리를 냈다. 그에 아이들이 깜짝 놀란 표정을 지었지만 소년은 앞뒤 잴 것도 없다는 듯 멍하니 물었다.

"장례식장이 어디예요?"

멍한 물음에 담임이 대답하자, 다른 이들이 붙잡기도 전에 그는 빠르게 걸음을 놀려 교실을 빠져나갔다.

하얀색 교복이 그의 몸짓에 나부꼈다.

붉어진 눈동자로 울음을 꾸역꾸역 참고 있던 정희가 고개를 푹 숙였다. 옆에서 얼이 빠진 채 부모님의 영정 사진만 보고 있는 오빠 때문에라도 울 수가 없었다. 오빠도 사력을 다해 울음을 참고 있으니까.

손을 마주 잡은 소녀가 고개를 푹 숙였다.

인생의 커다란 울타리가 되어 주었던 부모님은 공항에서 집으로 돌아오는 길에 교통사고를 당했다. 아버지는 그 자리에서 즉사, 어머니는 중환자실에서 집중 치료를 받다가 아픈 육신을 내려놓았다.

피해자도, 가해자도 없었다. 아버지의 졸음운전에 의한 사고였다.

정희는 슬픔을 참는 것이 전부였지만, 정우는 달랐다. 부모님의 퇴직금으로 병원비는 어떻게든 할 수 있을 것 같았다. 두 분 모두 의사였고, 그들을 딱하게 여긴 병원에서 우습게도 사정을 조금 봐주기로 했으니까. 문제는 그 후였다.

장례식의 마지막 날, 정우는 갑작스럽게 어른이 되어야 했다.

찾아온 손님은 몇 없었다. 친가에선 올 가족이 없었고, 외가는 모두 호주에 있었다. 부모님의 직장 동료 몇 명만 왔을 뿐, 갑작스러운 죽음에 슬퍼하는 이는 많지 않았다.

주먹을 동그랗게 말아 쥔 정희가 눈물이 떨어지려는 눈에 힘을 줄 때였다.

탁탁탁탁!

계단을 빠르게 오르는 거친 발걸음 소리에 정희의 시선이 문쪽으로 향했다.

"하아, 하아."

윤상이었다. 손을 뻗어 한 손으로 문틀을 잡은 그는 다른 손으로 허리를 잡고 있었다. 얼마나 뛰어온 건지 얼굴은 온통 땀범벅이었다.

"오, 오빠."

정희가 자리에서 일어났다. 왜 그런 것인지는 모르겠으나 윤상을 보자마자 참고 있던 눈물이 툭툭 흘렀다. 윤상이 그런 그녀에게 빠르게 다가갔다. 오들오들 떨고 있는 몸을 확 끌어안고 등을 두드리며 작게 속살거렸다.

"괜찮아. 괜찮아, 우리 정희."

"오, 오빠…… 부, 부모님이……."

갑자기 부모님이 돌아가신 후 정우 때문에 눈물도 흘리지 못하던 소녀는 윤상의 품에서 그렇게 눈물을 쏟았다.

감히 상상도 못 할 아픔, 그리고 상상조차 하지 못할 불안감에 휩싸여 있는 소녀에게 소년이 할 수 있는 말은 많지 않았다. 그저 따스한 품을 소녀가 울음을 그칠 때까지 빌려주는 것뿐.

소녀의 어깨를 토닥이던 윤상이 고개를 돌려 정우를 바라봤다. 방금 전까지 넋이 빠져 있던 정우도 우는 정희의 모습에 감정이 울컥한 것인지 눈시울을 붉히고 있었다. 그리고 윤상과 눈이 마주치자 쌓아 두었던 눈물을 터뜨렸다.

툭, 툭.

속에 있던 슬픔을 모두 털어 낸 정희는 눈두덩이 퉁퉁 부은 채로 잠에 들었다. 검은 상주복을 입고, 머리엔 하얀 상장을 한 그녀의 피부가 오늘따라 유독 더 하얗게 보였다.

소녀의 모습을 가만히 바라보고 있던 윤상이 주변을 향해 시선을 움직이다 자리에서 일어났다. 한편에 쌓여 있는 담요를 집어 든 그는 꿉꿉한 냄새에 인상을 찌푸렸다. 이런 걸 정희의 몸에 덮어 주고 싶진 않았다.

다시 정희에게 다가간 윤상은 하복 교복을 벗어 몸에 덮어 주었다. 추위를 느끼고 있었던 것인지 그녀가 몸을 웅크리며 교복을 목 위로 끌어 올렸다. 본능적으로 옷을 끌어 덮는 모습에 윤상의 입에서 깊은 한숨이 흘러나왔다.

다가온 정우가 상복을 벗어 역시 정희의 몸에 덮어 준 뒤 윤상에게 눈짓으로 문을 가리켰다. 함께 나가서 바람이라도 쐬고 오자는 듯이. 윤상이 자리에서 일어나 정우의 뒤를 따랐다.

밖으로 나온 두 사람은 아무런 말도 하지 않았다. 서로 다른 생각에 잠겨 있었으니까.

윤상이 근처에 있던 자판기로 가 시원한 음료를 두 개 뽑아와 하나를 정우에게 건넸다. 그가 건네는 콜라를 멍하니 바라보던 정우가 키득키득, 장난처럼 웃음을 내뱉었다.

"어른이었으면 좋았을걸."

"왜?"

"방금 전까지도 계속 그 생각을 했거든. 내가 어른이었다면 술이라도 마시고 잔뜩 취해서 현실도피를 할 수 있겠지. 담배로 한숨을 숨길 수 있겠지. 정희가 내 눈치를 보며 눈물을 꾹꾹 참지도 않았겠지."

"……."

"너 보자마자 눈물부터 흘리는 정희 보니까, 그런 생각이 들더라고."

"……."

신세 한탄과도 같은 말에 윤상이 입을 꾹 다물었다.

치익—

뚜껑을 딴 윤상은 탄산에 목이 따가운지도 모른 채 음료를 벌컥벌컥 들이켰다.

두 사람 사이에 무거운 침묵이 흘렀다. 여름이 끝나 감에 따라 마지막 더위를 불태우는 것인지 후덥지근한 바람이 두 사람 사이를 스쳐 지나갔다.

한참 동안 침묵을 지키던 둘 중 먼저 운을 뗀 것은 정우였다. 가로등 불빛이 켜져 있는 조용한 거리를 바라보던 그가 천천히 입술을 달싹였다.

"전학 가야 할지도 모르겠다."

"뭐? 고3인데 무슨……."

윤상이 미간을 찌푸렸다. 그러자 정우가 어깨를 으쓱이며 애써 아무렇지 않은 척 말했다.

"우리 학비 비싸잖아. 그리고 부모님 일 때문에 정신도 없고."

"부모님 일은 왜?"

"어른들은 참 이기적이다."

"……뭐?"

이야기를 들으면 들을수록 수수께끼처럼 어렵기만 했다. 하지만 정우는 그런 반응을 이해한다는 듯 희미하게 웃었다. 자신이 어린아이인 것처럼 윤상 역시 어렸다. 더욱, 자신의 고민을 이야기해 봤자 윤상은 진심으로 이해하지 못할 것이다. 오랜 시간 친구로 지내 오면서 그와 자신의 삶이 무척이나 다르다는 건 곁에서 보며 충분히 알고 있었다.

"천애 고아가 됐으면 불쌍하게 여길 줄도 알아야 하는데, 모두들 제 욕심밖에 안 보이나 봐."

사립 고등학교 학비는 도저히 감당할 수가 없으니 공립으로 전학을 가는 게 우선이었다. 대학은 장학금으로 어떻게든 다닐 수 있으니 아르바이트를 하면 될 것이라 생각하면서도 무거운 마음은 어쩔 수 없었다.

그는 부모님의 죽음을 단순히 슬퍼만 할 수 없는 위치에 있었다. 갑작스럽게 가장이 되어 버렸으니까.

이야기를 가만히 듣고 있던 윤상이 정우의 손을 쥐었다. 남
자끼리 손을 잡는 일은 거의 없기에 정우가 놀란 눈으로 손을
내려다봤다.

"방법이 있을 거야."

평소와는 달리 웃음기를 싹 지운 윤상의 모습에 정우가 고개
를 절레절레 저었다.

"방법? 정윤상, 부모님이 돌아가시고 나서 제일 먼저 깨달은
게 뭔지 알아?"

"……."

"어린아이는 아무것도 할 수 없다는 거."

그리고 너와 난, 어린아이잖아.

정우의 쓸쓸한 웃음이 그렇게 말하는 것 같았다.

윤상은 집으로 돌아가 정 회장에게 무작정 부탁했다.

"아버지, 도와주세요."

밤늦게 집에 들어와 다짜고짜 한다는 말이 '도와주세요'였
기에 정 회장은 당황부터 했다. 이런 아들의 모습은 처음이었
으니까.

"제발 도와주세요."

윤상은 애절한 얼굴로 말했다. 어릴 적부터 가지고 싶은 물
건이 있으면 사 달라는 말 대신, 저 물건을 가지려면 어떻게 해
야 하냐며 묻곤 했던 윤상이었다. 그런 아들이 도와 달라는 말
부터 하자 정 회장은 놀라면서도 애써 태연함을 유지했다.

윤상은 그날 처음으로 알았다.

세상의 무서움을.

자신 역시, 반에서 실없는 농담을 하는 다른 아이들과 별다를 것 없는 어린아이라는 사실을.

"참 정 없지."

지난 기억에 윤상이 피식 웃음을 뱉었다.

"너에게 이참에 빚을 얹는 것도 나쁘지 않겠구나."

그렇게 말한 정 회장은 수능을 보기 전 겨울, 윤상에게 미국에서의 생활을 제안했다. 도와 달라고 했을 때 윤상의 마음을 눈치챘기에 그 '빚'을 이용해 그에게 많은 것을 요구했다. 미국에서 대학을 나올 것, 한국으로 돌아오면 집에서 정한 여자와 결혼을 할 것.

윤상은 아버지의 말을 거부했다. 하지만 한국으로 돌아오면 어쩔 수 없이 아버지의 말에 따라야 한다는 것을 알고 있었기에 맨해튼의 생활을 이어 나갔다. 그리고 그가 고국의 땅에서 살아갈 결심을 한 것은, 계획했던 금액을 채우고 난 후였다.

정 없는 사람이 자신의 아버지였고, 자신은 그런 아버지 밑에서 자랐다. 그래서 그는 가족의 정을 몰랐다. 정희가 그날 부모님의 죽음으로 그토록 서럽게 우는 것을 봤으면서도.

"그래도 감사해야 하나?"

정 회장은 끝까지 자신과의 거래에 대해 정희와 정우에게 비밀로 해 주었다. 자신이 도왔다는 것을 안다면 정희는 물론이

오, 정우도 돈을 받으려 하지 않았을 테니까. 학업을 마치고 성인이 되어 돈을 버는 지금까지도 D.C 장학 재단에서 학비를 댄 것으로 알고 있는 두 사람은 정 회장에게 고마움을 가지고 있었다.

본가에서 나온 윤상은 타고 온 차 키까지 정 회장에게 넘겨 높다란 담벼락이 이어져 있는 부촌 거리를 걸어서 나와야 했다. 하지만 걸음걸이는 가벼웠다.

바닥을 발로 탁탁 치며 걸음을 옮기던 윤상은 고개를 들어 하늘을 올려다보았다. 그림자가 드리운 달이 노란빛으로 어둠을 밝히고 있었다.

멍하니 달밤을 올려다보던 그가 입가를 휘며 희미하게 웃더니 주머니에서 휴대전화를 꺼냈다.

"우리 정희, 뭐해?"

정희야, 나 이제 솔직해질 수 있어.

그런 생각을 하자 걸음은 자연스레 그녀의 집으로 향했다.

❀   ❀   ❀

불안정한 모습으로 거실 안을 서성거리던 정희는 힐끔힐끔 들고 있던 휴대전화를 내려다보았다. 먼저 연락을 할 용기는 없었던 터라 그녀의 얼굴이 일그러져 있었다.

"연락 안 해 주려나."

그는 정작 필요할 땐 연락을 하지 않았다. 그것이 밀당의 일종인지 아니면 자신이 먼저 연락해 주길 원해서 그런 것인지는 모르겠으나, 걱정을 하면 할수록 잠적을 하곤 했다.

오늘 퇴근 때도 그랬다. 걱정하는 티를 역력히 냈으니 손가락이 부러지지 않은 이상 짧은 문자라도 해 줄 법하건만 잠잠하기만 했다. 가만히 휴대전화를 내려다보던 그녀가 고저 없는 목소리로 읊조렸다.

"약한 모습을 보여 주기 싫어서 그럴지도."

그래, 정윤상은 그럴지도 모르겠다. 늘 웃으며 제 감정을 숨기는 인간이었으니. 생각에 잠겨 있던 그녀는 휴대전화가 진동을 울리자 시선을 퍼뜩 내렸다.

웬수.

'원수'의 한 단계 위 '웬수'.

윤상의 연락이었다. 정작 전화가 오자 정희의 얼굴에 고민이 서렸다. 받을까, 말까. 고민하던 그녀가 결심한 얼굴로 전화를 받았다.

—우리 정희, 뭐해?

뭐라고 말하기도 전에 밝은 목소리가 들려왔다.

술 마셨나?

귀를 쫑긋 세우며 상황을 판단하려 애쓰던 그녀가 무심함을 가장해 대답했다.

"뭐하긴. 자려고 누웠지."

씻은 뒤, 아무런 일도 하지 못한 채 거실만 서성인 주제에 그녀는 거짓말을 술술 늘어놓았다.

지금 당장 침대에 누우면 되지. 그럼 거짓말이 아니잖아?

혹여 그가 들을까 싶어 뒤꿈치를 든 그녀가 침실로 살금살금 걸음을 옮길 때였다. 한숨처럼 들려온 말에 발이 딱 멈췄다.

―나 배고프다.

역시나. 그는 정 회장과의 식사를 즐기지 못했나 보다. 아니, 제대로 할 수도 없었겠지. 그녀의 얼굴이 걱정으로 물들었으나, 입술을 통해선 또다시 거짓말이 흘러나왔다.

"그래서 어쩌자고?"

제법 잘 만들어진 목소리.

사람은 성인이 되면 눈 하나 깜짝하지 않고 거짓말을 늘어놓을 만큼 약아진다. 그리고 서른둘의 여자 중 가장 담이 큰 거짓말을 하는 사람은 바로 '나정희'였다. 감히 정윤상을 속일 생각을 하다니.

다소 날카로운 목소리에 윤상은 잠시 말이 없었다.

너무 띠껍게 말했나?

귀를 쫑긋 세웠다. 전화 너머로 택시에 오른 그가 기사와 대화를 나누는 것이 얼핏 들렸다.

가 주세요.

그런 말이 들렸던 것 같다.

―정희도 배고플 것 같아서.

"……."

혹 그가 이곳으로 오는 것은 아닐까, 생각하던 그녀가 침묵을 지킬 때였다. 배는 고프지 않았지만 그렇다고 말할 수 있을 만큼 윤상의 목소리는 밝았다.

애써 밝은 척을 하는 것일까?

감을 잡지 못하고 있을 때였다.

—배가 안 고파도 같이 먹어 주는 성의쯤은 보여 줄 수 있지 않을까?

그의 말에 정희의 입에서 깊은 한숨이 흘러나왔다. 8시가 넘은 시각이었다. 내일도 출근을 해야 했다. 하지만 고민은 그리 깊지 않았다.

"……뭐 먹을 건데?"

—정희는 뭐 먹고 싶은데?

"사거리에 있는 포차에서 우동에 소주 한 잔."

—딱 한 잔만 할 거야?

"어, 정말 딱 한 잔."

그녀의 말에 맑은 웃음소리가 들려왔다.

하하하, 박장대소까진 아니더라도 그의 웃음소리에 굳어 있던 그녀의 입매가 나른하게 풀어졌다.

—알았어. 한 20분 걸릴 것 같아.

"어, 그럼 조금 이따 봐."

통화는 가벼운 어조로 끝이 났다. 하지만 정희는 한참이고 끊긴 전화에서 시선을 떼지 못했다.

"괜찮은 것 같지?"

전화를 바라보던 그녀의 얼굴이 조금은 느른해졌다.

마지막까지 거울에서 시선을 떼지 못하던 정희가 막 아파트 정문을 나섰다.

비비크림은 괜히 발랐나?

혹 윤상이 자신을 신경 쓴다고 생각할까 봐 마지막 보루로 신고 나온 삼선 슬리퍼를 내려다보며 걸음을 옮기던 정희는 어깨를 붙잡는 손길에 깜짝 놀라 꽥 소리를 질렀다.

"억!"

오밤중에 닿은 갑작스러운 손길은 그녀의 몸에 오소소 소름을 돋게 만들기 충분했다.

순간 떠오르는 사람은 단 한 사람뿐이었다. 그녀를 이 시간에 밖으로 불러낸 남자.

정윤상, 너 내가 험한 꼴 당하기만 해 봐! 평생을 저주해 주마!

"나정희?"

정윤상, 없애 버리겠…….

험한 생각을 하던 정희는 낯익은 목소리에 고개를 번쩍 들었다. 사거리에서 만나기로 했던 윤상이었다.

"……어? 오빠?"

"뭘 그렇게 쫄고 그래?"

그는 지나치게 몸을 움츠리는 정희를 이상하다는 듯 바라보다 이내 생글생글 웃었다.

"치한인 줄 알고 무서웠어? 그러니까 내가 늘 말하잖아. 밤늦게 혼자 돌아다니지 말라고. 오늘 이 감정을 교훈 삼아……."

"죽을래?"

"……무서워라."

"진짜 간 떨어지는 줄 알았잖아!"

장난스럽게 그녀를 바라보던 윤상의 표정이 굳어졌다. 커다란 눈망울에 맺힌 눈물 때문에.

눈시울을 붉히며 주먹을 동그랗게 말아 쥔 정희가 강하게 그의 가슴을 내려치며 항의하듯 외쳤다.

퍽!

"사거리에서 보자며!"

"……밤에 어떻게 혼자 걸어오게 해? 10분 거린데. 걱정돼서 기다렸지."

"그럼 앞에서 보자고 하든가! 난 또 진짜……. 슬리퍼 신고 있어서 도망도 못 가지, 주위에 사람도 없지, 얼마나 놀랐는데."

퍽퍽!

보통 여자가 앙탈을 부리거나 제 마음을 몰라주는 상대에게 항의하듯 가볍게 내려치는 수준이 아니었다. 정말 진심을 담아 갈비뼈가 울릴 정도로 힘껏 내려치는 손길에 아플 법도 하건만 그는 몇 대 맞아 준 뒤에야 허공에서 허우적거리는 정희의 팔목을 움켜쥐었다.

"이거 놔!"

"미안, 미안. 내가 미안해. 응?"

"내가 진짜…… 아오!"

큰일 나는 줄 알았다고!

미쳐 돌아가는 세상이라 하루에도 몇 번씩 여성들에게 위협이 될 만한 뉴스들이 쏟아졌다. 그 짧은 순간 간이 쥐콩만 해진 정희가 눈물을 두어 방울 쏟더니 손등으로 눈가를 벅벅 닦았다.

"우리 정희가 나쁜 짓 당하도록 오빠가 안 내버려 두지."

이제야 정신이 조금 돌아왔는지 정희는 입술을 삐죽이며 먼저 걸음을 옮겼다. 상황이 정리되고 보니 부끄러움이 물밀듯이 몰려왔다.

아, 갑자기 왜 울어선!

발가락이 오므라들었다.

얼굴을 붉힌 그녀가 인상을 쓰며 입술을 아작아작 씹어 대자, 한 걸음 뒤에서 다가오던 윤상이 서둘러 그녀의 옆에 바짝 붙어 섰다.

"미안해."

풀이 죽은 목소리에 정희가 고개를 돌려 윤상을 보았다. 그도 내심 많이 놀란 것인지 눈치를 살피고 있었다.

그래, 이 인간 잘못도 아닌데.

평소 담력 하나는 자신 있었다. 대학 시절 검도 동아리에서 운동을 했고, 지금도 바쁜 시간을 쪼개 헬스장을 다니고 있었다.

요즘 바빠서 운동을 못 하긴 했지.

내일부터라도 당장 헬스장을 나가야겠다고 생각하던 그녀가 고개를 절레절레 저었다.

"아니야. 나도 과민 반응이었어."

애초에 나오는 게 아니었는데!

속으로 비명을 내지를 때였다. 옆에서 그녀의 눈치를 살피던 윤상이 손을 뻗은 것은.

"오빠가 지켜 줄게."

그녀의 손가락 사이사이에 깍지를 낀 그가 진중한 목소리로 말했다.

고등학교 시절에도 같은 말을 한 적이 있었다. 부모님의 유해를 납골당에 모시던 날, 펑펑 울던 그녀의 몸을 끌어안은 그가 눈물에 젖은 목소리로 말했다.

"걱정하지 마라, 나정희. 오빠가 지켜 줄게."

어떤 일이 있더라도 절대 곁을 떠나지 않겠다 말했다. 늘 곁에 꼭 붙어 지켜 주겠노라고, 어린 소년은 소녀에게 고백처럼 말을 했다. 그리고 그건, 그가 처음으로 그녀에게 한 거짓말이었다.

자신의 손을 꼭 붙잡고 있는 윤상의 손을 내려다보던 그녀가 시선을 정면으로 옮겼다. 그리고 자연스레 포차 천막을 걷으며 그의 손을 떼어 냈다.

"오빠가 제일 위험해."

그가 늘 그랬던 것처럼 장난을 가장한 목소리로.

단골을 알아보는 주인아주머니의 인사에 정희는 밝은 목소리로 우동 두 그릇과 소주 한 병을 주문했다. 그리고 가장 구석자리를 차지하고 앉아 곁에 놓인 물수건으로 손을 닦아 냈다.

윤상이 자연스레 그녀의 맞은편에 앉으며 물었다.

"내가 왜?"

대화를 그렇게 끝내고 싶었는데 윤상은 아니었나 보다. 그가 고개를 옆으로 기울이며 묻자 정희의 얼굴이 일그러졌다.

"몰라서 물어? 일일이 읊어 줄까? 어떻게 알아내는 것인지는 몰라도 집으로 쳐들어와, 옷 갈아입고 있거나 씻고 있으면 문을 열려고 해, 거기에다 언제더라. 4년 전인가? 자고 일어났는데 오빠가 내려다보고 있어서 내가 얼마나 기함을 했는데!"

지난날들을 일일이 열거해 주는 목소리에 윤상의 입술이 나른하게 벌어졌다.

"더 필요해?"

"음, 그렇네. 특히나 요즘 내가 늑대 모드이긴 해."

"……."

아, 이 인간을 어쩌면 좋을까.

또다시 장난처럼 그녀를 툭 건든 윤상이 소주와 우동 그릇을 가져다주는 아주머니를 보곤 어조를 한층 낮춰 말했다.

"우리 정희를 한입에 꿀꺽 삼키려고……."

"그만하자, 오빠. 1절만 해."

무심한 목소리로 말한 정희가 소주병을 집어 들었다. 그것으로 그를 내려칠 기세였던 그녀는 뚜껑을 따 먼저 윤상의 잔을 채워 주었다. 그러자 그도 익숙하게 소주병을 받아 그녀의 잔을 채웠다.

포차를 처음 오게 된 것은 정희 때문이었다. 그녀는 꼭 술을 마시면 이곳에서 우동을 먹었고, 늘 늦은 시각이었기에 윤상이 함께했었다. 처음엔 위생 상태가 좋지 않아 꺼려졌지만 이젠 우동과 함께 마시는 소주를 즐길 수 있을 만큼은 되었다.

이곳은 그녀의 아지트나 다름이 없었으니까.

싸구려 술맛도, 조미료가 잔뜩 들어간 우동도, 그에겐 모두 즐거운 추억이 되어 있었다.

짠.

소주잔을 부딪쳐 첫잔을 마신 둘은 곧 우동을 후루룩 먹었다. 뜨끈한 국물과 알코올 향이 강한 소주가 어우러져 속이 확 풀리는 기분이었다. 하루 종일 제대로 먹은 것이 없었던 그인지라 면까지 몇 젓가락 집어 먹은 후에야 다시 그녀의 소주잔을 채워 주었다.

허공에서 찰랑이는 투명한 액체를 보고 있던 정희가 방금 전보다 기분이 업됐는지 웃자, 그가 무심히 말했다.

"앞으로 오빠가 매일 출퇴근시켜 줄까?"

"여기서 집 멀잖아."

"이 근처로 구하면 되지."

뭐? 이 근처로 집을 구해? 그의 말에 정희가 인상을 찌푸렸다. 내일 함께 집을 보러 가기로 했으니, 그 일만은 막으리라 결심하며 소주잔을 기울였다.

그녀를 따라 잔을 비운 그가 물었다.

"카풀, 좋잖아? 기름 한 방울 안 나는 나라에서."

"또 무슨 소문이 나려고."

이번엔 홀로 잔을 비워 낸 정희가 고개를 절레절레 저었다. 그것만은 절대 싫다는 듯이.

그녀의 모습을 담은 브라운색 눈동자가 어둠을 머금고 가라앉았다.

왜 그렇게 싫어할까. 왜 그렇게 학을 뗄까.

"그게 그렇게 신경 쓰여?"

"오빠를 만난 순간부터 난, 스캔들 메이커였다고. 덕분에 연애 한번 제대로 못 해 봤는데! 남의 혼삿길까지 막을 작정이야?"

그녀가 항의하듯 외쳤다. 그로 인해 꼬였던 인생을 생각하면 굿판을 벌여도 이상하지 않았다.

스물셋, 윤상이 자신을 찾아오기 전까진 제대로 된 남자 친구도 있었다. 20대 초반에 만난 사람이라 관계가 그리 오래 지속되진 않았겠지만 어쨌든 그로 인해 헤어져야 했었다.

그 뒤로 몇 번, 요즘 말로 '썸'을 탔던 관계도 있었다. 하지만 이상하게도 연인으로는 발전하지 않았다.

물론 자신의 마음이 움직이지 않았던 것도 어느 정도는 인정해야 했다. 이상이 높고 남자에게 바라는 것도 많았다. 제 오빠도 그랬지만, 눈앞에 있는 남자의 껍데기가 워낙 잘난 덕분에 웬만한 남자는 성에 차지 않았던 것도 있었다.

어디 그뿐이던가.

정우도 그렇고 윤상도 그녀에겐 한없이 자상했다. 그녀가 원하는 것은 무조건 들어주려고 애를 썼고, 외로움을 타는 그녀를 위해 잠을 자야 하는 시간에도 통화를 해 주었으며, 술주정까지 모두 들어 주었다.

후, 그러니까 이젠 벗어날 때도 됐지.

그 결심을 한 것은 2년 전이었다. 도둑 키스를 당했던 그날, 그녀는 '변화' 해야 한다는 것을 깨달았다.

"정희야."

나지막한 부름에 정희가 소주잔을 비운 후 윤상을 보다 움찔 몸을 떨며 당황한 기색이 역력한 얼굴로 물었다.

"왜, 왜 그래?"

"난 정희 앞에서 진지해지는 게 참 무섭더라. 거절당할까 봐."

"……뭐?"

"한 사람에게만 진심일 땐 그 사람에게 거절당하는 게 죽기보다 더 싫거든."

"……."

진중한 눈빛은 무서웠다.

그녀도 그와 같았다. 정윤상이 진지해질 때 가장 무섭고 두려웠다. 그래서 그녀는 애써 시선을 돌려 제 잔을 내려다보았다.

아, 잔이 비었네?

멍하니 생각하던 그녀가 다시 한 번 술을 따른 후 벌컥벌컥 들이켜려 하자, 윤상이 손을 뻗어 이를 제지했다.

"오늘은 맨정신에 이야기하자."

"……."

"또 네가 하나도 기억 못 하면 무척 슬플 것 같으니까."

그의 말에 정희가 고개를 기울였다.

오늘은 맨정신에 이야기하자고? 내가 기억을 못 하는 일이 있어?

그녀의 눈동자가 혼란스러움으로 물들자, 그가 부드럽게 웃으며 빼앗은 소주를 입안으로 털어 넣었다. 그 뒤 잔을 다시 돌려준 후 빈 소주병을 콕콕 가리켰다.

이제 술로 도망갈 수 없으니 너 역시 날 똑바로 봐 달라고.

그의 모습에 정희가 어디 할 이야기가 있으면 해 보라는 듯이 팔짱을 꼈다.

"요즘도 꿈이 현모양처인가?"

전투적인 모습에도 그는 물러서지 않고 물었다. 그러자 정희가 맥이 탁 풀렸다는 듯 고개를 저었다.

"그건 이미 망했어. 내 음식 솜씨 보면 알잖아."

그녀의 꿈은 한때 현모양처였다. 지금은 회사에서 인정을 받고, 여성 임원이 없는 시즌에서 임원이 되는 것이 목표이긴 했으나 20대 중후반 때까지만 해도 행복한 가정을 꾸리는 게 꿈이었다.

"정말 소질이 없나 봐. 우리 오빠도 그렇고 나도 그렇고. 그쪽이랑은 거리가 멀어."

정희가 입맛을 쩝쩝 다셨다. 그러고 보니 엄마도 음식을 참 못했었는데.

그녀의 눈동자가 가라앉자 윤상이 나지막하게 다른 질문을 던졌다.

"그럼 새로운 장래 희망은 뭔데?"

"평범한 가정."

"……."

"좋은 남자를 만나서 그렇게 사는 거."

그 말에 윤상이 그럴 줄 알았다는 듯 고개를 끄덕였다.

그가 그녀에게 다가가지 못하는 수많은 걸림돌 중에 하나. 평범하고 행복한 가정이 무엇인지 모르는 윤상은 해 줄 수 없는 것. 그랬기에 정우는 걱정을 했었고, 자신 또한 당당하게 그녀에게 다가가질 못했다.

윤상의 낯빛이 어두워지는 것을 알아차리지 못한 정희가 입술을 삐죽이더니 혼잣말처럼 중얼거렸다.

"근데 왜 내가 오빠한테 이런 이야기를 하고 있지?"

별 이야길 다 하네, 취한 것도 아닌데.

그녀가 입맛을 쩝쩝 다시며 빈 소주병을 바라보자, 윤상이 작은 목소리로 속살거리듯 말했다.

"나 배우는 건 빠른데."

"무슨 소리야?"

정희의 얼굴이 일그러졌다. 이건 또 무슨 신규 자랑인가 싶어서. 그러자 그가 입술을 느른하게 늘어뜨리며 말했다.

"우리 정희가 원하는 걸 나도 해 줄 수 있을 거라고. 지금은 잘 모르지만."

"아직도……!"

이제야 말의 뜻을 눈치챈 그녀가 얼굴을 붉혔다. 하지만 그는 단호하게 고개를 저었다. 그리고 손을 뻗어 어디로 갈지 몰라 방황하고 있는 그녀의 손을 힘 있게 붙잡았다.

"진짜야."

"오빠……!"

"진심이야."

"……."

할 말을 잃은 정희가 입술을 굳게 다물었다.

진심이라고? 진짜라고? 그러니까…….

"난 나정희가 내게 가르쳐 줬으면 좋겠어. 평범한 가정이 무엇인지."

프러포즈 하는 거지?

그녀의 얼굴이 창백하게 굳어졌다.

"정희야, 키스해도 돼?"

그 말을 듣는 순간, 그와 했던 첫키스가 떠올랐다.

그날 했던 '첫키스'는 키스라기보단 '입맞춤'에 가까웠다. 하지만 여전히 그날을 잊지 못했다. 가슴이 터질 것 같았던 설렘 때문에.

그 설렘이 덮쳐 온 것일까. 정희는 답을 하기도 전에 다가오는 입술에 옴짝달싹하지 못한 채 바짝 얼어 있었다. 그리고 늘 예쁘구나, 라고 생각했던 말캉한 입술이 제 입술에 닿자 숨을 들이켰다.

할짝.

말캉한 혀가 그녀의 아랫입술을 핥더니 이내 입안으로 파고들어 와 혀를 옭아맸다.

오싹!

몸에 소름이 돋았다. 거칠게 입안을 훑던 입술이 곧 다정하게 혀를 건드렸을 땐 몸에 힘이 쪽 빠져 어떠한 행동도, 생각도 할 수가 없었다.

커다란 손이 자신의 뺨을 감싸 비스듬히 기울이는 순간, 그녀가 눈을 크게 떴다.

눈앞에 바로 윤상이 다가와 있었다. 너무 가까이에 있어 기다란 속눈썹도 두 개로 보였다.

나, 나, 그러니까…….

깜짝 놀란 그녀가 팔을 뻗어 서둘러 윤상의 몸을 밀어냈다. 그리고 자리에서 벌떡 일어나 혼란스러운 눈으로 그를 내려다봤다.

"왜?"

"……."

"이래도 진심이 아닌 것 같아?"

그의 물음에 정희의 얼굴이 종잇장처럼 일그러졌다.

이런 키스를 장난으로 하는 거라면 정윤상은 세상에서 가장 고약한 냄새가 나는 쓰레기이리라!

안타깝게도 그녀는 그가 쓰레기가 아니라는 것을 알고 있으니, 믿을 수밖에 없었다.

몸을 돌린 그녀가 빠르게 걸음을 옮겨 포장마차를 나섰다. 놀란 주인장의 얼굴을 보니 이젠 이곳도 오기 글렀다는 생각을 하며.

어두운 거리를 겁도 없이 빠르게 걷던 그녀는 자신의 뒤에서 느껴지는 인기척에 눈을 질끈 감았다.

그다. 이젠 알 수 있다. 아깐 정신이 없어 몰랐던 향수 냄새가 왈칵 느껴졌으니까.

손을 들어 입술을 더듬고 싶었다. 그 짧은 시간에 입술이 퉁퉁 부어 버린 것 같았다. 화상을 입은 게 아닐까 싶을 만큼 뜨거웠기 때문이다.

그녀는 아파트 정문을 지나 자신이 살고 있는 동으로 곧장 걸음을 옮겼다. 다행히도 엘리베이터는 1층에 있었다. 엘리베이터에 오른 정희는 닫힘 버튼부터 눌렀다.

끙, 앓는 소리가 입에서 터져 나왔다. 이건 말도 안 된다는 생각이 머릿속을 휘젓자 손을 들어 얼굴을 가렸다.

탁.

닫히던 엘리베이터 문 사이에 커다란 손을 찔러 넣은 윤상이 벽에 몸을 기대고 있는 정희를 바라보았다.

"……."

"……."

두 사람 사이에 무거운 침묵이 흘렀다. 정희는 차마 그를 바라보지 못한 채 바닥을 보고 있었고, 윤상은 수많은 감정이 들끓는 눈동자로 그녀를 내려다보았다.

한참 그녀의 얼굴을 바라보던 그가 시선을 아래로 내렸다. 그리고 들썩이는 그녀의 가슴을 보다 엘리베이터를 막고 있던 손을 떼어 내며 한 걸음 뒤로 물러섰다. 겁을 잔뜩 집어먹은 그녀를 더 이상 밀어붙이지 못하겠다는 듯이.

오늘은 여기까지.

그는 물러설 때를 아는 남자였다.

조금씩 닫히는 문에 정희가 고개를 들자, 그가 시선을 똑바로 마주하며 경고하듯 마지막 말을 내뱉었다.

"오늘은 봐주는데, 내일부턴 도망가게 내버려 두지 않아."

"……."

그녀의 눈망울이 흔들렸다. 폭풍을 만난 배처럼.

이에 그가 입술을 부드럽게 휘며 웃었다.

"네 마음에서."

내 마음이 어떤데?

그렇게 물어보려다 말고 정희가 입술을 아작아작 씹었다.

자신의 마음 정돈 알고 있었다. 어찌 모를 수가 있겠냔 말이다.

"잘 자, 정희야."

쿵쿵쿵!

심장이 북처럼 울리는데!

chapter 4
양치기 소년과 어린 양

공항이었다. 이별과 만남이 늘 교차하는 공간.

그 공간에 두꺼운 동복 교복을 입고 있는 소녀가 멋들어진 코트를 입고 있는 소년을 올려다보고 있었다.

소녀의 눈엔 눈물이 가득했다. 늘 자신의 곁을 지켜 주겠다 말했던 사람과의 갑작스러운 이별을 감당하지 못하겠는지 몸을 휘청거렸다.

소년이 서둘러 그런 소녀의 몸을 잡아 주었다. 힘 있는 손길로 소녀의 어깨를 아프도록 붙잡은 소년의 미간이 찡긋 구겨졌다.

이 일을 어쩌나. 소녀의 눈물에 소년도 눈물이 날 것만 같아 애써 눈에 힘을 주고 웃음 뒤에 감정을 숨기며 말했다.

"정희야, 다른 남자 만나면 안 된다?"

"갑자기 왜 유학을 가는 거야? 늘 내 옆에 있어 줄 거라고

151

했으면서."

소녀가 눈물을 쏟았다.

소녀에게 소년은 많은 의미를 가진 사람이었다.

첫사랑, 든든한 오빠 친구, 그리고 늘 자신에게 웃음을 보여주는 안식처.

열일곱 살 소녀의 세상은 넓지 않았고, 그 세상의 대부분을 차지하고 있는 것은 눈앞의 소년이었다.

소녀의 말에 소년이 달싹이던 입술을 꾹 다물었다.

소년도 그렇게 하고 싶었다. 곁에서 여인으로 성장해 나가는 소녀의 모습을 보고 싶었다. 하지만 소년은 아직 어린아이였다. 어른들의 말에 휘둘릴 수밖에 없는, 아무런 힘도 없는, 몸 하나가 전부인 어린아이.

어쩔 수 없는 노릇이었다. 소녀가 세상의 무서움을 모르고 살아가기 위해선 그의 유학은 불가피적인 일이었다. 아버진 한 번 한다면 하는 사람이었고, 두 사람의 비밀 조약 같은 약속 속에는 '유학'이 포함되어 있었으니까.

소년은 애써 감정을 억눌렀다. 소년에서 남자가 되어 가는 그 어중간한 나이, 소년은 벌써부터 제 감정을 숨기는 법을 알고 있었다.

"그럼 오빠가 호온쭐을 내줄 거야."

소년의 장난스러운 말에 소녀의 얼굴이 종잇장처럼 일그러졌다.

심장이 뚝 떨어져 나가면 이런 기분일까, 소녀가 고개를 거칠게 저었다. 정말 그 머나먼 타국으로 가 버린다면 다른 남자라도 만나겠다는 듯이.

"왜요?"

하지만 입을 통해 흘러나온 말은 '왜'라는 물음이었다. 왜 그런 소리를 하는지, 소녀는 알지 못했다.

그럴 수밖에. 소년도 자신을 좋아하는 줄 알았는데, 이제 보니 아니었으니까.

소녀가 또다시 눈물을 후두둑 쏟았다.

눈물로 젖은 볼을 닦아 주던 소년이 허리를 굽혀 소녀와 눈을 마주했다. 그런 후 서글픈 울음이 섞인 목소리로 말했다.

"오빠 우리 정희를 참 많이 좋아하니까."

"오빠······."

"정말 많이 좋아하니까."

소년의 고백에 소녀의 눈동자가 동그랗게 변했다.

찰랑찰랑 넘칠 듯 넘치지 않는 제 감정에 소녀의 입술이 살짝 벌어졌다.

소년의 얼굴이 가까이 다가오자 소녀가 자신도 모르게 눈을 감았다. 입술에 닿는 말캉한 느낌. 뜨거운 입술에 소녀가 속눈썹을 파르르 떨었다.

가볍게 마주친 입술은 어린아이의 것처럼 순결했다. 하지만 눈물이 날 만큼 가슴 아팠다.

10대의 사랑은 여물지 않았다. 하지만 20대보다 뜨거웠고, 30대보다 진했다. 그들에게 '사랑'은 전부에 가까웠다.

천천히 입술을 뗀 소년이 소녀의 뺨을 다시 한 번 쓰다듬었다. 따스한 손길로 지문이 닳도록 소녀의 뺨을 쓰다듬고 또 쓰다듬었다.

"정희야, 우리 커서 만나자."

어른이 되어.

우리 다시 만나자.

"그땐 오빠가 늘 정희와 함께 있어 줄게."

소년의 말에 소녀는 고개를 주억거릴 수밖에 없었다.

소년의 웃음이 너무나 슬퍼서.

지난 기억에 불안한 얼굴로 입술을 만지작거리던 정희가 얼굴을 왈칵 일그러뜨렸다. 오래된 기억은 퇴색될 법도 한데 유독 그날만큼은 선연히 마음속에 자리하고 있었다.

"으."

짧게 앓는 소리를 내뱉은 그녀가 이불을 머리끝까지 뒤집어썼다. 동그랗게 둔덕이 생긴 이불이 움직임 없이 조용했다.

째깍, 째깍.

조용한 침묵이 흐르는 공간 안에는 초침 소리만이 울려 퍼졌다.

얼마의 시간이 흘렀을까.

잠든 줄 알았던 정희가 이불을 양발로 힘껏 걷어찼다.

이불을 하이킥하는 발길질은 한동안 계속되었다.

와다다다!

허벅지 뒷근육이 당길 정도로 한동안 이불을 걷어차던 그녀가 머리를 부여잡더니 비명을 내질렀다.

"으아아아악!"

생각하면 할수록 민망함에 온몸을 가만히 내버려 둘 수가 없었다.

"왜 거기서 눈을 감아, 넌! 아주! 나정희, 미쳐도 단단히 미쳤지!"

소리를 지른 그녀가 상체를 벌떡 일으켰다. 그러더니 이번엔 동그랗게 웅크린 채 매트리스를 손바닥으로 팡팡 내려쳤다. 먼지가 푸스스 올랐다가 아래로 꺼졌으나, 그녀는 이도 인식하지 못한 채 한참이고 몸부림을 쳤다.

"아니, 말이 돼? 갑자기 좋아한다고? 사랑한다고? 뭐? 결혼을 하자고?"

고개를 퍼뜩 든 그녀가 허공을 노려보더니 이내 피식 웃음을 터뜨렸다. 마치 실성한 사람처럼.

"아이고, 지나가던 똥개가 웃겠네. 그걸 누가 믿어?"

이번엔 배를 잡고 깔깔 웃던 그녀가 갑자기 몸을 축 늘어뜨리더니 베개에 얼굴을 묻었다.

"그래. 암, 난 똥개가 아니지. 그러니까 절대 믿으면 안 되지."

그 눈빛에 마음이 흔들리더라도.

그의 손아귀에 놀아났던 것은 20대로 충분했다. 아니, 10대부터 20대까지! 아주 지질한 시간을 그 인간의 말장난에 놀아났다. 그것만으로도 인생의 엄청난 낭비였다.

이제 슬슬 출근 준비를 해야 하는 시각이었으나, 그녀는 옴짝달싹할 힘도 없다는 듯이 침대에 축 늘어져 있었다.

난생처음, 정윤상 덕분에 별의별 생각을 다 해 본다. 천하의 나정희가 출근을 하기 싫다니. 처음으로 꾀병을 생각하다니.

참 이래저래 기가 막힌다는 듯이 그녀가 허탈한 웃음을 내뱉을 때였다.

띠리리— 띠리리리—

단조로운 벨소리에 고개만 돌려 휴대전화 액정을 보았다. 아침 댓바람부터 누군가 했더니 정우에게서 걸려 온 전화였다. 한참을 바라만 보던 그녀가 손을 뻗어 전화를 받았다. 그녀는 정우가 인사를 건네기도 전에 도끼눈을 뜨고 고함부터 빽 질렀다.

"오빠! 오빠 친구 수거해 가!"

❀   ❀   ❀

"완벽해."

사회생활을 하면서 가장 먼저 수련을 마친 화장술로 눈 밑에 진하게 드리워져 있던 다크서클을 지우고, 칙칙했던 피부톤 또한 밝게 만들었다. 시선을 다른 곳으로 돌리기 위해 평소보다 입술을 좀 더 진한 색으로 칠한 그녀는 거울 속 자신의 모습에 만족한 듯 고개를 끄덕였다.

이 정도에 흔들리는 모습을 보여 줄 수야 없지.

거울을 바라보던 그녀는 셔츠 깃 사이로 보이는 목걸이에 한참이나 시선을 두다 손을 뒤로 둘러 그것을 풀었다. 그리곤 화장대 위에 올려 둔 목걸이를 가만히 내려다보았다.

선물을 받자마자 한 몸처럼 하고 다니던 목걸이. 겉과 달리

속이 여린 그녀는 외로움을 많이 탔다. 윤상이 유학을 간 것도 모자라 몇 년 뒤 정우까지 맨해튼에 눌러앉게 되자 정희는 한국에 홀로 남게 되었다.

외로울 때마다 그녀는 선물 받은 목걸이에 한 줌의 위로를 받곤 했다.

그런 목걸이를 철천지원수라도 되는 양 보던 그녀가 몸을 돌리려다 다시 신경질적으로 목걸이를 주워 들어 주머니에 쑤셔 넣었다.

"난, 안 미쳤어!"

바락 소리를 지른 그녀는 거울 속 자신의 얼굴이 보기 흉할 정도로 일그러져 있는 것을 발견하곤 발을 동동 굴렀다.

"진짜라고!"

마치 미친 사람처럼 몇 번이고 말을 하던 그녀가 몸을 팩 돌렸다.

출근길은 여느 때와 마찬가지였다.

혹 그가 아침부터 집 앞으로 찾아오면 어떻게 하나, 라는 생각이 우습게 느껴질 만큼.

평소보다 조금 일찍 사무실에 도착한 그녀는 팀원들의 인사를 받으며 자리에 앉았다. 먼저 컴퓨터를 켜고 탕비실로 간 그녀는 커피 대신 아이스티를 한 잔 타 자리로 돌아왔다.

책상엔 감당하지 못할 만큼 많은 서류들이 쌓여 있었다. 1년 중 가장 바쁜 시기는 지났지만, 올해 워낙 많은 프로젝트가 있다 보니 일은 조금도 줄어들지 않은 채 그녀를 위협하고 있었다.

아, 이건 또 언제 다 하나.

그녀가 아이스티를 한 모금 마시며 쌓인 서류 중 하나를 끌어올 때였다.

"좋은 아침입니다."

조금의 음률이 담긴 목소리가 들려온 것은.

"실장님, 좋은 아침입니다!"

"좋은 아침이에요~"

그녀는 부러 고개를 들지 않았다. 팀원들의 밝은 인사 소리를 못 들은 척, 서둘러 서류에 코를 박을 때였다.

그녀가 자신의 옆에 길게 드리우는 그림자에 고개를 들었다. 자연이었다.

"이거 팀장님 거요."

자연이 색소를 탄 것처럼 파란 물이 담긴 테이크아웃 잔을 건넸다. 위에 레몬이 둥둥 떠다니고 있었다.

"이게 뭐예요?"

컵을 받아 든 정희가 의아한 얼굴로 물었다. 컵에 담긴 것의 존재를 모르기에 물은 것이 아니었다. 갑자기 나타난 아이스티에 놀랐을 뿐.

그러다 고개를 돌려 각 팀원의 자리에 같은 브랜드의 테이크아웃 잔이 놓여 있는 것을 보았다. 누군가가 아침부터 커피숍에 가는 수고로움을 한 것을 알아차린 그녀가 고개를 끄덕일 때였다.

"실장님이 사 오셨어요."

역시나. 마지막으로 출근을 한 것이 윤상이었으니 이것을 사

158

온 이가 누군지 정도는 쉽게 유추해 낼 수 있었다.

그녀가 문이 닫힌 실장실을 힐끗 본 후 다시 자연에게로 고개를 돌렸다.

자연은 의아한 얼굴로 정희의 손에 들린 아이스티를 보며 고개를 기울였다.

"그런데 참 이상하죠? 다 커피인데 딱 한 잔만 티더라고요. 팀장님은 아침엔 커피 안 드시잖아요."

그녀의 물음에 정희가 서둘러 일그러지려는 표정을 갈무리했다.

정희에게 아침에 커피를 마시지 않도록 종용한 것은 윤상이었다.

스펙 쌓기에 열중을 하고 있던 그때, 정희는 늘 잠이 모자랐다. 방학이 더 바쁘다며 오랜만에 만난 윤상에게 투덜거리던 그녀는 제 책상에 쌓여 있는 커피 잔에 얼굴을 일그러뜨리는 그를 보았다.

"너 그러다 뼈 삭는다."

무심한 말과 함께 그가 아이스티를 건넸다. 그 뒤로 정희는 윤상이 보든 말든 아침엔 되도록 카페인 대신 과일맛이 나는 아이스티를 마셨다. 마치 그렇게 입력이 된 로봇처럼.

"뭐, 사무실마다 그런 직원은 있으니까요. 혹시 몰라서 한 잔은 다른 걸로 사 왔겠죠. 아니면 제가 아침마다 마시는 걸 봤을 수도 있고."

정희가 서둘러 변명처럼 말했다. 별일 아니라는 듯 자연을 보자, 그녀가 이내 고개를 끄덕였다. 그러다 유리벽 너머로 보이는 윤상의 모습에 눈을 반짝반짝 빛냈다.

"눈썰미 엄청 좋으신가 봐요."

얼굴 잘생겨, 성격 좋아, 능력 있어, 거기에다 세심한 면까지!

자연이 다시 한 번 반했다는 듯 뺨을 발그레 붉히자 정희가 테이크아웃 잔을 책상 위에 내려놓으며 음울하게 읊조렸다.

"그런가 보네요."

"정말 멋있지 않아요? 여자 친구 있으시겠죠? 저렇게 완벽한데."

부끄러운 줄도 모르고 그를 찬양해 대는 자연의 말에 정희가 어색하게 웃음을 내뱉으며 고개를 아래로 숙여 서류를 보았다. 어서 이 대화를 끝내고 싶다는 듯. 하지만 평소에는 정희의 눈치를 보기 바빴던 자연이 오늘따라 오버하며 호들갑스러운 말을 이어 나갔다.

"그래도 한국에 들어온 지 오래되지 않았으니, 없을 수도 있지 않을까요?"

"그래도 나이가 있으시니까."

"에이, 요즘 서른넷이 뭐가 많아요? 남자로서 딱 좋지!"

"그, 그런가?"

"네네! 그래도 가볍게 연애할 나이는 아니시니까, 진지하게 만나는 여자분이 있을 것 같아요."

그 사람이 자신이면 참 좋겠다는 듯 하는 말에 정희의 얼굴이 일그러졌다.

그래, 그는 가볍게 연애를 할 나이가 아니었다. 평생을 함께할 사람을 만나야 하는 나이. 그 나이에 윤상은 자신에게 키스를 했다. 연애를 하자고! 결혼을 하자고!

울컥, 치밀어 오르는 감정에 정희가 이를 악물었다.

고개를 숙인 그녀는 시선 끝에 닿은 아이스티에 얼굴을 왈칵 구겼다.

"나정희, 너 진짜 미친 거 아니야?"

의미 모를 혼잣말을 내뱉은 그녀가 눈을 질끈 감았다. 옆에서 자연이 '네?' 하고 되물었으나 정희에겐 들리지 않는 모양이었다.

그때 투명한 문이 열리더니 윤상이 밖으로 나왔다.

"회의 다녀오겠습니다."

정희에겐 시선도 주지 않은 그가 팀원들을 보며 말한 후 느긋한 걸음을 옮겼다. 그의 뒷모습을 보던 정희는 펜을 쥐고 있던 손에 힘을 주었다.

"나 안 미쳤다고……."

"팀장님, 뭐라고 하셨어요?"

자연의 말에 정희가 시선을 퍼뜩 들었다.

그런 후 어색한 웃음으로 고개를 절레절레 저었다.

"아니요, 아무것도 아니에요."

복잡 미묘한 표정을 갈무리한 정희는 화장실에서 나오자마자 곧장 사무실로 향했다. 오늘은 저번 주에 캔슬이 된 제주도 입점 건과 관련하여 자연의 두 번째 PPT 발표가 있을 예정이었다. 야근까지 해 가며 준비를 하더니, 이번엔 꽤 자신이 있는 것인지 그녀의 얼굴은 밝았다.

"표정 보니 자연 씨, 자신 있나 보네요?"

자연이 평소와는 달리 고개를 크게 주억거렸다. 그녀의 웃음에 정희의 입가도 시원하게 휘었다.

"기대할게요."

"네! 오늘 실장님도 회의에 들어오시죠?"

임원 회의에 참석하느라 비어 있는 실장실을 바라보며 자연이 묻자, 정희의 눈가가 굳었다. 하지만 곧 재빨리 표정을 갈무리하며 손목시계를 확인하더니 고저 없이 말했다.

"회의가 딜레이되나 보네요. 먼저 가 있죠."

"네."

"혹시 실장님과 함께 사장님께서 내려오실지도 모르니 확실히 준비하고요."

"사, 사장님이요?"

"이번 건에 많은 관심을 보이셨거든요. 제주도 첫 매장인 것도 모자라, 면세점에 들어가는데 당연히 그럴 수밖에요."

"헉!"

자연의 얼굴이 창백하게 변했다.

"네, 먼저 가서 준비하고 있겠습니다."

자연이 종종걸음을 옮기자, 경란이 그녀의 옆에 따라붙었다.

"뭐야, 무슨 일인데?"

경란의 물음에 자연이 반쯤 일그러진 얼굴로 자초지종을 설명하며 회의실로 향했다. 그 모습을 멀리서 바라보던 정희가 볼을 간질이는 머리카락을 귀 뒤로 넘기며 흥 하고 콧방귀를 뀌었다.

사장이 이번 일에 지대한 관심을 보이고는 있으나 회의실에 갑작스럽게 와 간섭을 할 만큼 경우가 없는 사람은 아니었다. 거기에다가 처음으로 윤상이 회의에 참여하는 자리였으니, 그의 영역을 침범할 일은 더더욱 없을 터였다.

자연을 놀리는 것에 성공한 정희가 비식비식 올라가는 입꼬리를 애써 아래로 끌어 내렸다. 무심한 표정을 가장한 그녀가 다이어리를 끌어안고 회의실로 향할 때였다.

"나 팀장님."

막 복도를 돌아오던 윤상이 그녀를 발견하곤 나지막하게 불렀다. 하지만 그녀는 그의 부름을 듣지 못한 것인지 걸음을 계속 옮겼다.

"나 팀장님."

그가 서류를 보며 다시 한 번 정희를 불렀으나 그녀는 이번에도 회의실로 걸어갈 뿐이었다. 인상을 굳힌 그가 눈썹을 꿈틀거렸다.

어쭈, 모른 척한다 이거지?

아침에도 시선을 주지 않으려 애쓰던 그녀가 자신을 말끔히 무시하자, 그가 걸음을 옮겨 막 옆을 지나가려던 정희의 앞을 가로막았다.

걸음을 우뚝 멈춘 그녀가 아래로 푹 숙이고 있던 고개를 위로 들어 올렸다. 머리카락에 가려져 보이지 않던 얼굴은 웃고 있었다.

"아, 실장님. 부르셨나요?"

예의 어린 표정을 만들며 지은 웃음에 그의 얼굴 또한 부드럽게 풀어졌다. 싱긋 웃은 그가 서류를 그녀의 앞으로 내밀며 어깨가 닿을 만큼 가까이 다가섰다. 그리곤 긴장한 듯 그녀의 팔뚝에 솜털이 오소소 서는 것을 짐짓 모른 척하며 물었다.

"이번에 나온 콘티인데요."

이번 시즌부터 이루어지는 모델 교체에 내부에선 톱 배우부터 시작하여 모델까지 많은 이들이 언급되었다. 그리고 최종적으로 조이로 결정되어 가을 시즌에 커플을 대상으로 한 가방부터 시작하여 새로운 지면 광고를 내보내기로 했다.

다음 주에 있을 지면 광고 콘티를 기획팀이 임원 회의 때 보고했고, 결국 윤상의 손에까지 오게 되었다.

"그전과 마찬가지로 싱글 여성을 위한 광고 같다고 사장님께서 반대를 하셔서요."

"아, 정말 그렇네요. 조이가 젊은 여성층에 인기가 많지만, 타깃과는 어울리지 않네요."

방금 전까지만 해도 경계심을 잔뜩 세우고 있던 정희는 일이야기에 금세 날카로운 눈동자로 고개를 끄덕였다.

"조금 더 젊고 친숙한 모델이 좋을 것 같습니다."

"제 생각도 그래요."

윤상이 고개를 끄덕이며 그녀의 말에 동조했다. 지금부터 콘티에 맞춰 새로운 모델을 찾아야 하지만, 앞으로 1년간 새로운 라인의 모델이 될 터였으니 가볍게 넘어갈 수는 없었다.

윤상에게 콘티가 넘어왔다는 것은 추후에 새로운 모델을 찾는 것도 마케팅부서가 할 일이 된다는 뜻이었다.

허리를 숙여 그가 들고 있는 콘티를 한참이고 바라보던 그녀가 고개를 들어 윤상을 보았다.

"아."

정희가 몸을 움찔 떨었다. 방금 전과는 다른 그의 표정 때문이었다. 입술을 부드럽게 휘며 웃고 있던 그가 인상을 굳히고 있었다. 왜 이러한 표정을 짓고 있는지 쉬이 유추한 그녀가 서둘러 그에게서 한 걸음 물러섰다.

"지금 회의실에서……."

그녀가 말을 끝맺기도 전이었다.

"나 팀장님, 저 피합니까?"

의뭉스러운 웃음을 지은 채 묻는 말에 그녀의 눈가가 파르르 떨렸다. 정희는 서둘러 고개를 저으며 되물었다.

"제가 왜 실장님을 피하죠?"

그럴 리가 있냐며. 그러자 그의 눈빛이 더욱 어두워졌다.

도, 도망가야 해!

화가 난 듯 구겨진 미간을 본 그녀가 뒤로 더듬더듬 걸음을 물리며 애써 웃어 보였다.

"그럴 리가 없잖아요."

"그래요?"

"네."

절대 그럴 리 없다며 정희가 다시 한 번 힘주어 말하자, 윤상이 무심히 그녀를 바라보았다.

흔들림 없는 시선은 온몸의 근육이 빠짝 긴장할 만큼 무서웠다.

삐용삐용—

다시 한 번 머릿속에서 위험 경보가 울리자 그녀가 먼저 실례하겠다는 듯 고갯짓을 했다. 하지만 그는 쉬이 놓아주지 않을 참인지, 앞을 다시 한 번 가로막았다.

"그럼 오늘 점심 같이하시죠."

"아, 어쩌죠? 제가 외근이 있어서요. 회의 끝나고 바로 나가 봐야 합니다."

이번에 새로운 패널이 각 매장으로 발송되었으니 둘러본다 하면 뭐라고 할 사람이 없었다. 갑작스럽게 외근을 결정한 그녀가 안타깝다는 듯 말했다. 그러자 그의 얼굴이 더욱 단단하게 굳어졌다.

다물려 있던 입술이 느릿하게 벌어지는 것을 보던 그녀가 이번엔 또 어떤 변명을 할지 머리를 빠릿하게 굴릴 때였다.

"오늘 저녁 약속은 잊지 않으셨죠?"

움찔.

그녀가 몸을 떨었다.

오늘은 그의 집을 함께 봐 주기로 약속했던 날이었다.

사람 일이라는 게 한 치 앞도 알 수 없다더니. 선심을 썼던 그 일이 지금 와 발목을 잡자 그녀는 저도 모르게 인상을 구겼다.

아, 된장!

속으로 욕지거리를 뱉은 정희가 이번에도 안타깝다는 듯 빠르게 말했다.

"외근이 언제 끝날지 몰라서……."

"나정희."

그녀가 말을 끝내기도 전에 그가 낮은 목소리로 말했다. 그 안에는 경고가 가득했다. 그는 어제 분명 이야기를 했었다. 더이상 도망가지 못하게 하겠다고.

사람을 꽝꽝 얼려 버릴 듯 시린 어조에 그녀가 재빨리 말했다.

"그럼 이만 실례하겠습니다."

고개를 숙인 그녀가 몸을 돌려 그의 앞에서 도망갔다.

복도 저 끝으로 사라지는 정희의 모습을 보던 윤상이 이를 악물었다. 턱은 움찔거리고, 눈가는 분노로 굳어져 있었다.

"이렇게 나온다 이거지?"

❋　　　❋　　　❋

어떻게 회의를 끝냈는지도 모르겠다.

프레젠테이션이 끝난 후 윤상의 '좋네요, 그대로 진행하죠' 라는 말을 마지막으로 자리에서 벌떡 일어난 정희는 서둘러 사무실로 돌아와 책상 위에 펼쳐 두었던 짐을 꾸렸다.

일단 도망가자.

아직 제 마음이 어떤지 확신조차 없는 상태에서 윤상을 만나는 것은 너무나 위험했다. 그가 의도한 대로 분위기가 흘러갈 게 뻔하고, 자신은 거기에 휘둘릴 테니까.

또각또각.

빠르게 걸음을 옮겨 엘리베이터로 향한 그녀는 내림 버튼을
누르고 나서야 안심한 듯 한숨을 푹 내뱉었다.

제일 위층에서 아래로 내려오는 숫자를 바라보던 그녀의 눈
동자가 멍하니 변했다. 생각에 잠긴 그녀는 주위에서 자신을
이상하다는 시선으로 바라보는 것도 모른 채 제 세상에 닿아
있었다.

─너나 정윤상이나, 단단히 미쳤구나.

정우의 목소리가 귓가를 때렸다.

그는 그녀를 타박하고 있었으나, 목소리엔 걱정이 가득했다.

엘리베이터가 도착하자 직원들이 우르르 올라탔다. 이를 멍
하니 시선으로 좇던 그녀는 갑자기 자신의 뒷덜미를 확 낚아채
는 손길에 깜짝 놀라 어깨를 움츠렸다.

"따라와."

"뭐, 뭐하는 짓이야?"

윤상이 뒷덜미를 잡고 비상구로 터벅터벅 걸음을 옮기자 정
희는 질질 끌려갈 수밖에 없었다.

"조용히 따라오는 게 좋을걸?"

"이거 놔."

그녀가 언성을 낮추며 크르릉 분노를 쏟았다. 이러다 누가
보면 어쩌나, 하는 걱정에. 하지만 윤상은 한 치도 물러서지 않
은 채 경고했다.

"조용히 안 따라오면 나도 무슨 짓을 할지 몰라."

"……이거 놔. 따라가면 될 거 아니야."

그제야 잡고 있던 뒷덜미를 놓아준 그가 먼저 비상구 쪽으로 간 후 문을 열어 그녀에게 눈짓했다.

들어가.

그의 눈짓에 그녀는 인상을 구기며 다리만 동동 굴렀다.

"도망가기만 해 봐. 네 옆집으로 이사할 거니까."

"……나한테 왜 그래!"

"글쎄. 좋은 말로 할 때, 듣지?"

고저 없는 목소리에 정희가 씩씩거리며 비상구 안으로 들어 갔다. 벽을 보며 가슴을 들썩이던 그녀가 뒤에서 문이 닫히는 소리에 몸을 팩 돌렸다.

"회사에선 이러지 말지?"

잔뜩 화가 난 그녀가 연이어 외쳤다.

"공과 사는 지키자고, 제발!"

온몸을 파르르 떨며 분노를 쏟아 내는 모습에 윤상이 팔짱을 끼며 심드렁한 표정을 지었다.

"그러게 누가 도망가래?"

아, 진짜 이 망할 인간! 그녀가 빽 소리를 질렀다. 하지만 그는 자신과 제대로 된 대화를 하지 않는 이상 물러서지 않을 것처럼 보였다.

집요한 정윤상, 짜증 나는 정윤상!

그녀가 들썩이는 가슴을 손바닥으로 꾹 눌렀다.

흥분해서 될 일이 아니라는 것쯤은 그녀도 알고 있었다. 그는 지금 그녀가 어떤 마음인지 알고 싶어 이러는 것이었다. 그렇다면 단호하게 제 마음을 이야기해 주면 그만이었다.

어정쩡한 관계는 끝내고 정우 오빠의 친구로, 그리고 오랫동안 알고 지낸 오빠로 돌아가길 바라며 그녀가 지극히 감정이 배제된 목소리로 말했다.

"첫사랑이야. 단지 그뿐이야. 끝나도 오래전에 끝난 감정."

"……."

그 말에 윤상의 낯빛이 어두워졌다. 이렇게 나오리란 것은 그 또한 알고 있었다. 하지만 마음이 아픈 것은 어쩔 수가 없었다.

그는 오랫동안 양치기 소년으로 살았다. 다가갈 듯 다가가지 않았고, 그때마다 정희는 상처를 받았다. 그건 그의 과오였다. 지금부터 만회해 나가야 하는.

"이제 와서 오빠랑? 내가? 말도 안 돼."

윤상이 한 걸음 다가가 손을 뻗어 그녀의 팔목을 붙잡았다. 정희가 멀리멀리, 도망가 버릴 것 같아서. 그의 손끝은 떨리고 있었다.

"말이 안 될 게 어디 있어? 어제 키스도 했잖아."

정희가 손을 내려다보다 말고 고개를 들어 그의 얼굴을 꼼꼼히 뜯어보았다.

웃고 있었다, 그는. 그 망할 가면을 쓰고 아무렇지도 않은 척. 그와 시선을 똑바로 마주한 그녀가 굳어 있는 눈가를 보며 말했다.

"……그건 실수였어."

"정말 실수야?"

"……."

웃지 마!

소리를 지르려다 말고 정희는 입을 굳게 다물었다. 그녀의 침묵에 그의 입가에 지어져 있던 웃음이 어설프게 굳어졌다.

왜 이렇게 단호한 거야.

왜, 도망가고 싶게 만드는 거야.

그가 숨을 왈칵 삼켰다.

이성적인 표정으로 자신을 바라보는 그녀의 모습에 그가 고개를 숙였다.

처음으로, 그가 그녀의 시선을 피했다.

"믿음이 없어."

"……."

알고 있었다. 하지만 그 믿음을 어떻게 회복해 나가야 하는진 모르고 있었다.

그의 얼굴이 일그러졌다. 늘 다정한 빛으로 일렁이던 눈동자 또한 텅 비어 의미 없는 감정만을 머금고 있었다.

그가 정희를 붙잡고 있던 손에 힘을 주었다.

도망가지 마. 가지 마, 정희야. 그 손길이 그렇게 외치고 있었다.

"2년 전에 분명히 말했어. 넌 그 키스만 기억하고 있는지 모르겠지만."

"……뭐?"

"부탁했어. 너에게."

고개를 든 그가 그녀의 시선을 똑바로 마주했다.

"제발 조금만 더 기다려 달라고. 그땐 너에게 온전히 갈 수 있다고."

입술이 일그러졌지만 그는 흔들림 없이 말했다.

"나도 이렇게 오래 걸릴지 몰랐다고. 정말 미안하다고."

"……"

"너에게 말을 했었어."

정희의 머릿속에는 없는 기억. 그 기억을 말하는 그에게 그녀는 단호하게 고개를 저었다.

"몰라, 기억 안 나."

그때 그녀는 술을 많이 마셨고, 2년 주기가 돌아왔음에 좌절하고 있었다.

"하나도. 하나도 기억이 안 나."

"……"

잠시 말을 멈춘 그가 호흡을 가다듬었다.

아, 이러다 놓치겠다. 그가 간절함을 담아 말했다.

"어렵게 생각하지 마."

제발, 제발 그렇게 해 달라고.

"그냥 감정에 솔직해지면 돼."

한 번만 더 기회를 달라고. 하지만 오랜 시간 케케묵은 감정을 다시 꺼낼 용기가 없어 정희는 되물을 수밖에 없었다.

"내 감정이 어떤데?"

이젠 자신의 감정이 어떠했는지도 모르겠다고.

핑크빛이었던 감정은 어느새 갈색빛이 되어 버렸다. 그의 눈동자와 닮은 색이 되어 버린 사랑은 더 이상 그녀에게 행복감을 주지 못했다.

조심스러웠다. 무서웠다.

"너도 알고 있잖아."

정희가 비식 웃었다.

그녀도 알고 있다. 자신의 감정이 어떠한 것인지 정도는. 그렇게 멍청이는 아니었으니까. 하지만 그의 감정을 단박에 받아들일 수가 없었다.

"서른이 넘은 여자는 조심성이 많아져. 세상이 얼마나 무서운지 아니까. 감정대로 했을 때 불어닥칠 후폭풍이 어떤지 아니까."

"……."

그렇게 나이를 먹어 버렸다.

그를 처음 마음에 품었던 열일곱, 그때처럼 얼굴을 붉히며 온 감정을 부딪치기에 그녀는 세상을 너무나 많이 알아 버렸다.

"일도, 연애도."

단호한 말에 윤상의 표정이 일그러졌다.

안 돼, 안 돼. 속에 있는 무언가가 그렇게 비명을 질렀다.

"그 후폭풍을 감수할 만큼, 오빠 내게 믿음을 주지 않았어."

"어떻게 하면 믿을 수 있는데?"

윤상의 물음에 정희가 희미한 웃음을 지으며 말했다.

"그걸 내가 알고 있을 리 없잖아."

손을 들어 붙잡힌 손목을 떼어 낸 그녀가 몸을 돌렸다. 그처

173

럼 그녀도 울고 싶어져서. 이대로 더 대화를 이어 나갔다간 흉한 꼴을 보일 것 같아서.

그녀의 뒷모습에 윤상이 손을 뻗어 다시 한 번 붙잡으려다 팔을 더욱 위로 들어 한쪽 눈을 꾹 눌렀다. 눈두덩이 뜨거웠다. 이토록 감정이 흔들렸던 적이 있던가, 생각하던 그가 너덜너덜한 심장이 뛰자 바람 빠지는 소리를 내며 웃었다.

고개를 돌린 그가 머리를 손으로 쓸어 넘겼다. 차마 떠나가는 그녀의 모습을 보고 있을 수가 없어서.

그렇게 조금의 시간이 더 흘렀다. 문이 열리는 소리가 나야 했으나 손잡이를 잡은 정희는 대신 몸을 돌려 윤상을 노려보았다.

"제대로 해, 하려면."

그녀가 주머니를 뒤지더니 손끝에 닿는 체인을 붙잡아 윤상에게로 휙 던졌다. 그는 자신의 가슴에 맞고 아래로 떨어지는 목걸이를 멍한 눈동자로 바라봤다.

"나 이제 호락호락하지 않으니까."

무심하게 말한 정희가 문을 열고 밖으로 나갔다.

쾅.

쇠문이 거친 소리를 내며 닫히자, 얼어 버린 듯 생각을 멈췄던 그가 멍하니 입술을 달싹였다.

"아, 한 대 맞았다."

그것도 얼얼할 정도로 강하게.

2년 전, 정우의 이름으로 선물했던 목걸이를 바라보며 윤상이 허탈하게 웃었다.

그가 허리를 숙여 목걸이를 줍고 있을 때, 밖으로 나온 정희
는 바닥에 쪼그리고 앉아 무릎 사이에 얼굴을 묻고 있었다.

"나정희, 미쳤나 봐."

미쳐도 단단히 미쳤어.

❀   ❀   ❀

말끔하게 정리되어 있는 호텔 룸.

캐리어 하나만 덩그러니 놓여 있는 공간에 윤상이 있었다.

원래라면 그는 지금쯤 정희와 함께 새로 지낼 집을 보고 있
어야 했다. 하지만 퇴근하자마자 쌩하니 나가 버린 그녀는 그
후로 전화를 받지 않았다.

집으로 찾아갈까?

그런 생각을 하던 윤상은 대신 호텔로 돌아왔다. 정 회장에
게 모든 것을 주고 난 뒤부터 묵고 있는 곳이었다.

정희가 내던진 목걸이를 한참이고 바라보던 윤상이 중얼거
렸다.

"하여튼."

성격하곤. 그렇다고 이걸 던지냐?

그는 천천히 눈을 감고 목걸이를 건넸던 2년 전 그날을 떠올
렸다.

"제대로 해야지."

우리 정희가 그걸 원하면.

온몸이 부서져라 부딪혀 봐야지. 그때와는 달리.

겁쟁이였던 자신의 모습을 떠올리는 그의 얼굴이 음울하게
가라앉았다.

❋　　　❋　　　❋

정희의 생일에 맞춰 한국에 온 윤상은 휴대전화를 보고 있었
다.

〈정희야, 정희야. 뭐하니?〉

문자를 확인할 시간이 한참 지났음에도 답장이 없었다.
"오호라, 연락을 피한다 이거지?"
부처님 손바닥 안이라는 듯 휴대전화를 보던 그가 손가락을
움직여 새로운 메시지를 썼다.

〈정우가 전해 달라고 한 물건이 있어.〉

문자를 보낸 지 5분이 지났을까, 휴대전화가 울리더니 액정
에 정희의 이름이 떴다. 1초, 2초, 3초. 조금의 텀을 둔 그가 전
화를 받았다.
―뭔데?
"생일 선물."
―오빠가?
"어."

짤막한 답에 전화 너머론 아무런 답이 들려오지 않았다.

선물을 받으려면 자신의 얼굴을 봐야 하니 고민하는 모양이었다.

그녀가 어떤 생각을 하고 있는지 알면서도 윤상은 끈기 있게 기다렸다. 결국 그녀는 자신이 원하는 답을 할 것임을 알고 있었기에.

얼마의 시간이 흐른 후, 정희는 그가 생각했던 반응을 보였다.

—어디야?

그래, 이렇게 나와야지.

입술을 휘어 개구쟁이처럼 웃은 그가 가벼운 어조로 말했다.

"집. 회사 끝나면 근처로 갈게."

—알았어, 그럼 7시에 블루에서 봐.

블루는 시즌 한국 지사 근처에 있는 바였다. 2년 전 한국에 왔을 때 그녀와 가 본 적이 있는 곳이었기에 윤상은 알았다는 짤막한 말만 남기곤 전화를 끊었다. 시간을 확인하곤 서둘러 자리에 일어났다.

퇴근 시간이 다가오자 도로는 벌써부터 꽉꽉 막히기 시작했다. 핸들을 손가락으로 툭툭 치던 그는 약속 시간보다 조금 늦게 바에 도착했다.

지하로 향하는 계단을 내려가면 갈수록 밝은 웃음소리가 들려오자, 그가 걸음을 멈췄다.

"아, 정말요?"

정희의 목소리였다. 안으로 들어가자 평소 친분이 있는 바텐

더와 이야기를 나누며 술잔을 기울이고 있는 그녀의 모습이 보였다.

뭐가 저렇게 즐거운 걸까?

한참이고 두 사람의 모습을 보던 그의 얼굴이 얼음장처럼 굳어졌다.

또다시 말도 안 되는 독점욕이 그의 안에서 꿈틀거렸다. 나정희는 자신의 것이 아닌데. 제 몸은, 그녀가 마치 자신의 것이라도 되는 듯 화를 냈다.

"후우."

깊은 한숨을 내뱉은 윤상이 눈을 질끈 감았다.

13년이다. 정희를 만난 지도 벌써. 그리고 그녀를 마음에 품은 지도 그만큼의 시간이 흘렀다. 그 긴긴 시간을 보내는 동안 그녀가 다른 남자의 품에 안겨 웃는 모습까지 보았다. 연애에 가슴 아파하는 정희의 모습도 보았고, 소녀에서 여자가 되어 많은 남자들에게 대시를 받는 그녀의 모습에 속앓이도 꽤나 길게 했었다.

그것까지 참아 내고 감내했던 그다. 꾹꾹 눌러 담고 씹어 삼키며 참아 왔다. 그러니 이제 와 어떠한 사이인지도 모르는 바텐더에게 그녀가 웃어 준다 하여 화를 낼 것도 없었다.

주먹을 둥글게 움켜쥔 그가 힘차게 걸음을 옮겼다. 입가엔 환한 웃음을 머금은 채. 그가 지금 할 수 있는 일은 그것뿐이었다.

"본사, 한가한가 봐?"

"적당히. 여름휴가 챙겨 먹을 정도의 여유는 있어."

윤상에게 잔을 내어 준 바텐더가 부엌으로 쑥 들어가 버리자, 정희가 술을 홀짝였다.

그녀는 더 이상 웃지 않았다. 호박빛 술이 담긴 잔에 시선을 둔 윤상의 앞에 정희가 손바닥을 펼쳐 내밀었다.

"줘."

짤막한 말에 윤상이 가방에서 벨벳 상자 하나를 꺼내 그녀에게 내밀었다. 고급스러운 케이스에 그녀가 놀란 듯 눈을 동그랗게 떴다.

"목걸이야?"

길쭉한 케이스만 봐도 안에 들어 있는 물건이 무엇인지 알 수 있었다. 정희의 물음에 윤상이 고개를 끄덕인 후 열어 보라는 듯 고갯짓을 했다. 기대감에 찬 눈으로 케이스를 연 그녀는 영롱한 빛을 뿜어내는 목걸이를 보며 눈을 동그랗게 떴다.

"와."

"마음에 들어?"

절로 감탄사가 터져 나오는 디자인에 정희가 고개를 주억거렸다. 그녀의 얼굴에 번진 웃음에 윤상도 따라 웃었다. 이제야 웃어 주는구나, 그런 생각을 하며.

"어, 진짜 예쁘다. 이거 큐빅이겠지?"

"의사 월급이야 빤하잖아."

그의 말에 공감한다는 듯 정희가 고개를 끄덕였다.

고정되어 있던 목걸이를 빼 목에 걸려던 그녀는 계속된 헛손질에 인상을 구겼다. 그러자 자리에서 일어난 윤상이 그녀의 손에 쥐여 있던 목걸이를 빼앗아 뒤에 섰다.

목덜미에 닿는 손길에 정희가 숨을 들이켰음에도 그는 짐짓 모른 척 목걸이를 해 준 후 의자를 돌려 그녀를 바라봤다. 움푹 파인 쇄골 위에서 찰랑이는 목걸이를 보는 그의 눈빛이 어둡게 가라앉았다.

고3, 그녀에게 '영원'을 뜻하는 보석을 선물하고 싶었던 때가 있었다. 결국 하지 못했지만.

13년이 지나 정우의 이름으로 주게 된 영원을 바라보던 윤상은 웃음이 서려 있는 정희의 목소리에 퍼뜩 정신을 차렸다.

"어때? 어울려?"

쇄골뼈 주의를 더듬으며 묻는 말에 윤상의 입술이 부드럽게 호를 그렸다.

"어울려."

생각했던 것 그 이상으로.

짤막한 그의 말에 목걸이에서 손을 뗀 그녀가 다시 술잔을 향해 손을 뻗었다.

"이번에 나온 신상 반응은 어때? 다음 달에 한국에 들어오는데……."

"정희랑은 일 이야기 안 하고 싶은데?"

"아. 오빠 휴가 중이지, 참."

쉬는 날 일을 해야 하는 것만큼 짜증 나는 것도 없다는 걸 알기에 그녀가 고개를 끄덕였다. 그리고 스트레이트 잔을 단숨에 비운 후 한숨을 푹 내뱉었다. 일 이야기를 빼고 나니, 그와 나눌 만한 대화가 떠오르지 않았기 때문이다.

"그럼 무슨 이야기해?"

"그냥 사는 이야기?"

가볍게 말한 그녀가 인상을 구기며 콧소리를 냈다. 아무리 생각해도 떠오르지 않는다는 듯이.

"만나는 사람은 있어? 정우가 걱정이 많던데."

윤상의 물음에 미간을 찌푸린 정희가 심통 맞은 얼굴로 읊조리듯 말했다.

"있어. 아직 진지한 관계는 아니지만."

잔을 채운 그녀가 시원하게 술을 들이켰다. 그의 눈가가 딱딱하게 굳어진 것은 보지 못한 채. 서둘러 표정을 갈무리한 그가 무심함을 가장하며 물었다.

"어떤 사람인데?"

"잘생겼고."

"나보다?"

"돈도 많아. 사업하거든."

"나도 돈은 많은데."

의뭉스러운 웃음으로 재깍재깍 답하는 그의 모습에 그녀의 입에서 깊은 한숨이 흘러나왔다.

"그래서?"

"나보다 더 괜찮은 놈이 아니면 막 방해하고 싶어지거든."

"우리 오빠로도 충분하거든? 오빠까지 보태지 말자, 제발."

입술을 삐죽 내민 그녀가 술병을 기울여 잔을 채우려고 할 때였다. 방금 전 것이 마지막 잔이었는지, 입구를 막고 있는 구슬만 굴러갈 뿐, 호박빛의 알코올이 흘러나오지 않았다.

병을 내려놓은 그녀가 고민하는 얼굴로 눈을 깜빡였다.

"우동에 소주 한잔하고 싶네."

"그럼 일어나자."

술을 더 시킬까, 고민하던 그녀는 그의 가벼운 어조에 눈을 동그랗게 떴다.

"어?"

"네 단골집 가자고."

"뭐야, 2차도 가자고?"

이대로 그와 헤어질까, 아니면 모자란 술을 더 시킬까. 고민하던 그녀가 가방을 들고 자리에서 일어났다.

"그러지, 뭐."

금요일이니 조금 과음을 해도 상관없다고 생각한 것인지 그녀가 가방을 뒤져 지갑을 꺼냈다. 하지만 그가 조금 더 빨랐다.

"계산해 주세요."

윤상이 지갑에서 검은색 카드를 꺼내 바텐더에게 내밀었다. 그러자 미간을 팍 찡그린 그녀가 카드가 들려 있는 손을 잡아 아래로 내리며 기분 나쁘다는 듯이 말했다.

"나도 돈 벌거든? 이걸로 계산해 주세요."

"우리 정희, 돈 많이 버나 보다?"

"어디 물주 노릇을 하려고 그래? 돈은 오빠 여자한테나 써."

그녀의 말에 윤상은 웃음만 지어 보였다.

자리를 옮긴 지 얼마의 시간이 흘렀을까.

처음 들어올 때만 해도 꽉꽉 차 있던 테이블이 텅 비고 포차 주인마저 꾸벅꾸벅 졸고 있을 때, 정희도 자신의 머리 무게를 감당하지 못해 휘청거리고 있던 그때. 윤상만 올곧은 자세로 술잔을 기울이고 있었다.

두 사람의 테이블엔 녹색의 소주병이 자그만치 일곱 병이나 올려져 있었다. 바에서 양주 한 병을 다 비우고 옮긴 자리에서 주량을 훨씬 넘을 만큼 술을 마신 둘은 까만 밤을 하얗게 지새우는 중이었다.

소주잔을 허공에서 돌리던 정희가 더 이상 못 마시겠다는 듯 잔을 내려놓고 숨을 혹 내뱉었다. 제 입에서 느껴지는 알코올 향에 오히려 더 취하는 기분이 들어 그녀가 인상을 팍 썼다.

"아, 지친다."

"왜?"

"몰라서 물어?"

"으흠."

콧소리는 정말 모르겠다는 듯 느릿했다. 표정도 무심해서 그가 모르는 척하는 것인지, 아니면 정말 몰라서 저러는 것인지 알 수가 없었다.

신음을 삼킨 그녀가 소주를 왈칵 들이켰다. 이미 뇌까지 술에 절어 몸이 흐느적거렸으나, 술이 더 필요했다. 머릿속에 윙윙 맴도는 말은 맨정신에 할 수 없는 것들이었으니까.

잔을 말끔하게 비운 그녀가 눈을 게슴츠레 뜨며 물었다.

"오빠 연애 안 해? 함께 여행 갈 사람도 없어? 왜 매번 여름 휴가를 한국으로 오는 건데."

"함께 여행 갈 사람 없어."

그가 어깨를 으쓱이며 가벼운 어조로 말하자 정희의 얼굴이 일그러졌다.

그게 말이 돼?

믿지 못하겠다는 듯 관찰하는 시선으로 그를 보던 정희가 이내 고개를 절레절레 저었다. 투명한 눈동자를 보니 진심인 듯했다.

"오빠도 참 그렇다. 허우대 멀쩡해서 인기도 많을 것 같은데 왜 연애는 안 한대? 한 번도 못 본 것 같아."

잘라 말한 그녀가 문득 떠오른 생각에 손으로 입을 가렸다.

"설마…… 고, 고자……."

"왜, 확인해 볼래?"

윤상은 화난 기색 하나 없이 그녀의 말을 되받아쳤다. 능글능글 웃으며. 오히려 기함한 것은 반쯤 정신을 놓은 그녀였다.

"이 변태가!"

"시작한 건 너다."

무심하게 말한 그가 술잔을 기울인 뒤 말을 이었다.

"연애하고 싶은 사람은 따로 있으니까."

"그럼 하면 되잖아."

뭐가 그렇게 어렵다고. 고개를 저은 그녀가 우동 국물을 후루룩 마신 후 인상을 썼다.

아, 죽겠다.

예전에는 밤새 술을 마셔도 끄떡없었는데, 요즘은 나이를 먹은 걸 실감할 수 있을 만큼 새벽 2시만 되도 잠이 솔솔 몰려왔다.

꾸벅, 꾸벅.

자신도 모르게 정신줄을 놓은 그녀가 고개를 까딱였다. 그러다가 윤상의 목소리에 퍼뜩 정신을 차리며 무거운 눈꺼풀을 깜빡였다.

"내 고백을 받아 줄지 모르겠다."

"으어, 오빠를 거부할 여자도 있나?"

크게 기지개를 켠 그녀가 늘어지게 하품을 했다.

"없을 것 같은데. 오빠, 이것만 마시고 가자."

새벽 2시 30분. 이제 슬슬 집으로 돌아가야 할 시각이었다.

고개를 끄덕인 그가 반쯤 남은 소주를 들이켠 후 눈을 비비 적거리는 정희를 바라봤다.

"난 오빠가 빨리 제대로 된 여자 만났으면 좋겠어."

"왜 내가 제대로 된 여자를 만났으면 하는데?"

그의 얼굴이 시멘트를 발라 놓은 것처럼 굳어졌다. 하지만 이를 눈여겨볼 정신머리가 없었던 정희는 테이블을 탕탕 내려 쳤다.

"그래야 내 연애를 방해 안 할 테니까."

무거운 눈꺼풀을 들기 위해 눈에 힘을 준 그녀가 갑자기 기운이 쭉 빠진다는 듯 우울한 표정을 지었다. 모노드라마처럼.

"이젠 반쯤 포기하고 있다……고. 오빠 때문에. 나이 서른에 이……게 뭐야. 우울해 죽겠어."

느릿느릿하게 말을 잇던 그녀가 다시 한 번 눈을 깜빡였다. 하지만 몰려오는 잠을 물러 낼 만큼의 기력이 남아 있지 않은 지 곧 하품을 하며 무거운 머리를 테이블 쪽으로 기대었다.

"오빠가…… 연애 못 한다고 나까지 못 하게 하잖아."

그런 게 어디 있어……

느릿하게 말을 내뱉던 그녀가 곤한 숨을 내뱉었다.

그 모습을 말없이 바라보던 그가 다시 술잔을 채운 뒤 단숨에 들이켰다. 싸구려 술이 묵직하게 내려앉은 그의 속을 달래 주었다.

"이제 얼마 안 남았다, 정희야."

"……."

답이 들려올 리가 없었다. 그녀는 달큰하게 취해 잠들어 있었으니까.

"조금만 기다려 줘."

그는 아직은 그녀에게 할 수 없는 말을 전했다.

"……뭐가."

들려오는 말에 그가 고개를 숙였다. 가까이 다가가자 곤한 숨소리가 들려왔다. 잠시 잠에서 깬 듯하던 정희는 다시금 잠에 빠져 있었다. 그녀의 뒤통수에 그가 이마를 댔다. 숨소리에 맞춰 춤을 추는 머리카락. 그 머리카락에 그가 눈을 감으며 입술을 휘었다.

"그냥 내가 정윤상으로만 있을 수 있으면……."

그녀가 들을 수 없는 고백을 몇 번이나 했던가.

그의 고백은 주기와 같았다. 2년에 한 번, 정희를 만날 때면 잠든 그녀의 얼굴에 대고 말을 했다.

조금만, 조금만 더. 조금만 더 참자, 정윤상.

지치고 고된 일상을 그렇게 다독이며 참고 또 참았다.

"그땐."

사랑해, 정희야.

그렇게 솔직하게 말할 수 있어.

"내 마음이 이렇게 이기적이다, 정희야."

그렇게 말하는 그의 눈동자에 어느새 눈물이 맺혀 있었다.

그녀를 만나는 순간은 기뻤지만 마지막은 늘 심장이 남아나질 않았다.

띠리리리—

상념에서 퍼뜩 깨어난 그가 숨을 뱉었다.

술 취한 그녀를 집까지 데려다준 그는 결국 정희에게 도둑키스를 했다. 정작 중요한 자신의 말을 듣지 못한 그녀에게.

사랑은 타이밍이라고 하지 않던가.

정희와 자신은 연이 아닌가 생각이 될 정도로 항상 그 중요한 타이밍이 빗나가곤 했었다.

띠리리리—

집요한 벨소리에 그가 시선을 내려 휴대전화를 보았다.

정우였다. 가까운 거리에 살 때도 이 정도로 자주 연락을 하지 않았는데.

전화를 받은 윤상은 인사를 건네기도 전에 본론부터 꺼냈다.

"네가 말해 줬냐?"

목걸이의 정체에 대해 알지 못했던 정희였다. 2년 동안 정우가 준 선물인 줄 알고 소중히 걸어 왔던 것을 이번에 내던진 것은 지난밤 정우가 말을 한 것이 분명했다.

—왜, 정희가 뭐라고 해?

역시나. 냉기가 폴폴 풍기던 눈동자를 떠올린 윤상이 힘이 쪽 빠진 듯 힘없이 말했다.

"혼났다."

─……말로만?

"어. 근데 뒤통수가 얼얼해. 진짜 맞은 것처럼."

정우는 잠시 말이 없었다. 그사이 윤상의 시선은 정처 없이 호텔 방 안을 맴돌았다. 그의 본가 역시 이 호텔과 다를 바 없었다. 사람의 온기가 느껴지지 않는 곳. 그곳에 윤상은 홀로 앉아 있었다.

─난 한국 들어오면 죽인다고 하던데.

조금의 텀을 두고 들려온 말에 윤상이 후후 바람처럼 웃었다. 천하의 나정우를 협박하는 여자라니. 아무리 친오빠라 하더라도, 정우에겐 범접할 수 없는 분위기가 흘렀다. 어딜 가든 특별 취급받는 남자에게 으르렁거렸을 정희를 떠올리자 웃음이 멈추지 않고 계속 흘러나왔다.

"아, 역시 나정희. 나정우 죽이겠다고 하는 여잔 걔 하나 아니야?"

윤상이 재미있다는 듯 말했다. 그러자 정우가 기분 나쁜 티가 역력한 목소리로 말했다.

─난 지금 엄청 배신감 든다. 너한텐 말로만 끝냈다고 해서.

"정말 아팠다니까."

차라리 한 대 맞았다면 이 정도로 가슴이 시리진 않았을 건데.

2년 전, 술 취한 그녀에게 고백을 하는 대신, 미리 제 감정을 말했다면 후회하지도 않았을 텐데.

잔뜩 화만 내고서 제 앞에서 사라져 버린 정희를 떠올리자 그의 체온이 뚝 떨어졌다.

"제대로 하래."

그렇지 않으면 도망가겠다는 듯 잔뜩 경고를 했다.

미리 진심을 전하지 않았던 것을 말로 받게 된 윤상은 어떻게 해야 할지 몰라 멍하니 창밖만 내다보았다.

어떻게 하면 자신이 진심이라는 것을 전할 수 있을까.

연애에 무지한 윤상은 그조차 알지 못했다. 이 정도 되니 자신이 머저리처럼 느껴졌다.

하지만 이와 반대로 정우는 이제 다른 곳으로 걱정이 튄 것인지 엉뚱한 말을 꺼냈다.

—……아직 안 된다.

"뭐가?"

—…….

제대로 이해하지 못한 윤상이 되물었지만 정우는 답을 하는 대신 깊은 침묵만 지켰다.

이렇게 실없는 놈이었나? 고개를 갸웃거리던 윤상은 곧 정우가 무슨 말을 하려고 한 것인지 알겠다는 듯 박장대소를 터뜨렸다.

서른두 살 여동생의 성생활을 걱정하다니.

고지식한 나정우답다고 해야 할지, 괜한 간섭하지 말라며 놀려야 할지 감을 잡지 못한 채 한참 웃음을 터뜨리던 윤상이 눈가에 맺힌 눈물을 닦아 냈다.

"나정우, 진짜 음흉해."

그의 말에 전화 너머로 차마 입에 담을 수 없는 욕설이 들려
왔다. 하지만 윤상은 여전히 웃음이 가득한 목소리로 말을 이
었다.

"너나 잘하세요, 나정우 씨. 너 그러다 썩어."

아껴서 뭐하니? 어차피 흙으로 돌아갈 몸.

—넌 제발 아껴라!

정우의 고함에 윤상이 다시 한 번 웃음을 뱉었다.

❀   ❀   ❀

차들이 일렬로 쭉 정렬되어 있는 지하 주차장 안.

지난밤, 쉬이 잠들지 못했던 정희는 아슬아슬한 시간에 주차
를 마치고 서둘러 차에서 내렸다. 이러다간 입사한 이후 처음
으로 지각을 하게 될지도 몰랐다.

바쁜 걸음을 옮기는 사이에도 거울을 보며 마지막으로 화장
상태를 점검한 그녀가 엘리베이터 앞에 딱 멈춰 설 때였다.

"좋은 아침입니다, 나 팀장님."

"헉!"

되도록 늦게 만나고 싶었던 윤상이 엘리베이터 앞에 떡하니
서 있었다. 먼저 인사를 건넨 그는 정희의 얼굴이 창백하게 굳
었음에도 불구하고 싱그럽게 웃고만 있었다. 출근 준비를 하는
내내 마음의 각오를 했으면서도 막상 웃는 낯의 그를 만나니
몸부터 굳어졌다.

육식동물을 만난 초식동물처럼 오들오들 떨던 그녀가 시선을 비껴 내리며 어색하게 웃었다.

"좋은 아침입니다, 실장님."

마음과는 정반대의 말을 내뱉으며. 그 모습에 윤상은 조금 삐뚤어진 넥타이를 바로 잡은 후 여유로움을 가장한 얼굴로 말했다.

"전 좋은 아침이 못 되는데. 어떤 사람 덕분에 이틀째 호텔 신세거든요."

"네? 그게 무슨……."

어떤 사람이 자신이라는 것쯤은 쉽게 유추할 수 있었다. 하지만 멀쩡한 집이 있는 그가 왜 호텔에서 지내는진 몰랐던 정희가 멍하니 되묻자, 윤상이 어깨를 으쓱였다.

"어떤 사람이 약속을 어겼거든요."

"그 어떤 사람에게 피치 못할 사정이 있는 건 아닐까요?"

"아, 네. 피치 못할 사정이 있어요. 연애 문제인 것 같은데, 상대의 마음을 모르겠다면서 어제 무척 화를 냈다고 하더라고요."

"……그만해."

참다못한 정희가 이를 악물며 그를 제지했다. 그러자 윤상이 뒷짐을 지며 그녀의 얼굴 앞에 얼굴을 들이댔다.

"뭐, 뭐야?"

"아, 뒷짐을 진 건 나도 모르게 널 만지게 될까 봐."

"……."

"그리고 얼굴을 가까이 들이민 건 시선을 맞추기 위해서."

"떠, 떨어지지?"

그녀가 상체를 뒤로 기울이며 불안한 눈을 깜빡였다. 잔뜩 겁을 집어먹은 모습이었다. 이에 그가 입가를 부드럽게 휘며 다정한 어투로 말했다.

"잘 들어. 지금부터 진심만 말할 거니까."

"뭐?"

"앞으로 내 입을 통해 흘러나오는 말은 모두 진심이야. 거짓말 때문에 믿음을 주지 못했다면 진실만 말해야지. 이젠 네가 내 뇌를 열어 본 것처럼 사실만 알게 될 거야."

"……."

입을 통해 나오는 말은 모두 진심이라고?

거짓말을 하지 않겠다고?

뇌, 뇌를 열어 봐?

하루아침에 작전이라도 바꾼 것인지 저돌적으로 나오는 윤상의 모습에 정희가 진땀을 뻘뻘 흘렸다.

서, 설마 어제 일이 괜한 도발이 된 거야?

그녀가 불안함이 가득한 얼굴로 어색하게 하하 웃었다.

"그럴 필요까진 없……."

"정희야, 사랑해."

"……이건 또 무슨."

"진심."

짧게 잘라 말한 그가 몸을 다시 일으킨 후에 팔을 뻗어 반쯤 꺾인 그녀의 허리를 곧게 펴 주었다. 등에 닿는 손길에 정희가 어깨를 움츠렸으나, 그는 짐짓 모른 척 그녀의 귓가에 입술을 내리고 말을 이었다.

"생각날 때마다 말해야지."

"……."

정희의 얼굴이 일그러졌다. 하지만 그는 허리를 붙잡고 있는 왼손은 그대로 둔 채 오른손을 들어 그녀가 미처 발견하지 못한 뻗친 머리카락을 손가락으로 돌돌 말아 펴 주었다.

"뒷머리 뻗친 나정희 씨도 참 예쁘군요."

"……."

이건 또 무슨 개수작이냐고 물으려던 그녀는 입술이 무거워 아무런 말도 할 수가 없었다. 아니, 그의 행동에 가로막혀 할 수 없었다는 것이 더 정확했다. 오른손으로 그녀의 손을 잡은 그가 제 가슴에 작은 손을 올려놓은 후 귓가에 또다시 속살거렸기 때문이다.

"이래도 못 믿겠어?"

심장이 지나치게 쿵쿵 뛰었다. 아니, 자신의 것만큼이나 빨랐다. 이쯤 되니 그에게 장난하지 말라고 타박을 할 수도 없었다. 그녀가 고개를 아래로 뚝 떨어뜨렸다.

"빠르지?"

"……윽."

그의 물음에 정신이 돌아온 그녀가 서둘러 손을 떼어 냈다. 뺨을 붉히며 뒷걸음질을 치자, 윤상이 쐐기를 박듯 말했다.

"겁먹은 나정희도 예쁘네."

그녀의 얼굴이 종잇장처럼 일그러졌다.

"다크서클 내려온 나정희도 참……."

"원하는 게 뭐야."

정희가 다급하게 말했다. 원하는 것을 솔직히 말하라고, 무엇이든 다 들어주겠다고!

하지만 그는 그녀가 원하는 답을 해 주지 않았다. 늘 그랬던 것처럼.

"그런 거 없는데?"

"야!"

"우리 정희, 이젠 맞먹는다?"

"그만! 제발 그만해!"

그녀가 당장이라도 울음을 터뜨릴 것처럼 외쳤다.

이런 정윤상은 처음이었다. 낯설기까지 했다. 얼굴은 분명 '진심' 따위 없고 늘 농담 따먹기만 하던 그 정윤상이 맞는데, 하는 말은 예전의 그와 백팔십도 달랐다.

달싹거리는 그의 입술을 보며 그녀가 거칠게 고개를 저었다. 이젠 진심을 충분히 알겠으니 그만하라며. 삣친 머리조차 예쁘다며 닭살 돋는 말을 내뱉는 그 주둥아리가 진실만을 말하는 것을 알겠으니 제발 좀 가만히 있어 달라고!

하지만 어디 그가 순순히 말을 들을 인간이던가. 하나에 꽂히면 그걸 해결하고 성공할 때까진 뜻을 절대 꺾지 않는 무적의 정윤상인데.

그 순간 기가 막힌 타이밍에 엘리베이터가 도착했다. 문이 열리자 정희는 그곳에 올라야 할지, 말아야 할지 고민했다.

먼저 엘리베이터에 오른 윤상이 그녀를 향해 손을 내밀며 웃었다.

"사랑하는 정희야, 이리 오실까? 안 타면 지각인데."

"악!"

정희가 비명을 내지르며 양손으로 귀를 막았다. 그리고 창백해진 얼굴로 덜덜 떨었다.

세상 사람들…….

정윤상이 이상해졌어요!

＊　　　＊　　　＊

점심을 먹으러 갈 때도.

"정희야, 맛있게 먹어."

복도에서 우연히 마주칠 때도.

"사랑하는 정희야, 커피 한잔할까? 오늘 날씨 너무 좋지 않아?"

새로운 모델을 구하기 위해 포트폴리오를 볼 때도.

"사랑하는 정희야, 얘가 너보다 좀 못생겼지만 괜찮지 않아?"

화장실에서 나오다 우연히 마주쳐도.

"정희야, 오늘 끝나고 뭐해?"

그는 시도 때도 없이 그녀에게 자신의 마음을 강조했다.

결국 두 손 두 발 다 든 그녀는 사내 메신저로 1:1 대화를 걸어 그에게 옥상에서 잠시만 이야기를 하자고 빌었다.

제발 시간 좀 내주세요, 정윤상 실장님. 소원입니다.

긴장감 어린 시선으로 화면을 보던 그녀는, 메시지가 뜨자 기쁨에 찬 눈동자를 반짝였다.

사랑하는 정희 소원이라면 들어줘야지. 지금?

그녀는 '라잇 나우!'를 친 후 자리에서 일어났다.

사람들의 시선을 피해 먼저 옥상에 도착한 그녀는 그늘 하나 없이 뙤약볕이 내리쬐는 옥상을 보며 호흡을 가다듬었다.

일단 잘못했다고 빌자.

그래, 목걸이를 던진 건 잘못한 일이야. 오빠 나보다 두 살이나 연상이잖아? 거기에 정우 오빠 친구이기도 하고.

웅얼웅얼 혼잣말을 내뱉던 정희는 손을 들어 이마를 짚었다.

어쩌자고 정윤상의 성질머리를 건든 건지.

그가 이토록 집요한 인간이라는 것을 알고 있었는데도!

왜 학습 효과가 그렇게 없냐고 스스로를 꾸짖던 그녀는 옥상 문이 열리고 매끈한 슈트 차림의 윤상이 안으로 들어오자 서둘러 다가갔다. 그리고 손을 뻗어 윤상의 양손을 붙잡으며 간절한 목소리로 말했다.

"미안해, 내가 잘못했어."

"뭐가?"

짧은 물음에 그녀가 울 것처럼 일렁이는 눈동자로 그를 보았다.

"내가 다 잘못했어. 그러니까……."

제발 그 소름 돋는 이야기 좀 안 하면 안 될까?

그녀의 애달픈 부탁에도 윤상은 단호하게 말했다.

"사랑해, 나정희."

"아아악!"

정희는 비명을 내지르며 바닥에 쪼그리고 앉았다.

울고 싶다. 진짜 울고 싶어.

그녀의 얼굴이 종잇장처럼 일그러졌다. 하지만 무릎을 굽혀 자리에 앉은 그는 아래로 뚝 떨어져 있는 그녀의 고개를 위로 들어 올린 후 활짝 웃어 보였다.

"계속 말하면 각인이 되겠지?"

"……."

가, 각인.

그렇구나, 오빠가 날 사랑한다는 걸 각인시키려고 앵무새처럼 말하고 또 말했구나.

멍하니 그를 바라보던 그녀가 다시 고개를 푹 숙였다.

"그만 항복하고 믿어 주지?"

"믿어. 믿어. 믿습니다, 정윤상 님!"

"고마워, 정희야."

부드럽게 웃은 윤상이 손을 뻗어 정희의 머리를 쓰다듬었다. 그러더니 고개를 옆으로 기울이며 달콤하게 속삭였다.

"사랑해."

"아악! 정말 나한테 바라는 게 뭐야!"

사과를 해도 안 되니 이젠 사정해 볼 수밖에.

정희가 소름이 오소소 돋은 제 팔뚝을 보여 주며 외쳤다.

"뭘 해야 멈출 거냐고!"

오늘 하루에만 그에게 '사랑한다' 라는 말을 수십 번은 들었다. 이제껏 억눌러 왔던 것을 모두 쏟아 내기라도 할 것처럼, 브레이크를 잃은 자동차처럼 그는 그렇게 말하고 또 말했다. 하지만 정희는 이에 적응하지 못했다.

그저 뭔가 바라는 게 있어서 놀리는 것이라 생각한 그녀가 비명을 내질렀다.

하루아침에 안면을 싹 바꾼 채 다정한 남자처럼 사랑한다고 말하는 그가 이상하게 느껴졌으니까.

하지만 그는 고개를 저었다.

"사랑해 줘."

브레이크를 없앤 것은 너라고. 너의 강력한 공격 한 방에 이제야 정신이 번뜩 들었다고. 진중한 표정에 정희의 얼굴이 새하얗게 질렸다.

"……."

아. 이상해진 게 아니구나.

미친 거구나.

미쳐도 단단히 미쳤구나!

그녀가 반쯤 포기한 얼굴로 고개를 숙였다.

❀   ❀   ❀

점심시간이 지난 후, 약간의 시간을 틈타 여직원 휴게실엔
오늘도 대화의 꽃이 폈다.

"야야, 너 혹시 그거 알아?"

여자들이 많을수록 소문 또한 LTE보다 빨라지는 법. 자연은
자신에게 모여드는 시선에 오늘 하루 종일 이상했던 두 상사를
떠올리며 말을 이었다.

"우리 팀 정윤상 실장님 있잖아."

"어, 정 실장님이 왜?"

윤상의 이야기에 직원들의 관심이 더욱 쏠리자 자연이 의기
양양해져 말했다.

"요즘, 나 마녀 갈구는 재미로 산다?"

"뭐? 진짜?"

시즌 최고의 나팔의 기수, 미연이 눈을 동그랗게 뜨며 되물
었다.

미연의 귀에만 들어가면 1:1 채팅으로 소문이 뻗어 나가니
내일쯤이면 전 직원이 이 이야기를 알게 될 테지만, 자연은 자
신이 보고 들은 그대로를 '객관적 사실'에 의거하여 말했다.

"어, 정 실장님이랑 이야기만 하면 얼굴이 새하얗게 질려
서……."

"와, 쫄 때도 있어? 그 도도한 나 마녀가?"

두 사람의 이야기가 이어질수록 주위 여직원들의 눈이 초롱
초롱 빛났다.

나 마녀의 기가 드디어 꺾였어요!

소문은 삽시간에 시즌 한국 지사를 덮쳤다.

chapter 5
약은 남자

보고서를 확인하던 정희의 눈매가 날카롭게 변했다. 단순히 시장 조사한 것을 올린 보고서였지만 어찌 된 일인지 서류를 읽고 있는 이 순간 걱정이 파도처럼 몰려왔다.

혹, 수치를 잘못 적은 게 있던가?

경란이 그녀가 읽고 있는 보고서를 멀뚱히 내려다볼 때였다.

붉은색 사인펜의 뚜껑을 연 정희가 사정없이 서류 위에 죽죽 줄을 긋자, 경란의 얼굴이 펜색과 마찬가지로 붉게 달아올랐다. 하지만 정희의 손은 거기서 멈추지 않았다.

마지막 장까지 숙지한 그녀가 다시 첫 페이지를 펴 펜으로 사정없이 수정을 하자, 붉었던 경란의 얼굴에 핏기가 가셨다.

윽.

속으로 신음을 삼킨 경란은 정희가 마지막 장까지 살펴본 보고서를 다시 자신에게 건네자 고개를 푹 숙였다.

"경란 씨, 여기 오 · 탈자요."

"죄송합니다."

주위에 있던 팀원들의 시선이 두 사람에게 닿았다. 하지만 정희는 냉기를 폴폴 내뿜으며 경란에게서 시선을 거두지 않았다.

"보고하기 전에 한 번 검토하는 건 기본 아닌가요?"

한두 군데였으면 참고 넘겼겠지만, 한 장을 그냥 넘어가는 법이 없었다.

경란이 땅으로 파고들어 갈 것처럼 고개를 숙인 후 입술을 아작아작 씹었다. 기본 중의 기본도 하지 못했으니, 차마 정희의 눈을 똑바로 마주 볼 수 없었다.

"죄송합니다, 팀장님."

"10분 드리면 되죠?"

"네. 바로 정리해서 올리겠습니다."

지옥 같은 시간이 끝나자 경란은 곧장 자신의 자리로 돌아왔다. 그런 후 한글 파일을 열어 정희가 체크해 준 부분부터 수정하기 시작했다. 수정이 끝나면 다시 처음부터 검토할 생각이었다.

경란이 빠르게 시선을 옮겨 보고서를 읽고 있자 그녀의 옆자리인 자연과 경아가 걱정스러운 얼굴로 의자를 밀어 다가왔다.

"괜찮아, 경란 씨?"

"나 마녀 왜 저래, 또?"

두 사람이 정희를 힐끗 바라본 후에 어조를 낮춰 물었다. 정희에게선 여전히 검은 오로라가 뿜어져 나오고 있었다.

"생리하나?"

"에이, 그건 아닌 것 같은데?"

두 사람이 속닥속닥 정희를 험담할 때였다. 경란이 고개를 절레절레 저으며 방금 전 올린 보고서를 두 사람에게 보여 주곤 한숨을 푹 내쉬었다.

"내가 잘못하긴 했지. 초등학교를 다시 들어가야 하나."

"우와, 이건 심한데?"

"그렇지? 정신을 어디에 빼놓고 있었던 건지. 진짜 부끄럽더라."

경란이 아직도 손가락이 오므라든다는 듯 제 손을 보여 주며 고개를 저었다.

두 사람의 이야기를 듣고 있던 경아는 제가 마치 셜록이라도 된 것마냥 턱을 쓰다듬더니 눈을 게슴츠레 떴다.

"분명 다른 일이 있어. 최근엔 괜찮았잖아."

최근엔 팀원의 사소한 실수는 웃으며 넘어가는 경우가 종종 있었다. '나 마녀가 드디어 사람이 됐다' 라는 평이 돌기도 했었는데 오늘 보니 예전으로 돌아간 듯 까칠하기 그지없었다.

"저것 봐 봐. 파운데이션 뜬 거. 잠도 제대로 못 잔 것 같은데?"

"어? 진짜네?"

경아와 경란이 모니터 너머로 보이는 정희의 얼굴을 관찰하며 대화를 하자 입이 간질간질한 듯 몇 번이고 입술을 달싹이던 자연이 확신에 찬 어조로 말했다.

"정 실장님 때문이지, 뭐."

"여기서 왜 정 실장님이 나와?"

경란이 금시초문이라는 듯 되묻자, 정작 소문을 낸 당사자인 자연이 딱 잡아떼며 남의 이야기를 전달하듯 말했다.

"어머, 그 소문 못 들었어?"

어제 제가 했던 레퍼토리를 그대로 전달하며, 토끼눈을 한 두 사람을 바라보았다. 그렇게 한동안 '대단한 정 실장'에 대한 칭찬과 '나 마녀도 어쩔 수 없다'라는 말만 반복하며 세 사람은 수다를 떨었다.

하지만 이를 알 리 없는 정희는 임원 인트라넷에 뜬 공지를 본 후 자리에서 일어났다.

짝짝!

박수를 친 정희가 팀원들의 시선을 모은 후 말했다.

"다음 주까지 여름휴가 계획 세워서 모두 제출하세요."

"네, 팀장님!"

순식간에 사무실 분위기가 밝아졌다. 1년에 단 한 번 장기간 쉴 수 있는 여름휴가니까.

이미 계획을 세워 둔 직원들은 서둘러 계획서를 제출했고, 그렇지 않은 직원들은 어떻게든 성수기를 피해 해외에 다녀오겠다는 듯 인터넷 검색을 시작했다.

시즌은 휴가를 7월 초부터 9월 초까지 자율적으로 쓸 수 있었기에 직원들의 머릿속은 빠르게 돌아갔다.

"이번에는 어디로 가지?"

"난 이미 정해 놨지, 보라카이로."

"보라카이? 신혼여행 가냐?"

"우씨, 쉬러 간다!"

직원들의 의미 없는 대화를 듣고 있던 정희가 한숨을 쉰 후 캘린더를 집어 들었다. 달력엔 일정이 빼곡하게 적혀 있었다.

7월엔 일주일에 한 번씩은 외부 미팅이 있어 글렀고, 8월이나 9월에 쉬는 것이 좋을 듯했다.

달력을 한 장 넘긴 그녀는 8월 13일에 적혀 있는 일정 두 가지에 시선을 고정했다.

생일.
제주도 면세점.

생일을 제주도에서 보내는 것도 나쁘지 않을 것 같았다.

달력을 한참이나 보던 그녀는 문득 인상을 구겼다. 생일 하면 목걸이, 목걸이 하면 그가 주문처럼 외던 말이 머릿속을 순식간에 지배했다.

"사랑하는 정희야."
"정희야, 사랑해."
"우리 정희, 예쁘기도 하지."

이명처럼 들려오는 목소리에 그녀의 손에 힘이 들어갔다.
부들부들.
이건 무슨 신종 갈굼이란 말인가.
제발 진심이란 걸 알겠으니 그만하라고 해도 그는 '사랑'이란 단어를 입에서 떼어 놓지 않았다. 마치 그 말을 막아 놓던 둑이 와르르 무너진 것처럼.

"······후."

한숨을 내쉰 그녀가 생각을 떨치려 고개를 저을 때였다. 휴대전화 진동이 울린 것은.

"처음 보는 번혼데?"

액정에 뜬 번호를 확인한 그녀가 인상을 구겼다. 스팸 전화일 확률이 높았지만, 혹시 일과 관련하여 걸려 온 전화일 수도 있었다.

받을까 말까, 고민하다 전화를 받자 역시나 낯선 이의 목소리가 들려왔다.

―나정희 씨 휴대전화입니까?

"네, 그런데요?"

싼 이자에 대출해 주겠다는 전화는 아닌 것 같았다. 자신의 이름을 정확히 알고 있었으니까.

그럼 보이스 피싱인가? 의문이 커져 갈 때였다.

―정 회장님께서 나정희 씨를 뵙길 원하십니다.

뒤통수를 후려치는 남자의 말이 들려온 것은.

❋   ❋   ❋

정희는 윤상과 마주치지 않기 위해 퇴근 시간보다 조금 늦게 지하 주차장으로 내려갔다.

정 회장 쪽에서 딱히 비밀로 하길 원한다고 말하진 않았으나, 윤상이 알아봤자 좋을 것이 없다는 판단 하에 내린 결론이었다.

하지만 그녀는 자신의 차에 기대어 있는 윤상을 보는 순간 제 계획이 물거품이 되었음을 깨달았다. 그는 자신의 쪽이 아닌 바닥을 보고 있었다. 반짝반짝 닦인 구두를 바라보며 차에 기대어 있는 모습은 마치 화보 같았다.

딱히 모델을 구할 필요 없이 저 인간을 세워도 좋을 것 같은데.

껍데기는 도도한 차도남이었으니 손색이 없을 것이라 생각하던 그녀가 후, 한숨을 내뱉었다.

왜 신이 준 얼굴을 조동아리로 말아먹는 건지. 멀찍이서 바라보던 그녀는 그와 시선이 마주치자 꿀릴 것 하나 없다는 듯 씩씩하게 걸음을 옮겼다.

"퇴근 안 해?"

"음. 정희 얼굴 보고 하려고."

그의 말에 정희의 얼굴이 울상이 되었다.

'사랑'이란 단어와 함께 지겹도록 들은 것이 자신의 이름이었다. 우리 정희, 사랑하는 정희, 정희야, 정희야.

평생 들어 온 것보다 최근 그의 입에서 들은 이름이 더 많을 정도로 그는 집요하게 제 이름을 불렀다.

"오늘도 호텔?"

차 문을 연 그녀가 그를 힐끗 보며 물었다. 순간 굳어 있던 그의 눈매가 느슨하게 풀어지더니, 해사한 빛을 머금었다.

"걱정은 되나 봐?"

"……."

성인 남자가 호텔에서 지내는 게 뭐가 걱정이 되겠냐만은 괜히 신경이 쓰이는 것은 어쩔 수가 없었다. 그가 지금 집을 구하고 있지 않은 건, 언젠가 자신과 보러 가기 위함임을 아닐까.

"걱정은 무슨. 그럼 나 퇴근할게."

"밥 먹어 줄 사람 없는데, 같이 먹을래?"

그의 말에 차에 오르려던 그녀가 행동을 멈췄다.

그의 연락을 기다리는, 혹은 그를 반길 사람들의 연락처라면 줄줄 말해 줄 수도 있었다. 가진 자들의 세계에서도 그는 인기가 많으니까.

하지만 그렇게까지는 하고 싶지 않았다. 톡 쏘아붙이며, 다른 곳에 가서 알아보라고 말할 수도 있었지만 정희는 가볍게 고개를 저었다.

"약속 있어."

"약속?"

"어."

'누구'와의 약속인지 궁금해 되물었다는 것을 알면서도 정희는 모른 척 짧은 답만 했다. 그리고 집요한 시선으로 자신을 바라보는 그의 눈빛에 속으로 신음을 내뱉었다.

늘 진실만 말할 것이라 하더니 이젠 거짓 웃음도 짓지 않을 모양이었다. 기분이 고스란히 드러난 그의 표정에서 시선을 떼지 못하던 그녀가 고개를 비스듬히 내렸다.

"간다."

"정희야."

"……왜?"

"너 표정이……."

그가 말을 끝맺지 못하고 입을 다물었다. 그녀가 차에 오른 후 문을 닫아 버렸기 때문이다.

명백하게 대화를 이어 나가고 싶지 않다는 몸짓에 그가 인상을 구길 때였다. 보조석 창문이 열리더니 허리를 숙인 그녀가 뚱한 목소리로 말했다.

"오빤 그게 문제야."

"너 뭐 숨기는 거 있어? 무슨 약속인데?"

그런 거 없어.

그렇게 말을 해야 하는데, 정희는 대신 고개를 절레절레 저으며 허탈하게 웃었다.

"나에 대해 너무 잘 알아."

이래서 만나고 싶지 않았던 건데.

그녀의 얼굴은 정 회장의 연락을 받은 그 순간부터 긴장감에 얼어 있었다.

청담동에 위치한 빛고을.

제대로 된 한식을 접할 수 있는 이 식당은 세 달 전 미리 예약을 해야만 음식을 맛볼 수 있을 정도로 정·재계 인사들에게 인기가 많은 곳이었다.

물론 음식 맛이 좋은 것도 있었지만 그것보단 룸 형태로 이루어진 내부 때문에 이야기가 밖으로 새어 나갈 염려가 없다는 것이 한몫했다. 은밀한 대화를 나누길 원하는 사람들에겐 더할 나위 없이 좋은 곳이었다.

상다리가 부러질 정도로 차려진 음식들은 향은 물론이요, 색감까지 너무나 예뻐 식감을 돋웠다. 하지만 맛있는 음식도 편하고 좋은 상대와 먹어야 본연의 맛을 즐길 수 있는 것처럼, 정희는 눈앞에 있는 정 회장 때문에 제대로 된 식사를 할 수가 없었다.

결국 수저를 내려놓은 그녀가 물로 입안을 헹구자 맞은편에 있던 정 회장 또한 수저를 내려놓았다.

"입에 안 맞나?"

"아니요, 맛있습니다."

말과는 달리 그녀가 인상을 구기더니 이내 고개를 저었다.

"하지만 정 회장님이 지금부터 하실 이야기가 뭔지 궁금해서 도저히 음식이 입안으로 들어가질 않네요."

"재미있는 아가씨구만. 내 눈을 똑바로 보며 자신의 생각을 솔직하게 말하는 사람은 그렇게 많지가 않은데."

"되바라져 보였다면 죄송합니다."

"아니야, 아닐세. 걱정이 많았는데, 말이 잘 통할 것 같아 안도하고 있네."

해야 할 이야기가 무엇일까.

어떤 이야기이기에 당돌하기까지 한 제 말에 웃음을 터뜨리고, 말이 잘 통할 것 같다고 하는 것일까.

알 수는 없었지만 안 좋은 예감에 정희의 낯빛이 어두워졌다.

여섯 명의 사람이 들어오더니 식탁을 통째로 들고 밖으로 나갔다. 그런 후 두 사람 앞에 작은 다과상 하나를 내려놓고선 허리를 숙였다. 다과상 위엔 약과와 함께 수정과 두 잔이 놓여 있었다.

먼저 손을 뻗어 잔을 든 정 회장이 수정과를 맛보았다. 얼음까지 동동 떠 있는 수정과 맛에 미소를 지은 그는 굳은 표정으로 약과를 노려보고 있는 정희의 모습에 속으로 웃음을 삼켰다. 아들의 취향이 참 특이하다 생각하며.

"후원을 했을 때도 만나지 않았는데, 이제 와 만나자고 한 이유가 많이 궁금한 표정이군."

"네."

작게 고개를 끄덕인 정희가 오랜 시간 세월의 풍파를 피해 가지 못해 주름진 정 회장의 얼굴을 보며 말을 이었다.

"궁금했어요. 분명 김 비서님께 정윤상 실장과 전 아무런 사이가 아니라고 했는데도 만나자고 하신 게요."

그녀는 분명 제 의사를 밝혔다. 만약 아들 단속을 위해 자신을 만나는 것이라면 그럴 필요는 없다고. 필사적으로 거절을 하고 있고, 추후에도 남자로 볼 마음이 없으니 안심하시라고, 개인적으로 자신을 만날 이유는 없다고.

그 이야기에 김 비서는 알겠다는 말을 남기곤 전화를 끊었고, 얼마의 시간이 걸리지 않아 다시 연락을 취해 왔다.

"정 회장님께서 그래도 한번 뵀으면 하십니다."

집요함을 아버지에게 물려받은 것일까?

어른의 청을 그냥 무시할 수도 없을뿐더러, 정 회장은 정희 남매에겐 고마운 은인이었다. 부모님을 잃고 세상에 홀로 남았을 때 유일하게 도와준 어른. 그런 사람의 청을 못 들은 척할 수 없었던 정희는 당장 오늘 저녁을 함께하자는 말에 응할 수밖에 없었다.

정희가 눈을 똑바로 마주하자 정 회장의 얼굴이 일그러졌다. 순간 그에게서 내뿜어지는 권위에 그녀가 입술을 악물었다.

"죄, 죄송······."

자신의 어딘가가 정 회장의 심기를 갑자기 어지럽힌 것인지 몰라 그녀가 사과의 말을 꺼내려 할 때였다.

"정윤상 실장이라. 우리 아들 녀석을 그렇게 부르나?"

"네? 아, 아니요. 회장님 앞이어서······."

"그렇다면 다행이고."

"네?"

정희가 눈을 동그랗게 떴다.

다행? 도대체 뭐가?

그녀가 이해하지 못하겠다는 듯 고개를 기울이자, 정 회장이 껄껄 웃음을 내뱉었다. 그녀의 이런 반응이 재미있다는 듯. 그리곤 웃음기가 역력한 목소리로 말했다.

"난 첫째보단 둘째에게 욕심이 많아."

둘째라면 윤상을 말하는 것이었다. 이에 대해서 그녀는 분명 약속을 잡기 전에 이야기를 했었다. 그에게 마음이 흔들리는 것은 어쩔 도리가 없었다. 좋아했으니까. 처음으로 마음에 담은 사람이었으니까.

하지만 매번 뒤흔들고, 애매모호한 감정으로 괴롭히던 남자가 이제 와 좋다고 말해 봤자 감흥이 생길 리가 없었다. 또 이 사람이 장난을 하는 것은 아닐까, 15년 동안 집요했던 그 농담을 이번에도 다시 하는 건 아닐까, 의심이 먼저 들었다.

하지만 감정적인 부분이 아니더라도, 그와 자신은 아주 근본적인 문제 때문에 함께할 수 없었다.

눈앞에 있는 정윤상의 아버지는 대한민국 경제의 주축이라 할 수 있는 D.C의 총수였다. 그렇게 대단한 집안이 윤상의 배경이자 한 부분이었다.

하지만 자신은 어떤가. 열일곱 살에 부모님을 잃고 천애 고아가 되었다. 교류하는 친척 없이, 맨해튼에 있는 오빠가 전부였다.

몇 해 전까지만 해도 외할머니가 계셨으나, 그녀도 부모님이 계신 곳으로 떠나셨다. 고아가 되고, 학업조차 어떻게 마쳐야할지 몰라 막막할 때 손을 내민 것이 바로 눈앞에 있는 정 회장이었다.

그리고 그는, 자신과 윤상의 관계가 마음에 들지 않을 것이 분명했다. 고고한 백조의 세계에 미운 오리는 필요 없었다.

그와 자신이 이어질 수 없는 이유를 말하라면 줄줄이 댈 수 있었다. 한두 가지가 아니었으니까.

그녀가 정 회장을 보며 단호하게 말했다. 여지 따윈 주지 않기 위해.

"회장님께서 걱정하시는 일은 없을 겁니다."

"아니, 걱정하는 일은 벌써 벌어졌어."

"아니요, 그런 일은 없습니다."

"흐음."

콧소리를 낸 정 회장이 턱을 쓰다듬었다. 간이라도 보겠다는 듯이 느릿한 동작에 정희가 움찔 몸을 떨었다. 집요한 시선에 긴장감이 몰려왔다.

"아가씨도 성인이니 아주 솔직하게 말하겠네."

"네, 편하게 말씀하세요."

그녀가 마음을 단단히 붙잡았다. 어떠한 말을 들어도 흔들리지 않기 위해서.

그때 앞으로 노란 봉투가 쑥 내밀어졌다. 삼류 드라마에 나오는 것처럼 '이것 먹고 내 자식에게서 떨어져!', 뭐 이런 건가?

그녀가 혼란스러운 눈으로 바라보고 있자, 정 회장이 무심하게 말했다.

"이번에 한국에 들어와서 가장 먼저 윤상이가 내게 주고 간 걸세."

"……정윤상 실장이요?"

"이게 뭔 것 같나?"

정 회장이 물음을 던졌다. 노란 봉투 안에 무엇이 들어 있을 것 같냐고. 감을 잡지 못한 그녀가 굳은 얼굴로 '잘 모르겠습니다'라고 대답했다.

부모에게 노란 서류 봉투를 건넬 일이 뭐가 있단 말인가. 저들의 세계에선 봉투만 보면 딱 아는 일일지 몰라도 정희의 세계에선 감조차 잡을 수 없는 일이었다.

그녀의 의뭉스러운 표정에 어느새 정 회장의 얼굴에 가득하던 웃음이 점차 사라졌다.

"난 두 손 두 발 다 들 줄 알았어. 그 녀석을 한참이나 아래로 본 거지."

"……."

"고집 하나는 대단한 녀석인데."

그건 익히 알고 있다는 듯 정희가 고개를 주억거렸다. 그는 정말 쇠심줄보다 단단한 고집을 가지고 있었으니까. 한번 맡은 일은 무조건 해내고야 마는 사람이니까.

그가 했던 고백이 떠올랐다. 처음엔 담백했던 고백은 어느새 집요하게 변했고, 그 후엔 무서울 정도로 강요했다.

난 널 좋아하고 있어. 그러니 뭐라고 하지 마. 내 마음이니까.

계속된 고백은 그러한 뜻을 내포하고 있는 것만 같았다. 그리고 그것은 어느새, 그녀의 인에 박혀 있었다.

"사랑도 이렇게 대단하게 하겠다니 어쩌겠나. 자식 이기는 부모 없다고 하는데."

"네……? 그게 무슨……."

예상과는 다른 방향으로 이야기가 흐르자 당황한 듯 되물은 정희가 양손을 맞잡고 고개를 저었다.

회장님, 자고로 그런 말이 있잖아요. 포기는 배추를 셀 때나 쓰는 거라고! 그러니까 포기하지 마세요!

그렇게 외치고 싶었다. 하지만 정 회장은 간절한 그녀의 표정을 다른 뜻으로 받아들인 것인지 단호한 어조로 말을 이었다. 자신의 아들이 거절당하리란 생각은 애초에 하지 못하는 것같이.

"내가 아가씨를 받아들이든 그렇지 않든, 그 녀석은 내게 돌아올 마음이 없어."

"회장님…… 정윤상 실장과 전……."

절대 회장님이 생각하시는 그런 관계가…….

그녀가 말을 잇기도 전에 그가 잘라 말했다.

"그러니 아가씨를 내 편으로 만들어야지."

"네?"

"통장 열어 봐. 자네와 자네 오라비의 학비니까."

"……."

정희의 얼굴이 딱딱하게 굳어졌다. 그건 몸도 마찬가지였다. 뻣뻣한 몸은 기름칠이 되지 않은 기계 같았다. 삐그덕삐그덕.

그녀가 놀란 눈으로 노란 봉투를 내려다보았다. 저 봉투를 열면 안 될 것만 같았다. 엄청난 진실이 숨어 있을 것만 같아서. 아니, 그 진실은 방금 들었다. 그리고 그 '진실'에 대한 객관적인 증거가 저 봉투 안에 들어 있을 것이다.

그녀가 잔뜩 겁을 집어먹은 눈으로 봉투를 바라보자 정 회장의 입매가 굳어졌다.

"역시나. 그 녀석이 아무런 말도 하지 않았나 보군."

"회, 회장님…… 전 회장님이 지금 무슨 이야기를 하시는지……."

"난 자네 남매를 후원한 적이 없네."

그의 말에 정희의 눈이 질끈 감겼다. 숨이 헉 하고 막혀 와 제대로 된 호흡을 할 수가 없었다.

"후원한 건 아들 녀석이지."

"……."

정신을 차리기 위해서 고개를 저었다. 충격적인 이야기였으나, 현실이었다. 오랫동안 윤상이 입을 꾹 다물고 있었던 현실. 그 현실을 확인해야 했다.

그녀의 일이었으니까.

오빠의 일이었으니까.

조심스레 손을 뻗은 그녀가 봉투를 뒤집어 물건을 탈탈 털었다. 부동산과 관련된 서류와 자동차 키가 가장 먼저 눈에 들어왔다. 자동차 키는 그가 얼마 전까지 몰고 다니던 차의 것이었다.

그리고 모서리가 부딪혀 조금 굴러간 직사각형의 통장 하나.

통장을 바라보던 그녀가 조심스레 펼쳐 보자, '정윤상'이란 이름과 함께 꾹 찍혀 있는 도장이 가장 먼저 눈에 들어왔다. 그리고 종이를 한 장 넘기는 순간 그녀의 입이 떡 벌어졌다.

'일, 십, 백, 천, 만, 십만, 백만, 천만, 억, 십억…….'

총 18억이 조금 넘게 들어 있는 통장에 그녀의 몸이 사시나무 떨리듯 흔들렸다.

"이, 이게……."

"정확히 자네 오빠와 자네에게 들어간 돈의 열 배네."

"……."

생을 살면서 이렇게 큰 금액이 찍힌 통장은 단 한 번도 보지 못했다. 이 큰 금액을 윤상이 그녀와 정우를 위해 벌었다 생각하니 눈앞이 깜깜해질 지경이었다.

아무리 시즌의 본사라 하더라도, 아무리 그의 위치가 있다 하더라도 월급쟁이가 이 금액을 모으는 일은 쉽지 않았을 텐데.

그녀가 통장을 내려놓은 후 조금 높아진 음성으로 말했다.

"저와 오빠 회장님이 후원해 주시는 줄로만 알았습니다. 다른 사람들도 모두 그렇게 말했고요."

"아들 녀석이 그렇게 해 주길 바랐으니까. 그리고 나에게 비밀을 지켜 달라고 하더군."

그런 사실을 왜 이제 와 자신에게 말하는 거냐고 그녀는 묻고 싶었다. 하지만 그것보다 더 궁금한 것이 있었다.

"왜, 사실대로 알리는 것을 원치 않았나요?"

"자네는 몰라도, 자네 오빠가 아들 녀석의 도움을 받으려고 했을까."

"……."

"표정을 보니 답을 알고 있나 보군. 그럼 굳이 입 아프게 이야기하진 않겠네."

오빠 자존심에 친구의 도움을 받으려 하지는 않았을 것이다. 그렇다면 지금의 위치까지 올라가지도 못했겠지. 그리고 그 사실에 정희는 가슴 아파했을 것이다.

그때 부모님만 돌아가시지 않았다면, 그렇다면 오빠는 지금쯤…….

매일 그런 불행한 생각만 하고 있었을 게 분명했다.

그녀의 눈망울이 떨리자, 정 회장은 지금이다 싶었는지, 기회를 놓치지 않고 정희를 더욱 몰아붙였다.

"그 녀석이 갑작스럽게 유학을 간 것도, 한국에 들어오지 못한 것도 모두 나 때문일세. 유학을 간 건 내가 돈을 빌려준 대가. 공부가 끝나고 한국으로 돌아오면 다른 사람과 선을 봐 기업을 위해 살아가라고 했지."

정희의 눈꺼풀이 무겁게 감겼다.

그래서였구나. 그가 갑작스럽게 어른이 되어 다시 만나자고 한 뒤 유학을 떠난 것도. 한국으로 돌아오지 못해 휴가 때마다 자신을 보러 온 것도.

그렇구나……

"20대 젊음을 자네와 자네 오빠를 위해서 모두 희생했네."

그는 장난이 아니었구나.

"꿈도 포기했지. 고등학교 때만 하더라도 IT 쪽을 키우고 싶어 했거든."

그저 몸이 부서져라 일을 했던 것뿐이구나.

날 위해서. 오빠를 위해서.

"덕분에 우리 기업도 손해가 막심하지. 왜 남의 기업에 내 아들이 돈을 벌어 줘야 하는지도 모르겠고."

그녀의 얼굴이 처연하게 변하는 것을 보며 정 회장이 심통 맞은 표정으로 말을 마쳤다.

결국 그가 하고 싶었던 건 마지막 말이었다. 인재로도 탐이 나는 아이였다. 그런 아이가 다른 사람의 밑에서 일을 하고 있다 생각하니 배알이 꼴렸다.

"그래서 생각했지."

결국 정 회장은 윤상이 자신에게 자식 노릇을 하고 살지 않겠다며 모든 것을 내던졌던 그날 이후 계획을 변경하기로 했다.

아들 녀석을 자신의 곁에 두는 방법. 그 방법을 생각하자 한 가지 비책이 떠올랐다.

정 회장은 혼란스러움이 가득한 정희의 눈동자를 보며 자상하게 웃었다. 그 비책의 중요한 키는 바로 그녀였다.

"내 아들과 자네를 선보게 하면 모든 걸 되돌릴 수 있지 않을까, 하고."

며느리 욕심만 포기한다면 아주 많은 것을 얻을 수 있다는 간단한 사실을 깨닫게 된 정 회장은 과감히 아들을 선택했다. 그리고 이 계획을 이야기하기 위해 오늘, 정희와의 약속을 잡은 것이었다.

"……."

갑작스러운 이야기에 정희의 얼굴이 창백하게 변했다.

지, 지금 내가 무슨 이야기를 들은 거지?

말문이 막힌 그녀가 입술을 뻐끔거리자 정 회장은 눈을 게슴츠레 떴다.

"그렇다면 자네부터 포섭해야겠지."

"회, 회장님……."

"어때, 나이가 먹어도 아직 사업가적 기질이 남아 있지 않은가?"

"……."

정희가 고개를 주억거렸다. 어느 쪽이 더 손해를 보지 않는 장사인가, 라고 생각하면 정 회장의 선택에 박수라도 쳐 주고 싶었다. 하지만 그녀는 손을 들어 이마를 짚은 뒤 시선을 이리 저리 옮겼다.

오늘 너무나 많은 이야기를 들었다. 아직 명확하게 정리되지 않은 감정은 혼란스럽기만 했다. 그러자 정 회장은 통장을 그녀의 앞으로 스윽 내밀었다.

"이건 자네가 챙겨 가게. 내가 돌려준다고 해도 받지 않을 테니까."

"……제가 돌려주라고요?"

"그래."

짧게 답한 그가 팔짱을 낀 후 좌식 의자 등받이에 등을 기대었다. 그런 후 감정이 극히 배제된 목소리로 읊조리기 시작했다.

"나에게 빚을 진 것은 아들이 아니라 자네지 않은가. 난 이 돈을 돌려주고, 자네를 후원한 걸로 하려고 하네. 그게 자네 쪽에서도 더 좋지 않나? 아들 녀석에게 빚을 지는 것보단."

그 말에 정희의 정신이 번뜩 돌아왔다.

그가 정 회장에게 건넨 돈은 18억이 넘었다. 웬만한 직장인이 평생 모아도 무리가 있는 금액이었다. 그건 그녀의 기준에도 그랬다.

더욱 그 돈을 모으기 위해 윤상이 어떠한 것들을 포기하고 살았는지 그녀는 방금 정 회장을 통해 들었고, 마음으로 이해했다.

그는 처음 만났던 그 시절부터 자신에게 호감을 보였었다. 그런데 결정적인 순간이 되면 번번이 한발 물러서 자신에게 상처를 주었다.

그것도…… 그녀가, 그리고 정우가 만든 이 상황 때문이라면?

그렇다면 그에게 화를 내선 안 된다.

정리를 마친 그녀가 또렷한 시선으로 정 회장과 눈을 마주했다. 혼란스러움이 가신 눈빛에 정 회장이 궁금한 것이 있다면 무엇이든 말해 보라는 듯 고개를 끄덕이자, 정희가 똑 부러지게 물었다.

"당사자가 비밀로 하길 원했던 일을 제게 말씀하시는 이유가 뭔가요?"

"좋은 패가 있다면 보이고 내가 원하는 걸 받는 게 더 이득이니까. 그리고 원하는 게 상대가 가지고 싶은 이해타산과 맞다면 이보다 더 좋은 협력 관계는 없겠지."

"제가 회장님의 며느리가 될 마음이 죽어도 없다면요?"

"적어도 아들 녀석이 잃어버렸던 걸 되찾아 주고 싶어 할 염치는 있다고 생각하네."

한 치도 물러섬이 없는 대화가 오고 갔다. 주위에 누군가가 있었다면 두 사람의 기백에 입을 꾹 다물 정도로 맹렬한 분위기가 흘렀다. 정 회장의 말에 공감한다는 듯 고개를 끄덕인 그녀가 한 박자 늦게 다음 질문을 던졌다.

"……만약 제가 이 모든 걸 거절하면요?"

"아가씬 내 아들 녀석이 좋든 싫든 간에 그렇게 큰 빚은 지고 싶지 않아 할 테니 거절할 리가 없지."

그 말에 정희가 허탈한 듯 웃었다.

윤상이 왜 무적 말발인가 했더니, 부전자전이라고 정 회장은 그보다 한 수 위였다. 나정희의 말문을 '이성적인 대화'로 막히게 만들었으니까.

정희가 인정한다는 듯 고개를 끄덕였다.

휴대전화에 웬수라고 저장이 되어 있는 인간이라 하더라도, 정희는 기본적으로 그를 좋아했다. 이성적으로든 사람으로든.

그녀가 고개를 끄덕이자, 정 회장은 방금 전까지만 해도 날카로운 기색이 가득했던 신경을 누그러뜨렸다. 그리고 정작 가장 궁금했던 것을 물었다.

"그래, 두 사람은 어른이 되어 다시 만나나?"

공항에서의 이별을 비서를 통해 전해 들었던 터라 정 회장이 호기심 어린 눈으로 물었다. 아들의 사랑이 꽤나 집요했으니 답이 정해져 있는 물음이라 생각했던 정 회장은 곧이어 정희가 어색한 웃음을 흘리며 하는 말에 입을 꾹 다물었다.

"아니요, 아직이요."

뭐야, 이 녀석. 일사천리인 것처럼 말하더니!

정 회장은 아들 녀석이 사랑에 꽤나 고전을 하고 있다는 이야길 듣자 속이 쓰린 듯 가슴께를 더듬었다.

예전엔 반대를 했던 사랑인데도, 잘난 아들 녀석의 가슴앓이가 계속되고 있다고 생각하자 신경이 쓰이는 것은 어쩔 수가 없었다.

"그럼 앞으로 아가씨 마음은 어떤가?"

그가 꼬장꼬장한 노인네처럼 물었다. 그러자 정희가 그의 눈치를 슥 보더니 이내 장난스러운 어조로 답했다.

"짜게 식을 뻔했는데, 방금 회장님이 말씀해 주신 덕분에 오해는 많이 풀렸어요."

"쯧, 한심한 녀석."

그가 끌끌 혀를 찼다. 아들을 걱정하는 아버지 그 이상도, 이하도 아닌 모습으로.

두 사람의 소문이 많이 와전되었구나.

정희는 속으로 그러한 생각을 했다. 정 회장이 윤상만 보면 눈에 쌍심지를 켜고 책을 집어 던진다느니, 한번은 재떨이를 던져 골로 갈 뻔했다느니 하는 것들은 뜬소문에 불과한 모양이었다.

정 회장이 심통 맞은 얼굴로 연신 투덜거리듯 말했다.

"실없어 보여도, 걔가 속은 꽤 깊어. 어디 그뿐이야? 혼자서 저 큰돈을 만들어 온 것도 모자라 나에게 받았던 걸 아가씨를 위해 모두 포기한다고 할 정도로 담력도 있고! 살 길을 만들어 놨으니 나에게 저것들을 던진 거 아니겠어? 그 녀석 지금 내역을 보면……."

줄줄 아들 자랑을 늘어놓는 모습에 정희가 피식 웃음을 터뜨렸다. 그러자 정 회장이 퍼뜩 정신을 차리며 눈을 번뜩였다.

"왜 웃나? 아들이긴 하지만, 남자로 봐도 꽤 괜찮은 놈이라니까?"

"아주 긴 시간이었으니까요."

그의 마음도, 자신의 마음도. 지칠 대로 지칠 만큼 긴 시간이었다.

"그래! 그 시간 동안 아가씨 하나 못 잊어서 혼자 그 타국에서 지냈던 걸 생각해 봐! 평생 바깥양반 바람피울 걱정 없는 것만 해도 얼마나 좋은 건데!"

"네, 회장님. 진지하게 생각해 보겠습니다."

그녀가 입가에 웃음을 머금으며 말하자 정 회장이 흠흠 헛기침을 뱉었다.

"정윤상 실장에게 이렇게 큰 빚을 지고 싶진 않아요. 이건 제가 돌려주고…… 나머지 제안은 곰곰이 생각해 보겠습니다."

정희의 말에 고개를 끄덕인 정 회장이 차 키를 그녀의 앞으로 쭉 내밀었다.

"이것도 가지고 가."

"네?"

"연애하는데 차가 없으면 불편하지. 암."

"……."

딱딱하게 얼음이 된 얼굴로 정 회장을 보던 정희가 차 키까지 가방에 넣었다.

그 후로도 정 회장은 화제를 바꾸어 'D.C 모직'에 괜찮은 자리가 있다며 그곳에 와 일해 볼 생각이 없냐는 물음을 던졌다. 그녀는 그 역시 진지하게 생각해 본 후에 답을 해 주겠다 말하며 일단 거절했다.

"시즌에서 정한 목표가 있습니다. 무척 구미가 당기는 제안이긴 해도 쉽게 결정할 수는……."

없어요, 라고 그녀가 뒷말을 이으려 할 때였다.

쾅!

거칠게 문이 열렸다. 집에서 헐레벌떡 나온 것인지 트레이닝

차림의 윤상이 거친 숨을 몰아쉬며 두 사람을 번갈아 봤다. 정
희는 무릎을 꿇고 있었고, 정 회장은 윤상을 보며 도끼눈을 뜨
고 있었다. 그 모습에 단단히 오해를 한 윤상이 벼락처럼 소리
쳤다.

"아버지!"

윤상은 분명 정 회장에게 말했다. 자신의 인생은 자신의 것
이니, 하고 싶은 대로 하고 살겠다고. 그래서 모든 것을 내려놓
고 나왔다. 이런 상황을 원치 않아서!

창백한 윤상의 얼굴을 보던 정 회장이 혀를 끌끌 찼다. 아들
녀석이 무슨 오해를 하고 있는지 빤히 보인다는 듯이.

"어허, 아버지라니. 난 자네 같은 자식을 둔 적이 없는데?"

근엄한 표정에 윤상의 얼굴이 일그러졌다. 그가 먼저 아들
노릇을 하지 않겠다고 했으니 뭐라고 반박할 말도 없었다. 정
회장을 노려보던 윤상이 성큼성큼 걸음을 옮겨 입을 쩍 벌리고
있는 정희에게 다가갔다.

"나정희, 일어나."

갑작스러운 그의 등장에 정희가 바짝 얼었다.

여긴 어떻게 알고 왔지? 혼란스러운 눈으로 그를 올려다보
던 정희가 고개를 돌렸다. 그러다 정 회장의 입꼬리가 올라가
있는 것을 보며 미간을 찌푸렸다.

이 역시 정 회장이 만든 상황이구만.

한 회사를 만들고, 그만큼 키워 낸 정 회장은 사람을 어떻게
몰아넣어야 하는지, 상황을 어떻게 만들어야 효과적으로 자신
이 원하는 것을 얻어 낼 수 있는지 잘 알고 있었다. 그 감각으

로 이제껏 큰 업체를 운영해 왔으니까.

정희가 정 회장에게서 시선을 떼지 못하자 결국 윤상이 그녀의 팔목을 거칠게 움켜쥐었다.

"일어나!"

"왜 소리를 지르고…… 아, 아파!"

정희가 빽 소리를 질렀다.

윤상은 평소에 화를 내는 법이 없었다. 화가 나더라도 그 감정을 속으로 숨겼다. 하지만 정 회장이 정희를 불러 두 사람이 만나고 있다는 이야기를 전해 듣자마자 그는 모든 이성을 날려 버렸다. 지금 자신의 복장이 어떠한지, 어떤 표정을 짓고 있는지, 어떤 말을 하고 있는지도 알지 못할 정도였다.

정희가 자신의 손길에 비틀거리며 일어나는 와중에도 그는 정 회장에게서 시선을 떼지 않았다.

"한 번만 더 정희에게 연락해 보세요. 제가 어떻게 나오는지."

고저 없이 말하는 그는 마치 야차 같았다.

자신이 가장 싫어하는 일을 했다간, 저 역시 아버지가 가장 싫어하는 일을 해 주리라. 그의 눈빛이 어둡게 빛나자 정 회장이 고개를 돌리더니 혼잣말을 내뱉었다.

"이거야, 원. 무서워서 살겠나."

"정 회장님. 농담 아닙니다."

마지막까지 경고를 아끼지 않은 윤상이 걸음을 옮겼다. 팔목이 붙잡힌 정희의 몸 역시 자의와는 상관없이 그의 뒤를 따르게 되었다.

"어? 아! 회장님, 이만 가 보겠습니다."

그의 손에 질질 끌려가는 와중에도 정희는 허리를 숙여 가방을 주워 들었다. 그리고 잘해 보라는 듯 웃고 있는 정 회장에게 인사를 건넨 후 밖으로 나왔다.

질질질. 신발을 어떻게 신었는지 모를 정도로 정신없이 끌려 나온 그녀는 후덥지근한 바람이 뺨에 닿고 나서야 자신의 팔을 붙잡고 있는 그의 손을 털어 냈다.

가슴을 들썩이며 애써 화를 참고 있던 그는 손자국이 선명한 팔목을 감싸며 자신을 노려보는 그녀의 모습에 이를 악물었다. 그에 따라 그의 뺨에 움푹한 볼우물이 생겨났지만 정희는 눈 하나 깜짝하지 않았다.

지금 누가 화를 내야 할 땐데!

그녀가 한 치도 물러서지 않자, 결국 화를 참지 못한 윤상이 소리쳤다.

"여길 네가 왜 와!"

"아, 왜 화를 내고 그래!"

누구의 목청이 더 큰가 대결을 하는 것처럼 정희도 지지 않고 외친 후에 입술을 삐죽 내밀었다.

"고막 터지겠네."

"너 진짜……."

윤상의 얼굴이 일그러졌다.

정희는 자신의 뜻대로 움직이지 않았다. 그건 당연했다. 그녀 역시 인격을 가지고 있는 사람이었으니까. 그녀가 말로, 행동으로 자신을 상처 낸다 하더라도 그는 달게 받았다. 그 역시 자신이 만든 것이었으니까.

하지만 오늘은 달랐다. 그녀가 자신의 뜻에 따라 주지 않아 화가 났다. 정 회장에게 상처를 입을 텐데. 그건 어쩌면 제게서 멀어지기 위한 구실이 될지도 몰랐다.

윤상은 그렇게 극도의 불안감을 느끼고 있었다.

"회장님이 나 잡아먹는대? 왜 오버를 하고……."

정희가 정 회장이 자신을 왜 보자고 했는지 이야기하려 입술을 연신 달싹일 때였다. 사고 회로가 멈출 만큼 화가 나 있던 윤상은 그녀의 말을 그대로 받아들이고선 식당을 노려보더니 소리쳤다.

"뭐? 저 노친네가!"

"……."

아, 이 멍청이. 도대체 무슨 생각을 하는 거야?

얼굴을 일그러뜨린 그녀가 낮은 목소리로 말했다.

"오빠, 그만해."

그만 안 하면 정말 화를 낼 것이라며. 그러자 윤상의 행동이 거짓말처럼 멈췄다. 그녀의 경고에 이제야 정신이 든 모양이었다.

"우리, 지식인이니까 길에서 볼썽사나운 모습은 보이지 말자."

"뭐?"

정희는 웃고 있었다. 하지만 그는 알 수 있었다.

나정희, 정말 화가 많이 났구나.

하지만 왜? 왜 화가 났는지 예상할 수 없었기에 그의 시름이 깊어졌다.

"따라 나와. 오빠한테 할 이야기가 아─주 많으니까."

심상치 않은 그녀의 표정에 윤상의 얼굴이 일그러졌다.

"할 이야기가……."

"집까지 얌전히 가자?"

씨익.

입술을 길게 늘어뜨려 웃는 그녀의 모습과 반대로 윤상의 눈가가 굳어졌다.

❀　　　❀　　　❀

이곳을 정희와 함께 들어온 적은 그리 많지 않았다. 항상 그가 뛰어난 추리력으로 비밀번호를 풀어 집 안으로 들어왔으니까.

어릴 적부터 '수학'이 아닌 단순한 '산수'에 약했던 정희의 머릿속을 들여다보는 일은 어렵지 않았고, 그는 손쉽게 제 손으로 비밀번호를 눌러, 제 발로 이 집 안에 들어왔었다. 하지만 오늘은 조금 달랐다.

"아직은 아무 말도 하지 마. 나 지금 핸들 쥐고 있으니까."

'정희야'라는 부름에 그녀는 낮은 어조로 그렇게 경고를 했다. 평소 그녀와는 너무나 다른, 냉기가 폴폴 풍기는 모습에 윤상은 집에 도착하는 순간까지도 입을 꾹 다물고 있어야 했다.

230

정 회장과 무슨 이야기를 나눈 것일까.

자신의 아버지라고는 하나, 윤상도 정 회장을 상대하는 것이 껄끄러웠다. 속을 알 수 없는 표정은 잘 벼려진 칼날과 같았고, 꿍꿍이를 알 수 없는 속은 시커멓기만 했다. 자신이 원하는 일이라면 어떻게 해서든 관철시키는 성격이었기에, 그와 정희가 만났다는 것은 윤상으로선 명줄을 위협하는 일에 가까웠다.

울지 않아서 다행인가.

정희가 한 성깔을 한다는 것이 이럴 때 다행인 것일까.

웬만한 일에선 눈 하나 깜짝하지 않았고, 감정의 동요를 보이는 일도 거의 없는 그녀는 이번 일 역시 그렇게 받아들인 것인지 냉담한 표정이었다.

시간이 지날수록 점점 가라앉는 눈빛에 그는 혼란스러워지기 시작했다. 심상치 않은 분위기는 당장 눈빛으로 사람 하나 죽여도 이상할 게 없었으니까.

윤상이 정희의 눈치만 힐끗힐끗 볼 때였다.

평소라면 신발을 왈가닥처럼 벗어 던지고 집에 들어오자마자 풀어졌을 그녀가 가지런히 신발을 벗은 후 거실 쪽으로 갔다.

굽이 얇은 힐이었으나 쓰러지지 않고 꼿꼿하게 서 있는 신발을 바라보던 윤상이 따라서 신발을 벗고 조심스레 안으로 들어갔다.

거실 중앙, 정희는 소파 대신 바닥에 무릎을 꿇고 앉아 있었다. 허리를 꼿꼿하게 세운 채 앉아 있는 그녀의 모습을 본 윤상이 화들짝 놀라 달려갔다.

이 정도 되니 눈치 보는 것을 넘어 공포로 다가왔다.

정희의 앞에 무릎을 꿇은 그가 허리를 구부정하게 숙인 채 말했다.

"정희야, 아버지가 무슨 이야기를 했든……."

턱!

말을 끝마치지 못한 그의 시선이 정희가 던진 물건으로 향했다. 직사각형의 물건이 통장이란 것쯤은 알고 있었으나, 이걸 왜 자신에게 내던진 것인지는 이해할 수가 없었다.

통장을 한참 보던 그가 결론을 내렸는지 얼굴을 일그러뜨리며 고저 없이 말했다.

"아버지 통도 크지. 계좌에 넣어 준 거야?"

표정이 흔적도 없이 사라진 윤상의 얼굴은 무섭게 느껴질 정도였다. 발톱을 숨긴 맹수 같았으니까.

"봐. 뭔지."

"……."

하지만 정희의 앞에서 무서운 맹수는 금세 고양이로 탈바꿈했다. 통장을 열어 본 윤상의 얼굴에 순식간에 핏기가 가셨다.

쏴아—

"와, 우리 정윤상 오라버니 표정 참 볼 만하다. 새하얀 게 아주 도화지 같아요, 도화지."

그녀가 무심히 일자로 뻗어 있던 입술을 비틀며 말하자, 윤상이 핏기가 가신 얼굴로 더듬더듬 말을 꺼냈다.

"정희야, 이건……."

자신의 이름이 찍혀 있는 통장 내역. 정 회장에게서 받은 것

이 분명했다. 그 어떠한 변명도 통하지 않으리라 느낀 윤상이
반쯤 포기한 표정으로 말했다.

"우리 아버지 입이 그렇게 가벼울 줄 몰랐다."

사업가에게 가장 중요한 것은 무거운 입이라고 가르치시더
니. 정작 본인의 입은 그렇게 가벼워서 어찌할꼬.

그가 깊은 한숨을 내뱉으며 꼬리를 아래로 푹 내렸다.

정희는 화가 많이 나 있었다. 정작 당사자에게 이 엄청난 일
을 비밀로 했으니 마냥 그 행동에 감동을 할 수도, 화를 낼 수
도 없었다.

그저 그가 이제껏 했던 행동들만 상기시켜 봤다. 늘 웃던 얼
굴과 가벼움을 가장했던 행동들. 웃는 얼굴 뒤로 얼마나 많은
감정이 뒤섞여 있을지 생각해 보니 마음 한편이 묵직하게 내려
앉았다.

역지사지. 이 얼마나 좋은 사자성어인가.

나라면 과연 윤상처럼 할 수 있었을까, 곰곰이 생각해 보던
정희는 고개를 저었다. 아마도 생색이란 생색은 다 냈을 것이
다. 18억이란 그리 쉬이 벌 수 있는 금액이 아니었을뿐더러, 그
돈을 남을 위해 사용하는 일은 무척 어려울 것이다.

거기에다 그 엄청난 돈을 모으기 위해 윤상은 많은 것들을
포기해야 했다. 그중의 하나가 제 풋사랑이었다.

아니, 포기한 것은 아닌가?

가슴앓이하며 곁을 맴돌던 남자는 자신이 다른 사람과 연을
이을지도 모른다는 위험을 감수해 가며 자신에게 이 일을 끝까
지 비밀로 부쳤다.

그런데 거기에 대고 난 뭐라고 했지? 그간 다가올 듯 다가오지 않는 그에게 상처를 받았다며, 그의 고백엔 '믿음이 없다'고 퇴짜를 놓았다.

그때 그의 가슴이 어떻게 내려앉았을까?

나라면, 그 말을 들었을 때 모든 것들을 사실대로 밝히고 오해를 풀려 했을 텐데. 윤상은 그렇게 하지 않았다.

"언제부터야?"

"어?"

"나 언제부터 좋아했냐고."

그녀가 고저 없는 목소리로 물었다. 표정은 무심하기 그지없어 마치 제삼자의 이야기를 하는 것 같았다.

정작 심장이 덜컥 내려앉은 것은 윤상이었다. 최근 자신의 마음에 쌓아 두었던 둑을 무너뜨린 이후로는 그녀에게 제 감정을 표현하는 일을 게을리하지 않았다. 오히려 너무 부지런해 정희가 기함까지 하지 않았던가!

하지만 진중한 얼굴로 물어 오자 윤상은 겁을 잔뜩 집어먹은 얼굴로 말했다.

"와, 우리 정희. 단순히 성격이 사포인 줄 알았는데, 사내대장부다! 어떻게 그런 걸 대놓고 물어볼 수가……."

"직구를 던졌을 뿐이야. 그렇게 해야 술술 불 테니까."

겁이 났다. 냉정한 나정희는 익숙하지 않았으니까. 다른 사람들에겐 어떻게 행동하는지 몰라도 자신의 앞에선 회사에서 불리는 '마녀'라든가 '냉정한 팀장'과는 거리가 먼 사람이었다. 하지만 지금의 나정희는 자신을 마치 회사 사람처럼 대하고 있었다.

이번에야말로 제대로 된 거절을 듣게 되는 건가.

그가 서글픈 웃음을 지으며 말했다.

"커브로 던져 주지. 놀라잖아, 내가."

"서른 넘어서까지 이러고 살다 보니까 알겠더라고. 원하는 것은 정확하게 말해야 손해 보지 않는다는 걸. 위험 정도는 감수해야 내가 원하는 걸 받아 낼 수 있다는 걸."

그녀가 담담하게 자신의 생각을 이야기했다. 지금 이 순간 솔직하게 모든 것을 말해 달라며. 그래서 그는 애써 가볍게 지었던 표정을 지우고, 지금 느끼는 감정 그대로를 얼굴에 드러냈다.

"처음부터 좋아했어."

끔찍한 그의 속살이 드러났다. 오랫동안 가슴을 짓이기던 것들 때문에 아무것도 느끼지 못하는 듯. 이에 그와 비슷한 표정을 지은 그녀가 연이어 물음을 던졌다.

"그럼 고백을 안 한 이유는, 내가 예상하고 있는 게 맞아?"

"어."

짧은 답에 정희가 주먹을 동그랗게 쥐더니 곧장 그의 가슴으로 내질렀다.

퍽! 갑작스러운 손찌검에 윤상의 눈이 동그랗게 변했다.

"아, 아파."

그는 맞은 부위에 숨이 컥 막히는지 가슴을 움켜쥐었다.

"IT 쪽 일을 하고 싶었던 것도 맞아?"

"아버지가 그것까지 이야기했어? 나 진짜!"

퍽!

"어디서 화를 내고 그래!"

"아, 아야……."

그가 허리를 조금 굽히며 역시나 가격당한 팔뚝을 움켜쥐었다.

정희야, 진짜 아파.

윤상의 눈동자가 그렇게 말을 했으나 순식간에 감정을 터뜨린 그녀는 그의 얼굴을 뚫어져라 노려보며 다음 질문을 던졌다.

"그래서, 지금 오빠 꿈은 그때와 같아?"

"아니."

"그럼 뭐가 하고 싶은데? 지금 일에 만족하는 거야?"

"일보단……."

말꼬리를 늘이자 정희의 얼굴에 긴장감이 흘렀다. 지금 그가 자신의 일에 만족하며 산다고 말을 해 주면 무거웠던 마음이 조금 가벼워질 것 같아서. 하지만 그는 입술을 길게 늘어뜨리며 그녀가 예상했던 답과 거리가 먼 말을 꺼냈다.

"지금 꿈은 우리 정희 현모양처."

"……뭐?"

눈을 커다랗게 뜬 정희가 벙찐 표정으로 그를 보았다. 그러자 방금 전 맞은 것을 깡그리 잊은 그가 웃으며 무릎으로 기어 그녀에게 다가왔다. 윤상은 허리를 조금 숙여 그녀와 시선을 마주쳤다. 지나치게 가까운 거리에서.

"음식도 잘하고, 청소도 잘하고, 말도 잘 듣고."

"……."

"정희가 못 이룬 꿈 내가 이뤄 줄 수 있는데."

"……."

그의 말뜻을 정확하게 알아듣지 못한 그녀는 멍한 표정만 짓고 있었다. 하지만 시간이 점차 지날수록 얼굴에 스며든 감정은 '짜증'이었다.

지금 이거 나 디스하는 거 맞지?

울컥 치솟는 감정을 애써 억누른 그녀가 주먹을 부들부들 떨었다.

아, 입을 한 대만 때릴까. 그럼 속이 시원하겠다!

속으로 그런 생각을 하고 있다는 걸 안 것일까. 손을 뻗은 그가 부들부들 떨리는 그녀의 주먹을 가볍게 쥐며 달콤한 웃음을 지었다.

"진심이야. 믿어 줘."

"……."

이쯤 되니, 현모양처가 되고 싶다는 꿈도 믿을 수밖에 없었다. 정희는 고개를 숙여 제 손을 붙잡고 있는 커다란 손을 보았다.

"오빠 마음은 아직도 그대로야?"

"사랑해. 그런데 지금 무척 화가 나."

왜? 뭐가? 그녀가 시선으로 물었다. 그의 미간은 구겨져 있었다.

"난 너에게 말할 생각이 없었어."

"……왜?"

"지금처럼 미안함을 느낄 테니까. 너도, 정우도."

펙!

"아, 그만 때려!"

또다시 주먹이 날아들자 윤상이 빽 소리를 질렀다. 남자도 맞으면 아프다고! 하지만 맞은 부위를 슥슥 비비던 윤상은 고개를 들어 정희를 보는 순간 입을 굳게 다물었다.

정희의 눈망울이 붉어지고 눈가에는 눈물이 맺혀 있었다. 입술을 굳게 다물며 애써 울음을 참던 그녀가 제 감정을 꿀떡 삼켰다.

"왜 얘기 안 했냐는 말은 하지 않을게. 난 오히려 오빠가 그때 말해 주지 않아서 감사하고 있거든."

흔들림 없는 목소리로 말한 그녀가 그의 앞으로 통장을 내밀었다.

"이건 가져가. 회장님께 다시 가지고 가지 마. 그럼 나 정말 화낼 거야."

멀뚱히 통장을 내려다보던 그가 한숨을 푹 내쉬었다. 그녀의 눈물은 그를 한없이 약하게 만들었다. 그녀가 울먹이며 하는 말을 어찌 듣지 않을 수 있겠는가. 자신에게 그 어떠한 독이 되더라도 정희가 그렇게 하라면 해야 했다.

그가 통장을 자신의 쪽으로 끌어오자, 그녀가 이미 결론을 내린 얼굴로 딱 잘라 말했다.

"오빠가 그랬던 것처럼 나도 몸으로 때울게."

"뭐……? 야, 나정희!"

난 널 그렇게 키운 적 없다!

그가 그런 표정으로 자리에서 벌떡 일어났다. 얼굴을 붉히는 것을 보니 그가 어떤 상상을 하고 있는지 쉬이 알 수 있었다.

그녀가 눈을 흘긴 뒤 눈가에 맺힌 눈물을 닦아 냈다.

"진짜 단순해."

이래서 놀리는 일에 열을 올리는구나, 생각하던 그녀가 허탈한 웃음을 짓자 윤상이 다시 무릎을 꿇고 앉은 후 손을 뻗었다.

눈가에 맺힌 눈물을 닦아 낸 윤상이 '울지 마'라고 위로하자 눈물이 더 나올 것 같았다.

"안 피할게. 오해하고 있었던 것 다 풀게."

"……."

"의심도 안 할게. 오빠 마음."

"나정희……?"

윤상이 그녀의 표정을 꼼꼼히 뜯어보더니 이내 팔을 뻗어 작은 여체를 끌어안았다. 부서뜨릴 듯 그녀를 끌어안은 그가 거친 숨을 뱉었다. 그리고 정희의 어깨에 눈가를 묻은 채 안도의 한숨을 내쉬었다.

드디어 안았다.

드디어, 드디어…… 그녀를 잡았다.

그의 몸이 파르르 떨리자, 정희가 윤상의 옆구리를 장난스럽게 툭, 때렸다.

"갑자기 막 이렇게 끌어안으면 곤란하거든!"

"아, 아파."

맞은 부분을 쥔 그가 허리를 동그랗게 말았다. 무릎에 얼굴을 묻은 채 끙끙거리는 모습은 정말 많이 아파 보였다.

혹 급소라도 맞았나?

당황한 그녀가 놀란 기색이 역력한 얼굴로 그의 상태를 살폈다.

"오빠 진짜 아파?"

그녀가 그의 몸을 더듬거리며 다급한 목소리로 물음을 덧붙였다.

"어떻게 해. 어디, 어디가 아파?"

당황한 그녀의 얼굴이 새하얗게 질렸다. 그는 숨을 쉬기가 힘든 것인지 꺽꺽거리기까지 했다.

어쩌지? 119에 신고라도 해야 하나?

그녀가 반쯤 울 것처럼 그를 볼 때였다.

쪽!

"……."

고개를 든 그가 정희의 뺨에 쪽 하고 입술을 맞췄다. 웃고 있는 얼굴을 본 그녀는 안도와 동시에 화가 치밀어 오르자, 주먹으로 다시 그의 어깨를 내려쳤다.

"죽어라, 웬수야."

"아프다, 정희야. 진짜 아파."

퍽, 퍽퍽—!

"아프라고 때리는 거거든?"

감정을 잔뜩 실은 채 무차별적으로 날아드는 주먹을 고스란히 받아 내던 그가 그녀의 양팔을 붙잡았다. 씩씩거리던 정희가 따스한 기운으로 빛나는 그의 눈동자에 얼굴을 일그러뜨렸다.

"정말 놀랐단 말이야."

그녀의 흔들리는 눈망울을 두 눈동자에 고스란히 담으며 그가 나지막한 목소리로 속삭였다.

"고마워."

달콤한 목소리엔 감정이 그득했다. 가슴에 순풍이 살랑살랑 불어올 만큼.

"미안해."

정희의 팔을 여전히 놓아주지 않은 채 그가 자신의 마음을 솔직히 터놓았다.

두 마디. 그 두 마디로 그는 아주 많은 것들을 설명하고 입술을 부드럽게 휘며 고개를 기울였다. 달콤한 웃음은 많은 것을 살살 녹일 만큼 따뜻했다.

그 모습을 가만히 바라보던 그녀가 천천히 눈을 감았다.

"나도."

이 정도 되니 인정할 수밖에.

나 역시 고맙고, 미안했으니까.

팔을 놓아준 그가 여전히 무릎을 꿇은 채로 그녀를 보며 웃었다. 양손은 바닥에 닿아 있었다. 뒷짐을 지며 그녀에게 '사랑해'라고 이야기했던 그때처럼. 손이 움찔거리는 것이 그녀를 만지고 싶어 애가 달은 모습이었으나 애써 꾹 참고 있었다.

이런 마음을 알 리 없는 그녀가 윤상을 힐끗 흘겨보며 말했다.

"오빠 회장님을 닮았어."

"내가? 설마."

그 너구리랑? 윤상이 절대 그럴 리 없다는 듯 고개를 저었지만 그녀가 확신에 찬 목소리로 딱 잘라 말했다.

"약은 게 딱 닮았어."

거절할 수 없도록 만드는 게, 딱 음흉한 정윤상과 같은 모습 같았으니까.

파란만장했던 시간들을 떠올린 그녀가 피곤하다는 듯 고개를 내저은 후 그의 곁에 놓여 있는 통장을 보았다.

"근데 이 돈은 다 어떻게 모았대?"

정확히 15년이란 시간이었다. 하지만 그가 처음 맨해튼으로 떠난 것은 공부를 위해서였고, 중간에 한국에 잠시 들어와 군대까지 가야 했었다. 모든 것을 종합해 보면 그가 저 돈을 버는 데 10년이 조금 넘는 시간이 걸렸다는 결론이 나왔다.

도대체 그 짧은 시간 동안 어떻게 저 많은 돈을 번 거야? 그녀는 단순히 그런 의문이 들었다.

"왜? 궁금해?"

"나도 돈 좋아해."

"그럼 아주 쉽게 돈 버는 법을 가르쳐 줄게."

그의 말에 정희가 귀를 쫑긋 세웠다.

주식? 펀드? 부동산?

단기간에 돈을 벌 수 있는 방법들이 몇 가지 떠올랐다. 그는 특별히 기업 투자까지 꼽을 수 있었으니, 그중 무엇일까 하는 호기심이 들었다.

하지만 그의 입에서 흘러나온 답은 예상외의 것이었다.

"돈 잘 버는 나랑 결혼하면 되지."

"……"

"아주 쉽지?"

그의 물음에 정희의 손이 또다시 바들바들 떨렸다.

"아하, 그것 참 쉽네……."

"단기간에 최고의 수익률이지. 얼마면 돼?"

그의 말에 정희는 전의를 상실한 채 허망한 웃음만 지었다.

이쯤 되니, 항복해야겠다.

chapter 6
소문의 진상

이번 주 주말에 태풍이 북상한다는 소식이 연신 뉴스를 장식했다. 여름이면 매번 있는 연례행사이긴 했으나, 올해 여름은 유독 더워 사람들은 그 소식마저 반가워했다.

얇은 아이보리색 시폰과 그 위에 수놓아진 흰색 레이스 상의는 속이 훤히 보이는 것이었지만 검은색의 핏되는 바지는 그와 반대로 날씨와는 어울리지 않았다. 물론 끈으로 되어 있는 힐을 매치해 답답한 느낌은 들지 않았다.

마지막으로 화장 상태를 한 번 더 확인한 정희는 평소와 비슷한 시간에 집을 나섰다.

어제 차를 어디에 세워 뒀더라?

윤상과 함께 흥분한 상태로 집에 왔던 터라 어디에 세워 뒀는지 명확하게 떠오르지가 않았다. 미간을 찌푸리던 그녀가 로비를 나서다 말고 걸음을 멈췄다. 입구로 들어오는 보도블록

바로 옆, 낯익은 차 한 대가 서 있는 걸 보고.

운전석 문이 열리더니 몸에 핏되는 흰 셔츠, 그리고 그와 한 세트처럼 어울리는 그레이색 바지를 입은 남자가 유려한 동작으로 차에서 내렸다.

윤상이었다. 차에 손을 얹은 그가 검지를 까딱까딱 움직였다. 자신의 쪽으로 오라는 뜻이었지만 정희는 그에게 가는 대신 팔짱을 끼며 삐딱하게 섰다. 표정 역시 삐딱했다.

"출근 같이하자고?"

"그럼?"

"나 오늘 외근 있어."

오늘은 매장 시찰이 있었다. 서울에만 수십 개의 매장이 있었고, 그중 다섯 곳을 둘러봐야 했다. 다섯 매장 모두 최근 판매가 부진했기에 무슨 문제가 있는지 직접 가 보기로 했던 것을 떠올리며 그녀가 일정을 이야기했다. 그러자 윤상이 잊었냐는 듯 말했다.

"영업부랑 간다며. 김 실장 차 타고 가기로 했지?"

워낙 스펙터클한 하루를 보내야 했던 정희가 깜빡 잊고 있었다는 듯 고개를 끄덕였다. 그러다 그게 문제가 아니라는 걸 깨닫고 뚜벅뚜벅 걸음을 옮겼다.

위협적인 표정에 그가 자신도 모르게 상체를 뒤로 기댔다. 곧은 등줄기가 차에 바짝 밀착이 되었음에도 정희는 걸음을 멈추지 않았고, 그의 숨소리가 닿을 거리까지 와서야 멈춰 섰다.

바싹 얼굴을 들이댄 그녀가 말을 꼭꼭 씹으며 내뱉었다.

"우리가 같이 출근하는 모습을 보여 주면 사람들이 3박 4일로 떠들어 댈걸?"

"내가 워낙 잘나긴 했지."

"오빠!"

심드렁한 윤상의 표정에 정희가 손을 들었다.

이 인간이 정말!

그의 셔츠 앞섶을 붙잡고 앞뒤로 흔든 정희는 행동만큼이나
위협적인 표정을 짓고 있었다. 당장 그를 씹어 먹어도 시원찮
다는 듯이. 그와 함께 사람들의 입방아에 올라 피가 바싹바싹
마르다 못해, 한 방울도 남지 않았던 지난날들이 떠올랐다.

고등학교 땐 그녀를 잘 알지 못하는 친구들의 시선까지 한
몸에 받아야 했다. 어디 친구뿐이던가. 선배는 물론이고, 뒤에
들어온 후배까지 윤상과 그녀를 세트로 묶어 떠들어 댔었다.

덕분에 제대로 된 연애조차 해 보지 못했다. 정윤상의 여자
에게 감히 자신의 매력을 어필할 수 있는 남잔 없었으니까.

물론 단순히 그런 문제였다면 그녀도 이 정도까지 학을 떼진
않았을 것이다. 은연중에 따돌림까지 당하고 말았기에 고등학
교 시절의 좋은 기억은 몇 되지 않았다.

"왜 그런 모습을 굳이 연출해야 하냐고. 알면서 이럴래?"

또다시 돌아가야 하나. 그때의 생활로?

이젠 작은 일에 상처 받지 않는 서른둘의 여자가 되었으나,
괜히 긁어 부스럼은 만들고 싶지 않았다.

멱살을 쥔 손이 부르르 떨렸다.

허리를 뒤로 꺾은 채 이야기를 듣고 있던 그가 손을 내렸다.
그리곤 제 멱살을 쥐고 있는 손을 붙잡아 손가락 사이사이를

읽어 내린 후 그녀를 진지한 눈동자로 내려다봤다. 아래로 내리깐 시선은 위협적이었다. 하지만 정희는 물러서지 않았다.

"왜 해야 하냐고?"

혼잣말을 하듯 나지막한 목소리가 갈라졌다. 감정이 그득한 목소리는 어찌 된 일인지 괴롭게 느껴졌다. 정희가 놀란 눈으로 바라보자, 윤상은 맞잡은 손에 힘을 준 후 고저 없는 목소리로 말을 이었다.

"겨우 손에 넣었으니까. 불안하기만 했던 시간이 15년이니까."

"오빠."

"더 이상 불안해하고 싶지 않으니까."

그의 말에 정희의 눈망울이 흔들렸다.

그녀가 그를 향한 마음에 한 꺼풀 오래된 시각을 씌우고 있었던 것처럼 그 역시 그랬다. 옆에서 지켜봐야 했던 길고 긴 나날들, 그 시간 속에서 밖으로 꺼내지 못한 감정들은 불안하기만 했다.

늘 여유만만하고, 세상의 모든 것을 쉽게만 보는 줄 알았던 윤상이 이러한 생각을 하고 있었다는 사실을 이제야 깨달은 정희가 한숨을 푹 내쉬었다.

"다른 사람들에게 우리의 관계를 알리면 불안하지 않은 거야?"

"……."

그녀의 물음에 윤상은 아무런 답도 하지 못했다. 그도 답을 알지 못했으니까.

조금씩 쌓이기 시작한 불안은 이젠 끝도 보이지 않을 정도로 높은 탑을 이루고 있었고, 그 탑을 무너뜨리기 위해 필요한 것이 단순한 '사실관계' 확인은 아닐 것이다.

방법이라도 알면 그리할 텐데. 그렇게 요구를 할 텐데.

윤상은 아무런 행동도 취하지 못한 채 그녀만을 내려다보고 있었다. 하지만 눈빛은 방금 전과는 달리 한층 누그러진 상태였다. 그의 모습을 바라보던 정희가 흔들림 없이 말을 이었다.

"차근차근하자."

"나정희……."

"자동차도 그렇잖아. 급출발도 급브레이크도 모두 위험하잖아. 천천히 나아가고 천천히 멈춰야 하는 것처럼, 너무 서두르지 말자."

"……."

"같이 출근할게."

그녀는 그가 원하는 답과 원하지 않았던 답을 동시에 주었다. 하지만 왜 원하지 않는 답을 하는 건지 충분한 이유를 덧붙였기에 윤상은 더 이상 대꾸할 수가 없었다.

우리 정희, 언제 이렇게 컸나?

자신이 속 좁은 남자가 된 것만 같아 윤상은 우울해졌다. 하지만 정희는 거기서 말을 멈추지 않았다.

"하지만 내가 마음을 바꾸기로 결심했던 것처럼, 오빠도 마음을 바꿔 봐. 단순히 우리 사이를 주위에 알리는 것보다 더 중요한 건 믿음이니까. 같은 회사에서 일하고 있는 것도 모자라 상사와 부하 직원인데. 우리가 연애를 한다고 하면 사람들이 어떤 색안경을 끼고 볼지, 난 솔직히 무서워."

조곤조곤한 어투로 제 마음을 솔직히 터놓자 그가 고개를 절레절레 저었다. 그러더니 허리를 숙여 무릎을 손으로 짚으며 고개를 옆으로 기울였다.

"그렇게 말하면 내가 당해 낼 수가 없잖아."

희미하게 웃는 모습에 정희의 뺨이 붉어졌다. 평소와 다른 분위기, 다른 웃음에 갑자기 그가 낯설게 느껴졌다.

"단순해, 내가."

그가 짧게 잘라 말하자 정희가 더듬더듬 입술을 달싹였다.

"알아."

정희의 말에 윤상이 고개를 주억거리더니 한쪽 손을 들어 머리를 쓰다듬어 주었다. 따스한 웃음을 지은 그가 눈을 깜빡이는 시간도 아깝다는 듯 정희를 뚫어져라 바라보며 말했다.

"네가 너무 예뻐서 그래."

"……말이라도 못 하면."

치, 라고 말한 그녀가 한 걸음 뒤로 물러섰다. 갈 곳을 잃은 윤상의 손이 아래로 뚝 떨어졌으나, 그녀의 시선은 어느새 그의 어깨 너머로 향해 있었다.

어제 분명 그녀는 그에게 정 회장이 부탁한 차 키를 건네줬었다. 그 차는 2010년에 구입한 BMW 7 시리즈였고, 현재 그가 이용하고 있는 차는 최근 구입한 2015 아우디 A5 스포트백이었다.

"어? 평소에 타던 거네?"

"아무리 실장이라도 3억짜리 차를 타고 다니는 건 좀 그렇지 않겠어?"

그녀의 얼굴이 일그러졌다.

1억짜리 차 역시, 실장이 타고 다니기엔 무리가 있지 않나?

회사 사람들은 그가 D.C 그룹의 차남이란 것을 몰랐다. 윤상이 그것을 원치 않아 숨긴 것도 있지만, 실질적으로 D.C에 그가 행사할 수 있는 힘이 없다는 이유가 컸다. 경영에 참여를 하지 않으니 그를 알고 있는 이들도 상부의 몇 사람 정도뿐이었다.

어찌 되었든 유지비를 생각하면 BMW 7 시리즈보다 아우디 A5가 덜 들 테니 그의 말에도 어느 정도 일리가 있다며 애써 고개를 끄덕인 그녀가 보조석 쪽으로 걸음을 옮겼다.

아직도 같이 출근하는 것이 옳은 결정인지는 모르겠으나, 문을 열고 차에 올랐다.

정희가 안전벨트 매는 것을 본 윤상이 핸들을 움직여 부드럽게 차를 출발시키자, 그녀가 갑자기 떠오른 생각에 말을 내뱉었다.

"오늘 집 보러 가자."

"오늘?"

좌회전 신호를 받아 회사 쪽으로 핸들을 움직이던 그가 정희를 힐끔 보며 물었다. 그 모습에 그녀가 피식 웃음을 내뱉었다.

"호텔 생활 청산하셔야죠."

오늘, 그와 했던 약속을 지키기로 마음먹은 그녀의 말에 윤상이 고개를 끄덕였다. 입꼬리에 부드럽게 호를 그린 채.

얼마의 시간이 흘렀을까. 꽉꽉 막힌 도로를 요리조리 피하며 회사 지하 주차장에 주차를 한 그는 창문 너머를 둘러보는 그녀의 모습에 웃음을 내뱉었다. 잔뜩 긴장한 얼굴을 보니, 혹여 다른 직원들이 볼까 두려운 모양이었다.

이 회사에 나정희를 모르는 사람이 있을까?

그 역시 튀긴 하였으나, 나정희도 그에 못지않았다.

주위에 아무도 없다고 판단한 정희가 문을 열고 차에서 내리자 그 또한 따라 내렸다. 엘리베이터가 있는 쪽으로 바쁜 걸음을 옮기는 정희의 뒤를 따르던 그는 반대쪽에서 다가오는 인사팀 미연의 모습에 걸음을 우뚝 멈췄다.

나정희, 네 뜻대론 되지 않을 것 같은데?

미연이 시즌의 '소식통'이라는 사실을 흘러흘러 들은 그가 속으로 웃음을 삼키며 다시 걸음을 옮겼다. 엘리베이터 층수를 보고 있는 그녀의 곁에 바짝 붙어 선 그는 의아한 얼굴로 다가와 묻는 미연의 모습에 정희의 표정부터 살폈다.

"어? 두 분 같이 출근하세요?"

쏴아아—

정희의 얼굴에 핏기가 빠져나갔다. 당황한 기색이 역력한 얼굴로 입을 꾹 다무는 정희를 보던 그가 힐끗거리는 미연의 시선을 느끼며 입가에 웃음을 머금었다.

"네."

변명이라도 해야 하는 거 아니야?!

두 여자의 시선이 동시에 윤상에게 향했다. 정희는 놀란 눈으로 그를 보았고, 미연은 더 설명이 필요하다는 얼굴이었다. 윤상이 여유롭게 말을 이었다.

"집이 근처거든요. 기름 한 방울 안 나는 나라라 카풀하기로 했습니다."

이 순간, 정윤상과 자신이 카풀까지 하는 사이좋은 직장 상사와 부하 직원이 되자, 정희의 얼굴이 백짓장처럼 질렸다. 말 그대로 새하얗게 질린 얼굴로 윤상을 보던 그녀가 서둘러 미연을 보며 어색하게 웃음을 지었다.

"마침 차가 고장 나기도 했고요."

"아, 그러시구나."

미연이 의심의 시선을 거두지 않으며 답하자, 정희가 울 것처럼 일렁이는 눈으로 웃었다.

하, 하하하.

어떤 말을 이어 나가야 할까, 고민하고 있을 때 타이밍 좋게 엘리베이터가 도착했다. 먼저 내려야 하는 미연이 앞쪽에 자리를 잡고 정희와 윤상이 뒤편에 섰다.

출근 시간이라 1층에 당도하자 직원들이 우르르 엘리베이터에 올랐고, 윤상을 알아보는 이들이 인사를 건네자 그는 사람 좋은 웃음을 지었다. 그중 몇몇은 정희에게도 인사를 건넸으나 그녀는 이를 받아들일 정신이 되지 못했다.

정희가 윤상을 힐끗 노려보았다. 하지만 그는 이성적인 '정윤상 실장님'으로 돌아가 정면을 주시하고 있었다.

보는 눈들이 있었기에 아무런 말도 하지 못한 채 사무실로 온 그녀는 팀원들에게 인사를 한 후 자리에 앉았다. 그가 실장실로 들어가는 것을 뚫어져라 노려보다 컴퓨터 전원 버튼을 누르고 바로 사내 메신저를 켰다. 출근과 동시에 외근 준비부터 하려던 계획은 깡그리 잊은 채.

탁, 탁.

그가 로그인하길 기다리며 손으로 책상을 툭툭 두드리던 그녀는 'In 정윤상'이 뜨자마자 1:1 채팅을 걸었다.

누구 마음대로 카풀이야!

탁탁탁!

전투적으로 키보드를 두드린 정희가 모니터를 노려보았다.

메시지를 읽었다는 표시가 떴으나 어찌 된 일인지 그에게선 아무런 답도 오지 않았다.

무시하기냐? 네 죄를 네가 알렸다!

정희가 실장실을 보며 씨근덕거릴 때였다.

그럼 뭐라고 해?

"뭐, 뭐?"

그녀는 자신도 모르게 혼잣말을 내뱉었다. 이 뻔뻔한 인간 같으니라고! 손톱을 딱딱 뜯으며 분노할 때였다.

"나 마녀, 왜 저래?"

"몰라. 실장님이 아침부터 뭐라고 하셨나? 아주 죽일 기센데?"

팀원들이 수군수군거리는 것도 모른 채 모니터를 노려보던 그녀가 눈을 번뜩였다.

뭐라고 말하지? 뭐라고 말해야, 그 잘난 주둥이를 틀어막을 수 있을까?

그녀가 경건한 마음으로 키보드 위에 손가락을 올려놓았다. 하지만 답장을 보내기도 전에 그가 다시 메시지를 보내왔다.

거기서 그렇게 말 안 했으면, 함께 밤을 보내고 출근했다고 생각했을 수도 있을걸?

"……."

정희의 얼굴이 창백하게 질렸다. 이미 그런 소문이 난 것마냥.

실장실을 바라보며 붕어처럼 입술을 뻐끔거리던 그녀는 알람 소리에 끼기긱 고개를 돌려 모니터를 확인했다.

외근 잘 다녀와.

"……네, 잘 다녀와야죠. 암, 그렇고말고요."

고개를 숙인 정희는 책상에 이마를 기댄 채 한숨을 푹 내쉬었다.

❋　　　❋　　　❋

"여기군요?"

"네. 계속 기다리라고만 하셔서 걱정하던 참이었습니다. 오늘까지 연락이 안 오면 그땐 다른 분과 계약을 추진하려고 했었거든요."

"죄송합니다."

부동산 업자와 이야기를 나누고 있는 윤상을 한 걸음 뒤에서 바라보고 있던 정희가 팔짱을 끼며 삐딱하게 섰다.

이건 또 무슨 시추에이션?

이미 몇 번이고 통화를 나눈 것처럼 보이는 두 사람의 모습에 기가 막히다는 듯 허탈한 웃음을 내뱉은 그녀가 고개를 옆으로 돌렸다.

거실 한 면이 모두 유리창으로 되어 있는 집은 정남향으로 누가 봐도 참 좋은 건물이었다. 이 근처에서 가장 비싼 것이 단점이었지만.

만약 돈 걱정을 하지 않아도 된다면 그녀 역시 당장 이 집으로 결정했을 터였다.

하지만 그게 문제가 아니었다.

천천히 걸음을 옮겨 창으로 향한 그녀가 밖을 보았다. 바로 마주하고 있는 오래된 아파트는 정우가 5년 전에 구입해 현재 그녀가 살고 있는 곳이었다.

아우, 진짜 눈에 빤히 보인다, 보여.

그녀가 기가 막히다는 듯 헛웃음을 툭 내뱉을 때였다.

"나 여기가 마음에 든다."

어느새 다가온 윤상이 정희의 어깨를 감싸 안으며 귓가에 연이어 속삭였다.

"너희 집도 보이고."

"……"

역시나. 호시탐탐 먹이를 노리는 육식동물처럼 눈을 빛내는 그의 모습에 정희가 창틀에 앉았다. 그리고 그를 올려다보며 무심하게 말했다.

"다른 곳 보자. 여기 별로……."

어디 별로다 뿐이야?

이사를 오는 순간 자신의 시간 전부를 저당 잡힐 수도 있다는 생각에 그녀가 말을 미처 다 끝내기도 전이었다. 윤상은 더 이상 들을 생각이 없다는 듯 뒤에 서 있는 부동산 업자에게 말했다.

"여긴 언제 들어올 수 있죠?"

"저번 주에 입주자가 집을 비웠으니 당장 이사 오실 수 있습니다."

"……."

들을 생각도 없으면서 묻긴 왜 물어?

이미 다 결정해 놓고, 어? 아무것도 결정 안 된 것처럼 집이나 같이 보러 가자고 하고! 이건 배신이야, 배신! 사람의 순진한 호의를 완전 이용한 거라고!

정희는 눈을 삐죽 뜨며 윤상을 노려보았다. 계약 일정에 대해 이야기를 나누는 둘을 보다 고개를 팩 돌려 기다란 다리를 꼬았다.

"계약서는 내일 사무소로 가서 쓰겠습니다."

"네, 알겠습니다."

이야기를 마무리한 윤상이 정희에게 다가왔다. 그녀를 말간 눈동자로 바라보던 그가 짝다리를 짚으며 무심히 말했다.

"너 지금 나한테 끼 부리나?"

"뭐?"

그건 또 무슨 소리야?

그녀가 이해하지 못하겠다는 듯 눈을 동그랗게 뜨자 그가 얇은 재킷을 벗어 드러난 허벅지를 덮어 준 후 한쪽 무릎을 꿇고 앉았다. 아래에서 위로 그녀를 올려다보던 그가 멍한 시선을 마주 보며 웃었다.

"지금 그건 명백한 유혹이다?"

장난스러움 뒤에 숨겨진 본래의 감정에 정희가 입술을 뾰족하게 내밀었다.

"아, 못 당하겠다. 정말."

"못 당하겠으면 그만 넘어오지?"

"뭘?"

정희가 심통 맞은 표정으로 고개를 돌렸다. 하지만 손은 연신 그가 덮어 준 재킷을 만지작거리고 있었다.

윤상과 이런 대화를 나누리라고는 생각지도 못했기에 어떤 말을 해야 할지 몰라 그녀는 잠시 그의 모습만 바라보았다. 그런 정희의 마음을 손바닥처럼 들여다본 윤상이 그녀의 뺨을 엄지손가락으로 쓰다듬으며 말했다.

"알면서 묻지 마. 입 아프잖아."

"……"

"난 너의 첫 번째 순위일 필요는 없어. 늘 내가 널 보고 있다는 것을 잊지 않아 주기만 하면 돼."

그렇게 말한 윤상이 부드럽게 웃음을 지었다.

"어때, 나 정말 쉬운 남자지?"

두근두근.

심장이 미친 듯이 뛰었다.

✽　　　✽　　　✽

팔꿈치 부분을 돌돌 말아 올린 채 그림처럼 서 있던 윤상이 시선을 돌려 하늘을 보았다. 하얀색 헨리넥 셔츠와 린넨 밴딩 팬츠로 멋을 낸 그가 눈이 부신지 눈가를 찌푸렸다.

아, 날씨 정말 좋다.

어디론가 훌쩍 떠나고 싶은 날씨에 그의 입술이 하늘을 향해 올라갔다. 출근하는 대신 고속도로를 타고 무작정 여행을 떠나고 싶어졌다.

정윤상, 사춘기 소년처럼 땡땡이 칠 생각이나 하고. 네놈 나이가 몇인데.

기가 막히다는 듯 고개를 절레절레 저을 때였다.

"뭐해? 화보 찍어?"

뒤에서 들려오는 목소리에 그가 고개를 돌렸다. 정희가 뭐하냐는 듯 눈을 게슴츠레 뜬 채 그를 바라보고 있었다.

아, 그냥 데리고 튈까? 그가 입술을 길게 늘어뜨리며 웃었다.

자신의 마음을 정희에게 솔직히 말하면 무슨 답을 해 줄까. 굳이 고민하지 않아도 알 수 있었다. 정신 차리라고 하겠지. 한심하다는 듯 혀를 끌끌 찰지도 모르겠다.

보닛을 돌아 보조석으로 향한 그가 문을 열고 손바닥으로 이를 가리키며 웃었다.

"타시죠?"

이거 낯설게 왜 이래?

그녀가 눈을 게슴츠레 뜨며 그를 바라보았다. 그러다 열린 문을 바라보며 발을 동동 굴렀다.

집을 나서기 전까지만 해도 그녀는 그와 출퇴근을 함께하는 문제를 결정하지 못했다. 그럴 수밖에. 이미 영업팀 나팔의 기수에게 두 사람이 함께 있는 모습을 들켰고, 카풀을 한다고 말하긴 했지만 그래도 망설여지는 것은 어쩔 수가 없었다.

"진짜 이래도 되나 모르겠어."

그녀가 눈살을 찌푸리며 묻자, 윤상이 모르겠다는 듯 어깨를 으쓱였다.

"뭐가?"

"나 지금 덫에 걸린 고라니 같은 기분이 들거든."

그것도 생명의 위협을 받는 고라니.

그가 쳐 놓은 덫에 꼼짝 없이 걸려 허우적거리고 있는 연약한 생명체.

자신이 딱 그 꼴이 된 것만 같았다.

더한 덫에 빠지기 전에 간을 보고 탈출하는 것이 좋지 않을까, 고민하며 그녀가 눈을 슬며시 떴다. 그러자 그가 차 문을 닫고 그녀에게 성큼성큼 다가와 뒷덜미를 움켜쥐었다. 졸지에 목덜미를 잡힌 정희가 눈을 삐죽 떴다.

"그래, 우리 정희. 야생동물처럼 거칠긴 하지. 길들일 수도 없고."

"일단, 이거 놓지?"

위협적인 모습으로 으르렁거리는 말에 윤상이 손을 뗀 후 항복을 외치듯 팔을 뒤로 뺐다. 하지만 그의 표정은 전혀 겁을 집어먹은 모습이 아니었다. 부드럽게 휘어져 있는 입가를 바라보던 그녀가 말을 씹어 뱉었다.

"그런데 왜 난 오빠가 날 길들이려는 것처럼 보일까?"

"착각이야."

"……착각이라고 하기엔 표정이 너무 음흉한데?"

눈을 동그랗게 뜨며 능청스럽게 하는 말에 그녀가 지지 않고 답했다. 파르르 떨리는 입술 끝을 보면 누구라도 그렇게 생각할 수밖에 없었으니까.

그녀가 어디 한번 할 말이 있으면 해 보라는 듯 고개를 치켜들었다. 도도한 표정으로 응수하는 그녀를 바라보던 그가 손으로 그녀의 턱을 받쳐 올렸다.

이게 뭐하는 짓이냐며 눈을 내리깔아 손을 바라보는 모습에 윤상이 무심히 읊조렸다.

"내가 언제 안 그런 적도 있었나?"

"……."

그녀가 턱을 내릴 수 없도록 받쳐 든 그가 마주하고 있던 시선을 옆으로 비껴 내렸다.

이 남자, 속눈썹이 참 길구나.

정신을 쏘옥 빼긴 그녀는 윤상의 얼굴이 점차 다가온다는 것도 모르고 있었다.

입술은 쓸데없이 붉고. 그런데 왜 저 쓸데없이 붉은 입술이 점점 다가오는 기분이 드는…… 거지?

그녀가 입술을 뻐끔거렸다. 착각인 줄 알았는데 숨결이 뺨에
느껴지더니 슬로모션처럼 그가 다가왔다. 그에 정희의 눈이 왕
방울처럼 커졌다.

닿는다, 그런 생각을 할 때였다. 그의 입술이 그녀의 입술
위로 사뿐히 내려앉아 가볍게 입을 맞춘 후 떨어졌다.

깜짝 놀라 눈을 깜빡이던 정희는 지금 자신이 서 있는 곳이
길거리 한복판, 그것도 5년째 살고 있는 집 앞 주차장이란 사
실을 깨닫고 그의 가슴을 밀어냈다.

뒤로 더듬더듬 걸음을 물린 그녀가 손가락으로 그를 가리키
며 왁 소리 질렀다.

"다가오지 마!"

"으흠, 원하면 지금은."

"회사에서도 절대 안 돼!"

"그럼, 집은 되고?"

그 말에 기가 막히다는 듯 정희가 입술을 뻐끔거렸다.

화술 학원이라도 다니는 거야? 아주!

"변태."

씩씩거리던 정희가 일갈한 후 몸을 돌렸다. 보조석으로 다가
가 문을 열고 차에 오르려던 찰나였다. 기다란 다리를 몇 번 움
직이지 않아 그녀의 앞까지 다가온 그가 차 문이 열리는 것을
가로막았다.

"오늘 뒤태가 과감하다?"

"뭐?"

정희가 고개를 돌려 제 뒷모습을 확인했다. 오늘 아침 고른 옷이니 디자인이라면 이미 알고 있었으나, 정말 문제가 있나 싶었다.

하지만 아무리 살펴보아도 자신이 입고 있는 옷은 '과감'이란 말과는 거리가 멀었다. 물론 시스루여서 속에 입은 민소매가 훤히 보이긴 했지만.

"반전 뒤태네, 아주."

빈정거리는 어투에 정희가 눈살을 찌푸렸다.

이건 또 뭐하자는 시추에이션?

"뭘 입든 내 마음이지."

"내 여자가 뭘 입는진 간섭할 권리가 있지."

"오빠!"

"갈아입고 와."

"뭐?"

"당장."

나지막한 목소리로 읊조리듯 말하는 모습은 충분히 위협적이었다. 아무리 오랜 세월 알아 온 나정희라 할지라도. 평소 화를 내는 법이 없는 남자가 사소한 문제로 열을 낼 땐 더욱 그랬다.

내 여자가 뭘 입는지 간섭할 권리가 있다고? 웃겨, 정말!

"아, 이게 어디가 어……!"

"쉿."

"……."

"당장 다녀와."

마지막 경고니까.

그가 손으로 로비를 가리키며 생글생글 웃었다. 정희의 얼굴이 왈칵 일그러졌다.

"씨!"

"그러다 오빠한테 욕도 하겠다? 지각하니까 어서 다녀오시죠?"

"다녀오면 되잖아, 다녀오면!"

씩씩거린 그녀가 마지막으로 그를 노려보는 걸 잊지 않은 채 다시 집 안으로 들어갔다. 그리고 뜨거운 여름날과는 어울리지 않는 두꺼운 셔츠를 입고 뛰듯 나왔다.

"이제 됐어?"

"아이고, 우리 정희 착하네. 지각하겠다, 얼른 가자."

"지각하면 다 오빠 탓이야!"

버럭 소리친 그녀가 차에 먼저 오르자, 윤상이 낮게 웃음을 뱉은 후 따라 탔다. 시동이 걸리고 후덥지근한 바람이 차 안을 가득 채웠다.

"더워!"

"그럼 좀 얇은 걸 입고 나오지 그랬어."

그가 싱긋 웃자, 정희가 이를 악물며 짜증스레 말했다.

"……죽는다."

평소보다 조금 늦게 도착해 그런지, 지하 주차장은 빈 곳을 찾아볼 수 없을 만큼 차들이 들어서 있었다. 겨우 구석 자리를 찾아 주차를 한 정희는 머나먼 곳에 있는 엘리베이터를 보며 인상을 찌푸렸다.

차에서 내려 빠르게 걸음을 옮긴 그녀는 손목시계를 확인하며 엘리베이터 앞에서 발을 동동 굴렀다.

8시 59분.

제 시각에 도착할 수 있을까, 그녀의 얼굴에 걱정이 덕지덕지 붙어 있었다. 역시나 걱정했던 대로 2분 늦게 사무실에 도착했고, 입사 후 처음으로 지각을 한 그녀는 팀원들의 인사를 어색한 얼굴로 받은 후에 자리에 털썩 앉았다. 모두들 지각을 했다는 사실에 놀란 듯 얼떨떨한 표정으로 정희를 바라보고 있었다.

그녀와 반대로 느긋한 걸음을 옮겨 실장실로 향한 윤상이 문을 열다 정희를 보며 피식 웃음을 내뱉은 후 안으로 들어갔다.

"으."

저 인간이 진짜!

그의 웃음을 본 정희가 속이 부글부글 끓는다는 듯 앓는 소리를 내뱉었다.

누구 때문에 지각을 한 건데! 옷을 갈아입지만 않았어도 출근 시간보다 20분은 일찍 도착할 수 있었을 텐데! 그녀가 이를 부득부득 갈며 실장실을 노려보고 있을 때였다.

"방금 전에 실장님이 팀장님 보며 웃으신 거 맞죠?"

"네?"

슬금슬금 다가온 자연이 의아하다는 듯 갸웃거리며 그녀에게 물었다. 그러자 정희가 깜짝 놀란 듯 고개를 절레절레 저었다.

"분명 웃은 것 같은데."

"우, 웃을 수도 있죠."

하, 하하하. 정희가 어색하게 웃음을 뱉었다. 상사가 부하에게 웃어 준 게 뭐가 그리 큰 잘못이냐고. 어색한 정희의 웃음을 바라보던 자연이 눈을 게슴츠레 떴다.

"두 분 혹시……."

"……혹시, 뭐요?"

정희가 겁을 잔뜩 집어먹고 물었다. 한 템포 늦게 나온 목소리엔 긴장감까지 어려 있었다.

서, 설마. 들킨 거야? 그런 거야? 평화로운 내 회사 생활은 이렇게 끝나는 거야?

그녀가 혼란스러움이 가득한 얼굴로 시선을 아래로 내렸다.

최대한 자연스럽게 업무를 시작하자고 이야기하는 게 좋겠어. 그래, 아무렇지도 않은 듯. 문제없다는 듯!

그녀가 속으로 비명을 내지를 때였다.

"에이, 역시 그렇죠?"

자연의 말에 정희가 자신도 모르게 안도의 한숨을 내뱉었다.

❊　　　❊　　　❊

"봤어? 봤어?"

"와, 정말. 저 정도 되면 보통 하나는 모자라야 하는 거 아니야? 오늘도 스타일 죽이더라."

이 무슨. 학창 시절, 아이돌 가수를 보며 꽥꽥 소리를 질러대던 어린 소녀들처럼 흥분한 여직원들의 모습에 정희가 혀를 끌끌 찼다. 그녀의 손엔 테이크아웃 커피가 하나 들려 있었다. 회사 1층에 있는 커피숍을 다녀오는 길이었다.

후, 한숨을 내뱉던 정희가 고개를 절레절레 저었다.

내 이럴 줄 알았지.

입사한 지 한 달이 지나자 그는 예상대로 회사 내의 '아이돌'이 되어 있었다.

시린 속을 달래기 위해 카페인을 냅다 들이부운 그녀는 자리에 돌아오자마자 검은색 서류 파일을 집어 들었다. 피곤함이 가시자, 이젠 전장에 나설 용기가 생겼다는 듯이.

그녀가 실장실로 향하자 자연의 시선이 그 뒤를 따라붙었다. 그 시선을 알고 있으면서도 정희는 애써 모른 척 실장실 앞에 멈춰 섰다.

똑똑.

노크를 하고 안으로 들어선 정희는 바로 그의 앞까지 걸어갔다.

"직원들 여름휴가 계획서입니다."

정희가 검은색 파일을 윤상에게 내밀었다. 유리벽 너머, 몇몇 직원들의 시선이 자신의 등에 내리꽂히는 것이 느껴졌다.

최대한 허리를 꼿꼿하게 편 그녀는 서류를 살피는 그를 보았다. 그전까진 그녀가 결재를 내렸으나 이젠 그가 마케팅부의 장이었으니, 그의 확인이 떨어져야 직원들은 계획했던 날에 여름휴가를 떠날 수 있었다.

금방 끝날 거라 생각했는데 예상과 달리 윤상은 서류에서 시선을 떼지 못하고 있었다. 만년필로 서류 위를 탁탁 내려치는 손길을 보니 뭔가 마음에 들지 않는 모양이었다.

뭐가 문제지? 그녀가 이해할 수 없다는 눈으로 그를 바라볼 때였다.

"입점 건과 맞춰 제주도에 가시는 겁니까?"

"네. 둘러봐야 할 것 같아서요."

"그래도 여름휴가까지 반납하면서 일을 하는 건…… 워커홀릭?"

고개를 든 그가 말꼬리를 흐리자, 정희가 인상을 찌푸렸다.

워커홀릭? '아프니까 청춘이다' 다음으로 개소리라 생각하는 단어를 읊조리자 그녀가 조금은 날카로운 목소리로 물었다.

"일을 좋아서 하는 사람도 있습니까?"

일에 대한 성취감은 있었다. 이제껏 그 성취감으로 시즌에서 뼈가 부서져라 일을 해 올 수 있었다. 기왕 일을 하는 거면 가장 높은 자리에 오르고 싶었고, 일 역시 즐겁게 할 수 있었으니 만족스러운 회사 생활이었다.

하지만 일 자체를 좋아하는 건 아니었다.

그녀의 물음에 그가 '그건 그렇지'라고 읊조리곤 유려하게 결재란에 서명했다. 직원들 모두 계획했던 대로 1년에 단 한 번, 휴가를 즐길 수 있으니 다행이라면 다행이라고 해야 할까. 정희가 막 그리 생각할 때였다.

"나도 제주도 갑니다."

"……뭐하는 짓이야?"

그는 직장 상사로서 이야기했으나, 그 말을 단순하게 받아들일 수 없었던 그녀는 놀란 어조로 물었다. 그러자 그가 결재판을 한쪽으로 밀어 두며 답했다.

"생일이잖아."

예상하지 못했던 말에 정희의 입술이 굳게 다물렸다. 그럴 수밖에. 자신도 달력에 표시해 두지 않으면 깜빡깜빡하는 생일을 그가 기억하고 있을지는 몰랐다.

정희가 놀란 눈으로 자신을 바라보자 윤상이 눈을 보름달로 만들며 따스하게 웃었다.

"같이 있어야지. 그날만큼은."

"새, 생일일 뿐인데……."

"세상엔 일보다 중요한 게 아주 많아. 난 그렇게 생각해."

그가 딱 잘라 말했다. 토를 다는 것 따윈 용서하지 않겠다는 듯이. 그녀가 별다른 말을 덧붙이지 못하고 입을 꾹 다물자, 그는 마치 어린아이를 가르치는 유치원 선생님마냥 조곤조곤한 어조로 말을 이었다.

"생일은 사랑하는 사람과 함께 있어야지. 일 때문에 흘려보내기엔 너무나 아까운 날이잖아."

"……."

처음으로 정희의 생일을 제대로 챙겨 줄 수 있게 된 윤상에겐 그날이 특별한 의미로 다가왔다. 그녀에겐 그렇지 않을 수 있겠지만.

되도록 즐거운 분위기 속에서, 서로에게만 집중할 수 있는 분위기 속에서 함께 있고 싶었다. 그래, 그렇게 있고 싶었다. 아무런 방해도 없이.

"너의 첫 번째 일이겠지만, 나에게 첫 번째 너거든. 되도록 너도 그렇게 되었으면 하고. 일만 좇아, 꿈과 이상만 좇아 소중한 것들을 잊지는 말자, 우리."

사람의 정신을 쏙 빼놓는 웃음에 그녀가 고개를 절레절레 저었다. 흐리멍덩했던 눈동자에 생기가 돌고, 살짝 벌려 있던 입술이 다시 한 번 힘 있게 닫혔다. 매혹적인 그의 웃음이 말문을 막았다.

조금 화가 나 보이는 정희의 모습에 윤상이 고개를 옆으로 기울였다. 왜 갑자기 화가 났는지 모르겠다는 듯. 그러자 그녀가 원하는 답을 해 줬다.

"그렇게 웃지 마."

"왜?"

"직원들이 보고 있잖아."

정희는 제 등 뒤에 따끔따끔 꽂히는 시선을 느꼈다. 또 밖에서 호들갑을 떨고 있겠지. 유독 요즘따라 이유도 없이 마케팅부를 찾는 타 부서 여직원들도 그의 웃음을 보고 또다시 반했다며 소리를 꺅꺅 지르고 있을지 모르겠다. 정윤상은 그런 사람이니까.

그녀의 표정을 살피던 윤상이 인상을 굳혔다. 또다시 남의 시선을 의식하는 그녀에게 진심으로 화가 난다는 듯이.

"뭐가 그렇게 신경 쓰이는데?"

고저 없는 목소리에 정희가 미간을 구겼다. 그러더니 허리를 숙이고 그에게 다가가며 혹여 누군가 들을까 싶어 목소리를 낮췄다.

"오빠나 끼 부리지 마."

"어?"

예상하지 못한 말에 윤상의 표정이 멍하니 변했다. 흐려진 표정에 그녀가 책상 위에 엎어져 있던 그의 손등을 쓰다듬었다.

"내가 왜 오빠랑 엮이는 게 무서운 줄 알아?"

"……."

"페로몬 그만 풍기라고."

나중에 목숨은 유지하고 싶으니까.

말을 마친 그녀가 그의 옆에 놓여 있던 머그컵을 집어 들었다.

"이건 변명거리로 가지고 갈게."

왜 그에게 다가갔는지 궁금해할 여직원들을 위해 철저하게 알리바이까지 준비한 정희가 사무실을 나섰다.

그녀의 뒷모습을 멍하니 바라보던 그가 고개를 숙였다. 그리고 방금 전까지 정리하던 서류 대신 그녀가 들고 온 파일에 이마를 기댔다.

"큭."

키득키득. 그가 한참이고 어깨를 들썩이며 웃었다.

❋   ❋   ❋

입에서 입으로 옮겨지는 '소문'은 작은 벌레와 같다. 스멀스멀 기어 나온 그것은 한번 나타나면 사라지지 않는다. 알을 까고, 그 알이 또 다른 벌레가 되고, 그 벌레는 또다시 알을 깐다. 형체도 없는 것들은 그렇게 영원히 사라지지 않은 채 사람들 사이를 떠돌 뿐이다.

더욱 악의적인 소문은 생명력이 질겼다. 처음엔 '흥미'로 시작된 것들에 '아니 땐 굴뚝에 연기 나겠어?'라는 속담까지 끌고 들어와 '정당성'을 부여한다. 요즘 세상은 아니 땐 굴뚝에 연기가 나는 시대라는 것을 알아차리지 못한 채.

사람들은 소문의 '진상' 따윈 궁금해하지 않았고, 흥미로만 또다시 다른 이의 이야기를 시작했다.

"야, 너 그 소문 들었어?"

가장 먼저 '소문'이라는 단어로 사람들의 시선을 끈 다음, 이 자리에 있는 이들이라면 모두 알고 있는 이의 이름을 꺼내면 '그 소문'은 거대한 파급력을 가지게 된다.

"이번에 온 정윤상 실장님 있잖아."

인사팀 조미연 주임의 말에 여직원들의 눈이 반짝였다. 그리고 그건 곁에 앉아 있던 인사팀 강주영 주임 또한 마찬가지였다.

"나정희 팀장 있잖아."

시즌 한국 지사에서 요즘 가장 핫하다는 정윤상 실장. 그만해도 미친 듯이 구미를 당기는데, 거기에다 원래부터 '스캔들 메이커'인 정희가 따라붙자 사람들의 신경이 그곳으로 확 쏠렸다. 본인보다 잘난 이들의 뒷소문은 점심을 먹고 난 후 마시는 커피보다 좋은 요깃거리였다.

"두 사람 같은 고등학교를 나왔다고."

"같은 학교 졸업할 수도 있지."

"그래, 그거라면 별문제가 되지 않겠지. 하지만 두 사람, 고등학교 때 사귀었다고 하더라고."

"뭐, 사귀어?"

"그래."

"헉!"

"두 사람 모두가 서로에게 첫사랑이래."

여기저기서 '대박'이라는 단어가 터져 나왔다. 하지만 그들 중에 가장 충격을 받은 사람이라 하면 구석 자리에서 커피를 마시고 있던 자연과 경란이었다.

같은 사무실을 쓰고 있는 두 사람은 다른 누구보다 놀라고 있는 중이었다. 숨이 컥 막힌 듯한 표정으로 서로를 바라보고 있던 둘은 경악에 찬 목소리로 동시에 말했다.

"뭐? 실장님이랑 팀장님이랑?"

"그게 말이 돼?"

전혀 생각지 못한 조합이었다. 그럴 수밖에. 요즘 둘은 사무실에서 신경전 아닌 신경전을 펼치고 있었고, 승자는 정 실장이라는 설에 무게가 실리고 있는 상황이었다.

사람들이 놀라거나 말거나 미연은 꽤나 진지한 얼굴로 말을 이었다.

"이번에 여름휴가를 같은 시기에 냈다지?"

"……"

"어디 그뿐이라니? 둘 다 여름휴가지가 제주도라고 하더라."

"그건 어떻게 알았는데?"

"제주도에 직원들 빌라 있잖아. 거길 예약했대."

"진짜? 헐……."

두 사람의 이야기에 경란이 '뭐야, 진짠가 봐'라고 읊조렸다. 하지만 현실을 부정하고 싶은지 자연은 고개를 절레절레 저었다.

"에이, 아니야. 두 사람, 전혀 그런 기미 안 보였잖아?"

이번엔 사람들의 시선이 자연에게로 향했다.

"정 실장님이 나 팀장님한테 하는 걸 봐. 쥐 잡듯 잡기나 하고. 그것 때문에 요즘 나 팀장님 얼굴이 말이 아니잖아."

"확실히 그렇지. 일도 많아지지 않았나?"

"어."

자연이 딱 잘라 말했다.

"그래, 아닐 거야."

두 사람의 이야기에 근처에 있던 사람들은 서둘러 고개를 주억거렸다. 그 소문이라면 그들도 들어 봤으니까.

"말이 돼? 그 두 사람이?"

"그렇지?"

'새로 떠오른' 소문은 틀렸을 가능성이 높다고 판단한 것인지 다들 고개를 끄덕일 때였다. 미연은 다시 한 번 찬물을 확 끼얹었다.

"두 사람 카풀한다던데? 사이가 그렇게 안 좋은데 같이 출퇴근하나, 보통?"

"……아."

이쯤 되니, 모두 미연의 말을 믿는 눈치였다. 다들 놀랍다는 얼굴로 두 사람의 사이를 구체화시켜 나갈 때였다.

달칵, 문이 열리더니 소문의 주인공인 정희가 휴게실 안으로 들어왔다. 그녀는 자신을 향한 시선에 고개를 갸웃거렸다.

하지만 '소문'이란 벌레는 원래 집주인에게 가장 늦게 발견되지 않는가.

썰물처럼 빠져나가는 직원들의 모습에 정희는 자신을 둘러싼 소문을 알아차리지 못한 채 커피포트로 향했다. 그리고 커피를 내리며 한숨을 푹 내뱉었다.

"이제 와서 질투는 왜 하고!"

아, 죽고 싶다.

뺨을 붉힌 그녀가 벽에 이마를 몇 번이고 찧었다.

쿵.

쿵.

chapter 7
호시탐탐 정윤상

서른둘의 여자는 속에 구렁이 두 마리쯤은 키운다. 회사 생활을 꽤나 치열하게 한 여자라면 더더욱 그랬다. 완벽한 화장술과 의상으로 꾸미고, 속을 숨길 수 있는 나이 정도는 된단 말이다.

일정 회의를 하기 위해 걸음을 옮기던 정희는 자신을 뒤따르는 자연과 경란을 힐끗 보았다.

자연은 예전처럼 자신을 슬금슬금 피하는 일은 없었으나, 그래도 먼저 다가와 말을 거는 일은 극히 적었다. 오히려 예전의 자연처럼 자신이 그녀를 피하고 싶은 지경에 이른 정희가 애써 표정 관리를 했다.

여기서 흐트러진 모습을 보이면 안 된다. 그런 모습은 오히려 자연의 의심을 더욱 자아낼 것이고, 결국 스스로 윤상과의 관계를 인정하는 꼴밖에 되지 않으니까.

정희는 자신의 곁으로 바짝 다가오는 자연의 모습에 무심한 표정을 가장해 다이어리를 내려다보았다. 그리고 회의 내용을 숙지하는 척 굴었다.

하지만 호기심이 왕성한 자연의 눈에 이런 그녀의 모습이 들어올 리가 없었다.

"팀장님, 이번에 여름휴가 어디로 가세요?"

"나? 제주도로 가는데요?"

"아, 그렇구나."

답을 하면서도 자연의 시선은 경란에게 향해 있었다. 마치 단서를 잡았다는 듯이. 혹은, 의심하고 있던 일에 결론을 내렸다는 듯이.

정희가 의아한 얼굴로 물었다.

"뭐예요?"

"혹시, 정 실장님도 제주도로 가는 거 아세요?"

"그래요?"

정희가 아무것도 모르는 척 눈을 깜빡이며 물었다. 팔랑팔랑, 허공에서 나부끼는 속눈썹이 무겁게 느껴지는 이유는 왜일까. 그 때문에 눈가가 파르르 떨렸다.

"네."

자연이 고개를 끄덕이며 답하자, 정희는 어색한 웃음을 지었다. 그러자 자연과 경란이 또다시 눈을 맞췄다.

뭐지? 뭐가 진짜지?

정희가 제주도로 가는 건 맞으나, 윤상이 제주도로 가는 건 모른다. 소문 중 일부는 맞고 일부는 맞지 않았다. 갈피를 잡지 못하는 두 사람의 모습에 정희가 앙큼하게 속마음을 숨긴 채 잘라 말했다.

"실장님도 제주도로 가는진 몰랐네요."

"역시 헛소문이었구나."

"뭐가요?"

속으로 안도의 한숨을 쉰 정희가 묻자 자연이 허공에서 손을 휘저으며 호호 웃었다. 별거 아니라는 듯.

정작 답을 해 준 이는 옆에서 호기심 어린 얼굴로 대화를 듣고 있던 경란이었다.

"아, 두 분이서 사귄다는 소문이 돌더라고요."

컥! 헛숨을 들이켠 정희가 고개를 옆으로 돌려 경란을 보았다.

"그, 그런 소문이 돌아요?"

"네. 여직원들은 대부분 알고 있을걸요?"

"……."

"헛소문이니 너무 신경 쓰지 마세요."

경란의 말에 정희가 어색한 웃음을 흘렸다.

하, 하하하…….

"미래 백화점 본점, 담당자 만나 본 건 어떻게 됐습니까?"

무심한 윤상의 물음에 사람들의 시선이 하나같이 정희에게로 향했다. 영업부 김 실장과 함께 미래 백화점 담당자를 만난 것은 그녀였다.

정희는 물음에 막힘없이 답했으나 직원들은 힐끗힐끗 그녀와 윤상을 보았다. 최근 소문의 주인공인 두 사람이 함께 있는 모습을 볼 일은 많지가 않았으니까. 회의실엔 묘한 분위기가 흘렀다.

윤상이 무심한 얼굴로 미래 백화점 매출표를 보자 이에 냉소적인 답이 들려왔다.

"박효진 팀장에게 최근 VVIP 고객의 매출이 줄어들었다 들었습니다. 고객 명부 그래프를 보니, 효정 백화점에서 매출이 오른 것으로 나왔습니다."

문제점과 그에 대한 답까지 거칠 것 없이 말한 그녀는 자신을 바라보는 윤상의 모습에도 꿋꿋하게 말을 이었다.

"효정 백화점이 최근 다른 백화점보다 훨씬 강력한 여름휴가 세일을 내놓았습니다. 저희를 제외하고 전체 할인율 10%에다가 카드 중복 할인까지 가능하게 하여 최고 25%까지 할인이 되는 상황이라 그곳으로 많은 고객이 몰린 것 같습니다."

"추후 매출은 봐야겠네요."

"네."

정희의 말에 윤상이 고개를 끄덕였다.

전체 매출은 오히려 올랐으니 벌써부터 불안감을 느끼고 전투적으로 마케팅을 할 필욘 없다고 느끼는 모양이었다.

감정이 느껴지지 않는 표정으로 팀원들을 바라보던 그가 테이블을 펜으로 탁탁 내려쳤다. 정희와 윤상의 소문 때문에 잡생각을 하던 팀원들이 순간 긴장한 표정으로 그를 바라보았다.

냉정한 시선으로 팀원들을 일일이 바라보던 그가 갑자기 표정을 바꿔 입술을 길게 늘어뜨리며 웃었다.

꼴깍. 어디선가 침을 넘기는 소리가 들리자 그의 웃음이 더욱 진해졌다. 이쯤 되니 여직원들의 뺨이 핑크빛으로 변했다.

아, 저 인간 또 페로몬 풍기네.

정희가 탐탁지 않은 표정으로 설핏 콧잔등을 찌푸릴 때였다.

"다음 달 일정에 대해 말씀드리겠습니다. 영업부, 기획부와 협의된 내용입니다."

8월 초부터 제주도 면세점 입점 홍보가 시작되며 TV, 라디오, 모바일의 세 가지 이벤트는 착오 없이 마케팅부에서 진행하기로 했다는 내용이었다. 화보와 이벤트에 쓰일 지면 같은 경우엔 모두 마케팅부에서 준비를 하고, 영업부에서 후작업을 하기로 했다.

기획부의 가을 시즌 준비는 8월 중순까지 컨펌이 떨어질 예정이라 이에 대해선 마케팅부와 영업부가 다시 일정을 조율하기로 하고, 이때 조율된 내용으로 각 팀이 움직이는 것으로 결론이 났다.

그의 이야기가 이어질수록 팀원들의 얼굴이 창백하게 변했다. 여름휴가부터 추석이 있는 9월 말까지 매년 뇌 주름이 반들반들하게 펴질 정도로 야근을 하긴 했다. 하지만 올해는 그동안의 일정은 비교도 할 수 없을 만큼 빡빡했다.

주, 죽었다.

다들 그리 생각할 때였다. 그가 말을 멈추지 않고 계속 이어 나갔다.

"추석 마케팅 말인데요."

그의 말에 팀원들의 얼굴이 잿빛으로 변했다.

툭. 자연이 들고 있던 펜을 놓쳤다.

또르르. 눈물 흐르는 소리와 비슷한 펜 굴러가는 소리만이 그의 목소리와 하모니를 이루며 회의실을 가득 채웠다.

"집엔 다 들어갔다."

"휴가 끝나고 오면 지옥 시작이네. 아, 이럴 때 정말 사표 생각나."

다들 저마다 앞으로 있을 지옥불에 혀를 찼다. 충격과 공포의 도가니였던 회의를 끝낸 팀원들이 비틀거리며 기다란 복도를 지나 사무실로 향했다.

그리고 그들의 뒤를 따르는 정희는 회의 시간 내내 윤상의 입에서 전투적으로 흘러나오던 일정을 정리해 둔 다이어리를 바라보고 있었다.

"흐음."

콧소리를 내던 정희가 막 비상구를 지날 때였다.

"어?"

뒷덜미를 잡는 손길에 깜짝 놀라 뒤를 돌아본 정희는 윤상이 코 위에 손가락을 길게 세우는 것을 보며 숨을 멈췄다. 그가 손가락으로 비상구 쪽을 콕콕 가리키자 그녀는 먼저 문을 열고 안으로 들어갔다. 뒤따라 들어온 윤상이 문을 닫는 순간 정희가 눈을 삐죽 떴다.

"왜?"

회사에서 이게 무슨 짓이냐는 말은 하지 않았다. 그녀는 자신과 윤상 사이에 떠도는 소문을 이미 알고 있었으나, 그것보단 뒤숭숭한 마음이 더 중요했다.

"표정이 왜 그래?"

그의 물음에 정희가 한숨을 푹 내쉬었다.

윤상이 유치한 자신의 마음을 알게 되면 어떨까. 기뻐할지도 모르겠지만, 만약 반대의 경우였다면 자신은 유치하다고 그를 놀렸을 것이다.

하지만 나정희가 어떤 사람이던가. 직설적인 것으론 따를 사람이 없는 이였다. 돌려 말하는 법이 없어 '나 마녀'란 별명까지 얻지 않았던가.

턱을 치켜든 그녀가 팔짱을 꼈다. 도도한 표정으로 속눈썹을 팔락이는 그녀의 모습에 윤상이 침을 꼴깍 삼켰다.

회의 시간에 내가 뭐 잘못했던 게 있었나?

곰곰이 생각에 잠긴 그가 미간을 구겼다. 아무리 생각해 보아도 자신의 잘못 따윈 떠오르지 않았다. 무슨 문제냐고 물어보려던 찰나, 그녀가 먼저 선수를 쳤다.

"내가 막 웃고 다니지 말라고 했지?"

"응?"

윤상이 눈을 깜빡였다. 전혀 예상치 못한 말은 사고 회로를 멈추게 하기에 충분했다.

"나정희?"

"세상에서 가장 위험한 남자가 어떤 부류인 줄 알아?"

윤상이 고개를 절레절레 저었다. 그러다 그녀가 거짓부렁이라는 듯 눈을 뜨자 입을 꾹 다물었다.

"……."

무, 무섭다.

그가 겁을 잔뜩 집어먹은 모습으로 정희를 보았다. 장난을 가장하여 화를 풀어 주려는 노력조차 할 수 없을 정도로 정희에게서 검은 오라가 풀풀 풍겨 나왔다. 그녀는 무겁게 닫혀 있던 입을 달싹였다.

"잘생겼는데, 본인이 그걸 잘 아는 남자."

어떻게 매력을 어필해야 하는지 잘 아는 남자가 무섭다.

그녀의 말에 윤상의 눈이 더 이상 커질 수 없을 만큼 동그랗게 변했다. 뒤통수를 치면 눈알이 데굴데굴 떨어질 것처럼. 하지만 정희는 거기서 말을 멈추지 않았다.

"그런데 그것보다 더 위험한 건, 잘생겼다는 걸 알고 있는데 눈치가 더럽게 없는 남자."

"……."

"오빠가 그러면 그럴수록 내 목숨은 더더욱 위험해진단 말이야."

그녀의 이야기를 들으면 들을수록 윤상의 눈동자가 멍하게 변했다.

그, 그러니까 지금……

생각을 마친 그의 살짝 벌어진 입에서 '헛' 하며 숨이 터져 나왔다.

"너 지금……."

그가 눈을 게슴츠레 뜨며 정희의 표정을 살폈다. 말꼬리를 길게 늘이며, 설마, 설마하는 표정이던 그는 정희가 말을 잘라내자 곧 벌어졌던 입을 다물었다.

"질투하는 거 맞아. 그러니까 그만 웃어."

"……."

역시나. 내가 이상한 생각을 한 건 아니군.

그가 고개를 주억거리자, 정희가 고개를 더 빳빳하게 들며 말했다.

"무표정하게 있으란 말이야. 사람이 지을 수 있는 표정 중에 가장 무서운 표정. 다가가기 어렵고, 속을 알 수 없는 그런 표정만 지으란 말이지."

표정에선 자신감이 흘렀으나, 말투에는 어쩐지 힘이 하나도 없었다.

그는 그녀를 사랑하는데. 매일 함께 있고 싶다고 노래를 부르는데. 주위 사람들의 시선만 생각하면 자신이 이 남자에게 부족한 것만 같아서.

"나정희, 내가 지금 너한테 어떤 이야기를 해 줘야겠어?"

"……안 웃는다고."

"안 웃을게. 그리고 또?"

그의 말에 정희가 이제야 정신이 돌아온 것인지 얼굴을 붉혔다.

내, 내가 지금 무슨 헛소리를…….

터질 듯 붉어진 얼굴로 눈을 깜빡이던 그녀가 더듬더듬 걸음을 뒤로 물렸다. 방금 전까지 기백이 가득하던 모습은 깡그리 지운 채.

그녀가 몸을 부들부들 떨며 방금 전 필터링 없이 말을 내뱉은 제 입을 원망하고 있을 때였다. 걸음을 물린 만큼 다가간 윤상이 팔을 뻗어 정희의 어깨를 감싸 쥐었다.

조용한 비상구에 흐르는 것은 무거운 적막, 그리고 정희의 거친 숨소리. 그의 시선이 정희의 얼굴 위를 정처 없이 헤맸다.

"그리고 또?"

"……."

나지막한 목소리로 묻는 말에 정희가 입을 다물었다. 하지만 눈망울만큼은 많은 감정을 담은 채 그에게서 빗겨 나가지 않고 있었다.

"나한테만 웃어 줬으면 좋겠어, 혹은 나 많이 불안하니까 확신을 줘. 그런 말을 해야 할 타이밍 같은데."

"……."

아, 이런.

심장이 아래로 왈칵 떨어진 후에도 미친 듯이 뛰기 시작하자 정희의 얼굴이 일그러졌다.

나쁜 남자. 눈치가 없는 줄 알았는데, 한 번 힌트를 주니 그 다음부턴 거침이 없었다.

정희가 자신의 어깨를 붙잡고 있는 손을 떼어 냈다.

나한테만 웃어.

오빠 마음, 의심하는 건 아닌데 더한 확신을 줘.

그렇게 말하고 싶었다. 하지만 그녀는 그 말을 대신해 그의 몸을 다이어리로 밀어내며 심통 맞은 표정으로 말했다.

"오늘은 함께 저녁을 먹으면 좋겠지만, 아쉽게도 약속이 있어."

"뭐? 술 약속?"

"아니야."

"누구랑 만나는데?"

"친구."

"남자야, 여자야?"

"내가 유치해졌다고 오빠까지 그러진 말자?"

정희가 눈을 삐죽이며 말을 이었다.

"이야기 끝났으면 자리로 돌아갈게. 어느 상사님 덕분에 내가 분신술을 해야 할 지경이라."

어떻게 일을 줘도 이런 식으로 무식하게 주냐는 듯 타박을 놓은 그녀가 한숨을 푹 내쉬며 걸음을 옮겼다. 그리고 문손잡이를 붙잡아 돌리다 말고 그를 힐끗 봤다.

"그리고."

"그리고?"

그의 물음에 정희가 고개를 저었다.

"아니야."

달칵. 문을 열고 밖으로 나가는 그녀의 뒷모습을 보던 윤상이 느긋한 표정으로 팔짱을 꼈다.

"나정희."

나직한 부름에 그녀가 몸을 돌렸다. 눈이 마주치자 그가 입꼬리를 길게 늘어뜨리며 웃었다.

"사랑해."

"……"

정희의 눈이 커다랗게 변했다.

달콤한 미소에.

즐거운 웃음소리에.

"사랑해, 나정희."

그의 고백에.

※　　　※　　　※

과잉과 결핍의 중간에 있었다.

사무실에서 하루 종일 시선을 마주치지 않으려 노력하던 정희는 퇴근 시간이 되자마자 사무실을 뛰쳐나갔다. 정말 약속이 있는 것인지, 아니면 자신을 피하기 위해 임시방편으로 그런 이야기를 한 것인지는 모르겠으나 그는 퇴근 후에 곧장 정희의 집으로 갔다.

현관 앞에서 걸음을 멈춘 그는 자연스럽게 집 비밀번호를 누르고 안으로 들어왔다. 석고대죄를 하기 위해 무작정 끌려왔던 그날 보았던 비밀번호 그대로였다.

집 안으로 들어오자 그녀의 몸에서 나는 향과 비슷한 향내가 폐부를 파고들었다. 그의 입가가 자연스럽게 옆으로 늘어졌다.

단 한 번도 자세히 집 안을 둘러본 적이 없었던 그가 차근차근 걸음을 옮기며 가구를 살폈다. 그가 사 준 소파가 가장 먼저 눈에 들어왔고, 그다음 들어온 것은 텔레비전 선반에 놓여 있는 액자 하나였다.

손을 뻗은 그가 액자를 쥐었다.

"이걸 아직도 가지고 있냐?"

그곳엔 그가 있었다.

그녀와 이별을 앞두고 있었던 고3 졸업식.

그녀는 울고, 정우는 어린 소녀를 달래고 있었다. 그리고 그는 무표정하게 정면을 주시하는 모습이었다.

사진을 들여다보던 그의 눈빛이 흐려졌다.

이날, 그는 참 힘들었다. 졸업 후 떠나야 한다는 것을 알았기에. 계속 어린 소녀를 보고파 곁에 있는 정희에게서 시선을 떼지 못했었다.

지난날의 기억에 그가 설핏 웃음을 내뱉었다.

"이젠."

정희가 내 곁에 있잖아.

긴긴 시간을 돌고 돌아, 결국 그녀의 곁에 서 있잖아.

그렇게 생각하던 윤상의 얼굴이 다시금 어두워졌다. 이젠 그녀가 제 옆에 있었지만, 슬픔으로 가득했던 지난 기억은 행복한 지금 이 순간에도 그를 씁쓸하게 만들었다.

비틀, 비틀.

갑자기 없던 약속까지 만들어 친구를 만나고 집으로 돌아오는 정희의 걸음걸이가 위태롭게 흔들렸다. 별로 마시지도 않았는데, 어찌 된 것이 평소보다 더 취한 느낌이었다.

"술을 술술 마시니 그렇지."

후우.

엘리베이터 벽에 몸을 기댄 그녀가 깊은 한숨을 내뱉었다. 지친 기색이 역력한 얼굴로.

쿵, 쿵.

뒤통수를 벽에 찧던 그녀는 띵, 소리와 함께 엘리베이터가 도착했다는 알림음이 들리자 눈을 떴다. 애써 마음을 추스르며 현관 비밀번호를 누르고 집 안으로 들어오던 정희가 걸음을 우뚝 멈췄다.

뭐지?

그녀의 고개가 옆으로 기울었다.

가장 먼저 평소와 다르다고 느낀 것은 음식 냄새였다. 고소한 참기름 향과 매콤한 냄새가 뒤섞여 있었다. 깜짝 놀라 눈을 깜빡이던 그녀는 현관에 놓여 있는 남성 구두와 텔레비전 소리에 입술을 깨물었다.

고급스러운 가죽으로 만들어진 구두가 누구의 것인지는 쉽게 유추해 낼 수 있었다. 이 집에 마음대로 들어올 수 있는 남자는 둘뿐이었고, 화려한 구두 취향을 가진 이는 하나였다.

그녀가 성큼성큼 집 안으로 걸음을 옮겼다. 틀어 놓은 TV에선 앵커가 딱딱한 모습으로 '한국 경제 부채'에 대해 이야기하고 있었다.

뉴스를 보던 정희는 고개를 돌려 인기척이 들려오는 부엌을 보았다. 간 큰 침입자가 어디 있는지 알아냈으니, 남은 일은 그를 처단하는 것뿐이었다.

걸음을 옮기자 식사를 준비하고 있는 그의 뒷모습이 보였다.

"지금 뭐하는 거야?"

"늦었네?"

그는 놀란 기색 하나 없이 보글보글 끓는 찌개의 간을 보고 불을 껐다.

그녀의 얼굴에 짜증이 어렸다. 윤상 때문에 술까지 술술 마시고 왔는데, 우렁각시 코스프레를 하고 있는 그를 집에서 마주치니 어찌 짜증이 나지 않을 수 있겠는가.

정희가 눈을 삐죽 뜨자, 프라이팬이 올라가 있는 가스레인지 불을 끈 그가 다가왔다. 가까이 다가올수록 얼굴이 일그러지더니 곧 그가 그녀의 몸 여기저기를 냄새 맡기 시작했다.

킁, 킁킁.

"너, 술 마셨냐?"

지금 그게 중요해?

그녀가 도끼눈을 뜨며 물었다.

"어떻게 들어왔어?"

하지만 윤상은 뒤로 물러서지 않은 채 그녀를 닦달했다.

"어쭈, 취하기까지 했어?"

"내가 취하든 말든!"

그녀가 버럭 외쳤다. 물러서지 않는 모습에 그가 팔짱을 끼더니 몸을 삐딱하게 만들었다.

어쭈, 이렇게 나온다 이거지?

무심히 굳어 있던 그의 입술이 호를 그리며 음흉하게 벌어졌다. 네가 이렇게 나오면 다 생각이 있다는 듯이.

"정우한테 말해도 돼?"

"오빠!"

"내가 입을 꾹 다물길 바란다면 어떻게 해야 할까, 우리 정희?"

"정말 이렇게 나오기……."

"반성부터 해야 하지 않겠어?"

"……."

"자, 어서."

그가 엄한 목소리를 가장해 딱 잘라 말했다. 하지만 이와는
상반되게 여전히 웃는 얼굴에는 즐거움이 가득했다. 그 아이러
니에 정희의 입가에 어색한 웃음이 머물렀다.

괜한 자존심을 더 세웠다간 어떤 사달이 날지 알고 있었기
에, 정희가 입가를 파르르 떨며 말했다.

"미안해."

그의 눈매가 길쭉해졌다. 그것 말고 더 할 이야기가 있지 않
냐며.

"또?"

"다음부터 안 그럴게."

이제 됐냐?

정희가 심통 맞은 얼굴로 고개를 팩 돌리자 다가온 윤상이
허리를 숙였다. 그리곤 그녀와 눈을 마주치고 머리를 쓰다듬어
주며 말했다.

"착하다, 우리 정희."

"……."

"근데 좀 덥지 않아?"

본론은 끝났다는 듯 허리를 편 그가 앞섶을 잡고 앞뒤로 흔
들었다. 그러더니 어슬렁어슬렁 걸음을 옮겼다. 정처 없는 걸
음이긴 했으나, 목적은 분명했다.

딴청을 부리던 그가 슥— 욕실로 걸음을 옮겼다. 정희의 시

선이 그를 따라 움직였다.

"역시. 에어컨을 켤 걸 그랬나? 여름에 부엌에 있는 건 곤혹
이라니까."

"……."

"땀 많이 흘렸어. 샤워 좀 할게."

능청스럽게 말한 그가 욕실 문을 열고 안으로 들어갔다.

입을 쩍 벌리고 그 모습을 멍하니 바라보고 있던 정희는 그
제야 정신을 차린 것인지 눈을 동그랗게 떴다.

"뭐, 뭐야?"

이 상황은? 벙찐 얼굴로 닫힌 욕실 문을 보던 그녀가 성큼성
큼 걸음을 옮겼다. 그리곤 신경질적인 표정으로 욕실 문을 힘
차게 두드렸다.

"야! 뭐하는 거야!"

쾅쾅! 문을 부술 기세로 힘차게 주먹질을 했음에도 안에선
아무런 대답도 들려오지 않았다.

"문 안 열어? 열어! 당장 열라니까—!"

이 변태가!

속이 빤히 보이는 행동에 그녀가 연신 전투적인 기세를 보일
때였다. 답 대신 다른 소리가 들려온 것은.

쏴아아—

샤워 물줄기 소리에 그녀의 얼굴이 창백해졌다.

이게, 진짜!

"나와, 안 나와? 여기가 어디라고 샤워를 해, 샤워를!"

쾅! 쾅쾅!

"아이, 씨! 속이 시꺼매, 아주!"

쏴아아—

그녀의 발악에도 안에선 시원한 물줄기 소리만 들려올 뿐이었다.

"아오."

속이 부글부글 끓었다. 빤히 보이는 수에 실컷 욕지거리라도 해 주고 싶었다. 하지만 상대는 눈 하나 깜짝하지 않고 콧노래까지 부르며 샤워를 하고 있었다.

으드득.

"정윤상, 이렇게 나온다 이거지?"

눈썹을 꿈틀거린 그녀가 욕실 문을 보다 말고 몸을 돌렸다.

부엌으로 들어온 정희는 한 상 차려져 있는 식탁을 잠시 놀란 눈으로 보았다. 그러다가 따뜻한 호박전 하나를 집어 냴름 입에 넣었다.

"남자가 요리는 왜 이렇게 잘해."

우적우적, 호박이 마치 윤상이라도 되는 양 씹어 삼킨 그녀가 의자를 빼내 앉았다. 그리고 한참이나 음식을 노려보다 한숨을 푹 내뱉었다.

이쯤 되니 정말 자신이 못다 이룬 '현모양처의 꿈'을 그는 이루어 줄 수 있지 않을까, 라는 말도 안 되는 생각을 하게 됐다.

관계는 변했는데, 음흉한 건 예전이나 지금이나 마찬가지인데, 마음 역시 그러한데, 왜 이런 기분이 드는 것인지 모르겠다.

그녀는 음식을 빤히 보다 말고 고개를 절레절레 저었다.

"고등 생물로서, 음식에 현혹되지 말자. 나정희."

전 하나를 더 집어 날름 입에 넣은 정희가 힘껏 턱관절을 움직였다.

음식에 현혹되지 말자고 이야기하면서도, 정윤상 하나 들여놓으면 인생이 참 편해지겠다는 생각을 하고 있을 때였다.

"안 먹어?"

뜨거운 열기를 풍기며 그녀에게 다가온 윤상이 수건으로 머리의 물기를 툴툴 털어 냈다. 말간 얼굴을 올려다보던 정희가 인상을 팍 찌푸렸다.

"살쪄."

"그럼 술을 마시지 말았어야지."

"……."

"그러고 보니 좀 찐 것 같다?"

진짜 나랑 해 보자 이거지?

정희가 안색을 굳히며 자리에서 일어났다.

그의 머리끝에 맺혀 있던 물방울이 아래로 또르르 떨어지는 것을 보던 정희가 수건을 확 뺏어 왔다. 그리고 그의 팔을 잡아끌어 의자에 앉힌 후 머리를 툴툴 털어 주었다.

손길은 거칠었지만 그마저도 좋은 것인지 윤상이 부드럽게 웃으며 눈을 감았다.

"나 살찐 거 많이 티 나?"

"어. 한 2kg 쪘지?"

"……."

어떻게 알았지?

당황한 정희가 손을 멈추자 윤상이 한쪽 눈을 뜨며 그녀를 보았다.

"당황한 표정도 참 예쁘십니다?"

"……."

이걸 어떻게 받아들여야 할까.

고개를 뒤로 젖혀 자신을 바라보는 윤상의 얼굴을 한참이고 말간 눈으로 내려다보던 그녀가 수건으로 그의 얼굴을 덮었다. 헉, 소리가 났지만 그녀는 도끼눈을 뜨며 입술을 잘근잘근 씹었다.

"계속 나 약 올릴 거면 그냥 가!"

"약 안 올리면, 더 있다 가도 돼?"

"……."

윤상은 정희의 말문을 막는 재주가 탁월했다. 그 짧은 대화 속에서도 벌써 세 번이나 말문이 막혔으니까. 하지만 정희는 방금 전처럼 당황하지 않고 게슴츠레 뜬 눈으로 그를 흘겨보며 말했다.

"속내 다 보이거든?"

"속내? 무슨 속내?"

그가 모르겠다는 듯 어깨를 으쓱인 후 자리에서 일어났다. 그러더니 손목시계를 보며 미간을 찌푸렸다.

"벌써 시간이 이렇게 됐나."

놀란 척 시계를 보던 그가 어디 한번 계속해 보라는 듯 팔짱을 끼고 소파로 향했다. 그리곤 소파에 벌러덩 누워 한숨처럼 말했다.

"소파 좀 빌리자."

"오빠."

"아, 피곤하다."

고개를 절레절레 저은 윤상이 눈을 감자, 정희가 무심히 그를 바라보았다. 배 째라, 라는 식으로 드러누운 그의 모습을 한참이고 보던 그녀가 목소리를 깔았다.

"일어나. 당장."

"으음."

위협적인 목소리에도 윤상은 몸을 돌리며 능청스럽게 자는 척을 했다. 그 모습에 정희의 표정이 더욱 살벌하게 변했다.

"정윤상."

"으음, 어디서 맞먹으려고 하는 소리가 들리네."

"……."

이쯤 되니 인내심이 바닥을 쳤다. 어디서, 구렁이 담 넘어가듯 슬쩍 넘어가려고!

그녀가 윤상의 팔을 힘껏 잡아당기며 일으켜 세웠다.

"일어나."

힘이 얼마나 센지, 순간 상체가 폴더처럼 접히자 윤상이 눈을 동그랗게 떴다.

"아프다, 정희야."

그가 앓는 소리를 냈다. 붙잡힌 팔목이 못 참을 정도로 아픈 것은 아니었지만.

윤상이 몸에 힘을 쭉 빼고 도로 누우려 하자, 그녀가 더욱 힘껏 그를 일으켜 세웠다. 그리고 무작정 등을 밀어 현관 쪽으로 몰고 갔다.

"자의로 일어나면 안 아플 텐데, 그렇지?"

딱 잘라 말한 그녀가 현관문을 열고 그의 몸을 밖으로 밀어냈다. 그런 뒤 허망한 표정을 짓고 있는 그를 밉지 않게 흘겨보았다.

"가! 배웅은 여기까지만 한다."

달칵.

철컹.

안에서 잠금장치가 연달아 걸리는 소리에 윤상이 미간을 구겼다. 순식간에 소몰이 당하듯 밖으로 밀려난 것이 허망하다는 얼굴로.

다른 방법을 썼어야 했나?

한참이고 문을 바라보던 그가 시선을 내려 자신의 꼴을 보았다. 맨발이었다. 어쩐지 발바닥이 시리다 했더니.

잘못을 저질러 부모님에게 쫓겨난 아이 꼴이 된 그가 퍼뜩 정신을 차렸다.

"정희야, 잘못했어."

딩동— 딩동—

벨을 누르던 그는 인터폰에 불이 들어오자 다급히 말했다.

"나정희? 신발은 줘야지."

하지만 답 대신 인터폰이 끊어지는 소리가 들리자 그의 얼굴이 창백하게 변했다.

뭐야, 정말 이러기야?

그가 인상을 찌푸리며 문을 두드리기 시작했다.

"정희야! 정희야! 미안하다니까?"

이러다 정말 안 열어 주는 거 아니야?

평소의 그라면 이 정도로 물러섰을 것이다. 문은 절대 정복되지 않을 난공불락의 성처럼 보였으니까. 하지만 지금 그의 꼴이 어떤가. 누가 보아도 막 목욕을 마친 사람이었고, 거기에다 맨발 차림이었다.

이 꼴로는 오도 가도 할 수 없어 꽤나 절박한 표정을 지을 때였다.

달칵.

열리지 않을 것 같던 문이 열렸다. 무심한 얼굴을 내민 정희가 그를 보더니 팔짱을 꼈다. 아무런 감정도 느껴지지 않는 그 표정에 다시 한 번 '안 설칠게'라고 말하며 손이 발이 되도록 빌려던 참이었다.

툭.

그가 자신의 앞에서 나뒹구는 구두를 말간 눈으로 보았다.

"백 년은 일러."

그 말에 윤상의 시선이 다시 그녀에게로 향했다.

역시나 맞네. 난공불락의 성.

물론 주체가 '문'이 아닌 '나정희'로 바뀌었지만, 중요한 건 그게 아니었다.

"정희 음흉한 생각하는구나. 이 남매, 위험하네."

윤상이 눈을 반짝이며 말했다.

속을 알 수 없는 웃음. 그 웃음이 전염이라도 된 듯 정희가 따라서 입꼬리를 길게 늘어뜨렸다.

"10년을 굶었다고 생각하고 싶으니까."

"……."

아.

윤상이 짧게 신음을 내뱉었다.

이런 식으로 뒤통수를 치나? 그가 천천히 입술을 달싹였다.

"그럼 목욕재계까지 하고 나온 남자 친구에게 이러면 안 되는 거지?"

그 물음에 대한 답은 수없이 많이 있었으나, 정희는 평범한 답 대신 다른 물음을 던졌다.

"우리 어른이지?"

우리가 하는 것도, 예전과는 다른 것이지? 어린 소년과 소녀가 만나 했던 것들. 그리고 성인과 어린아이의 경계에 있던 그 나날과는 다른 것이지?

그녀의 물음에 윤상의 얼굴이 창백하게 변했다.

"정희야, 우리 커서 만나자."

유학을 떠나기 전, 정희에게 부탁처럼 했던 말이 떠올랐다.

"어린아이는 아무것도 할 수 없다는 기."

정희의 부모님이 돌아가셨던 그날, 정우와 장례식장에서 했던 말 또한 떠올랐다.

하고 싶은 것은 무엇이든 다 할 수 있는 어른을 고대해 왔고, 그 어른이 되어 정희와 그는 마주 보고 서 있었다. 굳게 닫혀 있던 그의 입술이 힘겹게 열렸다.

"그래."

진중한 목소리. 숨기는 것 없이 솔직한 마음을 터놓는 눈동자. 마음을 고스란히 보여 주는 그의 눈동자를 바라보는 정희의 눈이 빛났다.

"하지만 어른도 순서는 밟아."

"……."

이런.

그가 입술 끝을 비틀며 웃었다. 조소에 가까운 웃음이었다. 누굴 향한 조소인지는 웃고 있는 그도, 상대인 그녀도 알고 있었다.

"데이트 신청부터 하라고."

어깨를 으쓱인 정희가 다시 집 안으로 들어갔다. 그런 그녀를 윤상은 잡지 않았다. 어찌 잡을 수가 있겠는가. 방금 전 라이트 훅을 맞아 녹다운된 상태인데.

닫힌 문을 멍하니 바라보던 그가 시선을 내려 신발을 보았다.

"순서라."

멍하니 읊조리는 목소리가 어찌 된 일인지 즐겁게 들렸다.

※　　　※　　　※

무엇을 좋아할까.

어떤 장소를 좋아하며, 어떤 음식을 좋아하며, 어떤 데이트를 그녀는 꿈꾸고 있을까.

그녀를 사랑하기만 할 땐 고민하지 않았던 것들이었다. 마음에만 품었을 땐 어떻게든 눈에 들고 싶어 안달했지, 마음을 어떤 식으로 사로잡아야 하는지는 세세하게 생각해 볼 겨를이 없었다.

하지만, 이젠 그것을 해 볼 수가 있었다.

정해진 시간을 두고 다가가지 않아도 된다. 그들에게 주어진 날들은 아주 많았다.

"팀장님? 오늘도 쏘시는 겁니까?"

4년 차 김 대리의 말에 윤상은 캐리어에서 아메리카노를 꺼내 그에게 내밀었다. 요즘 점심시간 이후, 그는 마치 약속이나 한 것처럼 팀원들의 커피를 사 왔다.

이를 두고 팀원들 사이에서는 개같이 일을 시키는 것이 미안해 그가 총대를 메고 뇌물성으로 주는 것이라며 장난스럽게 이야기하곤 했다.

사무실에 울려 퍼지는 감사 인사에 정희가 고개를 들었다. 팀원들에게 커피를 모두 나눠 주고 나서야 자신에게 다가오는 그의 모습에 시선이 고정됐다.

그녀는 자신도 모르게 입가에 웃음을 머금었다.

상대를 보는 것만으로도 웃음이 머금어지는 것은 연애 초기의 커플이라면 당연했으나, 정희는 이를 알아차리자마자 표정을 굳혔다.

고개를 아래로 내린 그녀가 입술을 아작아작 씹었다. 그 역시 자신과 눈이 마주치자마자 웃음부터 흘렸다.

둘 다 주위 시선은 생각조차 하지 못하고 얼이 빠진 상태였다.

아, 둘 중 하나는 정신을 바짝 차리고 있어야지. 그렇다면 네가 정신을 차려야 해! 나정희!

웃음을 지운 채 이성적인 시선으로 서류를 보는 척하는 그녀와 달리 윤상은 여전히 웃고 있었다. 눈동자를 가만히 살펴보면 가득한 사랑을 발견할 수 있을 정도였다.

"흠흠."

정희가 헛기침을 뱉으며 그에게 눈치를 주었다. 하지만 손이 닿는 가까운 거리에 커피를 내려놓은 그는 여전히 행복한 기운을 안면 가득 띤 채였다.

"쉬엄쉬엄해요, 나 팀장님."

"감사합니다. 잘 마실게요."

고개를 끄덕인 정희가 예의 바른 웃음을 지은 후 고개를 내렸다.

그의 걸음이 멀어지고, 팀원들의 시선도 자신에게서 떨어졌다는 사실을 인지하고 나서야 커피 밑 부분을 만진 그녀는 작은 포스트잇 종이에 피식 소리 내어 웃었다.

비상구, 3시.

"메신저로 하면 되지. 나 참."

작게 혼잣말을 내뱉은 그녀가 책상 첫 번째 서랍을 열었다. 서랍 안엔 알록달록한 포스트잇 종이가 가득 쌓여 있었다. 그간 그가 커피를 비둘기 삼아 보냈던 메시지였다.

오늘 유달리 예쁜데?
야근 도와줘?
저녁 도시락 초밥 괜찮아? 사다 줄게.

이런 것도 사내 연애의 묘미라면 묘미일 터다. 같은 사무실에서 얼굴을 보고 일하며, 24시간 내내 붙어 있는 것. 특히 연애 초반의 커플은 주위 사람들에게 티를 내고 싶어 하고, 지긋지긋할 정도로 얼굴을 보는데도 또 보고 싶어 했다.

정희는 그런 묘미가 싫었다. 남들에겐 스릴인 일을 그녀는 전전긍긍했고, 혹여 또다시 소문에 휩싸여 알지도 못하는 사람들이 자신을 뒤에서 씹어 댈까 싶어 무섭기도 했다.

하지만 이런 그녀의 마음을 그는 점차 상쇄시켜 갔다. 불안감을 이기는 것은 행복감이었고, 웃고 있는 그를 보면 다른 생각은 할 수 없을 정도로 그녀 역시 행복해졌으니까.

많이 바뀌어 가고 있었다. 이렇게 그녀를 바꿔 가는 것 역시 그였다.

포스트잇을 보던 그녀가 유독 사이즈가 큰 형광색의 파란 종이를 집어 들었다. 그것을 바라보던 그녀의 입가가 시니컬하게 휘었다.

김 전무가 뭐라고 했다며?

윤상이 자리를 비운 사이, 영업부 김 전무가 그 대신 그녀를 들볶았다. 정윤상이란 존재가 한국 지사로 오면서 자리를 위협받는 인간들이 생겨났고, 김 전무 역시 마찬가지였다.

사소한 일부터 시작해 일적인 부분까지, 사사건건 시비를 걸던 와중에 결국 정희에게도 불똥이 튀자 윤상은 불같이 화를 냈었다.

"상사라면, 더욱 전무라는 직책은 그 자리에 어울리는 사람이 맡아야 합니다. 자리의 무게라는 게 있으니까. 그 무게를 가볍게 보시면, 후배들과 부하 직원들에게 웃음을 삽니다, 김 전무님."

공개적인 자리에서 윤상은 김 전무에게 '넌 그 자리에 어울리지 않는 사람이다'라고 돌려 말을 했다. 거기까지였다면, 이를 지켜본 사람들은 으레 있는 '높은 자리에 앉은 양반들의 자리 싸움' 정도로만 느꼈을 것이다.

"그리고 정 비서님이 언제부터 김 전무님 딸이었습니까?"

며칠 전 있었던 성추행 사건까지 건드리며, 더 이상 밑바닥을 보이지 말라 경고하는 모습에 여직원들 사이에서 그는 단번에 영웅이 되었다.

그 뒤로 위에 어떤 식으로 보고가 올라갔는지는 모르겠으나, 김 전무가 사표까지 냈으니 아마 윤상의 '격언'이 충분히 전해진 모양이었다.

"그래, 이 메모가 가장 마음에 들었지."

키득키득 작게 웃음을 내뱉은 정희는 3시가 되기 전 자리에서 일어났다. 비상구 쪽으로 향하는 그녀의 걸음걸이가 가벼웠다.

정희가 두 사람의 비밀 연애 장소인 비상구에 도착하고 얼마의 시간이 지나지 않아, 윤상도 사무실을 나섰다. 비상구 문을 열고 슬쩍 안을 본 그는 벽에 기대어 눈을 감고 있는 정희의 모습에 입가에 웃음을 띠었다.

보자마자 미소를 지은 그는 그다음엔 그녀에게 다가가 손을 붙잡으며 체온을 나눴다. 정희가 슬쩍 눈을 떠 그의 얼굴을 바라보곤 무심히 읊조렸다.

"그만 웃어. 이러다 진짜 정들겠다."

"여기서 더 들어야 하나?"

"음. 좀 더 들면 위험 수준이긴 하지."

그녀의 말을 이해하지 못한 윤상이 '응?' 하며 되물었다. 이에 정희가 여전히 아무런 감정도 느끼지 못하는 사람처럼 무감하게 말을 이었다.

"시도 때도 없이 오빠가 예뻐 보이는 것도 문제 아니겠어?"

"흐음."

콧소리를 낸 그가 그녀의 양 뺨을 감싸 쥐더니 고개를 내렸다.

콩.

윤상은 이마를 맞대고 기다란 속눈썹을 아래로 내리깔며 부드럽게 웃었다.

"더 웃어야지. 엄청 웃어야지."

"……"

"그래서 안 웃을 때도 그렇게 보이도록."

속삭이듯 하는 말에 심장이 또다시 달음박질을 시작했다. 쿵덕쿵덕, 장단을 맞추며.

정희는 간간이 숨만 쉬며 시선을 비껴 아래로 내렸다.

"그럼 더 빨리 내가 예뻐 보이지 않겠어?"

"……"

지금도 적응이 안 될 정도로 당신이 예뻐 보이거든?

그녀는 그렇게 말을 하려다 말고 입을 꾹 다물었다. 여기서 더 띄우면 그다음엔 거침없이 본진으로 쳐들어와 제대로 자신을 공략할 게 분명하니까.

천천히 하자고 말했잖아. 차근차근 하나부터 해 가자고.

떨리는 시선을 둘 곳 없어 방황할 때였다. 그녀의 모습을 내려다보다 다정스레 엄지손가락을 움직여 뺨을 쓰다듬은 그가 피식 웃음을 뱉었다.

"오늘도 야근?"

"누구 덕분에."

정희가 애써 어색한 마음을 떨치며 톡 쏘았다. 이런 화법에 너무나 익숙해진 윤상이 지지 않고 되받아쳤다.

"그거 마치 나 때문이라는 것처럼 들린다?"

"뒤에서 팀원들이 날 마녀라고 부르는 거 알고 있거든?"

"오호. 생각보다 눈치가 없진 않고?"

"2년 내내 그렇게 불렸는데, 모르면 멍청한 거지."

정희가 팔짱을 끼며 삐딱하게 짝다리를 짚었다. 부러 껄렁껄
렁한 척 표정을 굳히고, 턱관절을 움직이고, 눈동자를 굴리다
아무것도 모르겠다는 듯 어깨를 으쓱이는 그를 보며 빠르게 말
을 쏟아 냈다.

"그렇게 불리면서까지 팀원들을 갈구긴 했었는데, 요즘처럼
일을 시키진 않았단 말이지."

"흐음, 그래서?"

"다 오빠 같다고 생각하는 건 아니지?"

"내가 뭘?"

하고 싶은 말이 뭐냐는 듯 윤상이 되묻자, 정희가 미간을 찌
푸렸다.

"다 오빠 같은 페이스로, 오빠 같은 능력으로 일할 수 있는
건 아니야. 해도 적당히 해야지, 직원들 살 빠진 것 봤어?"

"이렇게 말하니 팀장 같다?"

"그럼 내가 팀장이지!"

밉지 않게 윤상을 흘겨본 정희가 한숨을 푹 내쉬었다. 그 후
엔 팀원들을 대표하는, 혹은 회사 노조 대표처럼 비장한 표정
으로 말을 이었다.

"요즘 우리 팀원들 죄다 염전 노예라도 된 것처럼 일한단 말
이야."

월급이 높긴 하나 노예는 노예다. 개인의 사생활 따윈 깡그
리 잊은 채 일에만 매달리는 시간의 연속이니까.

그녀가 아직 할 말이 남았다는 듯 입을 뗐다.

"그리고 그 염전 노예 중 하나가 나고. 칼퇴할 수는 있는데,

그럼 내일은 철야. 금요일에 철야하고 싶은 마음은 없고."

제일 하고 싶은 말은 이것이었다. 그 염전 노예 중 한 명이 나라고!

그녀의 이야기를 가만히 듣던 그가 고개를 끄덕였다. 틀린 말 하나 없다며.

하지만 어디 가서 입담으로 지지 않는 남자였고, 자신이 원하는 일이라면 어떻게든 관철시키는 그였기에 재치 있는 답이 흘러나왔다.

"능력 있는 실장이 도와준다고 하면 두 시간 만에 끝나지 않을까?"

"……아, 자랑질."

정희가 한숨을 쉬며 고개를 절레절레 저었다.

"어쩔 거야? 도와줄게."

"……."

꽤 달콤한 제안이긴 했다. 그가 도와준다면 일이 한결 수월해질 터였으니까. 고민하던 그녀가 호기심을 담아 물었다.

"뭐할 건데?"

"신혼 예행 연습?"

"……."

아, 그냥 남아서 일할까?

그녀의 미간에 주름이 잡혔다.

무더운 여름. 매미 역시 그 더위를 이기지 못하고 밤에도 깨어 있었다.

작은 생명들이 꽥꽥 내지르는 소리는 소음에 가까웠으나, 사랑하는 이와 함께 손을 잡고 걷고 있는 이 순간, 그것은 운치를 더하는 소리로 탈바꿈했다.

차를 세워 놓고 집으로 향하는 두 사람은 땀이 차는 것도 모른 채 서로의 손을 잡고 있었다.

가벼운 스킨십이었으나, 다른 이들의 시선을 신경 쓰지 않은 채 같은 시간을 보내고 있어서 그런지 가슴이 뛰었다.

예전엔 아무렇지도 않았는데, 관계가 만들어 내는 분위기와 시간은 허투루 느껴지던 것조차도 특별하게 만들었다.

"덥다."

"여름이니까."

정희가 붙잡고 있는 손을 내려다보며 말하자, 윤상이 가볍게 말을 흘렸다.

여름이니까 덥다. 당연한 말이었다. 하지만 정희는 붙잡고 있는 손을 앞뒤로 흔들었다.

"손을 놓으면 덜 더울 텐데."

"음. 그건 싫은데."

그의 말에 정희가 가볍게 웃음을 흘렸다. 그 웃음이 '나 역시 그건 싫다'라고 하는 것만 같았다.

정희는 그에게 '더 이상 의심하지 않겠다'라고 말했던 그날을 아주 가볍게 여겼다.

단순히 더 이상 그의 말을 의심하지 않겠다는 것이었고 지난날, 그가 자신에게 했던 일들도 '어쩔 수 없는 일'이라고 받아들였으니까.

하지만 그 이야기를 하는 순간 관계는 급격하게 변했다. 그는 더 이상 거칠 것이 없었고, 그녀 역시 의심의 시선을 거두니 단순한 감정 하나만이 남았다.

좋았다. 좋은 그 감정만 남았다.

깍지를 낀 손을 내려다보던 정희가 다시 시선을 올려 윤상을 보았다.

"오빠, 참 이상하지?"

"뭐가?"

오른발, 왼발.

어깨를 부딪치며 보폭을 맞춰 주고 있던 윤상이 정희를 보았다.

"그냥. 그런 느낌이 들어서."

정희는 정면을 주시하고 있었다. 그의 시선이 느껴졌을 것이 분명한데도.

어두운 밤을 밝히는 가로수 불빛을 바라보는 그녀의 눈매가 부드럽게 휘었다.

"예전엔 오빠가 싫었거든. 보면 피하고 싶고. 근데 그런 느낌이 없어지니까, 중간은 건너뛰고 오빠가 계속 보고 싶다?"

그리고 그 말이 진심이라는 듯 정희가 고개를 돌려 그를 보았다. 자신을 내려다보는 그의 눈빛을 피하지 않은 채 말을 이었다.

"근데 더 이상한 건, 편해. 다른 사람들이 말하는 연애는 심장이 터질 듯이 뛰고, 설레임이 가득한 건데, 나한테 오빠는 그렇진 않단 말이야."

평범한 연애는 아니었다. 오랜 시간을 함께했고, 오랜 시간을 좋아한 후에야 겨우 마음이 맞았다.

이렇게 오랜 시간, 이루어지지 않는 마음을 붙잡고 사는 이들이 몇이나 될 것이며, 그게 결국 이루어질 확률은 얼마나 될까.

이 생의 확률이란 확률은 모두 끌어모으고, 운이란 운은 모두 모아야만 가능할 그 관계를 두 사람은 가졌다. 어중간한 관계 속에서 '뜨거운 사랑' 대신 곁에서 편한 사람으로 있는 것을 선택했다.

좋은 오빠와 동생.

가족처럼 이어 온 관계는 연인이 되고 나서도 이어지고 있었다.

"편해. 나에 대해서 잘 알고 있는 사람이니까. 내가 싫어하는 게 뭔지, 좋아하는 게 뭔지 잘 아는 사람이니까."

"……."

"가끔 싫어하는 걸로 놀리기도 하지만."

고개를 돌린 그녀가 깍지 낀 손을 푼 후, 직접 그의 손을 잡았다. 그리고 천천히 걸음을 옮겼다.

"지금도 좋아. 계속 이렇게 지냈으면 좋겠다는 생각이 들어. 여기서 뭔가가 더 변하면 어떻게 하나 무서울 정도로."

천천히 눈을 깜빡이는 그녀의 옆모습을 바라보던 그가 걸음을 멈췄다. 그리고 붙잡히지 않은 왼손을 뻗어 정희의 어깨를 잡아끌며 자신을 마주 보도록 만들었다.

그가 무겁게 닫혀 있던 입술을 달싹였다.

"난 아닌데."

"음?"

그게 무슨 말이냐는 듯 정희가 고개를 기울이자, 그가 허리를 숙여 시선을 맞췄다.

"난 가슴이 뛰어. 겁이 날 정도로 빠르게."

자신의 앞에 바짝 다가온 얼굴에 정희가 숨을 들이켰다. 피부에 닿는 숨결에 정희가 머릿속을 하얗게 비운 채 그의 얼굴을 빤히 바라보았다.

두근두근. 심장이 뛰었다.

"설레. 네 얼굴만 봐도."

아랫배가 간질간질.

"변하고 싶어. 더 극적으로."

그의 숨결에 침을 꼴깍꼴깍.

"네가 무서워할 것 같아서 최대한 참고 있지만."

나지막한 한숨이 흘러나왔다.

"못 느끼겠지?"

"아."

정희의 입술에서 신음이 터져 나왔다.

방금 한 말 취소. 심장이 터질 것 같고, 설렘에 몸이 간질간질했다.

"오빠, 난……."

숨소리가 가득 섞인 목소리로 정희가 읊조리듯 말을 꺼냈다. 하지만 미처 끝맺지 못하고, 입을 꾹 다물었다.

"참는 건 나만 할 테니까, 넌 참지 마."

311

"……."

"알았지?"

그의 말에 정희가 커다란 눈만 깜빡였다.

참지 말라고? 무엇을?

생각하던 그녀는 순간 그의 말뜻을 깨달은 듯 미간을 찌푸렸다.

어깨를 감싸 안은 윤상이 그녀의 관자놀이에 입을 쪽 맞춘 후 걸음을 옮겼다.

"집 정말 크네."

전에 와서 봤을 땐 잘 느끼지 못했는데. 가구를 놓아 뒀음에도 널찍한 거실을 보던 그녀가 차근차근 방을 둘러보았다.

방은 총 네 개였다. 커다란 침대가 놓여 있는 침실과 드레스룸, 서재로 꾸며 놓은 방과 손님을 위해 작은 침대를 놓은 방을 차례대로 둘러보던 정희는 소파에 앉아 저를 보고 있는 윤상의 모습에 미간을 찌푸렸다.

"밤에 혼자 자면 귀신 나올까 무서울 것 같아."

청소는 또 어떻게 한대? 사치스러울 정도로 넓은 공간에 그녀가 헛웃음을 삼키자 윤상이 무심한 얼굴로 고개를 끄덕였다.

"역시 그렇지?"

"그래. 혼자 사는데 뭐 이렇게까지 큰 집으로……."

"너만 들어오면 딱인데."

"……."

그의 말에 곰곰이 생각에 잠겼던 정희의 얼굴이 순간 놀라움으로 물들었다.

"이사 온 보람 좀 느끼게 그래 주지?"

"서, 설마……."

단순히 가까이 사는 게 목적이 아니었던 거야?

그녀가 입을 딱 벌리자, 윤상이 작게 웃음을 내뱉으며 자리에서 일어났다.

"커피 마실래?"

"……."

물음에 대한 답을 하지 않았음에도 그의 걸음은 어느새 커피머신 쪽으로 향하고 있었다.

드륵드륵, 원두가 갈려 나가는 소리를 멍하게 듣고 있던 정희가 더듬더듬 걸음을 옮겼다. 등에 문이 닿았다.

에이, 설마. 아닐 거야. 돈 잘 버는 정윤상 씨니까, 버는 만큼 넓은 집으로 구한 걸 거야. 그래, 사귄 지 얼마나 됐다고 구체적으로 미래를 상상하겠어?

그가 몇 번이고 결혼 이야기를 하긴 했으나, 그건 모두 장난처럼 한 말이었다. 어린아이들이 소꿉놀이를 하며 '서방', '색시'라고 하는 것처럼.

고개를 절레절레 저은 그녀가 한숨을 쉬며 몸을 비스듬히 기울였다. 그러자 살짝 열려 있던 문이 그녀에 의해 활짝 열리고 방금 전 보았던 침실이 훤히 드러났다.

걸음을 옮긴 그녀는 세 명이서 뒹굴어도 될 만큼 큰 매트리스를 바라보며 인상을 찌푸렸다.

"이것도 내가 지나치게 비약해서 생각하는 거겠지?"

313

잠버릇이 아주 좋지 않아 이렇게 넓은 침대를 산 것이라 생각하던 그녀가 한숨을 쉬며 침대 위에 앉았다. 폭신폭신한 매트리스에 엉덩이를 대고 몸을 통통 움직이다 향긋하게 풍기는 원두 냄새에 눈을 감았다.

"그만 생각하자."

더 생각하다간 정말 머리가 이상해져 버릴 것 같으니까.

몇 번이고 생각을 갈무리하기 위해 애쓰던 정희는 밖에서 자신의 이름을 부르는 그의 목소리에 눈을 떴다.

"오빠 때문에 괜히."

자신의 마음을 알아 버린 게 먼저다.

길을 걸으며 뛰던 가슴, 설렘에 간질간질하던 아랫배, 그리고 눈을 뗄 수 없었던 그의 시선.

그것 때문에 자신이 이렇게 이상해진 것이리라.

손가락을 꼼지락거리던 정희가 '나 여기 있어'라고 대답하려는 때였다.

"여기서 뭐해?"

문손잡이를 잡은 그가 정희를 발견하곤 물었다. 윤상을 보자 그의 침대에 앉아 있었다는 사실을 깨달은 정희가 놀라 벌떡 일어났다.

갑작스러운 움직임은 중력을 이기지 못하는 법이었다. 비틀거린 정희의 몸이 다시 뒤로 기울었다.

악. 넘어진다!

눈을 질끈 감고 매트리스니 많이 다치지 않을 거라 생각하는 순간, 뒤통수에 커다란 손이 닿았다.

삐그덕. 매트리스가 울음을 터트렸다.

정희는 자신의 등에 닿은 쿠션감과 동시에 몸 위에서 느껴지는 묵직함에 숨을 왈칵 마셨다. 그러다 아무런 일도 일어나지 않음에 실눈을 떠 자신의 위에 올라와 있는 윤상을 봤다.

"조심 좀……!"

많이 놀랐는지 커다랗게 뜬 그의 눈이 감정을 고스란히 보여주고 있었다.

정희는 그 일렁이는 눈동자를 가만히 보고 또 보았다. 알 수 없는 긴장감에, 그 시선을 피할 수가 없어서.

그건 윤상 또한 마찬가지였다. 두 사람의 가슴이 마주하고 있었다. 들썩이는 가슴이 닿았다가 떨어지길 반복하자, 그의 미간이 일그러졌다. 종잇장처럼 거칠게 일그러진 윤상의 얼굴을 한참이고 바라보던 정희가 저도 모르게 손을 올려 그의 목 뒤를 안았다.

그녀의 손길에 윤상의 고개가 천천히 앞으로 내려왔다. 두 사람의 코끝이 닿았고, 심장이 마주 닿았다.

누구의 것인지 모를 거친 심장 소리가 서로에게 전해졌다. 어쩜, 두 사람 모두의 것일지도 모르는 그 소리에 윤상의 입술이 달싹였다.

"나정희……."

그의 부름에 정희가 긴장감이 가득한 얼굴로 윤상을 올려다보았다. 그러다 막 무언가를 말하려고 할 때였다.

그가 살짝 벌어지는 입술을 한입에 머금고 힘껏 빨아들였다. 입안에서 톡톡 터지는 체향에 그의 손이 그녀의 허리를 붙잡았다.

다리 사이에 그녀를 가두고, 도망가지 못하도록 한 뒤 고개를 비스듬히 돌려 이번엔 입술을 살살 달래듯 핥았다. 그의 체액으로 정희의 입술이 축축하게 젖어 들어가고, 마음 또한 젖어 들었다.

간질간질.

아랫배가 또 간지럽기 시작했다. 하지만 방금 전과는 다른 간지럼이었다. 왜 이런 느낌이 드는 것인지 정희는 잘 알고 있었다. 그녀도 어린아이가 아니니까. 아무것도 없이 상대를 좋아하던 열일곱 어린 소녀가 아니었으니까.

그럴수록 심장은 빠르게 뛰었다. 서로의 몸이 만든 반응은 난생처음 경험해 보는 것이었다. 마음이 통한 상대와 나누는 거친 키스는 몸을 노곤히 녹아내리게 할 정도로 달콤했다.

"으음."

정희의 입에서 옅은 신음이 흘러나왔다. 그러자 그가 머리카락 사이에 손가락을 찔러 넣어 힘껏 움켜쥔 뒤 그녀의 아랫입술을 잘근잘근 깨물었다.

씹어 삼키고 싶었다. 그의 속에 있던 수컷이 밖으로 튀어나와 그녀의 모든 것을 집어삼키고 있었다.

그녀의 입술 사이로 그의 거친 숨결이 파고들었다. 그리고 그녀의 아랫배에 닿아 있는 남성이 꿈틀거리더니 밖으로 뚫고 나올 것처럼 힘껏 고개를 들었다.

젠장!

그의 얼굴이 일그러졌다. 그녀의 입술에서 제 입술을 확 뗀 그가 몸을 일으켜 세웠다.

"하아, 하아."

정희와 윤상의 입에서 동시에 거친 숨이 터져 나왔지만 두 사람의 반응은 상반되었다.

정희는 커다란 눈을 깜빡이고 있었다. 방금 전 자신에게 어떠한 일이 일어났는지 알지 못해서. 마치 무언가에 휩쓸려 내려가 버린 기분. 머릿속이 하얗게 타 버려 그 무엇도 생각할 수가 없었다.

하지만 윤상은 달랐다. 저릿저릿한 입술이 방금 전 있었던 일을 고스란히 느끼게 해 주었고, 힘이 잔뜩 들어간 아랫도리는 앞으로의 일에 대한 기대감으로 뜨거워졌으니까.

"너, 가라."

주먹을 움켜쥔 그가 거칠게 말하고는 방을 빠져나갔다. 여전히 얼이 빠진 얼굴로 침대에 누워 있는 그녀와는 달리.

"와……."

상체를 벌떡 일으킨 정희가 정면에 걸린 거울에 비친 제 모습을 보고 얼굴을 일그러뜨렸다. 잔뜩 흐트러진 옷과 엉망이 된 머리카락은 방금 전 나눴던 그 키스가 꿈도, 허상도 아님을 말해 주고 있었다.

"나쁜 놈."

가슴이 저렸다.

손을 들어 가슴께를 꾹 누른 그녀는 호흡이 제자리를 찾자 서둘러 머리와 옷을 정돈했다.

"가라고?"

그래, 간다, 가!

자리에서 벌떡 일어난 그녀가 밖으로 나왔다. 거실에 있을 것이라 생각했던 그가 보이지 않자 정희는 소파 위에 올려 둔 가방을 집어 들었다. 그리고 테이블 위에 놓여 있는 머그컵 두 개를 뚫어져라 바라보다 고개를 팩 돌렸다.

성큼성큼 걸음을 옮겨 현관으로 향하던 그녀는 막 욕실에서 나오는 윤상의 모습에 인상을 썼다. 세수를 한 것인지 앞머리가 축축하게 젖어 있었다.

"나 간다."

토라진 듯 뾰족하게 말을 내뱉은 뒤 높은 하이힐 위에 탑승했다. 문을 열어 밖으로 나가려던 찰나, 그녀의 모습을 빤히 보던 그가 신발을 꿰어 신었다.

"데려다줄게."

"됐어."

정희가 먼저 나가자 그가 팔을 뻗어 그녀의 앞을 막았다.

"여자가 겁도 없이."

늦은 밤에 홀로 보낼 수 없다는 듯한 말투에 정희가 팔짱을 끼며 답했다.

"어린애 아니거든?"

"내 눈엔 아직 어린애거든?"

얼씨구? 어린애한테 그런 키스를 해? 그리고 튀어?

투덜거리던 정희가 문득 얼굴을 뻣뻣하게 굳혔다. 내가 지금 무슨 생각을…….

삐그덕삐그덕, 고개를 옆으로 기울인 그녀가 놀란 눈으로 윤상을 보았다.

나 지금…… 설마…… 에이…….

드문드문 생각하던 그녀가 기가 차다는 듯 헛웃음을 뱉었다.

그러니까, 중간에 멈췄다고 화난 건가? 내가?

정희의 얼굴이 창백하게 변했으나, 그녀를 보고 있지 않던 윤상은 이를 모른 채 먼저 문을 열고 나섰다. 그녀가 바짝 얼어 가만히 있자, 그가 팔을 뻗어 정희의 손을 붙잡았다.

"가."

"……."

손을 붙잡힌 채 정희가 멍하니 윤상의 얼굴을 올려다봤다.

그러니까, 내가 지금, 이 남자랑 자고 싶은 거지? 분위기에 휩쓸려서 그런 건가? 내가 분위기에 휩쓸려 남자와 섹스를 하고 싶다고 생각할 정도로 욕정이 넘쳤던가?

이제야 명확히 제 마음을 알게 된 정희가 입을 꾹 다물자, 갑작스러운 키스에 화가 난 줄 안 윤상이 애써 다정한 목소리로 말했다.

"가자."

"……."

그에게 손을 붙잡힌 정희가 천천히 걸음을 옮겼다.

두 사람의 관계는 그렇게 변해 가고 있었다.

무서우리라 생각했던 변화. 하지만 그 변화에 그녀는 왜 계속 화가 나는지 알 수가 없었다.

❋   ❋   ❋

얇은 이불을 머리끝까지 덮은 채 미동도 없이 누워 있던 정희가 몸을 뒤척였다.

으아아악!

한참이고 자신을 벌주듯 이불 속에 있던 그녀는 속으로 비명을 내지르며 이불을 확 걷었다.

"무슨 일이 일어난 거야."

새벽이었다. 모두들 단잠에 빠져 다음 날 아침을 기약하는 그때, 정희는 잠들지 못한 채 한참이고 생각에 잠겨 있었다.

눈을 동그랗게 뜬 채 목적 없이 시선만 옮기고 있던 그녀가 상체를 벌떡 일으키더니 손가락을 오글오글 오므렸다 펴길 반복했다. 그러다 넋이 나간 얼굴로 읊조렸다.

"먼저 목을 끌어안은 건 나잖아?"

그래, 내가…… 내가 그랬어!

다시 한 번 비명을 지르려던 그녀는 이내 침을 꿀꺽 삼켰다. 다른 이들의 잠을 방해할 수는 없었다. 그 대신 몸을 돌려 허리를 동그랗게 만 채 매트리스를 주먹으로 팡팡 내려쳤다.

"미쳤어!"

그의 복을 먼저 끌어안은 선 그녀였다. 그와의 섹스를 난생처음 떠올렸다. 그래서 당혹스러웠다. 오랜 시간을 알아 왔지만 그와의 잠자리를 생각해 본 적은 없었으니까. 그가 음흉한 생각을 가지고 다가왔을 때도 콧방귀만 꼈었다.

자연스럽게 잠자리를 가지리라는 것은 알고 있었으나, 조금의 시간이 더 흐른 후의 일이라 생각했다.

그런데…… 그런데…….

"천천히 하자고 한 건 나잖아!"

꾹 참아 넘긴 그에게 화가 나다니. 그리고 그 화는 시간이 흐른 뒤에도 여전했다.

"그렇다고 남자가 그 순간에 참아? 말이 돼? 게이야? 고자야?"

아직도 그의 체온이 입술에서 느껴지는 것만 같았다. 손을 들어 입술을 만지작거리던 그녀가 고개를 절레절레 저었다.

"그, 그건 아니었지."

아랫배에서 건강히 꿈틀거리던 남성을 그녀도 느꼈으니까.

미친 사람처럼 모노드라마 한 편을 찍던 그녀가 손을 들어 얼굴을 가렸다.

"나 왜 이래. 이상해."

미쳐도 이상한 쪽으로 미쳤다. 키스 한 번에 과거의 자신이라면 상상조차 할 수 없는 생각을 하고 있으니까. 윤상을 확 덮친다든가, 덮친다든가, 덮친다든……

"아아아악!"

방금 전까지만 해도 꾹꾹 참았던 비명이 입술을 통해 거칠게 터져 나왔다.

미친 듯이 팔다리를 흔들며 괴로움에 몸부림치던 그녀가 상체를 벌떡 일으켰다. 귀신 산발이 된 머리를 하고 멍하니 앉아 눈을 깜빡였다. 자신에게 어떤 일이 일어났는지에 대해 밤새 고민하던 그녀가 힘없이 고개를 돌려 창밖을 보았다.

"아, 해 떴다."

긴긴 밤이 그렇게 끝나 가고 있었다.

아무리 털털한 여자라 하더라도 속에는 여우가 산다. 그 여우는 자신의 마음을 숨기는 것에 능숙했다.

아침에 자신을 보며 어색한 얼굴로 '안녕' 이라 인사를 건네는 상대에게 도도한 얼굴로 '좋은 아침' 이라 대답할 수도 있고, 회사에서 자신을 향하는 시선을 웃어넘길 수 있는 능력도 가지고 있다. 지난밤 한숨도 자지 못했음에도.

금요일 저녁.

오늘만큼은 야근을 하지 않으리라 마음먹고 팀원들이 일찌감치 퇴근을 한 그 시각.

서류와 씨름을 하던 정희가 펜으로 책상을 탁탁 내려쳤다. 집중을 할 때면 습관적으로 손을 가만히 두지 못하는 그녀가 내려치던 펜으로 입술을 꾹꾹 눌렀다.

그러다 빠르게 움직이는 시선으로 서류를 읽더니 이번엔 펜으로 머리를 긁적였다.

그녀는 현재 추석 시즌 마케팅을 준비 중에 있었다. 다른 팀원들은 8월 일정을 소화해 내고 있었지만, 그 일이 끝난 뒤의 일정까지 준비해야 하는 그녀는 팀원들보다 배는 바빴다.

그러니까 회사에서 그녀에게 많은 월급을 주는 것이고, 그만큼 기대를 하는 것이리라.

이번 추석엔 8월에 들어올 가을 시즌 신상을 홍보함과 동시에, SBC에서 8월 말부터 시작하는 드라마 PPL이 들어가기로 되어 있어 눈코 뜰 새가 없었다.

여배우 차도현의 코디와 함께 상의한 내용들을 다시 한 번 살펴보던 그녀가 상품 목록을 골랐다.

"얼마나 남았어?"

인기척 없이 다가온 윤상이 묻자 정희의 어깨가 움찔 떨렸다. 그의 목소리만으로도 벌써부터 가슴이 뛰어 댔다.

아, 이런.

이러다가 심장이 너덜너덜해질 것 같았지만, 그녀는 짐짓 아무렇지도 않은 척 윤상에게 시선을 주지 않은 채 말을 이었다.

"음, 두 시간 정도 더 하면 될 것 같은데."

팸플릿에서 시선을 떼지 않던 그녀가 심플한 색상의 가방에 동그라미를 쳤다. 여자 주인공의 직업이 보디가드이니 화려한 것보단 심플하고 투박한 디자인이 좋을 것이리라.

애써 다른 곳으로 생각을 돌리던 그녀는 옆에 있던 의자를 끌어와 자신의 곁에 앉는 윤상을 느끼며 침을 꼴깍 삼켰다.

"이 열정을 나에게 반만 쏟아 줘도 업고 다닐 텐데."

뜬금없는 말에 정희가 눈을 동그랗게 뜨며 되물었다.

"뭐?"

"네가 일을 생각하는 것 반만큼만 나 좀 생각해 달라고. 그럼 불안하지 않을 것 같아."

뭐가 불안한데?

정희는 그렇게 묻고 싶었다. 하지만 그리 물을 수 없었던 것은 그가 왜 이런 이야기를 하는 것인지 알고 있었기 때문이다.

어머니 때문이겠지.

지금도 화려한 세상에 살고 있는 윤상의 친모를 떠올린 그녀의 눈빛이 흐려졌다.

"그런 눈으로 보지 마라. 지금 당장이라도 확 덮치고 싶어지
니까."

윤상의 말에 정희가 숨을 들이켰다.

더, 덮쳐?

확?

확 덮치는 건 뭔데?

그녀의 질문이 다른 방향으로 튀었다. 하지만 이런 음흉한
마음 따위 알 리 없는 윤상이 심드렁한 물음을 던졌다.

"뭐 도와주면 돼?"

오빠가 내 눈앞에서 사라져 주면 돼.

그렇게 말을 할까, 생각하던 그녀가 고개를 들어 어색한 웃
음을 지었다.

"가을 시즌 팸플릿 홍보용 컷 정리해 주면 돼."

"아, 다음 주 회의에 올라갈 거?"

"어."

짧게 답을 하는 와중에도 손가락 끝이 떨렸다.

손이 그에게로 향하려 했다. 자신이 왜 그러는지 정희는 잘
알고 있었다.

욕구불만이다, 이건.

남자만 '욕구'가 있는 것은 아니다. 여자도 그와 비슷한 정
도의 '욕구'가 있다. 하지만 대한민국에서 여자의 욕구는 참아
야 하는 것이었다. 그래서 대한민국 여성인 그녀는 그 욕구를
참고 있었다.

애써 시선을 책상 위로 두고 있던 그녀는 사진이 가득 쌓인 상자 쪽으로 팔을 뻗었다. 그럴수록 두 사람의 거리가 가까워졌다.

고개를 돌린 그녀는 가까이에 다가와 있는 그의 얼굴을 빤히 보았다. 그리고 그건 윤상 또한 마찬가지였다. 허공에서 마주친 시선에 그가 행동을 멈췄다.

빤히 그녀의 얼굴을 바라보던 그가 고개를 뒤로 뺐다. 닿을 정도로 가까운 거리도 아니었는데, 잔뜩 겁을 집어먹은 사람처럼 서둘러 도망가는 그 모습에 정희가 인상을 찌푸렸다.

뭐야? 내가 괴물이라도 돼?

미간을 찌푸린 그녀가 손을 뻗어 그의 팔목을 붙잡았다. 셔츠 밑으로 느껴지는 체온은 뜨거웠다.

"많이 참고 있다."

그녀의 손을 천천히 떼어 낸 윤상이 고저 없이 말했다.

두 사람만 있는 공간. 직원들이 퇴근을 하며 비어 있는 자리의 불을 껐기에 사무실 안은 어두웠다. 그 묘한 분위기가 만들어 내는 숨 막히는 긴장감에 윤상이 고개를 돌려 정희에게서 시선을 뗐다.

그 모습을 차근차근 보던 정희가 턱을 괴며 들고 있던 펜을 굴렸다.

데굴데굴.

"나보고 참지 말라고 했지?"

무심하게 묻는 말에 윤상의 눈이 동그랗게 변했다.

놀라움이 가득한 그 시선을 곁눈질로 바라보던 그녀가 속으로 몇 번이고 고민하던 것을 시행하기 위해 그쪽으로 몸을 돌렸다.

"안 참으려고."

팔을 뻗은 그녀가 그의 목 뒤를 잡고 자신 쪽으로 잡아당겼다. 놀란 윤상이 정희의 힘에 이끌려 고개를 숙였고, 그녀는 망설임 없이 그에게 입을 맞췄다.

그의 입술을 고양이처럼 날름 핥던 정희의 입술이 부드럽게 호를 그렸다. 몸이 살살 녹아내릴 것 같은 흥분과 쾌감에 웃음을 삼켰다.

맞네, 욕구불만.

그의 입술이 닿자 하루 종일 따라다니던 짜증이 순간 눈 녹듯 사라졌다.

그러나 이런 그녀와 달리 갑작스레 키스를 당한 윤상은 여전히 놀라움에 눈을 뜨고 있었다. 자신의 앞에 있는 건 분명 나정희가 맞는데, 자신의 입술을 핥고 있는 것도 분명 나정희가 맞는데, 그녀가 갑자기 낯설게 느껴졌다.

허공에 들린 그의 손은 어디로 갈지 몰라 멈춰 있었다. 자신에게 무슨 일이 생겼는지 한참이고 알아채지 못하던 그가 허공에 멈춰 있던 손을 옮겨 그녀의 뺨을 감싸 쥐었다. 손바닥에 느껴지는 따뜻한 체온에 얼어 있던 손이 녹아내렸다.

"너 진짜."

"왜?"

입술을 뗀 그가 흘겨보자 정희가 모르겠다는 듯 어깨를 으쓱였다. 내가 뭘 잘못했냐는 듯이. 그 모습에 그가 눈을 가늘게 만들었다.

"나 가지고 노는 거지?"

"그런 적 없는데?"

"놀리는 게 분명해."

"그런 적 없다니까?"

정희가 입술을 크게 휘며 웃었다.

"오빠 겁쟁이로 만든 건 나니까, 책임지고 먼저 들이대야 할 것 같아서."

내가 알던 나정희가 아닌데.

혼잣말을 내뱉은 그가 다시 한 번 정희의 입술을 집어삼켰다. 방금 전보다 더 뜨겁게. 누가 먼저라고 할 것도 없이 몸을 밀착시킨 두 사람이 호흡을 서로에게 불어 넣을 때였다.

"에구머니나!"

두 사람의 모습을 발견한 경비 아저씨가 작게 비명을 내질렀다. 하지만 두 사람 모두 서로가 내뿜는 향기에 취해 이를 알아차리지 못했다. 혹여 두 사람이 자신을 볼까 싶어 헐레벌떡 자리를 피한 경비원이 가슴께를 쓸어내릴 때였다.

하아, 하아.

조용한 사무실에는 거친 숨소리만이 가득했다.

서로를 마주 보는 눈은 촉촉하게 젖어 있었다. 당장 무슨 일이 일어나도 이상하지 않을 정도로. 젖어 있는 혀를 할짝이던 윤상이 정희의 입술을 닦아 주며 고개를 기울였다.

"뒷감당은 할 수 있겠어?"

웃는 얼굴로 묻는 말에 정희 역시 웃음으로 화답했다.

"뒷감당을 해야 하는 건 내가 아니라 오빠일걸? 먼저 불을 지른 건 오빠니까."

도전적인 말에 윤상이 눈을 동그랗게 떴다. 갑작스러운 키스에 뒤통수를 얻어맞은 것처럼 놀랐는데, 이젠 한 술 더 떠 자신을 구슬리기까지 하니 숨이 멈출 지경이었다.

아, 나정희 정말.

직설적인 사람이란 것은 알고 있었다. 천하의 정윤상을 뒤흔들 정도로 대단한 여자라는 것도 알고 있었다. 이런 쪽으로 자신의 멘탈을 쥐고 흔들진 몰랐지만.

그녀의 얼굴을 보던 윤상이 손을 들어 뺨을 꼬집고 흔들었다.

"나정희, 이 요물."

"그래서, 싫으신가?"

"그럴 리가."

지나치게 빠르게 답한 그가 자리에서 벌떡 일어났다. 그리고 시작조차 하지 못한 일거리를 내려다보며 손가락질을 했다.

"짐 싸. 가자."

시간 없으니까 빨리.

마음이 급하니까 더 빨리.

그의 종용에 정희가 펼쳐져 있던 서류를 한데 모아 가방에 넣었다. 그녀의 손길은 다급했다.

정희의 어깨를 끌어안은 채 지하 주차장으로 향한 그가 차 문을 열어 주었다. 화르륵 질러진 불길에 두 사람 사이에 무거운 침묵이 흘렀다. 서로 꼭 잡고 있는 손에 땀이 송골송골 맺힌

이 와중에도.

차 안에는 긴장감이 흘렀다. 정희가 자신의 마음을 솔직하게 이야기하며 일보 전진했다. 내숭 DNA도 없을뿐더러, 마음을 감추며 상대의 마음을 재기 위해 머리를 굴리는 재능도 없으니까.

앞으로 어떤 일이 펼쳐질지 정희는 알고 있었다. 마른 장작에 불길을 놓으면 빠르게 타오르는 것처럼, 두 사람 역시 그랬다.

차창 밖을 내다보는 그녀의 입가에 웃음이 떠올랐다. 스피커에서 흘러나오는 잔잔한 음악도 흥이 넘치는 유행가처럼 들렸다.

침묵을 깨뜨린 것은 벨소리였다. 블루투스가 연결되어 있어 차 안에 벨소리가 우렁차게 울렸고, 모니터엔 정 회장의 번호가 떴다. 그것을 확인한 그가 인상을 찌푸리며 다시 정면을 주시했다.

"안 받아?"

"어, 안 받아도 되는 전화야."

핸들에 있는 전원 버튼을 눌러 전화를 끊은 그가 어깨를 으쓱였다.

이 중요한 타이밍에 전화를 걸다니. 아버지는 '불금'이란 말도 모르시나?

금요일 저녁이라 도로는 어디든 꽉꽉 막혔다. 왜 출퇴근 시간마다 교통사고가 나고, 다리란 다리는 모두 주차장으로 변하는 것인지. 오늘은 그 정도가 더욱 심한 느낌이었다.

막힌 도로를 바라보던 그가 속으로 한숨을 삼킬 때였다.

"어? 회장님이네?"

핸드백에서 웅웅 울리는 휴대전화를 꺼낸 정희가 액정을 확인한 것은.

그녀의 말에 움직일 생각이 없는 앞차를 보던 윤상이 고개를 돌려 정희를 보았다.

"뭐? 아버지?"

"어. 무슨 일이시지?"

의아한 얼굴로 액정을 보는 정희에게 '받지 마!' 라고 말하려 했지만 그녀가 한발 빨랐다.

"여보세요?"

그의 얼굴이 종잇장처럼 일그러졌다.

"아, 망했다."

윤상의 혼잣말에 정희의 고개가 옆으로 기울었다. 그의 말뜻을 정확하게 이해하지 못해 의아함이 가득한 모습으로. 하지만 곧 들려오는 근엄한 목소리에 그녀의 얼굴도 일그러지고 말았다.

—정희 양, 옆에 아들 녀석 있는가?

방금 전 애써 피한 전화가 정 회장님이었구나.

그녀가 윤상을 보며 어색하게 웃었다. 뭐라고 답을 해야 할지 모르겠다는 듯이. 천천히 앞으로 나가고 멈추길 반복하던 차가 빨간불에 완전히 정차하자 그가 손을 뻗어 전화를 빼앗아 들었다.

"접니다."

짜증이 가득 서린 목소리로 말한 그가 정희를 힐끗 보았다.

어색하게 얼굴을 굳히는 그녀의 모습에 윤상은 고개를 절레절
레 저었다.

—퇴근은 했냐.

"그렇다면요?"

빠르게 되물은 그가 이내 말을 이었다.

"저 바빠요."

지금부터 하실 말씀은 모두 거절하겠다고. 이렇게 전화를 받
을 시간도 없다고.

하지만 정 회장이 누구던가. 윤상이 전화를 받지 않자 정희
에게 전화를 걸 정도로 아들을 잘 알고 있지 않은가. 그 속이
빤히 보인다는 듯 정 회장이 혀를 끌끌 찼다.

—본가에 좀 들러라.

"지금요?"

—그래.

"바쁘다니까요."

—연애 사업 때문에 바쁜 건 알지만 당장 들어와라. 알지?
네 아비, 성질 급한 거.

"알죠, 알다 말고요. 아버지도 아시죠? 저 아버지 말이라곤
더럽게 안 듣는 거."

—그래. 잘 알고 있지. 네가 누구 성격 닮았는지도 아주 잘.

무심하게 들려온 말에 윤상의 얼굴이 굳어졌다. 명백한 경고
였다. 말을 듣지 않았을 때 벌어질 일은 예상하는 것 이상일 터
이니 이만 말을 들으라는.

"……아, 아버지?"

─정희 양도 함께 부를까?

"……."

이렇게 나오기야?

파란불로 변했음에도 움직일 생각이 없는 앞차를 노려보던 그가 전화에 대고 빽 소리를 질렀다.

"진짜 도움이 안 돼!"

─낳아 준 것만으로도 네 인생에 큰 도움을 준 것일 텐데?

"……."

─들어와라. 한 시간 주마.

거칠게 호흡을 내뱉던 그가 귀에서 휴대전화를 떼고 그것을 한참이나 노려보았다.

아, 정말. 다시 한 번 아들 안 한다고 소리나 지를까?

전투적인 윤상의 표정에 어쩔 줄 몰라 하며 눈을 데굴데굴 굴리고 있던 정희가 그의 팔을 붙잡은 후 고개를 절레절레 저었다. 정희를 향해 시선을 준 그가 다시 한 번 이를 으드득 갈았다.

"아들 연애 좀 합시다."

─세상에 너만 연애하냐?

"……."

─한 시간이다.

끊긴 전화를 허망한 눈으로 보던 윤상이 정희에게 다시 돌려주며 물었다.

"다 들렸지?"

"바, 방금 회장님 전화였어?"

"어. 받을 필요 없는 전화."

"……"

정희가 입을 꾹 다물었다.

짜증이 가득한 그의 얼굴에 정희가 조용히 휴대전화를 가방에 넣었다. 자신이 실수를 해 버렸으니까. 후, 내뱉어진 그의 한숨에 아쉬움이 가득했으니까.

집이 가까워지자 점차 도로가 뚫리기 시작했다. 아파트 앞에 차를 세우고 안전벨트를 푸는 정희를, 아쉬움이 뚝뚝 떨어지는 눈으로 바라보던 그가 그녀의 어깨를 잡아 자신 쪽으로 잡아당겼다.

쪽.

이마에 입을 맞춘 그가 정희의 머리를 쓰다듬으며 말했다.

"연락할게."

"응. 기다릴게."

차에서 내린 정희는 허리를 숙여 그와 시선을 맞추고 손을 흔들었다. 그녀의 눈동자에서도 아쉬움이 뚝뚝 떨어졌다.

지이잉—

창문이 내려가고, 허리를 숙여 보조석에 팔을 짚은 채 몸을 낮춘 그가 정희와 애써 시선을 맞추며 장난스럽게 웃었다.

"다음엔 쫓아내면 안 된다?"

"보고."

"신발 신을 시간이라도 주든가."

"그것도 역시나 보고."

턱을 치켜든 그녀가 도도하게 말하자, 그가 입가를 길게 늘어뜨리며 웃었다.

차에서 내려 그녀를 만지고 싶었다. 그녀를 끌어안고 제 품에 두고 싶었다. 하지만 정 회장의 부름을 무시할 수는 없었기에 한숨만 푹 내쉬었다.

별일 아니기만 해 봐라. 아무리 아버지라도 이번 생이 끝날 때까지 저주할 테다.

"요물. 그럼 간다."

윤상의 차가 멀어지는 것을 보며 정희가 멍한 시선을 아래로 내렸다. 먼지 하나 내려앉아 있지 않은 구두코를 바라보던 그녀가 발을 쾅 굴렸다.

"쳇."

툭툭, 제자리에 서서 한참이고 발을 차던 그녀는 차가 사라진 방향에서 시선을 떼고 고개를 팩 돌렸다. 전화를 받은 건 나니까. 그래, 나니까…….

모든 것은 자신의 죄라 생각하며 그녀가 휘적휘적 엘리베이터에 올랐다. 그리고 넋이 나간 얼굴로 까마득하게 느껴지는 일들을 하나둘 떠올렸다.

첫 번째, 잠을 자지 못했다. 한숨도 자지 못해 회사에서 하루 종일 멍한 상태였다.

두 번째, 잠이 들지 못한 이유를 퇴근 시간이 지나서야 깨달았다.

세 번째, 문제점을 파악하자 해결점을 찾았다.

네 번째, 찾고 난 후엔, 망설임 없이 이를 시행했다.

손가락까지 꼽아 가며 상황을 정리하던 그녀의 얼굴이 하얗게 질렸다.

"오빠 겁쟁이로 만든 건 나니까, 책임지고 먼저 들이대야 할 것 같아서."

땡—

도착했다는 음과 함께 엘리베이터의 문이 열렸으나, 얼굴에 불길이 퍼진 그녀는 멍하니 허공만 바라볼 뿐이었다.

"아. 내가 잠시 미쳤었구나."

아무리 솔직하게 행동하는 이라 하더라도, 오늘은 그 정도가 심했다.

삐그덕삐그덕, 힘겹게 걸음을 옮긴 그녀가 비밀번호를 누른 후 집 안으로 들어섰다.

뜨거운 물에 샤워를 하고 빨리 잠들어야 할 것 같았다. 아니면 오늘도 이불을 발로 펑펑 찰 것만 같으니까.

들고 있던 핸드백을 아무렇게나 던진 그녀는 화장실로 향하는 그사이에도 비 맞은 중처럼 웅얼웅얼 말을 내뱉고 있었다.

혼자 있게 되자 별의별 생각이 다 들었다.

자신을 어떤 여자로 생각할까, 혹 자신의 과거를 이상한 쪽으로 생각하진 않을까, 엄청 야한 여자나 음란한 여자로 생각하진 않을까. 멀쩡한 정신으론 견딜 수 없을 만큼 손발이 오므라들었다.

"내가 뭐 나쁜 짓 했나? 서로 마음이 통했으니, 몸도 통할 수 있는 거지. 그리고 여자가 밝힌다고 뭐 잘못될 거 있어? 오빼도 바, 밝혔잖아!"

빽 소리를 지른 그녀는 벌거벗은 몸이 되어서야 욕실 문을 열고 안으로 들어갔다. 실오라기 하나 걸치지 않은 피부는 맑고 투명했다.

"그래, 괜찮⋯⋯."

비썩 마른 자신의 몸을 바라보던 정희가 가슴에서 한 번, 배에서 한 번 시선을 멈췄다. 그리곤 거울 쪽으로 걸음을 옮겨 제 배를 내려다보았다.

왜 붙어 있지 말아야 할 것이 붙어 있지?

붙잡은 뱃살을 만지작거리던 정희의 얼굴이 창백하게 질렸다.

"우, 운동. 운동을 해야⋯⋯."

최근 일이 바빠 습관적으로 가던 헬스장에 못 간 지도 한참이었다. 이번 달엔 괜히 끊었다 생각할 정도로 몇 번 가지 못했다. 관리를 하지 않는 몸은 금세 붙고, 라인이 무너진다.

나, 사고 친 것 맞네.

살이 빠질 때까지 그가 기다려 줄까?

멍하니 생각하던 그녀가 고개를 절레절레 저었다.

그는 기다려 주더라도, 자신의 몸뚱아리가 기다려 주지 못할 테니까.

"망했다."

정희의 얼굴이 일그러졌다.

❀   ❀   ❀

씩씩거리며 현관에서 신발을 벗은 윤상이 안으로 들어갔다. 집안일을 봐주는 여주댁만이 나와 그를 반겼다.

"이렇게 늦게 무슨 일이세요?"

"아버지 때문에요. 지금 어디 계세요?"

"아, 회장님이라면 서재에……."

여주댁의 말이 끝나기도 전에 그가 전투적으로 발걸음을 옮겼다.

똑똑.

노크를 한 윤상은 들어오라는 정 회장의 답이 들려오자마자 벌컥 문을 열었다. 조심성 없이 열리는 문에 정 회장이 인상을 쓰며 말했다.

"교양 없이."

"이 시간에 아들을 막 부르는 아버지는 교양 있으시고요?"

미간을 찌푸린 그가 정 회장의 맞은편에 앉으며 말을 이었다.

"하실 말씀이 뭐예요?"

"회사로 들어와."

망설임 없는 답에 윤상의 얼굴이 일그러졌다.

"그 이야기 하려고 부르신 거예요? 전화로 했어도 됐잖아요."

"뭐야? 지금 D.C의 후계 구도가 변할 수도 있는 이 일을 전화로 했어야 한다는 거냐?"

"당연하죠, 아버지 때문에!"

소리를 빽 지르던 윤상이 가까스로 이성을 붙잡으며 입을 꾹 다물었다.

사생활을 군이 정 회장에게 이야기할 필욘 없었다. 아니, 되도록 숨기고 싶었다. 자리에서 일어난 그는 위협적인 표정으로 이를 으드득 갈았다.

"후우. 한 번 더 이 일로 부르기만 해 보세요. 그땐 정말 호적 파서 나갈 겁니다."

"정윤상!"

정 회장이 벼락처럼 외쳤다. 하지만 자리에서 일어나는 윤상의 얼굴은 무심하기만 했다. 아버지의 고함 한 번에 두려워 떨 만큼 어리지 않았으니까.

"아버지 밑으로 들어갈 생각 없어요."

"왜? 너도 네 형처럼 능력으로 인정받고 싶어서? 낙하산이 싫다고? 네 능력이라면 임원들도 충분히 인지하고 있고……."

그의 이야기를 가만히 듣고 있던 윤상이 고개를 저었다.

그는 자신의 능력을 인정받고 싶어 한 적이 단 한 번도 없었다. 돈을 모으는 게 중요했고, 정희에게 당당히 고백할 수 있는 상황만 꿈꿔 왔다.

능력을 인정받고 싶은 사람이 있다면 그건 정희뿐이었다. D.C의 최고 수장인 아버지나 이사진이 아닌.

낙하산도 나쁘게 생각하지 않았다. 금수저가 뭐가 문제란 말인가. 부모님을 잘 둔 것도 능력이라면 능력이었다. 그러니 그 무엇도 그가 D.C로 들어가는 것에 문제가 되진 않았다.

문제가 있다면…….

"아니요."

"그럼 뭐냐?"

"사내 연애가 얼마나 재미있는 줄 아세요?"

그곳엔 정희가 없다는 것.

"……."

윤상은 입을 꾹 다무는 정 회장을 바라보며 시니컬하게 입술을 휘었다. 벙찐 정 회장의 얼굴을 보자 왜 이렇게 즐거운지. 꾸벅 허리를 숙여 인사한 후 몸을 돌린 그의 정신은 이미 정희에게 가 있었다.

얼른 정희 보러 가야지.

그가 가벼운 발걸음을 옮길 때였다.

"너, 너……!"

자리에서 벌떡 일어난 정 회장이 윤상을 향해 손가락질을 했다.

"더 이상 하실 이야기는 없으리라 믿고 가 보겠습니다. 다들 하는 연애지만, 당사자에겐 아주 중요한 문제여서요."

콧방귀를 뀐 윤상이 다시 몸을 돌렸다. 문손잡이를 돌려 문을 연 그는 밖에서 안절부절못하며 서재 쪽을 바라보고 있던 여주댁을 보고 싱긋 웃었다.

하지만 그 웃음은 뒤에서 들려오는 협박 섞인 목소리에 깨끗이 지워지고 말았다.

"네가 이런 식으로 나오면 나도 다 생각이 있다."

몸을 돌린 윤상이 정 회장을 힘껏 노려보았다. 또 무슨 수작을 생각하고 있냐는 듯이.

"그 생각, 접으세요."

"싫다면?"

"무슨 짓을 하셔도 아버지 뜻대론 움직이지 않을 겁니다."

더 이상 대화를 하고 싶지 않다는 듯 걸음을 옮긴 그가 본가를 나섰다. 그 모습을 고스란히 눈에 담고 있던 정 회장이 혀를 끌끌 찼다.

"못난 놈. 네 머리 위에 내가 있다는 것도 모르고. 쯧쯧."

"회장님, 작은 도련님은……."

"알아. 내 멋대로 굴려고 하면 더 엇나가는 놈이라는 거. 저 녀석을 조련하는 건 내가 할 일이 아니야. 내 사람이 할 일이지."

다 생각이 있다는 듯 웃은 정 회장이 다시 서재로 들어갔다. 휴대전화에서 최근 통화 내역을 확인한 그가 가장 위에 있던 번호를 꾹 눌렀다. 몇 번의 통화음이 흐르지 않아 상대가 짧게 '네' 라고 답했다.

"김 비서."

—네, 회장님.

"정희 양과 약속을 잡아 주겠나?"

—네, 알겠습니다.

이렇게 윤상의 입에서도 재깍재깍 답이 나와 주면 얼마나 좋겠는가.

"그렇다면 이 늙은이가 이런 수고까지 하지 않아도 될 텐데."

정 회장이 깊은 한숨과 함께 고개를 절레절레 저었다.

✽   ✽   ✽

고소한 커피 향과 따뜻한 손길.

깨끗하게 씻고 침대에 눕자마자 깊은 잠에 빠져들었던 정희
는 그 손길이 누구인지 알고 있다는 듯 입술을 부드럽게 휘었
다.

천천히 눈을 뜨자 역시 예상대로 윤상이 보였다. 이젠 집에
어떻게 들어왔는지 입 아프게 묻는 대신, 달콤한 웃음으로 그
를 올려다보았다.

"굿모닝."

침대맡에 앉은 윤상이 정희의 뺨을 다정하게 쓰다듬어 주었
다.

"으음. 정윤상이네."

"어쭈, 오빠 이름을 막 부르고?"

장난스러운 답에 정희가 키득키득 웃었다.

"언제 왔어?"

잠이 그득한 목소리에 윤상이 웃음을 내뱉었다.

"어젯밤."

"회장님이 무슨 이야기 하셨는데?"

"굳이 듣지 않아도 될 말."

그의 말에 정희가 천천히 고개를 끄덕였다. 눈꺼풀이 너무나
무거워 제대로 들고 있을 수가 없었다.

"이리 와."

잔뜩 잠겨 있는 목소리로 말한 그녀가 제 옆자리를 손바닥으
로 팡팡 내려쳤다. 윤상이 자연스레 옆자리에 눕자, 팔베개를

해 준 그녀가 제 가슴 쪽으로 그의 얼굴을 끌어당겼다. 그리곤 윤상의 정수리에 대고 웅얼웅얼 말했다.

"조금만 더 자자."

갑작스러운 스킨십에, 시선에 바로 들어오는 가슴에, 그의 몸이 바짝 얼었다. 하지만 정작 어마무시한 폭탄을 투하한 정희는 이를 알아차리지 못한 채 또다시 잠에 빠져들고 있었다.

"자고 나서 뭐할 건데?"

그가 묻자 정희가 눈도 뜨지 못한 채 중얼거렸다.

"운동 갈 거야."

"운동?"

"자기 관리 실패."

"자기 관리?"

"내 몸인데도 정나미 떨어져."

눈을 감고 있는 와중에도 정희가 미간을 팍 찌푸렸다.

품에서 빠져나온 그가 정희의 얼굴을 올려다보았다. 그녀의 얼굴부터 시작해 허벅지까지 천천히 바라보던 그가 손을 뻗어 정희의 배를 매만졌다.

조물조물.

손가락을 움직이던 그는 눈을 번뜩 뜨는 정희의 모습에 장난스럽게 말했다.

"왜? 난 만질 곳이 많아져서 좋은데."

"……."

지금 나랑 해 보자는 거야?

도끼눈이 살기를 띠고 번뜩였다. 하지만 그는 손을 멈추지 않은 채 그녀의 배를 계속 만졌다.

정희는 순간 잠이 달아나는 기분에 그를 쏘아보다 상체를 벌떡 일으켜 윤상의 양 어깨를 붙잡아 똑바로 눕혔다.

"컥!"

윤상의 배 위에 올라탄 정희가 엉덩이를 통통 움직였다. 그가 숨을 쿨럭쿨럭 뱉었지만 정희는 한동안 그의 몸 위에서 뛰다 곧 입가를 시니컬하게 휘며 웃었다.

"가장 민감한 곳이니까 조심하도록 해. 다음에는 목을 조를 거야."

만족스러운 웃음을 지은 그녀가 몸을 돌려 다시 그의 옆에 털썩 누웠다. 연신 기침을 뱉는 그의 팔을 당겨 와 그 위에 누운 그녀가 눈을 감았다.

전날은 자신의 문제를 파악하기 위해 잠을 이루지 못했기에 정말 죽도록 피곤했다.

눈을 감은 지 얼마 되지 않아 정희가 곤한 숨을 내뱉었다. 일정한 호흡 소리를 듣고 있던 그가 당황한 듯 물었다.

"너, 나 남자로 생각하긴 하냐?"

자존심이 상한다는 그 말투에 잠든 줄만 알았던 정희가 슬쩍 눈을 떠 그를 바라보았다.

"그렇게 생각하니까 오빠랑 자고 싶어졌지."

"……."

"일단 내가 잠이 모자라거든? 딱 한 시간만 더 자자."

눈을 감은 정희는 또다시 곤한 숨을 내뱉었다.

멀뚱멀뚱.

직설적인 말에 당황해 아무런 말도 하지 못하던 그가 얼굴을 와자작 찌푸렸다.

"이건 새로운 방법의 마음 고문이네."

후우.

한숨을 뱉은 그가 팔을 움직여 작은 여체를 자신 쪽으로 끌어당겼다. 그리고 정수리에 입을 맞춘 뒤 눈을 감았다. 밤새, 그녀를 보느라 동글동글 뜨고 있던 눈이 감기고 곧 그의 입에서도 정희와 비슷한 속도의 숨소리가 흘러나왔다.

새근새근.

chapter 8
도망가는 자와 붙잡는 자

깜빡. 깜빡.

이게 무슨 일이지?

그녀는 자신이 아직 꿈을 꾸고 있는 건가 싶어 눈을 비볐다.

정말 정윤상 맞아? 내 눈앞에서 자고 있는 게 정윤상이 맞단 말이야?

놀란 눈으로 윤상을 보던 정희가 상체를 벌떡 일으켰다. 그리고 이마를 짚은 채 한참이고 눈을 깜빡였다.

"너, 나 남자로 생각하긴 하냐?"

"그렇게 생각하니까 오빠랑 자고 싶어졌지."

"입을 틀어막든지 해야지."

잠결에 했던 말을 떠올린 정희가 고개를 절레절레 저었다.

꿈인 줄 알았는데, 그 상황이 현실이었나 보다.

그녀가 기가 막힌다는 듯 웃음을 뱉었다. 그러다 손을 뻗어 그의 눈을 가리고 있는 머리카락을 조심스럽게 옆으로 쓸어 주었다.

남자치고 새하얀 얼굴과 잡티 하나 없는 피부를 보던 그녀가 인상을 썼다.

남자가 뭐가 이렇게 피부가 좋아? 속눈썹도 더럽게 기네. 나보다 더 긴 거 아니야?

요리조리 얼굴을 뜯어보던 정희가 손을 뻗어 이번엔 붉은 입술을 손가락 끝으로 더듬었다. 각질 하나 일어나지 않은 입술은 선까지 고와 여자들이 부러 그린 것 같았다.

이런 식으로 남자 친구와 자신의 얼굴을 비교하는 건 좋지 않은데…….

멍하니 생각하던 그녀가 피식 웃음을 뱉었다.

이 남자 잘난 거야, 15년 동안 곁에서 지켜봐 왔으니 충분히 잘 알고 있었다. 어딜 가든 아이돌 노릇을 톡톡히 하는 그 때문에 마음고생도 꽤 했었다.

그러니 이제 와 그의 외모를 질투하는 바보 같은 짓을 할 필요 없었다. 어차피 이 남자는 이세, 자신의 것이니까.

앙큼한 생각에 그녀가 웃는 얼굴로 손을 뻗어 그의 기다란 속눈썹을 손가락 끝으로 툭 건드렸다.

움찔. 간지러운 것인지 윤상의 속눈썹 끝이 파르르 떨렸다. 하지만 장난은 거기서 멈추지 않고 계속되었다.

툭—

움찔!

툭툭―

움찔움찔!

계속되는 장난에 미간을 찌푸린 윤상이 무거운 눈꺼풀을 들어 올렸다. 그가 흐리멍덩한 눈을 몇 번 깜빡이고 손을 뻗어 정희의 목을 끌어안아 제 쪽으로 잡아당겼다. 순식간에 그의 품속에 폭 파묻힌 정희가 커다란 눈을 깜빡였다.

"일어났어?"

잠이 그득한 목소리에 정희가 뻣뻣하게 굳어 있던 팔을 들어 윤상의 등을 끌어안았다. 넓은 가슴에 뺨을 비비적거리던 정희가 한숨 섞인 목소리로 짧게 답했다.

"어."

"얼굴 뚫어지는 줄 알았다?"

장난스러운 말에 정희가 웃음을 삼켰다. 방금 전까지 세상모르고 잠들어 있었던 주제에. 당연히 자신을 보고 있었을 것이라는 생각은 어디서 나오는 자신감일까.

왕자병이라고 톡 쏘아붙여 줄까, 하던 그녀가 마음을 고쳐먹었다. 놀려 먹는 쪽으로.

"……흠. 워낙 잘나서."

한 템포 늦게 답한 그녀가 다시 한 번 가슴에 뺨을 비비적거리려고 할 때였다. 신기하게 자신의 침대에서 같이 잠을 잤음에도 불구하고, 그에게선 특유의 향이 났다. 제 향으론 절대 희석되지 않을 향이. 그 체향이 좋아 숨을 크게 들이마시던 그녀는 제 어깨를 붙잡고 획 떼어 내는 손길에 눈을 동그랗게 떴다.

윤상이 오른쪽 눈썹을 치켜뜨며 물었다.

"잘나서?"

"응, 얼굴 한번 잘났지."

"뭐?"

기가 막히다는 듯 눈을 동그랗게 뜬 그가 상체를 벌떡 일으
키곤 시선만 좇아 자신을 올려다보는 정희를 힘껏 노려보며 물
었다.

"너, 나의 어디가 가장 좋아?"

"얼굴."

"……."

"왜?"

"……다른 곳은?"

"으음."

그녀의 고민이 깊어지자 그의 얼굴이 창백하게 변했다. 어서
답해 보라는 듯 미간을 좁히자, 정희가 그의 머리부터 아래까
지 쭉 훑어보더니 이내 싱긋 웃었다.

"어깨?"

"얼굴 다음은 몸이 좋다고?"

눈을 삐죽인 그가 정희를 잡아 일으켰다. '아, 왜~' 하며 앙
탈을 부리던 그녀는 진지한 그의 눈빛에 곧 입을 굳게 다물었
다.

"그것 말고는 없나?"

뭐야, 진짜 화났나?

가재미눈을 뜬 그녀가 그의 표정을 찬찬히 살핀 후 물었다.

"있어야 할 이유가 있긴 하고?"

"당연하지! 외모만 보고 좋다고 하면……."

"외모 '만' 보고 좋다고 한 적은 없는데?"

"……."

참, 단순해.

입을 꾹 다문 윤상을 보며 정희가 고개를 절레절레 저었다.

이제 그와 노닥거리는 것은 그만하고, 어젯밤 몇 번이고 다짐했던 일을 시행할 때였다.

시계를 보니 벌써 정오에 가까워진 시각이었다. 주말 아침치고는 일찍 자리를 털고 일어나는 것이긴 하나, 러닝머신 위에서 두 시간은 뛰기로 마음먹었기에 지금부터 서둘러야 주말 모두를 헬스장에서 허비하지 않을 수 있었다.

"유치한 이야기 그만두고 밥 먹자. 나 배고파. 밥 먹고 오랜만에 헬스장 다녀와야지."

"진짜 가게?"

몸을 움직여 뭉친 근육을 푸는 그녀의 모습을 보던 그가 침대맡에 엉덩이를 걸치고 앉았다. 아침에 했던 이야기를 장난으로 흘러 넘겼던 터라, 그녀가 정말 토요일 아침부터 운동을 갈 줄은 몰랐다. 아마 운동을 다녀오면 그 후엔 하루 종일 일거리를 붙잡고 있겠지.

그녀와 시간을 보내리라 생각하고 있던 그가 미간을 찌푸렸다.

"어. 진짜 몸이 무거워진 기분이야."

하지만 이런 그의 마음을 그녀가 알 리 있겠는가.

어젯밤에도 수없이 만지작거렸던 배에 온 신경을 둔 그녀가 한숨을 내뱉자, 그가 고개를 옆으로 기울이며 물었다.

"나 혼자 두고?"

"같이 가든가. 오빠도 요즘…… 나 빼고 운동하니?"

윤상을 훑어보던 그녀가 눈을 삐죽이며 물었다. 어찌 된 게 하루 종일 붙어 있었는데, 본인만 살이 찐 기분이었다. 혹시 몰래 운동이라도 하나?

그럼에도 의심의 시선을 거두지 않던 그녀는 곧 들려오는 말에 얼굴을 일그러뜨렸다.

"집에서 하지."

"뭐? 이건 배신이야, 배신. 왜 나만……."

"살 안 빼도 되는데."

부드러운 웃음을 지으며 그가 진심이라는 듯 투명한 눈동자로 말했다. 거짓 하나 없이.

정희가 믿지 못하겠다는 듯 우울한 표정을 짓자, 윤상이 손을 뻗어 그녀의 손을 붙잡았다.

"괜히 하는 말이 아니라 정말 괜찮다고."

"내가 안 괜찮아."

정희가 손을 털어 내려 했다. 그가 관리를 하고 있다는 사실을 알자 마음 편히 집에서 뒹굴거리고 싶은 마음 따위 깡그리 사라졌다. 딱 잘라 말한 후 걸음을 옮기려 하는데 그가 붙잡은 손을 잡아당겼다. 순간 몸이 기우뚱 기울어졌다.

"아!"

순식간에 그의 품에 안기게 된 정희가 눈을 동그랗게 떴다.

이게 어떻게 된 일이지?

상황 파악을 하지 못해 눈만 꿈뻑거렸다. 몸은 뻣뻣하게 굳은 채로. 뒤에서 그녀를 끌어안은 그가 목덜미에 입술을 지분거리며 말했다.

"정말 운동해야 되겠어?"

"……오빠가 안 하면 나도 안 할게."

"네 취향이 배 나온 남자라면 기꺼이."

"……."

정희의 입술이 굳게 다물렸다. 배 나온 남자 따위는 취향이 아니니까. 하지만 그녀가 입술을 열 수 없는 이유는 따로 있었다.

그의 입술이 목덜미 위에 작게 내려앉았다 떨어지길 반복했다. 자잘한 입맞춤은 간지러웠다. 꺄르르 웃음이 터질 것처럼. 하지만 그녀는 웃음도 내뱉지 못했다. 몸에 긴장감이 슬금슬금 올라와서.

한참 그의 입술을 받던 정희는 눈을 감았다. 그리고 오른팔을 뒤로 넘겨 그의 머리카락 사이에 손가락을 찔러 넣었다.

쭉—

머리를 잡아당긴 정희가 잠긴 목소리로 물었다.

"오빠, 지금 엉큼한 생각하지."

그 말에 그가 귀 밑에 입을 맞췄다. 이 역시 달콤했다. 머리카락을 붙잡은 손에 힘이 빠질 정도로.

그녀가 눈을 감자 그가 허리를 붙잡아 마주 보도록 제 무릎 위에 올려놓았다. 기다란 다리를 그의 허리에 두른 정희가 도

전적인 그의 눈빛에 어디 한번 해 보자는 듯이 얼굴을 일그러
뜨리며 웃었다.

"왜, 또 쫓아내게?"

정희의 머리를 쓰다듬은 그가 가볍게 묻자, 그녀가 앙큼하게
웃었다.

"쫓겨나 주긴 할 거고?"

"신발만 주면."

"남자답지 못하게."

정희가 장난스럽게 윤상을 흘겨보며 말했다. 혀까지 끌끌 차
며.

그가 정희의 입술 바로 밑 턱 부분에 쪽 하고 입을 맞췄다.
가벼운 터치에도 사지가 떨려 올 정도로 둘 다 흥분한 상태였
지만, 입술은 연신 조잘조잘 떠들어 댔다.

"남자다운 게 뭔데?"

그 물음에 정희가 그의 양 뺨을 붙잡았다. 옴짝달싹할 수 없
을 정도로 강한 손길에 그가 눈을 동그랗게 뜨고 그녀를 바라
보았다. 정희는 마치 여왕이라도 된 것 같은 기분에 사로잡혀,
게슴츠레하게 눈을 뜨며 빠르게 읊조렸다.

"입 아프게 설명해 줘야 해?"

이쯤 되자 윤상이 키득키득 웃음을 내뱉었다. 굳이 그렇게
수고로운 일을 할 필요가 없다는 듯 고개를 저은 그가 말했다.

"벗을까?"

"그것 역시, 입 아프게 말해 줘야 하나?"

"아니."

어떻게 해야 하는지 알고 있으니까.

그가 티셔츠의 아랫부분을 잡고 한 번에 옷을 벗어 던졌다. 순간 그의 살갗이 제 눈앞에 드러나자 정희가 몸을 움찔 떨었다.

남자치고는 고운 피부였으나, 그와는 너무나 상반된 근육의 결이 그를 하나의 조각상처럼 보이게 만들었다. 몸을 뒤로 빼 그의 몸을 보며 그녀는 멍하니 생각했다.

관리한다고 하더니 진짜구나.

게으른 사람은 평생 가질 수 없다는 생각이 들 정도로 아름다운 몸을 바라보던 그녀가 퍼뜩 정신을 차렸다.

어머나, 너무 빤히 봐 버렸다.

그녀가 그의 허리를 감고 있던 다리를 풀고 무릎을 세웠다. 그리고 엉덩이를 뒤로 슬금슬금 빼며 당장에 도망이라도 갈 것처럼 굴었다.

하지만 어디 정윤상이 도망가게 내버려 둘 사람이던가. 이 순간을 고대해 왔던 그가 손을 뻗어 정희의 손을 붙잡았다. 그러더니 단단한 제 가슴 위에 그녀의 손바닥을 올려 두며 웃었다.

"왜? 방금 전엔 노골적으로 보더니."

"……너무 티 났나?"

"어. 시선이 뜨거워서 녹아내리는 줄 알았어."

"아, 알았어. 내가 미안하니까 손목 좀 놔줄래?"

손을 어떻게 할 줄 몰라, 그녀가 손가락 끝을 오므렸다. 그리곤 얼굴을 붉힌 채 시선을 아래로 내리며 애써 그의 눈을 피했다. 눈을 마주한다면 이번엔 자신의 요망한 입술이 뭐라고 떠들어 댈지 몰랐기 때문이다.

어, 어쩌지?

이 정도로 긴장이 될 줄은 몰랐던 정희가 눈동자를 굴렸다.

그와의 관계를 쉽게만 생각했다. 섹스는 아주 인간적인 '감정'이고, '욕구'였으니까. 다들 하는 그 관계를 자신이라고 못 할 것이란 생각은 하지 못했다. 더군다나 자신은 아무것도 모르는 처녀도 아니지 않은가!

정희가 몸을 파들파들 떨었음에도 윤상은 손목을 놓아주지 않았다. 아니, 강력한 경고까지 내뱉었다.

"싫어. 도망갈 거잖아."

더 이상 뒤로 물러서지 않겠노라고.

그의 말에 정희가 하하하, 어색한 웃음을 내뱉더니 작게 고개를 저었다.

"아, 아닌데?"

그러면서 부정의 말을 내뱉었다. 씨알도 안 먹힐 말을.

"넌 참 거짓말을 못하더라."

역시나, 그가 작게 웃었다. 거짓말에 부러 속아 주지 않은 채. 하지만 윤상은 이내 그녀의 손목을 놓아주었다. 강세로 하는 관계는 원치 않았으니까.

자유를 찾자 정희는 몸을 세워 더듬더듬 걸음을 뒤로 물렸다. 벌거벗은 상체에 차마 시선을 두지 못한 그녀가 고개를 옆으로 돌렸으나, 그는 상처 받지 않았다. 어색할 수도 있었다. 서로 벌거벗은 채 태초의 모습으로 돌아가 관계를 나누는 것이 어색할 만큼, 두 사람은 많은 시간을 함께했으니까.

손을 앞으로 뻗은 윤상이 그녀를 향해 단호한 어조로 말했다.

"이리 와."

더 이상 도망가지 말고, 너 스스로 나에게 걸어오라고.

그의 목소리에 시선을 비스듬히 아래로 내렸던 정희가 눈동자만 굴려 윤상을 보았다. 흐트러진 머리카락과 느슨한 표정은 뇌쇄적이었다. 결코 거부할 수 없는 모습. 그녀는 난생처음으로 진지하게 그와의 관계를 생각했고, 결론은 천천히 걸음을 옮겨 다시 그의 품에 안기는 것이었다.

몸을 돌려 정희를 침대에 눕힌 그가 그녀의 입술에 자잘한 입맞춤을 흩뿌렸다. 긴장한 몸이 입술로 고스란히 느껴져, 그 역시 긴장을 해 버렸다. 앞섶을 더듬는 손가락 끝이 떨렸고, 단추 세 개를 푸는 데에도 한참의 시간을 소요해야 했다.

하지만 단추를 풀고 그녀의 잠옷 밑으로 손을 찔러 넣는 순간, 그의 긴장감 따위 깡그리 사라지고 말았다. 눈물이 찔끔 날 만큼 견고한 사랑이 그의 마음을 뒤흔들었다.

"아."

브래지어 위를 더듬는 손길에 정희의 입에서 옅은 신음이 흘러나왔다. 부끄러움에 어깨를 동그랗게 말아 보지만 커다란 그의 손이 이를 막고 티셔츠를 위로 올려, 단숨에 펑퍼짐한 잠옷을 벗겨 냈다.

그러자 흰 살결과 대비되는 검은색 실크 브래지어가 그의 눈을 어지럽혔다. 긴장감에 울대가 크게 움직이고, 입안이 바싹

말랐다. 하지만 시선은 여전히 도자기처럼 새하얀 그녀의 몸에서 떨어질 줄 몰랐다.

"왜?"

사지를 벌벌 떨던 그녀가 신음처럼 말했다. 움직임도 없이, 마치 겁을 집어먹은 사람처럼 자신을 내려다보는 눈빛의 의중을 몰라서.

윤상이 천천히 손을 뻗어 가느다란 목을 쓰다듬고, 우물처럼 움푹 파인 쇄골을 지나, 소담한 가슴 위를 손바닥으로 문질렀다.

꿀꺽.

그녀가 침을 꿀꺽 삼키는 그사이에도 그의 손은 부지런히 움직여 납작한 배와 부드러운 곡선을 그리고 있는 허리까지 더듬었다.

성욕이 느껴지지 않는 손길이었다. 그저 그녀의 살결을, 몸의 예쁜 선을 느끼고 싶은 듯 담백하게 움직이던 손이 다시 위로 올라왔다.

입술을 내린 그가 쇄골 위에 입을 맞췄다. 힘껏 그녀의 살결을 빨아들인 그는 붉게 새겨진 자신의 흔적에 만족한 듯 입꼬리를 휘었다. 하지만 거기서 페팅은 끝나지 않았다. 그의 집착을 단적으로 보여 주는 붉은 꽃들이 그녀의 몸에 차례차례 수놓아졌다.

"으음."

간질간질하기도, 뜨겁기도 한 입술에 정희가 작게 신음을 내뱉었다. 작은 소리였지만 그의 귀가 쫑긋 세워질 만한 것이었다. 그녀의 등 뒤로 손을 찔러 넣은 그가 후크를 단숨에 푼 후 브래지어를 벗겨 옆으로 던졌다.

탁.

소음에 그녀가 팔을 아래로 내려 가슴을 감싸 쥐었다. 차마 꼿꼿하게 선 가슴의 정점까진 보여 줄 수 없다는 듯. 하지만 단호한 손은 그녀의 팔목을 잡아 옆으로 치웠다. 늘 브래지어에 단단히 감춰져 있던 가슴이 제 모습을 올곧이 그의 눈앞에 드러내게 됐다.

또다시 뜨거운 시선이 몸에 닿자 침을 삼킨 그녀가 울 것처럼 그의 얼굴을 올려다보았다.

부끄러웠다. 허벅지가 배배 꼬일 만큼.

떨렸다. 눈가에 고인 눈물이 찰랑일 정도로.

어쩔 줄 몰라 윤상을 올려다보던 그녀는 붙잡히지 않은 손을 들어 제 눈을 가렸다. 몸을 가리지 못하게 한다면 제 눈이라도 가리려는 듯이. 야생에 내던져진 타조가 무서운 적수를 만났을 때 고개만 땅에 처박는 것처럼.

그녀의 모습을 보던 그가 물었다.

"뭐하는 거야?"

"몰라. 갑자기 부끄러워."

"뭐?"

그가 눈을 동그랗게 떴다. 그러자 정희가 입술을 잘근잘근 씹으며 짓이겼다.

"자, 잠시만. 마음의 준비 좀."

"너 진짜."

허! 하고 숨을 뱉은 그가 정희를 보았다. 당당하고 자신만만 하던 모습은 다 어딜 가고, 부끄러움에 사지를 떠는 모습이 낯설면서도 신기했다. 팔뚝 너머로 발그레해진 뺨을 보던 그가 고개를 숙여 그녀의 가슴께에 눈을 묻었다.

어깨가 들썩였다. 파르르 떨리는 근육은 그가 지금 웃음을 억지로 참고 있다는 것을 보여 주고 있었다. 그녀의 젖가슴 윗부분에 간헐적으로 닿는 숨결조차 웃음을 담고 있었다.

정희가 인상을 팍 찌푸렸지만, 차마 그의 모습은 볼 자신이 없는 것인지 여전히 눈을 가린 채였다.

키득키득, 결국 참지 못하고 웃음을 내뱉은 그는 웃음기가 역력한 목소리로 말했다.

"내가 미치겠다."

정말 미칠 것만 같았다.

정말, 그런 느낌이 들었다.

이대론 머리가 너무 어지럽고 세상이 빙글빙글 돌아 아무런 생각도 하지 못할 것 같았다.

머릿속을 가득 채운 것은 '나정희', 그 이름뿐. 그 이름이 주는 감정뿐.

작게 웃음을 뱉던 그가 팔 사이에 그녀를 가둔 후에야 겨우 말을 내뱉었다.

"이번엔 도망 못 가."

절대 그렇게 두지 않을 것이다.

천천히 고개를 내린 그가 눈을 가리고 있는 팔에 입을 맞췄다.

쪽.

소리 내어 닿았다 떨어진 입술이 마치 '열려라, 참깨!'와 같은 주문이 된 듯, 팔이 옆으로 치워지고 촉촉하게 젖은 정희의 눈동자가 드러났다. 입술을 삐죽인 그녀가 불만이 가득한 목소리로 말했다.

"너무 능숙하잖아, 짜증 나게."

"……"

뭐어?

윤상이 놀란 눈으로 정희를 바라보았다. 하지만 진심인 듯 연신 입술을 씹던 그녀는 고개를 옆으로 팩 돌리고 말았다.

서른넷의 남자가 잠자리에 진지하지 않다는 것 또한 문제라는 것을 지금의 정희는 이해하고 싶은 마음이 없는 모양이었다.

곤란한 얼굴로 그녀를 바라보다 가까스로 말문을 막은 그가 돌려진 입술에 다시 한 번 입을 맞췄다.

"나정희."

젖은 목소리로 불렀지만 여전히 그녀의 시선은 자신에게 닿지 않았다. 그가 다시 한 번 나지막한 목소리로 말했다.

"너뿐이야."

그 말에 정희의 시선이 천천히 돌려지더니, 이내 그의 얼굴 위에서 멈췄다.

그의 얼굴도 역시나 긴장감에 굳어 있었다. 그녀는 부끄러웠으나, 두려웠다. 이로 인해 두 사람의 관계가 더 끈끈해지리라는 것도, 오랫동안 꿈꿔 온 일이라는 것도 변하지 않을 테지만

359

그래도 그는 두려웠다. 왜 그런 것인지는 모르겠으나.

손을 뻗은 그녀가 윤상의 뺨을 감싸 쥐며 무심히 말했다.

"알아."

그의 마음은 의심하지 않으니까.

자신의 마음 또한, 의심하지 않으니까.

정희는 천천히 내려오는 고개에 눈을 감았다. 깊은 키스가 긴장감을 물렸다. 허리를 더듬던 그의 손이 그녀의 바지로 향하고, 거칠게 바지와 팬티를 벗겼음에도 정희는 더 이상 움츠러들지 않았다.

제 몸을 고스란히 맡긴 그녀는 검은 숲을 헤치고 들어오는 손길에 미간을 찌푸렸다. 부끄럽게도, 거친 숲은 이미 축축하게 젖어 있었다. 그것은 그와 처음 입을 맞췄을 때부터 시작된 흥분 때문이었다.

보드라운 살결을 더듬던 손가락이 어두운 구멍 사이로 파고들었다. 남성의 것으로 곧 채워질 공간이 충분히 풀어지도록 손가락을 움직이던 그의 미간이 구겨졌다.

움찔.

여성이 손가락을 힘껏 물었다 풀길 반복했다.

정희의 여성은 좁았다. 액으로 충분히 젖어 있었음에도 손가락 하나가 겨우 찰 정도였다.

찰박! 찰박!

액이 튀는 소리에 정희의 어깨가 움찔 떨렸다. 안으로 들어와 휘젓는 손가락에 고개가 힘껏 뒤로 꺾였다. 당황한 그녀가 허공에서 팔을 허우적거리다 말고 그의 어깨를 힘껏 붙잡았다.

찰박찰박!

손가락의 움직임에 따라 액이 튀는 소리 또한 거칠어졌다. 그의 손가락을 적시고, 손바닥을 적시고, 팔목을 따라 흐를 만큼 샘물에선 쉼 없이 윤활유가 솟았다.

아직, 아직.

따뜻하게 죄어 오는 여성에 그의 미간이 일그러졌다. 당장 이곳에 제 몸을 파묻고 싶었다. 그녀의 체향을 힘껏 들이마시며 예쁜 목덜미에 이를 박아 넣고 싶었다. 남들의 눈에 보이는 곳이라면 더 좋으리라. 정희는 곤란해하겠지만 예쁜 그녀에게 자신의 흔적을 제대로 남길 수 있는 기회였다.

"으, 으응!"

정희가 힘겨운 신음을 뱉었다. 손가락은 하나에서 두 개로, 두 개에서 세 개로 차근차근 늘어 갔다. 보통의 남성보다 사이즈가 컸기에 충분히 그녀의 몸을 녹이고 또 녹여내기 위해. 그는 엄청난 인내력으로 그녀가 충분히 준비를 마칠 수 있도록 기다렸다. 하지만 손가락만으로도 절정으로 치달아 가며 내뱉는 그녀의 신음에 인내력은 어느새 바닥을 드러내고 있었다.

"아, 아아! 아아! 오, 오빠!"

정희가 거친 신음을 내질렀다. 비명에 가까운 소리였다.

어깨를 붙잡았던 손은 어느새 그의 목에 둘러져 있었고, 단단한 상체를 자신의 쪽으로 바짝 잡아당겨 매달렸다.

흔들렸다. 세상이. 게슴츠레 뜬 눈으로 보이는 천장이 일렁였다. 거친 숨을 내뱉고, 저릿해진 아랫도리에 그녀가 고개를 내저었다.

"그, 그만! 그만!"

"……으."

절정에 달할수록 손가락을 꽉 조이는 여성에 그의 미간이 일그러졌다. 사력을 다해 참아 봤으나 이젠 한계였다. 이대로 그녀가 자신의 품 안에서 부서질 수도 있다, 생각을 하면서도.

손가락을 빼낸 그는 축 늘어진 정희의 모습을 보았다. 방금 전까지 여성 안에 있었던 손가락을 혀로 할짝인 그는 정희에게서 시선을 떼지 못했다.

파르르 떨리는 허벅지. 크게 들썩이는 가슴. 빳빳하게 선 정점. 이를 차례대로 둘러보던 그가 입가를 느슨하게 풀었다.

"왜 그런 표정이야?"

"……하아."

축축하게 젖은 시선은 오로지 윤상을 향해 있었다. 정희가 크게 호흡을 내뱉자 그의 미간이 일그러졌다. 몸에 힘이 들어가지 않는다는 듯 축 늘어져 있던 그녀가 손을 들어 그를 향해 허우적거렸다.

"이리 와."

"……."

"제대로 안아 줘."

그녀의 말에 윤상이 자리에서 일어섰다. 속옷과 바지를 한꺼번에 벗은 그는 무시무시한 위용을 뽐내는 남성을 붙잡고 곧장 그녀의 사이에 자리를 잡았다. 여성의 벽에 가득한 애액으로 제 끝을 적신 그가 지체 없이 남성을 그녀의 안에 파묻었다.

"으응!"

"으!"

두 사람의 입에서 하모니처럼 신음이 터져 나왔다.

완벽한 결합을 한 뒤에, 그는 잠시 움직임을 멈췄다. 예상대로 여성은 너무나 따뜻했고 좁았으니까. 나정희는 그렇게 뜨거운 여자니까.

움직임을 멈춘 채 땀으로 흠뻑 젖은 정희의 얼굴을 쓰다듬던 그가 웃었다.

"우리 정희, 예쁘다."

예쁘다. 예쁘다.

그가 속삭이듯 말했다. 간헐적으로 떨리는 그녀의 몸이 진정을 찾을 때까지. 거칠게 들썩이던 가슴이 평온해지자, 그가 천천히 허리를 움직였다.

푹! 푹!

강약을 조절해 안으로 들어왔다 나오길 반복하던 그가 빠르게 허릿짓을 시작했다. 파도처럼 몰려왔다 빠지는 그 움직임에 그녀의 몸이 모래처럼 따라 움직였다.

철썩이는 움직임 속에서, 정희의 정신은 하얗게 타 가루가 되어 허공에 날렸다.

❀   ❀   ❀

이게 어떻게 된 일이지.

정희는 멍하니 생각했다. 몇 번이고 눈을 깜빡이며. 그러다 문득 떠오른 생각에 눈을 동그랗게 떴다.

그와 잤다!

그것도 한 번이 아니라 여러 번!

해가 중천에 떠 있는 시간에 그와 몇 번이고 관계를 가진 정희는 반쯤 졸도를 하고 나서야 그의 품에서 빠져나올 수 있었다.

"오, 오빠! 그만, 그만!"

몇 번이고 까무러쳤는지 모른다.

그리고,

"제발, 오빠."

몇 번이고 그렇게 빌었는지 모른다.

하지만 윤상은 멈추지 않았다. 평소 웃는 얼굴 뒤에 숨어 있던 무시무시한 포식자는 그녀의 몸이 부서질 때까지 가졌고, 또 가졌다.

몸을 일으킨 정희가 곤히 잠들어 있는 윤상의 얼굴을 본 후 입술을 씹었다.

화르륵—

얼굴에 불길이 끼쳤다.

부끄러움에 입은 꼭 다물리고, 몸은 뻣뻣하게 굳었다.

"나정희, 정희야. 정희야."

그는 관계를 가지는 중에도 끊임없이 정희의 이름을 불렀다. 품에 있는 사람이 정희라는 것을 명확하게 알고 있다는 듯이. 몇 번이고, 몇 번이고.

그렇게 말한 후엔 사랑한다고 거칠게 말했다. 그녀의 뇌리에 명확하게 박아 두기라도 하려는 듯이.

도, 도망가야 해.

맨정신으로 그를 똑바로 마주할 자신이 없었던 정희는 발을 바닥에 내려놓은 후 일어섰다. 그러다 순간 다리에 힘이 풀려 털썩 주저앉았다.

"아…… 아프다."

넘어져서 아프다기보단 거친 관계에 사타구니가 쓰린 게 더 컸다. 오히려 그 때문에 침대에 부딪힌 무릎의 아픔이 느껴지지 않을 정도였다.

끙끙.

연신 앓던 정희가 눈동자를 데굴데굴 굴렸다.

엄마, 이 짐승. 다리에 힘이 들어가지 않잖아!

극악무도했던 지난 관계에 이를 버득버득 갈던 정희가 다리에 다시 한 번 힘을 주었다. 그리고 자리에서 일어나 문 쪽으로 살금살금 걸음을 옮길 때였다.

"어디 가?"

움찔!

화들짝 놀란 정희의 몸이 튀어 올랐다.

환, 환청이야. 이건. 그래, 너무 긴장해서 들리는 환청…….

"나정희, 어디 가냐고."

애써 현실을 부정하던 정희가 고개를 돌려 윤상을 보았다. 몸을 옆으로 돌린 채 자신을 바라보고 있는 모습에 그녀가 어색한 웃음을 흘렸다. 하, 하하. 하지만 무심한 그의 얼굴은 표정 따윈 깨끗이 지워진 뒤였다.

"……이, 일어났어?"

"응."

짧게 답한 그가 입술을 길게 늘어뜨리며 말했다.

"설마, 먹튀는 아니겠지?"

"……서, 설마. 그럴 리가."

그녀는 결국 애써 펴고 있던 얼굴에 힘을 풀었다. 와자작. 얼굴이 종잇장처럼 일그러졌다.

"이, 이렇게 부끄러울 줄은 몰랐어."

그렇게 말한 정희가 그의 모습을 다시 힐끔 보았다.

아침부터, 거 힘도 좋구만.

바짝 고개를 치켜든 남성에 그녀가 고개를 옆으로 팩 돌렸다.

해가 질 시간이 되어서야 겨우 잠들었는데, 그는 아직도 모자란 것인지 튼실한 남성을 뽐내고 있었다.

눈을 질끈 감은 정희가 손을 들어 얼굴을 가렸다. 또다시 타조 코스프레를 하며 반쯤 울먹이는 목소리로 말했다.

"조, 좀 가려 주면 안 될까?"

"왜? 어제 다 봤잖아."

"……"

"그리고 그렇게 부끄러우면 너부터 가리는 게 좋지 않을까? 보기엔 좋지만."

그의 말에 정희가 손가락 사이로 그와 눈을 마주친 후 고개를 아래로 내렸다.

실오라기 하나 걸치고 있지 않은 건 자신 또한 마찬가지였다. 눈을 동그랗게 뜬 그녀가 붕어처럼 입을 뻐끔뻐끔 벌리다 이내 비명을 내질렀다.

"악!"

정희는 바닥에 있던 옷가지를 주워 들어 제 몸을 가리곤 싱글벙글 웃고 있는 그를 바라보며 악을 썼다.

"누, 눈 돌려! 시선 깔어!"

당장! 롸잇 나우!

고함을 지른 그녀는 옷을 입는 것을 포기하고, 내던져진 그의 티셔츠를 주워 대충 꿰어 입었다. 여자치고는 큰 키였기 때문에 보기 흉한 모습은 아닐 거라 생각하던 그녀는 사타구니가 쓰리자 옅은 신음을 내뱉으며 도끼눈을 떴다.

이런, 망할 인간.

세상에서 가장 나쁜 인간이 자신의 죄를 모르는 인간이다. 고로, 지금 정희에게 있어 세상에서 가장 나쁜 인간은 정윤상이었다.

사람을 아주 너덜너덜하게 만들어 놓고, 그것도 몰라!

그녀가 가슴을 들썩이며 씩씩거리자 윤상이 상체를 일으켜 앉으며 물었다.

"뭐가 그렇게 부끄러운데?"

"몰라서 물어?"

그녀가 기가 막히다는 듯 눈을 동그랗게 떴다.

내가 제발 그만하라고 몇 번이나 말했더라? 몇 번이나 잘못했다고 말했지? 목이 쉬도록 말하고 또 말했다. 하지만 눈앞에 있는 이 나쁜 인간은……

"어."

자신을 가지고 또 가졌다. 애액이 나오지 않을 만큼 만신창이로 몸이 너덜너덜해진 뒤에는 여성을 핥기까지 했다! 이것저것 죄다 말하고 싶었지만, 차마 입에 담을 수 없을 만큼 외설적인 행동들이었다.

정희가 윤상을 향해 손가락질을 했다.

"어제! 이런 것도 하고! 저런 것도 하고! 그랬는데 어떻게 안 부끄러워?"

삐그덕.

윤상이 자리에서 일어나자 장장 다섯 시간 동안 일을 해야 했던 매트리스가 비명을 질렀다. 고단함에 비하면 작은 반응이었다. 매트리스와 비슷한 강도의 고충을 겪은 정희가 손바닥을 앞으로 척 펼치며 당혹스러운 목소리로 말했다.

"오, 오지 마. 오지 말라니까!"

쪽.

성큼성큼 걸음을 옮긴 윤상이 정희의 이마에 입술을 맞췄다. 그러더니 어깨를 끌어안으며 허리를 숙였다. 실오라기 하나 걸치지 않은 몸으로.

"배고프다. 뭐 먹을까?"

정희가 겁을 잔뜩 집어먹은 얼굴로 그를 올려다보았다.

냉장고에 없는 게 뭐더라? 윤상을 잠시 보이지 않는 곳에 치워야 마음의 안정을 되찾을 것 같아 빠르게 머리를 굴렸다.

"아, 아이스크림 먹고 싶어."

"아이스크림?"

"어, 그러니까 좀 사……."

사 와.

제발.

내 앞에서 잠시만 없어져 줘.

그녀가 눈동자로 간절히 말했다. 하지만 윤상이 누구던가.

"같이 사러 가자."

"어?"

당황한 정희가 눈을 동그랗게 떴다. 욕실로 향하는 그의 뒤를 졸졸 따르며 '오빠가 사 오면 안 돼?'라고 말을 하려던 차였다. 그녀의 마음을 손바닥처럼 들여다보던 그가 고개만 돌려 정희를 보았다.

"같이 샤워할래?"

"……."

이번에도 그녀의 말문을 막는 데 성공한 그가 싱글싱글 웃었다. 뺀질뺀질한 그 웃음을 멍하니 보던 정희가 몸에 힘을 주었다.

"야!"

복식호흡이란 이런 것인가. 아랫배에 힘을 꽉 주어 외친 그녀가 도끼눈을 떴다. 하지만 되돌아오는 것은…… 꿀밤. 그녀의 머리를 콩 내려친 윤상이 제법 엄한 표정을 지었다.

"이게 오빠랑 아주 맞먹으려고."

"아파."

맞은 부위를 손바닥으로 매만지며 정희가 우울한 목소리를 냈다. 어찌 된 일인지 계속 그에게 말려드는 기분에 울고만 싶어졌다.

"아프라고 때린 거야. 어딜 튀려고."

"……."

"같이 씻고 싶으면 들어와. 문 안 잠글 테니까."

다시 욕실 쪽으로 걸음을 옮기는 그의 뒷모습을 바라보던 정희는 욕실 문이 닫히자 고개를 푹 숙였다.

"엉덩이만 예쁘면 다야?"

콱.

욕실 쪽으로 주먹질을 하던 그녀가 자리에 털썩 주저앉았다.

"우씨."

쪽쪽.

두 사람의 손엔 소다맛 쭈쭈바가 들려 있었다.

정희가 먹고 싶다고 했던 아이스크림과 함께 식재료, 맥주를 사 들고 집으로 돌아오는 두 사람의 모습은 한량처럼 보였다.

슬리퍼를 질질 끌며 집으로 향하던 정희는 자신과는 달리 반듯한 옷차림의 그를 보며 인상을 구겼다.

도대체 옷은 언제 두고 간 거래?

자신도 모르는 사이에 제 옷장에 흔적을 남기고 간 그는 씻고 나오자 능숙하게 옷을 꺼내 갈아입었다. 그 모습에 얼마나 기가 찼던가. 하지만 그와 동시에 깨달은 것은 이 남자를 도저히 이길 수 없다는 사실이었다.

"뭐할 거야, 지금부터?"

그의 물음에 정희가 망설임 없이 답했다.

"VOD 보려고."

"뭐 볼 건데?"

"세 달 전에 개봉한 영환데 이번에 떴더라고."

"흐음. 장르는?"

"추리, 스릴러."

"로맨틱 코미디 보면 안 되냐?"

남녀가 바뀐 것처럼 윤상은 '사랑 이야기'를, 정희는 '잔인하고 머리를 굴려야 하는 이야기'를 추천하며 투닥투닥 집으로 향했다. 결국 리모컨은 '이 집의 전기세는 물론, VOD 값을 내는 것도 나야!'라고 말한 정희에게로 돌아갔지만.

전자레인지에 팝콘을 돌리고, 그 외에 스낵과 맥주까지 준비를 마친 둘은 영화를 보기 시작했다.

영화는 여자 주인공 원톱으로, 사랑하는 아들을 잃고 상대에게 복수를 하는 내용이었다. 거대 범죄 조직과 맞붙은 30대 배우는 나이에 걸맞지 않게 멋진 액션을 소화해 냈다. 정희의 입에선 액션에 대한 감탄이 터져 나왔으나, 윤상은 미간을 찌푸리고 있었다. 이해되지 않는다는 듯이.

"저게 가능해?"

"흠, 가능하지 않을까?"

여자 주인공이 커다란 삽으로 상대 배우의 머리를 내려쳤다. 피는 강처럼 굽이굽이 흘렀고, 여자 주인공은 웃고 있었다. 극의 중반, 아들을 죽인 사람도 아니었지만 어머니는 복수를 위해 살인을 했다. 정희는 가능하다고 말했고, 이에 그는 고개를 저었다.

"난 뭔가 좀 모자란가 봐. 내 자식을 위해서 살인을 저지른다? 난 못 할 것 같은데."

"가족이니까."

딱 잘라 말한 정희가 텔레비전에서 시선을 떼 그를 보았다. 윤상의 시선은 그전부터 그녀를 향해 있었다.

어릴 적 부모님을 잃은 정희에게 가족은 특별했다. 그리고 그녀 때문에 아버지와 척을 지고 살아왔던 윤상은 가족에 대한 정은 없었다. 비슷한 점이 많은 둘이었으나 '가족'에 대해선 교집합이 없었다.

"부모님이 돌아가셨을 때."

"괜한 말 꺼냈다."

정희가 운을 떼자 윤상이 고개를 저었다. 가슴 아픈 이야기는 하지 않아도 된다며. 하지만 정희가 괜찮다는 듯 말을 이었다.

"슬펐어. 그런데 반대의 경우잖아, 저긴. 부모님은 만약 내가 죽었다면 더 슬퍼하셨을 거야. 나보다 더더. 그래서 조금 다행이라고 생각해."

"……."

"부모님보다 먼저 죽지 않아서. 잃으니까, 그런 생각이 들더라고."

그렇게 말한 정희가 캔을 기울여 맥주를 꿀꺽꿀꺽 마셨다. 미지근해져서 그럴까. 맥주가 방금 전처럼 달지 않고, 쓰고 텁텁하게 느껴졌다.

"난 몰라. 그래서 네가 원하는 가족은 만들어 주지 못할 수도 있어."

"뭐, 괜찮아. 오빠가 그랬잖아. 뭐든 잘 배운다고."

정희가 어깨를 으쓱이며 가볍게 대답했지만 그는 여전히 자신이 없다는 듯 우울한 표정을 지었다.

그가 그녀에게 쉬이 다가올 수 없었던 이유. 그리고 정우가 걱정했던 문제.

정우는 윤상이 단순히 정 회장의 아들이기 때문에, 대단한 집의 아들이기 때문에 반대했던 것이 아니었다.

정희는 어릴 적 부모님을 잃었고, 따뜻한 가정에 대한 동경이 있었다. 그녀는 자신 역시 제대로 된 인간이 아니라 따스한 가정을 만들기엔 부족하다고 말했지만, 정우는 평범한 집안에, 그녀만을 위해 줄 수 있는 남자에게 시집을 보내고 싶었다. 평범한 것이 얼마나 어려운지 정우 스스로도 알고 있었지만.

그 부족함을 윤상 또한 알고 있었다. 그에게 제 마음을 들켰던 날. 너의 집은 평범하지 않고, 가정이 어떤 것인지 알지 못하기에 허락할 수 없다는 말을 들었을 때 아무런 대꾸를 하지 못했으니까.

윤상의 눈동자가 어두워지는 것을 보던 정희가 입맛을 쩝쩝 다셨다. 괜한 이야기를 했다는 생각에 분위기를 가볍게 만들기 위해 운을 뗐다.

"그리고 또 모르지. 나랑 똑같은 딸이라면 엄청난 사랑을 쏟아 줄지도."

"……정희, 미니미?"

그의 눈동자가 반짝였다.

작은 나정희라니.

상상만 해도 기분이 좋아지는지 입술이 호를 그렸다.

그의 눈동자에 총총하게 뜬 별을 바라보던 정희가 고개를 내저었다. 더 이상 내버려 뒀다간 엄한 생각을 할 것만 같아서.

"워. 여기까지만 하자."

그녀가 다시 TV로 고개를 돌리자 윤상도 화면을 향해 시선을 주었다.

—내 몸의 살점이 떨어져 나가는 기분이었어! 아니, 산 채로 배를 갈라 장기를 꺼내는 기분이었어! 네가 한 짓은 그거였어! 왜 그랬어, 왜! 왜!

여배우가 비명처럼 고함을 질렀다. 핏줄이 터져 붉어진 눈동자는 야차 같았다.

괴물.

아들을 잃은 어미는 그렇게 발버둥을 치며 제 슬픔을 비명으로 내질렀다. B급 고어물에 가까울 정도로 잔인한 장면이 이어졌다. 얼굴이 일그러졌으나, 그는 화면에서 시선을 떼지 못하고 있었다.

어머니. 모성애. 가족.

모두 그에게는 해당 사항이 없는 것들이었다. 자신의 삶이 가장 중요한 사람이었던 어머니는 어릴 적 이혼을 하고 프랑스로 떠났다. 그곳에서 꿈을 제대로 펼치고 있는 모양인지, 요즘에도 간간이 언론에 소개되고 있었다.

가장 먼저 따라붙는 수식어는 '과거 D.C 사모님', 그리고 'D.C 후계자의 어머니'. 그다음에 이어지는 소개는 '성공한 화가'였다.

어떻게 지내고 계실까.

자신의 곁을 떠난 뒤로는 단 한 번도 생각하지 않았던 문제였다.

어머니는 자신을 버리고 간 후에 행복했을까? 원하던 바를 이루어 나가는 지금의 삶에 만족하고 있을까? 만나 뵙고 싶은 마음은 없었으나, 후에 우연히 만나게 되면 물어보리라.

당신은, 혼자서 괜찮으십니까?

쾅! 쾅쾅!

―죽어! 죽으라고! 제발, 제발 죽어!

쾅! 쾅쾅!

―죽으란 말이야!

어미가 복수에 성공하는 장면에서 윤상의 얼굴이 또다시 일그러졌다. 그리고 상대가 죽은 후에도 살아 돌아오지 않는 아들과 현실의 괴로움에 몸부림을 치는 모습에서는 그 역시 비슷한 감정을 느꼈다.

허탈했다. 끔찍한 과정을 겪었는데, 아무것도 변하는 것이 없어서. 그리고 결국, 모든 것을 잃은 어미가 할 수 있는 선택은 죽음뿐이었다. 자신이 만든 핏빛 세상에서 날카로운 칼로 자살하는 그 모습에 그가 고개를 옆으로 돌렸다.

넌 정말 이런 게 보고 싶었던 거야?

그렇게 물으려 했다. 하지만 피곤했던 것인지 정희는 곤한 잠에 빠져 있었다.

코오, 코오.

귀를 기울이자 반복적인 숨소리도 들렸다. 영화를 보고 싶어 했던 것은 그녀였는데, 정작 끝까지 본 것은 그가 되었다. 고개를 옆으로 내린 그가 그녀의 관자놀이에 제 머리를 뱄다.

"왜 이런 게 보고 싶은 거야?"

새드 엔딩인데. 누구 하나 행복한 사람이 없는.

우울한 눈동자를 깜빡이던 그가 호흡을 갈무리했다. 사람들이 부러 만들어 낸 스토리에 감정의 동요를 보이는 것은 멍청한 짓이었다. 그들의 이야기에 자신의 감정을 대입하고, 제 사정을 대입하는 것도 아주, 아주아주 멍청한 짓이니까.

몇 번 호흡을 가다듬어 평소의 모습으로 돌아온 그가 고개를 돌려 그녀의 관자놀이에 입을 맞췄다. 짧은 입맞춤에 감겨 있던 정희의 눈꺼풀이 스르르 들렸다.

"또 덮치려고."

정희가 잠결이 가득한 목소리로 말했다. 하지만 기지개를 크게 켜는 것을 보니 일어날 모양이었다.

그가 느슨하게 웃었다. 꿈틀꿈틀 제 속에 있던 감정을 애써 억누른 채.

"다이어트한다며. 벌써 살이 빠진 것 같은데."

"……제발 봐주라, 오빠."

"큭."

작게 웃음을 뱉은 그는 울상인 얼굴을 보며 자리에서 일어났다. 예전처럼, 제 감정을 뒤에 숨겨 놓은 채 웃는 그의 모습을 빤히 보던 정희가 고개를 기울였다. 웃고 있는데, 그 모습이 가면처럼 느껴졌다.

"뭐야? 또 왜 그렇게 웃어?"

"내가 뭘?"

"나도 그렇지만, 오빠도 거짓말 못하거든?"

"……."

그가 입을 굳게 다물었다. 무어라 말할 수 없어서. 그러다 가볍게 넘기기로 결심한 것인지 한 톤 높은 목소리로 말했다.

"영화가 원체 감동적이었어야지."

"오빠."

"나정희 팀장님, 일어나세요. 일하셔야죠."

금요일에 싸들고 왔던 일거리는 정희의 가방에 담긴 그대로일 것이다. 답보 상태에 있는 일은 그녀 혼자 하기엔 오래 걸릴 테니, 도와줘야 할 터였다.

그가 서재 쪽으로 걸음을 옮기자 정희가 자리에서 벌떡 일어났다. 그리고 서둘러 그의 뒤를 따라가 팔목을 붙잡았다.

"말 돌리지 말고."

"진짜야."

그가 무심하게 말했다. 가면인 것을 들켰으니, 애써 짓고 있던 웃음은 모두 지운 채였다. 그의 표정을 관찰하듯 뜯어보던 정희가 진중한 어조에 미간을 찌푸렸다.

"영화 때문에 그래."

"무슨 내용이었는데?"

"모르고 보자고 한 거야?"

"어. 좋아하는 배우여서."

그녀의 말에 윤상이 한숨을 내쉬었다. 그리고 느리지도, 빠르지도 않은 어조로 말했다.

"사랑에 대한 확신이 필요해서 그 사람과 결혼했어. 그리고 그 사람이 떠난 후에 빈자리를 채워 준 게 그 아이야."

"응?"

"영화 대사."

여자 주인공의 마지막 대사였다. 그 뒤로 그녀는 비명을 내지르며 울부짖다 곧 죽음을 택했으니까.

그의 말을 여전히 이해하지 못한 정희가 고개를 기울였다. 영화 때문이라고 하기엔 그의 표정이 너무나 어두웠다. 자신을 보는 그녀를 향해 윤상이 굳어 있던 입가를 부드럽게 휘었다.

"제주도, 몇 시 비행기야?"

"……어?"

갑자기 그건 왜?

정희가 눈을 동그랗게 뜨자, 윤상은 그녀와 적당한 거리를 유지한 채 답했다.

"휴가 같이 가자. 처음부터 끝까지."

"오빠……?"

그 말이 무엇을 뜻하는지, 정희는 잘 알고 있었다. 같은 여행지로, 같은 시기에 떠나는 것만으로도 회사엔 이상한 소문이 돌았으니까.

공식적으로, 남들 눈을 피하지 말고 만나자. 그는 그렇게 요구하고 있었다.

"잘 생각해 봐."

혼란스러운 눈빛에 윤상은 서글픈 웃음을 지었다.

그도 필요해졌다. 확신이.

어쩌다 보게 된 영화 한 편은 그의 속에 있던 가장 기본적인 무언가를 건드렸다.

❀　　　❀　　　❀

월요일 아침. 새로운 한 주가 시작되는 날이었다.

여름휴가 기간이었기에 듬성듬성 자리가 비어 있었다. 자신들의 휴가 계획을 늘어놓으며 한바탕 자랑으로 떠들썩해야 했으나, 어찌 된 일인지 아침부터 그룹을 지어 모여든 이들은 단 하나의 이야기만 하고 있었다.

"야, 그 이야기 들었어?"

"무슨 이야기?"

이야기. 소문. 그건 매년 장소만 바꿔 떠나는 여행보다 더 흥미로운 것이었다.

"마케팅부에서 금요일 저녁에 누가 키스하는 걸 경비 아저씨가 봤대!"

"헐! 사무실에서?"

"어! 누군지 얼굴은 못 봤는데……."

출근한 지 한 시간도 되지 않았지만, 소문은 참으로 빨랐다. 금요일 저녁, 경비에 의해 퍼진 소문은 이제 관음증이 있는 사람들처럼 CCTV가 있는 사무실에서 관계를 나눴다는 내용으로 부풀어 있었다. 하지만 아무리 그렇다 하더라도 '주어'는 바뀌지 않았다.

마케팅부.

금요일 저녁.

마지막으로 사무실에 정희와 윤상이 남아 있던 것을 본 사람들이 있었다. 소문의 주체는 순식간에 '마케팅부'에서 '정희'와 '윤상'으로 바뀌어 갔다.

"나정희 팀장이랑 정윤장 실장이랑 무슨 사이야?"

"둘이 사이 안 좋지 않나?"

복도에 놓인 커피 자판기 앞에 삼삼오오 모여 이야기를 하는 여직원들의 얼굴에 짜증이 서렸다. 정윤상 실장이라니, 정윤상 실장이라니! 절대 스캔들의 주인공이어서는 안 되는 '아이돌'이 이런 식으로 추문에 휩싸인 것이 다들 마음에 들지 않는 모양이었다.

서류를 획획 넘기며 복도를 걷던 정희의 발이 멈췄다. 갑작스레 멈춘 걸음에 치마의 옆트임이 확 벌어져 그녀의 새하얀 허벅지가 드러났다.

"에이, 설마 두 사람이?"

"좀 말이 안 되지 않나? 아무리 나정희 팀장이 괜찮아도 정윤상 실장님 짝으론……."

"그래, 아닐 거야."

평소라면 그냥 무시하고 지나갔을 정희였겠지만 이번엔 그럴 수가 없었다.

뭐? 내가 정윤상의 짝으론 좀 그래? 아닐 거라고?

눈을 삐죽 뜬 그녀가 파일을 확 덮었다.

탁!

복도 가득 울려 퍼지는 소리에 자판기 앞에 모여 있던 여직원들의 시선이 그녀에게 닿았다.

"헉!"

뒷담화를 하다 걸렸으니, 다들 사색이 된 얼굴이었다. 하지만 정희는 그들에게서 시선을 떼지 않았다. 무시하지도 않았다.

또각또각.

도도하게 걸음을 옮긴 정희가 그들 앞에 걸음을 멈춘 후 팔짱을 꼈다.

지원팀 여직원 3인방이었다. 하루의 대부분을 수다로 보내는 사람들. 정희가 눈을 아래로 내리깔며 웃었다. 붉은 입술이 시니컬하게 휘어지고, 조금 길어 귀 밑에서 찰랑이는 머리카락 너머로 귀걸이가 반짝였다.

"재미있어 보이는데, 뭔가요? 안 그래도 오늘 하루 종일 저에 대해 사람들이 뒤에서 씹어 대서 귀가 간질간질하던 참인

381

데. 아무도 제 앞에선 말을 해 주지 않더라고요."

"저, 그, 그게……."

회사에 떠도는 소문을 정희도 들은 모양이었다.

그녀의 물음에 여직원들이 아무런 말도 하지 못한 채 입술만 잘근잘근 씹고 있을 때였다. 정희가 살살 녹아내릴 것처럼 미소를 지었다.

움찔!

우, 웃으니까 더 무섭다.

직원들이 서로 시선을 주고받았다.

"남의 사생활에 그렇게 관심이 많으세요?"

"티, 팀장님……."

"맞아요. 정윤상 실장님이랑 저. 그러니까 다른 사람들이 두 사람 아무런 관계도 아닐 거라고 하면 당사자에게 확인했다고, 진실이라고 말해 주세요."

"헉……!"

누가 먼저랄 것도 없이 다들 숨을 들이켰다.

소문의 당사자가 인정을 했다! 그것도 시원하고 화끈하게!

놀라는 이들을 바라보며 다시 한 번 싱긋 웃은 정희는 속으로 한숨을 삼켰다. 한동안 시끄러울 테지만 거기에 대해선 걱정하고 싶지 않았다.

웃음을 지운 그녀는 사람들과 일일이 시선을 맞추며 서릿발 어린 눈동자로 종용했다.

"이제 자리로 돌아가서 일하시죠? 제주도 입점, 이번 주 수요일인데."

"네? 아, 네!"

빠르게 사라지는 여직원들의 뒷모습을 보던 정희가 다시 파일을 펴 눈으로 서류를 훑었다.

내일부턴 여름휴가였다. 자신의 타는 비행기에 혹 잔여석이 있는지 방금 알아보았고, 예약까지 마쳤다. 이를 윤상에게 알리면……

빠르게 생각하던 그녀가 문뜩 걸음을 멈춘 후 펜으로 머릴 긁적였다.

"이럴 때, 그 확신이란 것 참 좋네."

기가 차다는 듯 웃은 그녀가 주머니에서 휴대전화를 꺼내 키판을 꾹꾹 누른 후 메시지를 보냈다.

사장까지 참석하는 팀장 회의엔 알 수 없는 긴장감이 흘렀다.

막 자리에 앉던 윤상은 자신에게 쏟아지는 시선에 속으로 한숨을 삼켰다. 그 역시, 이곳으로 오는 도중에 자신과 정희에 관련한 소문을 들은 상태였다.

나정희, 지금쯤 경기하고 있겠네.

속으로 한숨을 삼킨 그는 드문드문 비어 있는 자리를 보다 말고 주머니에서 울리는 진동을 느꼈다. 휴대전화를 꺼내 확인하자 정희에게서 문자가 와 있었다.

〈내일 오전 11시 20분. 아시아나. 예약 완료.〉

멋없는 문자였다. 시간과 비행기편만 찍혀 있는.

하지만 그것을 보는 윤상의 얼굴은 만개해 있었다. 이 문자가 뜻하는 바가 무엇인지 잘 알기 때문이었다.

피식 웃음을 내뱉은 그가 휴대전화를 주머니 안에 밀어 넣었다.

사장이 회의실 안으로 들어오자 임원들이 자리에서 일어났다. 사장의 시선 역시 윤상에게 향해 있었다. 방금 전엔 불편하고 짜증스럽게 느껴지던 그 시선이 이제 더 이상 그렇게 느껴지지 않았다.

"저에게 하실 말씀이 있으십니까?"

그래서 그는 당돌하게 물었다. 물어보고 싶은 것이 있다면 물으라고. 그러자 오히려 곁에 있던 이 전무가 질문을 던졌다.

"아, 사내에 정 실장님과 관련한 소문이 돌고 있어서요. 정 실장님도 알고 계십니까?"

이 자리에 있는 사람 모두가 궁금했던 것인지 시선이 윤상에게 한꺼번에 쏟아졌다.

시즌의 한국 지사는 젊은 직원들이 많았다. 연애설이라면 끊이지 않았고, 사내 연애를 하는 커플도 왕왕 있다고 했다. 모두들 비밀 연애를 하다가 들킨 것이라고는 하지만.

그때도 사람들의 관심은 지대했었다. 하다못해 평사원들의 연애도 그 정도로 관심을 가지는데, 정윤상과 나정희의 스캔들이라니. 어찌 궁금하지 않을 수가 있겠는가.

자신에게 질문을 던진 이 전무를 보던 윤상이 시선을 돌려 김 사장을 보았다. 그와 시선을 맞추고 무심히 물었다.

"혹시, 사내 연애는 안 된다는 회사 내규가 있습니까?"

그 질문 하나로 모든 게 설명이 되었다.

정윤상과 나정희가 연애를 한다!

그것도, 아주 대놓고!

chapter 9
너구리와 마녀의 계략

"들었어? 정윤상 실장님이 임원 회의에서 했다는 말."

"어! 완전 대박이지 않냐? 고 실장님 말로는 완전 박력 짱이었다던데? 본인이 반할 뻔했다더라."

"고 실장님 남자잖아. 그게 뭐야."

키득키득.

장난스럽게 나누던 대화가 삼천포로 빠지는 것도 순간, 그리고 꽤 무게를 잡고 앉아 있는 양반들의 회의 시간에서 나온 이야기가 밖으로 새어 나온 것 역시 순식간이었다.

오늘 저녁, 제주도로 날아갈 사이즈별 종이 가방부터 시작해 신제품 팸플릿까지, 일일이 메모지를 보며 챙기고 있던 정희가 고개를 들었다.

팀원들은 모니터를 보고 있었다, 분명. 하지만 화면에는 일거리 대신 수많은 대화창이 떠 있었다.

아이고, 소문 한번 참 빠르지.

속으로 혀를 끌끌 차던 정희가 한숨을 삼켰다.

그녀는 자신이 지나갈 때마다 뒤에서 들려오는 숙덕임에 미간을 찌푸려야 했다. 내일부터 여름휴가라 다행이지, 만약 이 상태로 계속 사무실에 있었다간 노이로제로 피가 바짝바짝 말랐을 것이다.

오늘은 칼퇴근을 해야지. 집으로 돌아가서 짐을 챙겨야 했다. 일정이 일주일이나 되었으니 옷과 속옷은 넉넉하게 챙겨야 할 것이고, 화요일에 제주도에 도착하자마자 면세점에 들러야 하니 내일 아침에 입을 정장도 따로 챙겨 둬야 했다. 제주도에서 신을 편안한 신발도 챙겨야겠다고 생각하던 정희가 눈을 삐죽였다.

타다다다!

침묵이 내려앉은 사무실 안에 울리는 것은 키보드 소리뿐이었다. 빠르게 대화를 주고받는 직원들은 마치 뒤통수에 눈이라도 달린 것처럼 정희와 윤상을 주목하고 있었다.

그 모습을 힐끗 바라보던 정희가 자리에서 일어나 인기척을 줄인 채 유독 빠르게 키보드를 두드리고 있는 자연 쪽으로 걸음을 옮겼다.

숨소리를 삼킨 정희가 허리를 숙여 화면을 보았다.

어때? 진짜 소문대로야?

별 반응 없음. 같이 있지도 않는데?

미간을 찌푸린 채 거칠게 키보드를 두드려 답하는 자연을 보던 정희가 인상을 구겨 옆을 보았다. 놀란 경란이 눈을 동그랗게 떴으나, 정희는 손가락을 코 위에 길게 세웠다.

쉿.

그녀의 눈초리에 경란이 침을 꼴깍 삼켰다.

주의를 준 정희가 다시 모니터로 고개를 돌렸다. 자연은 여전히 그녀가 뒤에 서 있다는 것을 눈치채지 못한 채 대화에 집중하고 있었다.

근데 정말이야? 나정희 팀장이 연애한다고 인정한 거.

대화명엔 '김수경'이란 이름이 찍혀 있었다.

김수경이라, 인사팀 여직원이었던가? 정희가 고개를 갸웃거리고 있을 때였다. 자연이 나팔의 기수에게 들은 내용을 그대로 옮겼다.

그런 모양이더라. 인사팀이랑 지원팀 직원들이 들었다고 했잖아.

아, 짜증 나! 회사에서 유일하게 눈요기할 수 있는 사람이었는데!

얼씨구?

수경의 답에 정희가 미간을 구겼다. 어디 감히 남의 남친으로 눈요기를 한단 말인가.

정희가 눈을 삐죽이자, 경란의 얼굴이 더욱 창백하게 변했다.

어, 어쩌지?

경란이 당황하며 자연에게 눈치를 주려 했으나, 막 도착한 수경의 메시지를 읽느라 정신이 팔린 그녀가 팔을 허우적거리는 경란을 볼 수 있을 리가 없었다.

여직원들 모두 장례 모드임.
그렇겠지. 정 실장님이 많이 아깝지.

자연의 답에 정희가 눈썹을 휘었다.

더 두고 볼까? 어디까지 가는지. 실시간으로 스캔들과 자신에 대한 평을 들을 기회는 좀처럼 없을 터이기에 좀 더 보고 싶긴 했으나 그랬다간 기분만 상할 것 같았다.

숙이고 있던 허리를 편 정희가 팔짱을 끼며 고개를 삐딱하게 기울였다.

"그건 여직원들 입장에서만 그렇지 않을까요? 나도 꽤 괜찮은 여잔데."

"……헉."

"더 오래 알고 지낸 사이인데 이러기예요?"

"…….."

자연이 창백해진 얼굴로 몸을 오들오들 떨었다. 그사이에도 메시지는 계속해서 도착하고 있었다.

조만간 헤어질 거야. 사내 연애가 얼마나 힘든데. 거기다 나 마녀 성격이 좀 피곤하니? 아무리 성격 좋은 정윤상 실장님이라 하더라도 못 견디고 나가떨어질걸?

"티, 팀장님."

"저 대화에 대해 사실을 이야기하자면…… 저 성격 안 좋은 거 맞아요. 뒤에서 나 마녀라고 부르는데, 그것 역시 동의."

가끔 팀원들이 말도 안 되는 실수를 할 땐 월급 도둑이란 소리까지 하고, 능력 없는 직원들을 대할 땐 잘 따라오지 못해 화를 내기도 했었다.

열정이 넘쳐서라고 하기에 그녀가 했던 행동들은 지나치게 이성적이었고, 반대로 지나치게 감성적이기도 했다.

정희가 무심한 표정으로 말을 이은 후 한숨을 뱉었다. 20대 대부분의 시간을 그렇게 보내 왔던 것에 대해 후회를 해 봐도 변하는 것은 없으니 일단 패스.

자연과 정희의 대화에 사람들의 시선이 그들에게로 향했다.

두 사람이 연애를 인정한 날, 사람들의 호기심이 가장 핫할 때이기도 했다.

"정윤상 실장님의 성격이 좋다는 것엔 동의하지 못해요. 고등학교 때부터 알던 사이란 말도 사실이거든요."

"……."

팀원들이 얼떨떨한 얼굴로 그녀를 보았다. 하지만 정희는 여전히 도도한 표정이었다.

이미 자신과 윤상에 대한 소문이라면 익히 들은 상태였다. 두 사람 모두 같은 고등학교를 다녔다고. 그리고 거기에 더해 서로 첫사랑이란 소문 또한 들었다.

소문을 확신으로 만드는 것은 당사자였다. 그리고 당사자들만이 소문에 대한 '진실'을 판단해 줄 수 있었다. 굳이 스스로 확신을 주고 싶다는 생각을 해 본 적은 없었다. 하지만 확신을 주지 않는다면 더 좋지 않은 방향으로 튀리란 것을 알기에 그녀는 굳이 하지 않아도 되는 수고로움을 감수했다.

"성격 좋다고 말하는 그 사람이 나가떨어질 확률도 없어요. 그러니까······ 눈요기로만 즐겨 주세요."

"······."

정희의 이야기에 자연이 침을 꼴깍 삼켰다. 하지만 손은 어느새 키보드로 향해 Esc키를 누르고 있었다. 이 이상 뒤에서 나누는 이야기를 정희에게 보여 주는 건 목숨이 경각에 달린 일이 될 테니까.

자연이 대화창을 끈 후 모른 척 고개를 돌렸다. 그녀의 행동을 시선으로 좇던 정희가 피식 웃음을 뱉더니 곧 말을 이었다.

"그리고, 뒤에서 뭐라고 하는 것은 각오한 부분이니 어쩔 수 없다지만 제 귀엔 안 들렸으면 하고요. 업무 시간엔 제발 업무만."

자신에 대해 엄한 소리를 하든, 하지 않든 상관하지 않겠다는 말이었다. 귀에만 들리지 않는다면.

"사담 나누려고 회사 다니는 건 아니니까요."

다음에도 이런 일이 있다면 절대 참지 않겠다는 그녀의 말에 자연은 찔끔한 표정으로 고개를 끄덕였다. 지금 상황에선 입이 열 개라도 할 말이 없었으니까.

속에 있던 말을 속 시원히 내뱉긴 했으나, 정희는 마음이 씁

쓸해짐을 느꼈다.

앞서 말한 그대로 이 사무실 내에 있는, 아니, 한국 지사 직원 전부가 윤상보다 자신을 더 오래 보았는데, 뒤에서 들려오는 평은 나쁜 것들뿐이니 어쩌겠는가. 자신이 잘못 살아왔다고 생각하는 수밖에.

한숨을 내쉰 그녀는 이젠 반쯤 울 것 같은 얼굴이 된 자연의 어깨를 툭툭 두드린 후 어설프게 웃었다.

"물품 제대로 챙겨 줘요. 그럼 전 이만 퇴근합니다. 다음 주에 뵙시다."

정희는 마지막까지 표정 하나 흐트리지 않은 채 가방을 챙겨 든 후 사무실을 벗어났다. 흔들림 없이 걸어가는 그녀의 뒷모습을 보던 경란이 고개를 절레절레 저으며 박수를 쳤다.

짝. 짝. 짝. 짝.

그 소리에 사무실 안을 지키고 있던 사람들이 정신을 차리며 여기저기서 웅성웅성 떠들기 시작했다.

"와. 완전 쏘 쿨."

"저게? 저게?"

경란의 말에 자연이 인정할 수 없다는 듯 소리쳤다. 그러다 곧 자신에게 쏟아지는 시선들에 '내가 뭐, 내가 뭐!' 라고 반항하듯 외쳤지만, 이내 기가 죽어 입술을 잘근잘근 씹었다.

윤상이 처음 한국 지사에 왔을 때부터 지대한 관심을 보였던 자연이었다. 더욱 그녀는 몇 번이고 정희에게 두 사람이 아는 사이인지 묻기도 했었다.

그땐 아니라고 딱 잡아뗐으면서 사실은 뒤에서 연애까지 하고 있었던 것이다!

자연이 얼굴을 일그러뜨렸다.

"뒤에서 호박씨 깐 건 내가 아니라 팀장님이라고. 내가 몇 번이나 물었단 말이야."

"너 같으면 솔직히 말할 수 있겠어? 사내 연애는 잘되어도 문제, 안 되면 더 문젠데."

"……그, 그거야 그렇지만."

"헤어지기라도 해 봐. 뒷감당은 어떻게 한대? 더군다나, 두 사람이 만약 결혼까지 한다고 해도 좀……."

"……."

반박할 수 없는 말의 연속이었다. 사내 연애를 반기는 회사는 그리 많지 않은 데다, 시즌은 특히 그랬다. 그런 분위기 속에서 어떻게 정희가 솔직히 터놓을 수 있었겠냐는 경란의 말에 자연이 입술을 씹었다. 오늘 있었던 일만 생각해 봐도 정희가 솔직히 말할 수 없었던 이유를 쉬이 유추해 낼 수 있었다.

"너, 너무하긴 했지?"

자연이 한숨 섞인 목소리로 말했다. 하루 종일 스펙터클한 하루를 보냈을 정희의 빈 자리를 보던 경란이 고개를 끄덕였다.

"입장 바꿔 생각해 보면 완전 잘못했지."

"휴가 다녀오시면 사과해야겠다."

뒤에서 좋지 않은 이야기를 한 것도.

윤상 쪽에 홀라당 붙어 그가 아깝다고 이야기한 것도 모두.

팀원들이 다시 자신의 자리를 찾아 일을 시작할 때였다.

"아. 들어갈 타이밍을 놓쳤네."

사무실 문 앞에 서 있던 정희가 몸을 돌렸다. 책상 위에 놓아둔 머리끈을 가지러 돌아왔다가 엿듣는 모양새가 되어 버린 정희는 다른 이들이 눈치채기 전에 서둘러 자리를 떴다.

"사지, 뭐."

엘리베이터 앞에 도착한 정희는 내림 버튼을 누른 후 팔짱을 끼고 손목을 내려다보았다. 생각보다 퇴근이 늦어졌다. 탁탁, 발을 굴리며 엘리베이터가 올라오길 기다리던 그녀는 가방 속에서 휴대전화 진동이 울리자 손을 집어넣었다.

오빠인가?

여름휴가 전날까지 외부 미팅이 있어 점심시간이 끝나자마자 부랴부랴 나갔던 그였다. 저녁까지 장시간 미팅을 갖고 업체 쪽에서 접대까지 받는다고 했었다. 혹 중간에 그가 전화를 한 건가 싶어 액정을 확인한 정희는 눈을 동그랗게 떴다.

아는 번호였다. 딱 한 번 통화를 해 보았지만. 굳이 피할 필요가 없었기에 정희가 곧장 버튼을 눌렀다.

"여보세요?"

―나정희 씨.

"네, 무슨 일이시죠?"

❀   ❀   ❀

힐끗힐끗.

부러 그러는 것인지는 모르겠으나, 정희는 자신을 연신 힐끔

394

거리는 곁눈질에 한숨을 삼켰다.

상다리가 부러질 정도로 많은 음식들이 그녀의 젓가락질을 기다리고 있었다. 하지만 정 회장의 시선에 음식을 씹어 삼킬 수 없었던 정희는 결국 젓가락을 내려놓았다.

후.

속으로 한숨을 삼키며 물로 입안을 말끔하게 한 정희는 정 회장 역시 들고 있던 숟가락을 내려놓는 것을 보았다.

하고 싶은 말씀이 뭡니까?

그렇게 단도직입적으로 물어볼까.

식사가 목적인 자리는 아니었으니, 분명 그가 자신을 보자고 한 이유가 있을 터였다. 그게 윤상의 문제라는 것쯤은 쉬이 유추해 낼 수 있었다. 하지만 왜 정 회장이 평소답지 않게 간을 보듯 자신을 바라보는 것인지는 아직도 이유를 찾지 못했다.

뭘 이야기하고 싶어 저렇게 망설이시는 걸까?

그녀가 애써 자신의 마음을 숨기며 어떻게 이 침묵을 깨야 할지 바삐 머릿속을 굴릴 때였다. 마찬가지로 입을 헹군 그가 먼저 선수를 쳐 운을 뗀 것은.

"난 순서는 중요하게 생각하지 않는다."

"네? 그게 무슨 말씀이세요?"

"결혼 전에 손주 혼수도 괜찮다."

"……."

지금 이 이야기를 하고자 자신을 부른 것인가?

예쁜 이목구비가 형태를 알아보지 못할 정도로 일그러졌지만, 정 회장의 말은 거기서 끝나지 않았다.

"왜, 아직인 게야?"

"……."

입술을 굳게 다문 정희가 정 회장의 얼굴을 찬찬히 뜯어보았다. 근엄하게 일자로 다물린 입술은 그를 더욱 강직하게 보이도록 만들었다. 하지만 윤상을 15년이란 세월 동안 봐 온 정희였다. 정 회장의 눈동자에 비친 감정을 발견하지 못할 리가 없었다.

장난기가 가득한 눈동자.

윤상의 것과 꼭 닮은 그 눈동자를 바라보던 정희가 무심히 응수했다.

"손주 보고 싶으시면 다음엔 저녁에 부르지 마세요."

"이, 이런. 그런 게야?"

"물론이죠. 역사는 밤에 이루어지니까."

고저 없는 목소리에 정 회장이 졌다는 듯 고개를 절레절레 저었다. 그러더니 깊은 한숨을 내뱉으며 좌식 의자 등받이에 몸을 기댔다.

가면을 벗어던지자 피곤이 주름진 얼굴 위로 내려앉았다. 그는 고단해 보였다.

여자 두 명이 들어와 상을 통째로 들고 밖으로 나갔다. 그리고 두 사람 사이에 작은 다과상 하나가 놓였다.

옥빛 도자기 잔을 들어 상큼한 수정과를 맛보는 정 회장을 보던 정희가 입가를 느른하게 늘이며 웃었다.

"회장님. 윤상 오빠가 회장님을 참 많이 닮았어요."

"뭐? 내가 어딜 봐서 그런 실없는 놈이랑……."

절대 그럴 리가 없다며 헛기침을 뱉는 정 회장의 모습에 그녀가 망설임 없이 물었다.

"정작 하고 싶으신 이야기는 아직 못 하셨죠?"

"······."

"본론은 가장 늦게. 거절당하면 무서우니까 장난처럼. 윤상 오빠도 그렇거든요."

놀란 눈으로 정희를 보다 헛기침을 뱉은 정 회장이 곧 곧은 시선을 마주했다.

"못 이기겠구나. 그래서 아들 녀석이 그렇게 목을 매는 것일 수도 있지만."

고개를 절레절레 저은 정 회장이 한숨을 푹 쉰 후 정희를 봤다. 흔들림 없는 시선으로.

새삼 그녀의 얼굴을 뜯어보던 정 회장의 고개가 옆으로 비스듬히 기울었다. 그러더니 윤상에게 물려준 것인지 그와 비슷한 웃음을 지으며 말했다.

"도와다오."

무엇을 도와 달라는 것일까.

정희가 가만히 시선을 자신에게 두자, 정 회장이 시니컬하게 웃었다.

"늙은이가 정정해 봤자, 노인네일 뿐이거든. 여기저기 아프기 시작하니까 마음이 조급해져."

정희가 진지한 얼굴로 물었다.

"윤상 오빠에게 솔직히 말씀해 보셨어요?"

"아, 그거야······!"

버럭 소리친 정 회장이 미간을 구겼다.

"없지. 없고말고."

아들과 제대로 된 대화를 나눈 것이 언제였던가.

자신을 어려워하던 윤상은 머리가 클 때쯤 정희와 정우의 학비 문제로 완전히 돌아섰다.

처음에는 자신의 말을 잘 듣는 줄 알았다. 제깟 게 어른 말을 따르지 않으면 어쩔 것이냐며.

유학을 떠났을 때만 해도 공부 잘하는 아들은 정 회장에게 '은연중의 자랑'이었다. 재벌 2, 3세들 중에서도 특출 났으니까.

그러다 사이가 틀어졌음을 깨달은 것은 아들이 제 뜻과는 달리 다른 회사에 입사해 사회생활을 시작할 때였다. 윤상은 한국에 들어온 후에도 정 회장을 찾지 않았다. 그리고 이 모든 일의 시작인 '돈'을 그에게 모두 갚고 나서야 완벽한 독립을 선언했다. 눈앞의 여자를 위해.

그렇다면 눈앞에 있는 정희가 미워야 할 터였다. 아들과 자신의 연결 고리를 끊은 사람이니까. 하지만 정 회장은 정희를 싫어하지 않았다. 윤상이 빠른 속도로 커 갈 수 있었던 것 또한 정희 덕분이란 것을 알기 때문이었다. 그리고, 틀어진 사이를 다시 이어 붙일 수 있는 열쇠도 그녀라는 걸.

정 회장의 눈빛이 깊어졌다. 회환에 젖어.

그 눈빛에 정희의 목소리가 한층 누그러졌다.

"제대로 말씀해 보세요. 그렇다면 의지를 꺾을 테니까. 저를 이용해 오빠를 마음대로 휘두르려고 하시는 것보단 그쪽이 더

효율적일 거예요."

조곤조곤 설득했다. 아들을 이기려 하지 말고, 이해를 구하라고. 지난 시간들도, 앞으로의 시간들도.

"전 회장님과 오빠가 꼭 마음을 터놓고 대화를 했으면 좋겠어요. 만약, 자리를 만들기 힘드시다면 거기까진 도와 드릴 마음이 있고요. 솔직하게 설득해 보세요."

"이 세계는 솔직한 게 미덕이 아니지. 그렇게 교육시켰고, 요구했다."

"가족에겐 솔직한 게 미덕이에요. 잃은 후에 많은 후회를 했거든요. 가족과 사업을 하는 건 아니잖아요?"

정희가 웃음기 가득한 목소리로 물었다. 반박할 수 없는 말을.

"그래, 네 말이 맞다. 하지만 그게 문제가 아니다."

"네? 그럼 뭐가……."

정 회장의 얼굴이 일그러지는 것을 보며 정희가 깜짝 놀라 물었다.

부자 사이에 어떤 일들이 있었는지 그녀는 100% 알지 못했다. 그녀도 정 회장과 윤상이 척을 지고 산다고 생각했으니까.

정희가 걱정스레 자신을 바라보자 정 회장이 고저 없는 목소리로 빠르게 읊조렸다.

"둘째 녀석만 보면 속이 뒤집히거든. 한마디도 안 지고. 내가 가끔은 울화통이! 늙은이에게 져 줄 법도 하지 않니? 사회에는 경로 우대라는 것이 있고, 도로에도 노인 보호 구역이 있는데 그 녀석에게만 그게 없단 말이지."

"……."

그의 눈동자가 장난기로 반짝였다. 하지만 이 말들 역시 진심이라는 것을 알기에 정희는 고개를 절레절레 저었다. 두 사람이 어떤 식으로 대화를 나누는지 봤으니, 딱히 반박할 말이 없었다.

정윤상이 진심으로 화를 내는 것을 보았다. 그렇다는 건 그는 정 회장에 대해 잘 모른다는 것이었다. 그렇게 꽉 막힌 사람이 아니었으니까.

"아군이 되어 준다면 제대로 된 대화라는 것을 해 보마."

정희는 가만히 정 회장의 얼굴을 봤다. 이제부터 그가 굳이 자신과 저녁을 함께 먹자고 한 이유에 대해 말해 줄 것이다.

정희가 계속 이야기하라는 듯 고개를 끄덕이자 정 회장이 수정과로 목을 축인 후 본격적으로 이야기를 꺼냈다.

"스카우트 이야기는 잘 생각해 보았누? 둘째 녀석 말로는, 사내 연애라는 게 아주 즐거워서 D.C에 들어올 마음은 죽어도 없다고 하던데. 그 말인즉, 정희 양만 이직해 주면 만사형통 아니겠어?"

"설마, 진심이셨어요?"

"그럼! 기운도 없는 노인네가 그런 농이나 하고 있겠어?"

네.

정희가 짧게 답을 하려다 입을 다물었다.

제안에 대해 고민하지 않았다는 사실을 굳이 깨우쳐 드릴 필요 없으니까.

"대교 모직에 자리를 만들어 놨다. 실장이야. 알다시피 D.C의 모태 회사이기는 하나, 무너져 내린 지 오래다. 하지만 그룹 차원에서 제대로 지원할 생각이고, 일하는 맛이 날 거다."

구미가 당기지 않는다면 거짓이었다. 대교 모직은 큰 회사는 아니었으나, D.C를 등에 업고 있어 자금으로 말썽을 부리지 않을 것이고, D.C 본사 대주주이기도 했으니까.

자금은 아직도 대교 모직으로 통하고 있었으니, 그곳의 실장 자리를 차지하고 더 위로 올라간다는 것은 실질적으로 D.C의 가족이 된다는 뜻이기도 했다.

정 회장을 바라보던 정희가 입술을 달싹였다.

"회장님. 전 사실 윤상 오빠완 뜻이 다르거든요. 사내 연애는 별로 좋아하지 않아요. 계속 붙어 있다는 장점이 있지만, 좋으나 싫으나 봐야 하잖아요. 공과 사가 불분명해지고, 만약 다투기라도 하면 티가 확확 날 거고. 회사 내에서는 그걸 또 안줏거리 삼을 거고요."

이야기를 하면 할수록 고단했던 오늘 하루가 눈앞에 휙휙 스쳐 지나갔다. 그녀의 주름 잡힌 미간을 보던 정 회장이 고개를 끄덕였다. 그가 이해를 한 것인지 못한 것인지 모르겠으나, 정희는 제 뜻을 끝까지 관철시켰다.

"전 시즌에서 하고 싶은 일이 있어요."

"뭐가 하고 싶으냐."

정 회장의 물음에 정희는 처음 사회생활을 시작하고 시즌 한국 지사에 입사했을 때부터 정해 두었던 '목표'를 망설임 없이 말했다.

"최초의 여자 임원이요. 이곳에서 가장 높은 자리에 앉고 싶어요."

당당하게.

그녀에게는 '이상'도 '꿈'도 아닌 '현실'로 실현시킬 만한 힘과 능력이 있었으니까.

"그리고 이제껏 노력했던 시간들을 무로 돌리고 싶지도 않고요."

그 목표를 위해 그녀는 지난 20대를 모두 바쳤다.

"편한 길이 있는데, 왜 굳이."

"나중에, 정말 회장님의 며느리가 된다면 이 어려운 길을 더 이상 걷지 못할 테니까요."

정희의 말에 정 회장이 고개를 저었다.

요즘 애들은 전부 이런가?

자신의 목표와, 그 목표를 이룰 수 있을 것이라 자신만만하게 말하는 신여성을 처음 접한 정 회장이 당혹감에 아무런 말도 하지 못하자, 정희가 어깨를 으쓱이며 말을 이었다.

"제 주위에 있는 친구들 대부분이 그렇거든요. 정해진 길만 걸어야 할 텐데, 그전엔 시험해 보고 싶어요. 내 능력이 얼마나 되는지."

"……당차구나."

"칭찬해 주신 거죠?"

입꼬리를 길게 늘어뜨리며 웃는 정희의 모습에 정 회장이 고개를 끄덕였다. 어쩔 수 없다는 듯이.

"하지만 오빠의 경우는 다르다 생각해요. 오빠의 꿈은 D.C에 있잖아요?"

정 회장이 관심이 간 듯 눈을 반짝이며 물었다. '그래서?' 라고. 네가 하고 싶은 말을 이어서 계속해 보라고.

그러자 정희가 식당 룸 내부를 찬찬히 살폈다. 돈 꽤나 가진 사람들만 오는 곳이어서 그런지, 벽에 걸린 그림 하나에서도 허투루 넘길 수 없는 기품이 느껴졌다.

윤상은 저 그림 같은 인생을 살아야 하는 사람이었다. 가장 잘 어울리는 위치에 디스플레이되어 남들의 눈에 보여야 하는. 예쁘고 정제된 모습으로 한 회사의 얼굴이 되어야 하는 사람이지, 누군가의 밑에서 일을 하고 월급을 받는 삶은 어울리지 않았다. 하지만 그는 그런 삶을 자신 때문에 살려 했다.

태어나면서부터 지켜야 하는 위치와 해야 할 일들을 자신 때문에 팽개치며 곁에 있으려는 그의 마음을 이해하면서도 안타까운 마음이 드는 것은 어쩔 수가 없었다.

단순히 자신과 함께 있기 위해서라면, 원래의 자리로 돌려보내야 했다. 정윤상 실장으로도 충분히 멋진 남자였으나, 그가 있을 위치는 아니었다.

"든든한 아군이 되어 드릴게요. 그전에, 회장님께서 허락해 주셨으면 하는 게 있는데……."

"그게 뭐냐?"

정 회장의 물음에 정희가 고개를 끄덕였다.

그가 있는 위치로 돌려보내는 법을, 그녀는 알고 있었다.

"오빠에게 확신을 주고 싶어요. 허락해 주세요."

그리고 그 방법을, 그녀는 지금부터 실행할 생각이었다.

"아. 죽겠다."

흔들리는 세상에 윤상이 이마를 짚었다.

술자리를 마칠 때까지만 해도 말짱한 것 같더니 긴장이 풀리자 세상이 비틀리기 시작했다.

"전생에 술을 못 마시고 죽었나."

아니면, 그런 귀신이 붙었거나.

몇 번이나 폭탄주가 오고 가고 결국 미래 백화점 정 전무가 나가떨어지고 나서야 술자리는 겨우 끝이 났다.

대리를 불러 겨우 집까지 온 그가 엘리베이터에 몸을 기댔다. 내일 아침에 제주도로 떠날 준비를 해야 했으나, 지금 상황에선 아무것도 하지 못할 것 같았다.

그가 주머니를 뒤적여 휴대전화를 꺼냈다. 정희에게 연락을 해 볼까 싶어. 하지만 곧 액정에 떠 있는 시계를 확인하고 미간을 찌푸렸다.

새벽 2시.

"자겠지?"

목소리 듣고 싶은데.

후, 한숨을 내뱉은 그가 휴대전화를 다시 주머니에 넣은 후 눈을 비볐다. 자신의 욕심에 잠든 그녀를 깨울 순 없었으니까.

띵—

엘리베이터가 도착했다는 음이 들리자 그가 기대고 있던 몸을 곧추세운 후 걸음을 옮겼다. 비밀번호를 누르고 집 안으로 들어서던 그는 현관 앞에서 걸음을 멈췄다.

꿈틀.

현관에 가지런히 놓인 높은 힐을 바라보는 그의 미간이 일그러졌다.

정희의 신발이었다. 화려한 디자인을 선호하는 그녀는 남들은 장식용으로 놓아둘 정도로 과한 디자인의 구두를 신고 다녔다. 현관에 놓여 있는 구두 역시, 굽을 타고 뱀이 기어 올라가는 형상이었다.

놀란 눈으로 구두를 바라보던 그가 더듬더듬 신발을 벗은 후 주위를 둘러보았다. 이번엔 거실 한편에 세워져 있는 캐리어가 눈에 들어왔다.

주위를 두리번거리며 정희를 찾기 위해 인기척을 좇던 그가 살짝 열린 침실로 걸음을 옮겼다.

"……나정희?"

불룩하게 둔덕을 이루고 있는 이불을 보며 그가 가까이 다가갔다.

정희였다. 평온한 얼굴로 잠든 그녀의 모습을 한참이고 바라보던 그가 입술을 달싹였다.

"보고 싶었는데, 딱 있네?"

그것도 내 침대에 누워.

얼떨떨한 얼굴로 정희를 바라보던 그가 이불을 걷은 후 안으로 파고들었다. 정희의 체온으로 따뜻해진 이불 속에서 몸을 바르작바르작 움직인 그는 그녀의 목 밑으로 팔을 찔러 넣어 팔베개를 했다.

"으음."

그의 움직임에 잠에서 깬 정희가 한쪽 눈꺼풀을 힘겹게 들어 올렸다. 흐리멍덩한 눈으로 그를 보던 그녀가 콧잔등을 찌푸리며 앓는 소리로 말했다.

"으으, 술 냄새."

"많이 나?"

"어. 좀 씻고 오지?"

눈을 감은 정희가 한숨을 내뱉었다. 그러자 윤상이 싫다는 듯 거칠게 고개를 저은 후 더욱 힘껏 그녀의 몸을 끌어안았다.

"윽."

숨이 막힌 정희가 몸을 바르작바르작 움직였음에도 그녀의 정수리에 입술을 묻은 그는 끌어안은 팔에 힘을 풀지 않았다. 정희가 항복을 선언하듯 그의 어깨를 툭툭 두드리자 윤상이 웃음기 섞인 목소리로 말했다.

"싫다. 그냥 자고 싶어."

"얼마나 마신 거야?"

"정신 놓고 싶을 정도로."

웅얼거리는 말에 정희가 눈을 번뜩 떴다. 그러더니 붉게 달아오른 그의 얼굴을 보며 인상을 팍 썼다.

미래 백화점 관계자들을 만난다고 하기에 어느 정도 예상은 했지만, 술이 강한 그도 반쯤 취할 정도로 마실 줄은 몰랐기에 마음에 들지 않는다는 듯 뾰족한 어투로 말했다.

"정 전무지? 그 양반 또 강 실장한테 업혀 나갔어?"

"이미 겪어 본 것처럼 말한다?"

윤상이 인상을 굳혔다. 마치 눈에 그려진다는 말에. 그러나 정희는 분위기 파악을 하지 못하고 답했다.

"몇 번 겪어 봤거든. 여자라고 무시하기에 골로 보냈었지."

"너."

짧고 강한 어투에 정희의 얼굴이 벙쪘다.

아, 실수.

혀를 쏙 내민 그녀가 웃음기 가득한 목소리로 답했다.

"킥킥, 내일 혼날게."

다시 자리에 누운 그녀가 윤상의 품으로 파고들더니 달콤하게 속삭였다.

"오늘은 자자. 피곤해."

무척 피곤하다고.

그녀의 말에 윤상이 뭐라 한마디 덧붙일까 하다가 한숨을 푹 내뱉고 자리에서 일어나 욕실로 향했다. 슬쩍 눈을 떠 그 모습을 바라보던 정희가 입술을 부드럽게 휘었다. 그리고 그가 누울 자리를 남겨 둔 후 다시 눈을 감았다.

좋은 꿈을 꿀 수 있을 것 같았다.

동이 터올 무렵 잠에서 깬 정희는 흐트러진 모습으로 잠든 윤상의 모습을 보았다.

늘 패셔너블하게 옷을 입고, 머리부터 발끝까지 흐트러짐 없는 그가 유일하게 무장해제되는 순간. 이 모습을 볼 수 있는 건 자신뿐이라는 걸 알고 있는 정희의 입가에 달콤한 미소가 걸렸다.

"참 잘생겼네. 누구 남자인지 몰라도."

장난스럽게 읊조리듯 말한 그녀가 자신의 허리에 올려져 있던 그의 왼손을 들어 올렸다. 손으로 깍지를 껴 이리저리 비틀어 보던 그녀가 네 번째 손가락을 만지작거렸다.

"흐음."

심각한 얼굴로 손가락을 한참 매만지던 그녀가 대충 사이즈를 가늠해 보더니 이내 고개를 끄덕였다. 남자치곤 손가락이 가늘었다. 14호 정도인 것 같은데.

자신의 손가락과 비교해 가며 만져 보던 그녀는 윤상이 무거운 눈꺼풀을 들어 올리자 서둘러 시치미를 뚝 뗐다.

"굿모닝."

"으음."

잔뜩 갈라진 목소리로 신음을 내뱉은 그가 눈을 반짝이며 인사를 건넸다.

"좋은 아침, 정희야."

❀   ❀   ❀

사람들 사이를 쌩쌩 날아다니는 정회를 보던 윤상이 피식 웃음을 뱉었다. 제주도로 오는 비행기에선 마치 병든 닭처럼 꾸벅꾸벅 졸더니, 면세점 부스에 오고 난 후부턴 마치 원더우먼처럼 이곳저곳을 챙기며 일을 보고 있었다.

"키홀더는요?"

"이쪽에 디스플레이해 뒀습니다."

"흠. 입구 쪽으로 옮길 수 없을까요?"

정희의 말에 매니저가 고개를 끄덕였다. 이번 홍보에 '키홀더'를 앞장세웠으니, 가장 잘 보이는 자리에 옮겨 달라는 말에 토를 달 수 없었다.

"나 참."

그렇게 즐거운가?

못 말린다는 듯 고개를 젓던 윤상이 손목시계를 확인했다. 이곳에 도착한 지도 두 시간. 그동안 정희는 자신의 존재는 까마득하게 잊은 모양이었다.

근처에 가서 커피나 한잔하고 올까?

한두 시간 정도로 끝나지 않을 테니 그것도 괜찮겠다고 생각하던 윤상은 검은색 슈트를 입은 남자가 가까이 다가오자 몸을 돌렸다. 시즌 한국 지사에서 파견된 제주도 면세점 총괄 관리자였다.

"오셨습니까, 정윤상 실장님."

"네."

윤상이 고개를 끄덕이자, 총괄 관리자가 오버스럽게 웃으며 말했다.

"휴가 때도 일을 하시다니, 열정이 대단하십니다."

"전 그런 타입이 아닌데."

말을 잘라 낸 그가 정희를 보았다. 정희가 그 열정을 나에게 반이라도 주면 참 좋을 텐데.

"그런 타입을 만나다 보니 이렇게 됐네요."

"네?"

"그래도 가끔 돌아봐 주면 더 기쁠 텐데."

누군가를 떠올리게 만드는 정희의 뒷모습을 바라보던 그의 눈동자가 어두워졌다.

가끔 무서웠다. 자신의 '꿈'을 위해 앞으로 정진하는 정희를 볼 때면. 자신을 버리고 떠났던 그 사람과 닮아 있는 모습에 또 혼자가 될까 봐.

"그게 무슨……."

서울과 제주도의 거리 차이 때문일까. 그는 아직 정희와 윤상의 관계를 듣지 못한 듯 눈을 동그랗게 떴다.

이에 저 여자가 내 여자다, 저 여자 때문에 휴가에도 일의 연속이다, 라고 말하려던 윤상이 고개를 절레절레 저었다. 그런 팔불출이 되기엔 이성이 '그만 좀 해!'라고 그를 막았으니까.

"아닙니다."

"아하하, 네. 그럼 어디 가서 차 한잔할까요? 본사와 한국 지사 이야기도 궁금하고요."

"네, 그러시죠."

두 사람이 면세점 내에 있는 커피숍으로 걸음을 옮겼다.

"잠시만요."

휴대전화가 울리자, 곁에 있던 매니저에게 양해를 구한 정희가 몇 걸음 떨어져 전화를 받았다. 맨해튼에 있는 정우에게서 걸려 온 전화였다.

"어, 오빠. 왜?"

—너 지금 어디야?

"제주도야. 일하고 있어."

그녀의 말에 정우가 그럼 짧게 얘기하겠다며 말을 이었다.

— 언제 오는데?

"일요일. 휴가거든. 화요일까지."

— 그래, 알았다.

정말 본론만 말한 정우가 전화를 끊었다.

뚜뚜, 통화가 끊겼다는 알림음에 정희가 벙찐 얼굴로 휴대전화를 내려다봤다.

"뭐지?"

평소처럼 어디 아픈 곳은 없냐, 걱정거리는 없냐, 괜찮냐, 묻던 말들이 모두 생략된 전화에 그녀가 어깨를 으쓱였다. 일을 하고 있다는 얘기에 간단하게 줄인 것이라 생각하며.

한참 휴대전화를 바라보던 그녀가 걸음을 옮겼다. 발걸음이 향한 곳은 시즌 부스가 있는 곳이 아니었다. 주위를 둘러보던 그녀는 윤상이 근처에 없다는 것을 확인하고 난 후, 프랑스 주얼리 매장으로 향했다.

"전화 드렸던 나정희인데요."

"아, 네. 고객님. 말씀하셨던 상품이요."

한국 지사에서 특별히 부탁받은 것이라며, 무슨 일이 있어도 구해 놓으라는 종용을 들었던 직원은 정희의 이름을 듣자마자 끼고 있던 흰 장갑을 벗었다.

디스플레이되어 있는 제품이 아닌, 쪼그려 앉아 서랍장을 연 직원은 투명한 봉투 두 개를 꺼냈다.

"특이한 디자인이어서 제주도 시내를 다 뒤져 공수해 왔답니다."

봉투에서 반지 두 개를 꺼낸 직원은 검은색 벨벳 판에 이를 올려놓은 후 정희의 앞으로 내밀었다.

제품을 실제로 본 것은 처음이기에 남성 반지를 집어 든 정희의 눈이 진지하게 빛났다. 반지는 심플했지만 속에 작은 스브 다이아몬드가 박혀 있는 디자인으로, 결혼반지보다 커플링으로 선호하는 것이었다.

자신을 꾸미는 일에 소홀하지 않은 그녀였으나, 활동적인 것을 선호했기에 평소 선물 받았던 목걸이와 귀걸이를 제외한 주얼리는 되도록 하지 않는 주의였다. 물론 반지도 평생 껴 본 적이 없었다.

과거 몇몇 남자들이 건넸던 커플링도 모두 보석함으로 들어갔지, 그녀의 손가락 한 귀퉁이를 차지했던 적은 없었다.

한참 꼼꼼하게 반지를 살피던 정희가 만족한 듯 고개를 끄덕였다.

"예쁘네요. 심플하고."

"남성분 사이즈가 14호라고 하셨죠?"

"네."

사이즈 봉에 남자 반지를 끼운 직원이 최종적으로 사이즈를 확인한 후 고개를 끄덕였다.

"디자인도 디자인인데 남성분 사이즈 때문에 구하느라 더 힘들었답니다."

그러니까, 구입하세요.

직원의 눈초리는 정희가 구입하지 않는다면 강매라도 시킬

듯 번뜩이고 있었다.

한국 지사에 있는 실장에게 새벽부터 전화가 와 오전 내내 발을 동동 굴리며 겨우 구한 반지였다. 정희가 이제 와 구입하지 않겠다고 말할 리는 없었지만 그래도 불안한 것인지 직원은 연신 눈치를 살폈다.

반지를 다시 벨벳 판 위에 올려놓은 정희가 지갑에서 카드를 꺼내 앞으로 척 내밀었다.

"계산해 주세요."

"네, 감사합니다."

일시불로요.

그녀의 말에 직원의 얼굴이 밝아졌다.

아, 한 건 했다.

아침부터 진땀 뺀 보람이 있다는 듯 카드를 들고 계산대로 향하는 직원의 걸음은 가벼웠다.

드륵. 드르륵.

차에서 내린 윤상은 캐리어를 끌고 터덜터덜 걸음을 옮겼다. 그러다 옆에서 따라 걷는 정희를 힐끗 봤다. 얼굴이 피곤함으로 가득했다.

본사에서 부속품들까지 도착을 하고 나서야 오케이를 내린 정희 때문에 면세점 직원들은 혀를 내둘렀다. 장장 여섯 시간 동안 종종걸음을 옮기며 부스를 헤집고 다녔으니 지금 당장 침대에 쓰러져도 이상하지 않을 것이리라.

그리고 그 말인즉, 여섯 시간 동안 그를 내버려 뒀다는 뜻이기도 했다.

"진짜 너무한 거 아니야?"

그녀의 앞을 막은 윤상이 심통 맞은 얼굴로 말하자, 정희가 커다란 눈을 느릿하게 끔뻑거렸다. 몸에 힘 한 자락 남아 있지 않다는 듯이.

"뭐가?"

"나보다 일이 더 중요하지?"

"……어디서 그런 유치한 물음을 배운 거야?"

뭐야? 내가 아니야?

윤상이 붕어처럼 입술을 뻐끔거렸다.

'당연히 오빠지!' 라고 할 줄 알았던 정희는 이번에도 그의 예상에서 완벽하게 벗어난 답을 했다.

"둘 다 중요하긴 하지."

"너!"

"오빠 아니야?"

느릿한 물음에 윤상의 입이 굳게 다물렸다.

그는 생각이 많은 표정으로 정희의 얼굴을 훑어보고 있었다. 지금 그녀가 하는 말이 '장난' 인지 '진실' 인지 알기 위해. 하지만 시간이 흐르면 흐를수록, 마음의 문이라는 그녀의 눈동자를 바라보면 바라볼수록 그의 표정은 얼음장처럼 차가워지기 시작했다.

진실이구나.

정희는 자신과 일을 동일 선상에 두고 있었다. 그래서 그 긴 시간 동안 자신을 꿔다 놓은 보릿자루처럼 두고서도 개의치 않앉던 것이다.

그것을 알았기에 먼저 빌라에 가 있으라는 말도 거부한 채 그녀의 뒤에 서서 그림자처럼 바라보았다.

알았다. 일을 할 때 자신은 보이지도 않는다는 것을. 아니, 자신의 건강을 해칠 정도로 몸이 부서져라 일을 한다는 것을. 본인조차 보이지 않는데 '정윤상'이란 사람이 보일 리가 없었다.

자신은,

"난 네가 더 중요해."

나정희가 전부인데.

제 인생에서 나정희를 빼곤 아무것도 설명을 할 수가 없는데.

그의 얼굴이 일그러졌다.

"오빠, 난 오빠에 대해 아는 것이 별로 없어. 오빠 역시 그럴 거야. 우린 함께 있었지만, 많은 것들을 공유하지 않은 채 살았으니까. 옛날에 난 오빠가 무서웠단 말이야."

15년이란 시간을 알고 지내긴 했었다. 친한 오빠 동생이란 관계로. 하지만 그는 그녀가 어떤 삶을 꾸리고 사는지, 그녀는 그가 어떤 인생을 살아왔는지 몰랐다.

그는 2년마다 돌아오는 주기였으니까.

"보기만 해도 피하고 싶었고."

정희는 흔들리는 그의 눈망울을 똑바로 마주했다. 미래를 함께하기로 한 이상 달달한 이야기만 하고, 그가 원하는 말만 하면서 살 수는 없었다. 가볍고 쉬운 연애였다면 그냥 넘겼겠지만 평생 함께하기로 결심한 이상 그냥 넘어갈 수는 없었다.

자신에겐 시간이 없었다. 그 시간 동안 이루고 싶은 게 너무나 많았다.

"나란 사람은 이래. 나는 이런 사람이야. 오빠가 좋아하는 사람은 일이 아주 중요해."

"……."

"강요할 거야? 오빠 얼굴만 보고 살라고. 그건 내가 아닌데."

이성적인 눈빛은 흔들림이 없었다. 이런 자신을 이해해 달라고 말하는 정희의 눈동자는 어찌 된 일인지 절박하기까지 했다. 하지만 그는 달랐다.

시선은 늘 그랬던 것처럼 정희만을 향해 있었으나, 그 속에 담긴 것은 평소완 아주 많이 달랐다. 흔들림 없는 시선은 감정 따윈 느껴지지 않았고, 정희에겐 단 한 번도 보여 주지 않았던 모습이었다.

정희의 얼굴이 일그러졌다. 무척 화가 난 그는 소리를 치지도, 그녀를 다그치지도 않았다. 무표정한 얼굴로 하고 싶은 이야기를 마음껏 해 보라는 듯 냉정하기만 했다.

아, 어쩌지.

어떻게 해야 자신의 마음을 더한 것도, 뺀 것도 없이 설명할 수 있을까.

정희가 다급히 손을 뻗어 그의 팔목을 붙잡으려 할 때였다. 그녀의 손길을 피한 그가 저 없는 목소리로 말한 것은.

"그럼 너도 강요하지 마."

당황한 정희가 입을 벌린 채 물었다.

"……뭘?"

"나보고 다른 곳을 보라고. 다른 것도 생각하며 살라고."

"……."

"내 인생에 더 많은 걸 만들라고."

잠시 말을 멈춘 그가 호흡을 가다듬었다. 그러더니 당혹스러운 표정을 짓고 있는 정희를 향해 말했다.

"난 원하지 않아."

"오, 오빠."

"강요하지 마. 너 지금 마녀 같아."

"……."

웅성웅성.

두 사람의 다툼에 근처를 지나가던 사람들이 쑥떡거리기 시작했다. 그들이 있는 곳은 시즌 직원들이 사용하는 빌라였다. 휴가를 맞이해 휴가를 온 사람들도 있었기에, 두 사람의 모습을 발견한 그들이 연신 입방아를 찧어 댔다.

하지만 서로를 바라보고 있는 둘은 이를 알아차리지 못한 채 시선만 주고받는 중이었다.

굳은 얼굴로 정희를 바라보던 그가 한숨을 내쉰 후 먼저 걸음을 옮겼다. 로비 쪽으로 가는 그의 뒷모습을 얼빠진 얼굴로 바라보던 정희가 몸을 부르르 떨었다.

뭐, 뭐야? 왜 저렇게 화를 내?

이해하지 못한 정희가 얼굴을 일그러뜨린 후 입술을 잘근 잘근 씹었다. 평소의 그라면 그녀에게 져 주었을 것이다. 그녀가 아무리 말도 안 되는 행동을 하고 궤변을 늘어놓더라도. 하지만 휴가 첫날부터 인내심의 바닥을 보인 그는 참고 넘어가지 않았다.

윤상의 뒷모습을 멍하니 보던 정희가 뒤늦게 정신을 차리곤 나지막하게 외쳤다.

"악!"

쾅쾅─!

발을 몇 번 굴리던 그녀가 비명을 내질렀다. 그리고 앞서는 그의 뒤를 바짝 따랐다.

"오빠, 나랑 이야기 좀 해."

"별로 너랑 이야기하고 싶은 기분 아닌데."

그의 말에 정희가 입을 꾹 다물었다. 이젠 당황하는 걸 넘어 서럽기까지 했다. 하지만 윤상은 이런 그녀를 곁눈질한 후 먼저 엘리베이터 쪽으로 걸음을 옮겼다.

"강요하지 마."

차가운 말을 남긴 채.

"……."

얼떨떨한 얼굴로 그의 뒷모습을 바라보던 정희가 멍한 눈을 연신 깜빡였다. 그러다 입술을 잘근잘근 깨물며 데스크 쪽으로 향했다.

"나정희입니다."

그녀는 방금 전까지만 해도 열을 내며 다툰 여자라고 하기엔 너무나 이성적이고 흔들림 없는 목소리로, 키를 건넨 직원에게 수고하라는 말을 건넨 뒤 엘리베이터 쪽으로 향했다.

"302호, 302호, 302호⋯⋯."

엘리베이터에서 내린 정희가 멍하니 호수를 중얼거렸다. 복
도를 두리번거리다 방을 찾은 그녀는 현관에 캐리어를 대충 던
져 버린 후 방 안으로 들어갔다.

달칵.

등 뒤에서 한 박자 늦게 문이 닫히는 소리가 들렸다. 그 소
리가 신호라도 된 것일까. 침대에 털썩 주저앉은 정희가 멍한
눈을 몇 번이고 깜빡이더니 이내 거친 목소리로 외쳤다.

"마음대로 해!"

기세 좋게 소리쳤지만 눈에서는 수도꼭지를 튼 것처럼 눈물
이 후두둑 쏟아졌다.

"왜 화를 내고 난리야!"

짜증스럽게 외친 그녀가 침대에 털썩 누웠다. 눈물에 마스카
라와 아이라인이 엉망으로 녹아내렸으나, 그런 걸 신경 쓸 겨
를은 없었다.

처음은 아주 사소한 문제였다. 하지만 뭇 연인들이 그렇듯,
사소한 문제로 크게 다툰 두 사람은 그날 각자의 방에서 각자
의 생각에 잠겨 있었다.

다음 날 한국 지사에 두 사람이 크게 다퉜다는 소문이 난 것
도 모른 채.

서귀포에 위치한 직원 빌라는 바닷가 바로 옆이었다.

구멍이 숭숭 난 현무암을 연신 때리는 에메랄드빛 바다를 바
라보는 윤상의 뒷모습은 눈에 띄게 경직되어 있었다.

어두웠던 하늘은 어느새 빛이 스며들어 오렌지색으로 변해 있었다.

찬찬히 떠오르는 해를 바라보던 그가 손을 들어 뜨끈뜨끈한 눈 위를 꾹꾹 힘주어 눌렀다.

"하아."

피곤하다. 어디 그뿐이던가. 두통까지 몰려와 컨디션은 최악이었다.

여름휴가를 이렇게 시작할 마음은 없었는데. 왜 그 순간 참지 못하고 정희에게 쏘아붙인 것인지 알 수가 없는 노릇이었다.

일을 중요하게 생각한다는 것쯤은 지금 그녀의 위치만 봐도 알 수 있었다. 서른둘에 팀장. 웬만한 노력으로는 그 위치까지 올라가기 힘들었을 것이다.

이해해 줄 수도 있었을 텐데.

나정희가 자신처럼 오로지 하나만 생각하지 않는다는 것도, 이해해 줄 수 있었는데.

그렇게 하지 못했다.

욕심은 커져 갔다. 처음엔 정희와 마주 보고 웃을 수 있는 것만으로도 충분했는데. 그녀와 마주 서고 나니, 그녀도 자신만큼의 감정을 가졌으면 했다. 자신처럼 그렇게 해 주길 바랐다.

"얼빠진 놈."

스스로에게 욕설을 내뱉은 그가 고개를 절레절레 저었다. 지금이라도 정희에게 가서 잘못을 구하는 편이 좋을 것 같았다.

무거운 걸음을 옮겨 협탁 쪽으로 다가간 그는 요란하게 진동을 울리고 있는 전화를 받아 들었다.

"여보……."

—몇 호야?

그의 말이 끝나기도 전에 정희가 잘라 물었다. 그러자 윤상이 얼떨떨한 얼굴로 답했다.

"나? 307호."

—앞방이네. 딱 기다려.

뚝. 뚜— 뚜— 뚜—

끊긴 전화를 멍하니 보던 그는 초인종이 울리자 문 쪽을 보았다. 방문자가 누구인지 굳이 확인하지 않아도 정희라는 것쯤은 쉬이 예상할 수 있었다.

문을 연 그는 그녀의 모습에 잠시 숨을 멈췄다.

아직 새벽이었다. 이 시간에 왜 저렇게 완벽하게 화장을 하고 있는 것일까.

눈살을 찌푸린 윤상이 정희의 얼굴을 찬찬히 살피다 말고 숨을 왈칵 삼켰다.

눈두덩이 퉁퉁 부어 있었다. 솜씨 좋게 가리고 있긴 했으나, 지난밤 그녀가 그처럼 잠들지 못하고 한바탕 울음을 터뜨렸다는 걸 알 수 있었다.

완벽하게 화장을 하고, 샛노란 원피스로 멋까지 낸 그녀가 도도하게 턱을 치켜들었다. 그러더니 당황한 기색이 역력한 그를 보며 당당하게 말했다.

"들어가도 될까?"

"무, 물론."

그가 몸을 옆으로 비켜 길을 내주자 정희가 방 안으로 들어갔다.

음산한 기운이 가득한 모습으로 창가에 서서 창밖을 내다보는 그녀를 향해 윤상이 더듬더듬 걸음을 옮겼다.

"나에게 하고 싶은 말 없어?"

여전히 뒤돌아선 채 정희가 물었다.

하고 싶은 말. 물론 있었다.

하지만 그녀는 짧은 틈도 기다려 주지 않은 채 말을 이었다.

"없어? 진짜? 진짜로 없다고?"

목소리가 갈수록 떨리고 있었다. 애써 감정을 갈무리하고 있긴 했으나, 쉽지 않은 모양이었다.

몸을 홱 돌린 정희가 그를 노려보았다. 눈가에 눈물이 맺힌 채.

부들부들.

몸을 떨던 정희가 눈을 크게 떴다. 하지만 점점 무게를 더한 눈물은 결국 아래로 후두둑 떨어졌다.

"너무해! 나한테 왜 그래!"

"나정희……?"

윤상이 당혹스러운 얼굴로 물었다. 눈물을 뚝뚝 흘리는 정희를 보자 어찌할 바를 몰라서. 그가 서둘러 그녀에게 다가갔다. 그리고 자신도 모르게 정희의 어깨를 잡아 품에 안았다.

"미, 미안해."

그의 입에서 자동적으로 사과의 말이 흘러나왔다. 우는 정희를 보자 사고 회로는 멈추고, 오직 그 말밖에 나오지 않았다.

미안해. 미안. 내가 미안하다.

그가 연신 말했다. 하지만 사지를 흔들어 그의 품에서 빠져나온 정희가 빠르게 말을 쏟아 냈다.

"나 서른둘이거든? 서른둘의 여자가 얼마나 위태로운 시기에 놓여 있는지 알아?"

"……."

"결혼하자며! 그때부턴 제대로 일도 못 할 텐데, 지금 오빠와 같은 선상에 일 좀 두는 게 어때서!"

툭, 투두둑.

지난밤에 운 걸론 모자랐는지, 정희가 서러움에 눈물을 쏟으며 외쳤다.

"나도 성공하고 싶어! 내 능력을 인정받고 싶어!"

"정희야, 내가……."

"나쁜 놈!"

걸음을 옮겨 그녀에게 다가가던 윤상이 우뚝 걸음을 멈췄다. 도끼눈을 뜬 그녀가 살기등등하게 외쳤다.

"너랑 결혼 안 해! 하나 봐라!"

자신의 마음을 이해해 주지 못하는 윤상을 시원하게 비난한 그녀가 순간 얼굴을 와작 일그러뜨렸다. 이젠 한계였다. 입술을 잘근잘근 깨물며 그의 앞에서 추해지지 않기 위해 노력하던 그녀가 결국 아래로 무너졌다.

엉엉!

아이처럼 울음을 터뜨린 그녀가 무릎 사이에 얼굴을 묻었다.

몸을 동그랗게 말고.

당혹감에 어쩔 줄 몰라 하던 윤상이 무거운 걸음을 옮겨 그녀에게 다가갔다. 그러더니 한쪽 무릎을 꿇고 앉아 정희의 몸을 끌어안았다.

"미안해."

그가 속삭이듯 작은 목소리로 말했다. 기어들어 가는 목소리엔 어찌 된 일인지 두려움까지 서려 있었다.

고개를 번뜩 든 그녀가 그의 팔을 뿌리치며 외쳤다.

"만지지 마!"

"차라리 때려라."

"못 때릴 줄 알고?"

이를 으드득 간 그녀가 손을 번쩍 들어 올렸다. 그리고 당장 내려칠 기세로 그를 노려봤다.

씩씩.

거친 숨을 내뱉으며 윤상을 노려보던 정희의 표정이 와르륵 무너졌다.

"아, 진짜. 짜증 나."

결국 그를 때리지 못한 그녀가 한숨처럼 말했다. 그러더니 슬픔에 잔뜩 끌어 내려진 입술로 울먹였다.

"왜 그렇게 불안해하는 거야."

그녀의 물음에 윤상이 놀란 표정을 지었다.

"불안해? 내가?"

스스로는 몰랐다는 듯이.

그의 물음에 정희가 손을 들어 눈 밑을 조심스럽게 닦아 냈다. 여기서 화장까지 번져 더 추한 모습을 보여 줄 수는 없었으니까.

"그럼?"

"아……."

짧게 호흡을 내뱉은 그가 고개를 끄덕였다.

"그렇구나."

허탈하게 웃으며.

"내가 불안했구나."

멍청하게 읊조린 그가 자조했다. 서글픈 윤상의 얼굴을 보던 그녀가 팔을 뻗어 힘없이 바닥에 닿아 있는 그의 손을 붙잡았다.

"난, 오빠 어머니가 아니야."

"나정희……."

"애 셋 낳고, 선녀 옷까지 벗어 던져 줄 테니까."

그녀의 말에 윤상의 눈동자가 흔들렸다. 그의 모습에 정희가 눈물지었다.

"우리 제발 이런 소모전은 그만하자. 충분히 했잖아?"

어린 꼬마에게는 인이 박힌 장면이 하나 있었다.

어머니가 자신의 손을 놓고 날아간 것.

그래서 그는 평범한 가정이 무엇인지 모른다. 여자를 어떻게 붙잡아야 하는지도 모른다. 그가 할 수 있는 것은 맹목적인 사랑뿐. 엉엉 울음을 터뜨린 정희가 윤상의 머리를 끌어안았다. 그녀의 품에서 그가 숨을 크게 들이마셨다가 내뱉었다.

이래서 참, 좋아했구나.

맹목적으로, 이 아이만을 마음에 담았구나.

감고 있는 그의 눈가가 파르르 떨렸다.

두 사람이 한참 그러고 있을 때였다. 진이 빠진 것인지 정희가 바닥에 털썩 주저앉자 그가 그녀를 바라봤다.

"성격답게 우는 것도 화끈하구나."

붉어진 눈동자를 마주한 그가 장난스럽게 말했다. 그러자 여전히 화가 풀리지 않은 것인지 정희가 눈을 번뜩였다.

"화끈하게 물어 줄까?"

"아니."

정말 물릴까 싶어 몸을 사린 그가 자세를 고쳐 무릎을 꿇고 앉았다. 그의 모습에 정희가 기가 막히다는 듯 말했다.

"내가 이럴 줄 알았어. 안 울려고 했는데. 후. 그래도 워터 푸르프로 화장길 잘했지."

"너 이렇게 우는 거 열일곱 이후로 처음 본다."

이별하던 날. 공항에서 어른이 되면 만나자고 말했던 그날 이후로, 정희는 마음 놓고 운 적이 없었다. 아니, 웬만한 일엔 울지 않았다. 철의 여인이 되었으니까. 천애 고아가 살아가기에 이 세상은 너무나 거칠고 무자비했으니까.

강해져야 했다. 정우가 그녀의 곁을 떠나는 순간, 한국에 홀로 남은 정희는 그렇게 강해져야 했다. 하지만 사랑이 얼마나 무섭던가. 이런 그녀조차도 순식간에 무너뜨렸으니.

정희를 바라보던 윤상이 손을 뻗어 머리를 쓰다듬어 주었다. 열일곱, 이별하던 날처럼 다정한 손길로.

"미안하다, 정희야."

그렇게 말한 그가 고개를 기울여 미소 띤 얼굴로 다시 한 번 말했다.

"미안해."

생각 같아서는 더 쏴붙여 주고 싶었다. 하지만 정희는 여기 까지만 하기로 마음먹고 고개를 주억거리며 이에 대한 답을 해 줬다.

"미안하면 다시는 화내지 마. 그땐 진짜……."

"알았어."

고개를 끄덕인 그가 해사하게 웃으며 말을 이었다.

"그러니까 나랑 결혼 안 하겠다는 말은 취소해 주라."

겨우 찾았거든.

믿을 수 있는 여자를.

chapter 10
선녀 옷

말끔하게 씻은 정희의 얼굴은 퉁퉁 부어 있었다.

얼마나 운 것일까.

마음 속 깊은 곳에 있던 불안감으로 인하여 정희를 울린 윤상은 그녀의 얼굴을 한참이나 바라보며 작은 어깨를 두드려 줬다.

쉬이. 쉬이—

바람 소리를 내며 정희가 편히 잠들 수 있도록 곁에서 지켜보던 그는 구겨져 있던 예쁜 미간이 펴지는 것을 보고 나서야 안도의 한숨을 뱉었다.

새근새근—

숨소리가 일정한 속도를 찾자 그가 조심스럽게 자리에서 일어났다.

그녀가 깨지 않도록 조용히 걸음을 옮긴 그가 창가로 향했다. 창틀에 엉덩이를 걸치고 앉은 그는 아름다운 바다를 바라보며 생각에 잠겨 있었다.

흘러가는 시간을 잡을 생각도 없이 멍한 시선을 창밖 세상에 두고 있던 그는 얼마의 시간이 흐르고 나서야 입꼬리를 끌어 올리며 웃었다. 그러더니 휴대전화를 가만히 내려다보았다.

직사각형의 물체를 내려다보는 시선엔 고민이 가득했다.

전화를 걸까, 말까.

마지막으로 나눴던 통화가 언젠지도 기억나지 않는 이에게 먼저 전화를 거는 건, 참 어려운 일이었다.

그의 시선이 다시 정희에게 닿았다. 몸을 바르작바르작 움직이던 그녀가 자세를 편히 잡고 다시 곤히 잠드는 것을 보던 그가 별처럼 반짝이는 눈동자를 다시 휴대전화로 옮겼다. 그리고 전화번호부에 들어가 번호 하나를 찾았다.

통화 버튼을 누르기 전 몇 번의 심호흡을 했던 것 같다. 흔들리는 마음을 갈무리한 그가 겨우 버튼을 누른 후 눈을 감았다. 얼마의 시간이 흐르지 않아 상대가 전화를 받았다. 하지만 전화를 건 그도, 받은 상대도 누구 하나 먼저 운을 떼지 않았다.

잠시 침묵이 흘렀다. 방 한구석에 달린 시계에서 째깍째깍, 초침이 흘러가는 소리만 유독 크게 들리는 무거운 침묵이었다.

당혹스러운 표정으로 시선을 이리저리 돌리던 윤상이 굳게 닫혀 있던 입술을 달싹였다.

"여보세요?"

그의 말에도 상대는 반응이 없었다. 그러다가 얼마의 시간이 흐른 뒤 중년의 여성이 겨우 답했다.

—놀랐다. 네가 전화를 해서.

자신을 낳은 어미였으나, 목소리가 낯설었다.

어머니와 아들. 친밀한 관계였다. 열 달간 어미의 배를 빌려 태어났으니, 한 몸이라 해도 지나친 비약은 아닐 것이다. 하지만 윤상의 어미는 그를 버렸다. 너무나 어릴 때, 아직은 어미의 손이 너무나 필요하던 그때, 그를 버리고 자신의 꿈을 좇아 날아갔다.

그래서 그는 늘 불행했다. 그 친밀한 관계에서도 사랑을 받지 못해 마음은 늘 불안했다. 하지만 이젠…….

"잘 지내고 계세요?"

윤상이 물었다.

잘 지내고 있냐고. 당신이 원하던 그 세계에서.

그의 물음에 중년의 여성은 조금의 틈을 두고 답했다.

—물론이지.

그녀의 짧은 답에 윤상은 잠시 고민했다. 정말 묻고 싶은 말이 남아 있었다. 하지만 쉬이 할 수가 없었다. 어떤 답이든 상처를 받을 것 같아서.

하지만 그는 징희에게 시선을 두며 용기 내어 물었다.

"행복하세요?"

행복하다는 답도 불행할 것 같았다.

행복하지 않다는 답도, 싫을 것 같았다.

하지만 그는 물었다. 그 어떠한 답이 들려오던 크게 마음 쓰지 않으리라 마음먹으며.

─……윤상아?

"행복하세요?"

─…….

중년의 여성은 답하지 못했다. 그래서 그녀가 행복한지, 불행한지 그는 알 수 없었다.

기왕이면…….

"행복하셔야 해요."

그렇다면 좋을 텐데.

눈을 감은 그가 씁쓸한 웃음을 머금었다.

"그러셨으면 좋겠어요."

─무슨 일 있니?

"아니요. 아…… 있어요."

답을 정정한 윤상은 미간을 꿈틀거리며 잠든 정희를 보았다. 그의 얼굴 가득 행복이 떠올랐다.

"사랑하는 여자가 생겼어요."

─…….

"무척 고마운 사람이에요."

─다행이구나.

중년 여성의 목소리엔 진심이 가득했다. 방금 전보다 한 톤 높아져 기쁜 것처럼 들리기도 했다. 그 말에 윤상은 긴장했던 마음이 느슨히 풀리는 것을 느꼈다.

이 여인에 대한 '불편함'이 사라진다. 이젠, 그녀에게 연민을 느낀다. 그녀 역시, 정희와 같은 여자이니까. 어머니이기 전에.

그녀가 자신의 꿈을 위해 멀리멀리 날아갔다 하여, 이제 불평하지 않기로 했다. 다 큰 성인이 된 지금은 이해할 수 있을 것 같았다.

"네. 그렇죠?"

저도 그렇게 생각해요.

그렇게 답한 윤상이 다시 입을 다물었다. 두 사람 사이에 깊은 침묵이 내려앉았지만 더 이상 그 침묵이 불편하게 느껴지지 않았다.

"잘 지내세요."

―너도 그러려무나.

침묵 끝에 전화를 끊은 윤상이 거친 숨을 토해 냈다.

제대로 된 사람이 되고 싶었다. 그래서 용기를 냈다. 다행인 건 전화를 한 행동을 후회하지 않는다는 것. 스스로에게 칭찬을 해 주고 싶다는 것.

철썩철썩―

하늘이 어두워지더니 거센 바람이 불었다. 거기에 맞춰 거친 파도가 연신 검은 돌덩어리를 때렸다. 그 모습을 멍하니 바라보던 그는 뒤에서 자신을 끌어안는 손길에 고개를 돌렸다. 이불을 어깨에 걸친 정희가 윤상을 내려다보고 있었다.

"뭘 그렇게 보고 있어?"

"바다."

그의 말에 정희의 시선 또한 거친 파도로 향했다. 퉁퉁 부은 눈으로 그의 시선이 닿아 있는 곳을 바라보던 그녀가 고개를 주억거렸다.

"예쁘네."

두 사람은 같은 곳을 바라봤다. 거친 바다는 예쁘지 않았다. 휘몰아치는 바다는 모든 것을 집어삼킬 것만 같았으니까. 시선을 뗀 윤상이 자리에서 일어났다.

"더 자자."

자신을 올려다보는 정희의 어깨를 감싸 안은 그가 침대 쪽으로 걸음을 옮겼다.

함께 침대에 누운 둘은 누가 먼저랄 것도 없이 한 몸처럼 꼭 서로를 끌어안고 눈을 감았다.

비바람이 치는 어느 날, 두 사람의 얼굴에 평온이 내려앉았다.

❀　　　❀　　　❀

제주도에 도착한 지 셋째 날.

어제 하루 종일 꼭 끌어안은 채 잠만 잔 두 사람은 아침 일찍 일어나 부산스럽게 외출 준비를 하고 있었다. 3일 뒤면 현실로 돌아가 다시 거친 일상을 살아 내야 하기에, 최대한 휴가를 즐길 참이었다.

하지만 깨끗하게 샤워를 마치고 거울을 마주하고 앉은 정희의 얼굴이 일그러졌다. 금방이라도 울음을 터뜨릴 것 같은 표정으로.

"나 불어 터진 만두 같지 않아?"

고개를 돌린 정희가 뒤에서 준비를 마치고 침대에 앉아 있는 윤상을 보며 물었다. 책을 읽고 있던 윤상이 정희를 힐끗 보며 무심히 말했다.

"흠. 예쁜 만두 같은데?"

"……지금 그걸 위로라고 하는 건 아니겠지?"

기가 차다는 듯 정희가 물었다. 불어 터진 만두나, 예쁜 만두나 무슨 상관이 있냐고. 윤상이 어깨를 으쓱이며 다시 책으로 시선을 돌리자 정희가 거칠게 숨을 내뱉었다.

"우씨, 예쁜 옷 많이 챙겨 왔는데."

휴가를 위해 원피스를 두 벌이나 구입했고, 플랫슈즈도 샀다. 하지만 이 꼴로는 멋을 내는 옷을 입을 수가 없었다.

한숨을 푹 내쉰 그녀가 가방에서 짧은 핫팬츠와 티셔츠, 그리고 모자를 꺼냈다. 잠옷을 휙휙 벗은 후 바지부터 집어 드는데, 곁에서 느껴지는 시선에 정희가 고개를 돌렸다. 그가 인상을 찌푸리고 있었다.

아, 거참. 눈빛 한번 강렬하네.

정희가 들고 있던 바지를 그의 앞에 흔들며 말했다.

"왜, 또 너무 짧다고 이야기하려고? 오늘은 좀 봐주라. 날씨 끔찍하게 덥대."

패션을 위해서가 아닌 생존으로 입어야겠다며 정희가 앓는 소리를 했다. 하지만 곧 깊어지는 눈매에 자신이 잘못 짚었다는 사실을 깨닫곤 고개를 옆으로 기울였다.

"너."

"응? 왜?"

왜 저러지?

목소리도 조금 화가 나 보이자, 정희가 의아한 눈으로 그를 보았다.

게슴츠레 뜬 눈으로 정희를 보던 그가 탁 소리 내 책을 덮었다. 그런 후에 자리에서 일어나더니 슬금슬금 다가오며 물었다.

"전엔 부끄럽다고 했었던 것 같은데?"

"아."

얼굴을 붉힌 그녀가 옷으로 몸을 가렸다.

이런.

그녀가 윤상의 눈치를 슬슬 살피더니 이내 애써 당당함을 가장해 말했다.

"속옷 입고 있잖아."

그래, 그러니까 난 지금 부끄럽지 않아.

스스로를 설득하던 그녀가 서둘러 옷을 꿰어 입으려 했다. 그녀의 손을 붙잡은 윤상이 팔을 아래로 끌어 내렸다. 그러더니 그녀의 뺨에 제 뺨을 부비며 말했다.

"……부끄럽게 해 줘?"

"어?"

그가 뚜벅뚜벅 다가온 만큼 정희도 어색하게 웃으며 뒤로 걸음을 물렸다.

줄다리기를 하는 것처럼 서로 밀고 당기기를 하던 관계는 순간 정희의 등에 벽이 닿으며 끝이 났다. 침을 꼴깍 삼킨 정희가 긴장이 가득한 얼굴로 물었다.

"예쁜 만둔데?"

툭.

윤상이 정희의 손에 있던 옷을 떼 바닥에 떨어뜨렸다. 그와 동시에 정희의 심장도 아래로 뚝 떨어졌다. 콩닥콩닥 뛰는 심장에 정희의 눈동자가 바람을 만난 물결처럼 흔들렸다.

"오빠, 난 제주도 바다가 보고 싶은데……."

벌어진 입술 사이에 그가 숨결을 불어 넣었다.

"조금 이따가 보면 되지. 밤바다도 참 예쁘더라고."

"……."

게슴츠레 뜬 눈에 비친 것은 정윤상, 속눈썹을 파르르 떨게 하는 긴장감을 만든 것도 정윤상 그였다.

겨드랑이에 손을 찔러 그녀가 움직이지 못하도록 등을 감싸 안은 그가 입술을 내렸다. 그녀의 입술에 연신 지분거리며 입을 맞추던 그가 개구리처럼 퉁퉁 부운 눈에도 입을 맞췄다. 간지러움에 정희가 꺄르르 웃음을 터뜨리자, 그녀의 머리카락을 쓰다듬으며 이마에도 입을 맞췄다.

"아직도 바다가 보고 싶나?"

윤상이 웃음기 가득한 목소리로 물었다. 벽과 단단한 그의 몸 사이에 갇힌 정희는 눈만 요리조리 굴려 대다가 이내 용기를 내 고개를 들었다.

다정하게 머리를 쓰다듬던 그가 어디 한번 말해 보라는 듯 장난스러운 눈초리로 그녀를 바라보았다.

즐거움이 가득한 시선과 숨결. 정희가 겨우 운을 뗐다.

"밤……바다가 보고 싶네."

그녀의 말에 윤상이 허리를 숙여 가느다란 다리 밑으로 팔을 찔러 넣었다. 그리곤 단숨에 정희를 번쩍 안아 든 후 침대로 향했다.

정희를 조심스레 침대에 눕힌 그가 팔 가운데 그녀를 가두고 고개를 내려 그녀의 뺨과 목덜미에 차례대로 입을 맞췄다. 긴 장감에 호흡이 거칠어지고, 크게 들썩이던 정희의 가슴은 조금 떨어져 있는 윤상의 가슴에 닿을 정도로 요동쳤다.

흔들리는 눈으로 자신을 올려다보는 정희의 모습에 그가 다정하게 뺨을 쓰다듬으며 읊조리듯 말했다.

"옆에 종달리 해안 도로가 있어."

특히 6월이 되면 동그랗고 탐스러운 수국이 절정에 이루는 곳이었다. 지금쯤 꽃잎이 다 떨어져 예쁜 수국은 보지 못할 터이지만, 그건 또 그것 나름의 매력이 있었다.

윤상은 눈을 감고 있는 정희를 보았다. 속눈썹이 파르르 떨리는 것을 보니, 어쩐지 기뻤다.

"예쁜 곳이래."

"으음."

언제 닿을지 모르는 손길과 입술에 정희의 입에서 옅은 신음이 흘러나왔다.

닿기 전, 그 짧은 시간. 그 시간을 견뎌 내기에 정희의 심장은 이미 말랑말랑하게 녹아내린 상태였다. 이마의 잔머리를 정리해 준 그가 그곳에 입을 내렸다.

"같이 가 보자."

쪽.

이마에서 시작된 입술이 아래로 미끄러져 내려와 눈두덩에,

콧날에, 입술에 차례대로 닿았다.

그녀의 몸을 녹여낼 듯, 뜨겁고 달콤한 입술이 목덜미를 지나 아래로 내려갔다. 미끄러져 내리듯. 그의 입술이 멈춘 것은 봉긋하게 솟은 젖무덤에서였다. 탐스러운 가슴을 한참이고 보던 그가 브래지어를 들쳐 올린 후 도톰한 살결 위에 입을 맞췄다.

쪽. 쪽쪽.

유난히 귀를 괴롭히는 그 소리에 정희의 허리가 위로 붕 튀어 올랐다 아래로 떨어졌다. 간질간질, 또다시 아랫배가 따뜻해졌다.

"으, 으음."

정희는 고개를 휘저었다. 입맞춤은 깃털처럼 가벼웠으나, 생경하다시피 한 감정에 정희의 미간이 종잇장처럼 일그러졌다.

그녀가 애써 끌어 올려 입었던 바지와 팬티 역시 단숨에 벗겨 낸 그가 몸을 아래로 움직였다.

"흐읍—"

정희가 거칠게 숨을 들이마셨다. 떡 반죽처럼 하얀 살결 위를 혀로 쓸고 맛보던 그가 이를 새워 아작아작 씹었다. 한입 깨물면 달콤한 향내가 입안 가득 터질 것 같아 연신 깨물고 맛보자, 정희의 허리가 활처럼 휘었다.

실오라기 하나 걸치지 않은 몸. 달콤한 꿀을 발라 놓은 것처럼 향내가 나는 몸에 시선과 숨결을 빼앗긴 그가 연신 뜨거운 숨을 뱉었다. 그러더니 고개를 비스듬히 내려 그녀의 배꼽 주위를 핥고 빨고 맛보았다.

자신의 흔적을 그녀의 몸 곳곳에 남기던 그가 검은 수풀을 보았다. 무성한 수풀 너머, 오아시스가 얼마나 달콤한지 그는 이미 잘 알고 있었다. 몇 번이고 맛보아도 모자라고, 몇 번이나 정복을 해도 모자랐다. 더, 더만 외치게 됐다.

흐릿하게 눈을 뜬 그녀의 얼굴을 한참이고 내려다보던 그가 다시 한 번 입술을 가졌다.

눈을 감은 그가 입 끝을 아래로 끌어 내렸다.

어떻게 하지.

속으로 자조한 그가 다시 한 번 입을 맞췄다.

이렇게 좋아져서. 점점 더 좋아지기만 해서.

정말 큰일이었다.

열일곱 소녀를 마음에 품었던 열아홉의 소년.

그 어린 나이에도 '영원'을 이야기하고 싶었다. 그래서 열일 곱 나정희의 상황은 생각도 하지 않은 채 덜컥 다이아몬드부터 주고 싶을 만큼.

그 소녀와 소년이 자라 서른둘의 여자와 서른넷의 남자가 됐다.

남자는 여자가 아직도 좋았다. 아니, 이젠 제 마음을 가늠할 수 없을 만큼 좋았다.

정희를 바라보는 윤상의 얼굴이 울 것같이 일그러졌다.

"정희야."

"으음."

동그란 정희의 어깨에 짧게 입을 맞춘 그가 작게 신음을 뱉으며 도장 찍듯 입술을 꾹 누른 후 속삭이듯 말했다.

"내가 많이 좋아해."

"……오빠?"

"내가 아주아주 많이 좋아해."

정희가 눈을 동그랗게 떴다.

"이젠, 나 스스로도 어떻게 할 수 없을 만큼 아주 많이 사랑해."

젖어 있는 그의 눈동자를 올려다보던 정희가 손을 뻗었다. 그리곤 그의 목을 감싸 안고 제 몸에 닿는 천 조각에 눈살을 찌푸렸다.

난 홀딱 벗겼으면서. 본인은 옷 하나 벗지 않은 채라니. 이건 어디서 배운 똥매너야?

인상을 팍 쓰고 있던 그녀가 귓가에 들리는 그의 숨소리에 피식 웃음을 뱉었다.

정희는 손을 내려 그의 등을 토닥토닥 두드렸다.

"알아."

짧게 답한 그녀가 눈을 감았다.

이렇게 큰 남자가. 이렇게 대단한 남자가. 몸 둘 바를 모를 정도로 뜨거운 사랑 고백을 하는 건. 그리고 그 고백을 받는 난, 참 행복한 사람이다. 내가 사랑하는 사람이 오랫동안 날 사랑해 주는 건 아주 큰 축복인 일이니까.

토닥토닥.

어깨를 두드린 정희가 장난스럽게 말했다.

"나도 딱 그만큼 좋아해. 손해 보는 것 싫어하니까."

"내가 얼마나 좋아하는 줄 알고?"

그녀의 품에서 나온 윤상이 눈썹을 치켜 올리며 물었다. 그러면서 뻔뻔스러운 표정으로 긴장감을 감추며 말을 이었다.

"감히 상상도 못 할 정도일걸?"

"흠, 그래?"

여유로운 표정으로 되물은 그녀가 어깨를 으쓱였다. 실오라기 하나 걸치지 않은 모습인 주제에 지나치게 도도한 표정으로.

"그럼 지금부터 날 얼마나 사랑하는지 시험해 볼까?"

"⋯⋯너."

눈을 동그랗게 뜬 윤상이 미간을 찌푸렸다.

"부끄럽다며!"

"응. 지금도 나만 홀딱 벗고 있어서 부끄럽긴 해."

손을 뻗은 그녀가 윤상의 앞섶을 붙잡으며 무심히 말했다.

"그러니까 오빠도 벗어."

"⋯⋯."

와작.

그의 얼굴이 차디차게 얼었다.

"으응!"

새하얀 허벅지를 들어 올린 그가, 정희의 여성에 입을 맞췄다. 허리가 반쯤 접혀 숨을 쉬기 힘들었던 그녀가 몸을 허우적거리며 도망치려 애를 썼지만, 그의 단단하고 커다란 손은 그녀를 놓치지 않았다.

츄릅.

그가 흘러나온 액을 마음껏 맛봤다. 다디단 액은 맛보면 맛볼수록 갈증이 일었다.

"그, 그만."

정희가 몸을 파르르 떨며 말했다. 이미 몇 번이고 절정에 닿았던 몸. 가느다랗고 길쭉한 하얀 몸은 그가 남긴 흔적들로 가득했다. 사타구니는 사정의 비릿한 향내가 가득했지만 그는 거칠 것 없이 정희의 몸을 더욱 달궜다.

파르르.

허벅지를 떤 그녀가 눈가에 눈물을 매단 채 몇 번이고 애원했다.

그만, 그만해.

하지만 정희의 바람대로 실오라기 하나 걸치지 않은 윤상은 그녀의 여성을 끊임없이 공략한 후에야 입술을 뗐다. 여성의 액으로 번들번들해진 입술을 엄지손가락으로 닦아 낸 그가 어두운 눈동자로 정희를 내려다보다 손을 협탁 쪽으로 뻗었다.

아, 이런.

콘돔이 하나도 남아 있지 않았다. 쓰레기통엔 이미 써 버린 콘돔과 콘돔 껍질이 가득했다. 그가 인상을 찌푸리며 반쯤 취한 눈으로 자신을 올려다보는 정희를 바라보았다.

이 상황에서 1층에 있는 편의점에 가 새 콘돔을 사 올 수 있을까. 오늘은 이만 멈춰야 하나. 그가 고민하는 눈초리로 바라보자 정희가 손을 뻗어 그의 어깨를 붙잡아 자신의 쪽으로 당겼다.

"안아 줘."

그녀 역시 이미 몸이 한껏 단 상태였다. 시간이 흐를수록 저
릿한 감각은 커져만 갔고, 이대로 두다간 머리가 이상해질 것
같았다.

"하지만……."

그가 이를 악물며 읊조렸다.

피임은 사랑하는 사람을 위해서 당연히 해야 하는 것이었다.
미래를 함께하기로 마음먹은 두 사람이라 하더라도, 아직은 아
이를 가질 생각이 없었기에 더욱 필요로 하는 것이었다.

하지만 정희는 거칠게 고개를 저으며 그의 어깨를 툭 때렸
다.

빨리. 빨리 안으로 들어 와.

정희의 간절한 목소리에 그가 새하얀 허벅지 사이에 자리를
잡았다.

"으응……!"

남성이 자신의 몸을 가르고 힘껏 들어오자 정희가 까무러치
며 비명을 내질렀다.

혹여 윤상의 힘에 휩쓸려 내려갈까, 그녀가 서둘러 그의 어
깨를 붙잡았다. 땀으로 번들거리는 어깨엔 힘이 잔뜩 들어가
있었다.

그의 몸 아래, 정희가 거친 폭풍우를 만난 것처럼 위아래로
거칠게 흔들렸다.

"아아……!"

비명에 가까운 신음을 연신 터뜨리던 그녀는 자신의 몸 안에
서 느껴지는 남성에 눈을 질끈 감았다.

정희가 팔을 뻗어 그의 머리카락 사이에 손가락을 찔러 넣었다. 그리고 아래로 끌어 내려 입술을 맞춘 후, 입안으로 훅 하고 들어오는 그의 신음을 꿀꺽 삼켰다.

"오, 오빠……. 학!"

눈물이 섞여 있는 신음에 윤상은 다정스레 그녀의 얼굴을 쓰다듬어 주었다. 하지만 그사이에도 힘찬 허릿짓은 멈출 줄 몰랐고, 그녀를 더욱 나락으로 떨어뜨렸다.

몸이 간질간질했다. 참지 않으면 무언가가 쏟아질 것만 같은 감각에 그녀가 젖은 눈망울을 연신 깜빡였다. 몸에 힘을 주며 어떻게든 이 감각을 밖으로 쏟아 내지 않기 위해 애를 쓰던 정희는 윤상의 이마가 일그러지는 것을 보았다.

"윽."

남성을 꽉 깨문 여성에 그의 입에서 거친 신음이 터져 나왔다.

두 사람은 함께 절정으로 내달리고 있었다. 그럴수록 세상은 흔들리고, 숨을 쉬기가 힘들어지고, 눈물이 나올 것만 같았다. 하지만 열락에 달궈진 몸은 서로를 더욱 원하고, 애원하게 됐다.

"으음!"

자신의 입술을 틀어막는 거친 키스에 정희가 눈을 감았다.

머릿속에서 무언가가 와장창 무너져 내리는 소리와 함께 두 사람의 입에서 동시에 신음이 터져 나왔다.

윤상이 그녀의 몸 위에 축 늘어졌다. 절정을 맛본 둘은 그 후에 닥치는 감각을 느긋하게 즐겼다.

정희의 어깨에 눈을 묻고 있던 그는 고개를 들어 어지럽게 흐트러져 있는 그녀의 머리카락을 정리해 주었다.

"사랑해, 나정희."

쪽.

짧게 입을 맞춘 그가 다시 한 번 속삭였다.

"사랑해."

사랑해. 사랑해.

새하얀 자동차가 해안 도로를 빠르게 내달리고 있었다. 원래는 하얀색과 하늘색, 분홍색의 꽃망울이 옹기종기 모여 피어 있던 자리는 녹색의 잎만 남아 있었으나, 시원한 바람에 정희의 입에서 비명이 터져 나왔다.

"와!"

뻥 뚫린 자동차 지붕 때문에 무지막지하게 바람이 얼굴을 때렸다. 하지만 그것마저도 좋은 것인지 정희가 엉덩이를 방방거리며 흥분해 소리쳤다. 옆에서 정면을 주시한 채 운전을 하고 있는 그의 입가도 정희와 마찬가지로 부드럽게 휘어 있었다.

"오빠, 끝내준다!"

이제야 휴가를 즐기는 기분이 났다. 속까지 뻥 뚫릴 것 같은 감각에 정희가 연신 까르르 웃음을 터뜨리며 윤상을 보았고, 어두운 도로, 차 한 대 없는 곳을 시원하게 내달리며 그는 기어 위에 올려져 있는 손등을 붙잡는 손에 입술을 느른하게 휘었다.

부아아앙—

빠르게 달리던 차가 해안을 따라 나무로 만들어진 다리 앞에 닿아서야 멈췄다.

차에서 내린 둘은 잠시 산책로를 걸었다. 팔짱을 끼고서 그의 어깨에 머리를 기대고 있던 정희는 귓가를 가득 채우는 파도 소리와 코에 닿는 바다 냄새를 맡으며 눈을 감았다.

"좋다."

그런 정희를 내려다보던 그가 손을 들어 머리를 쓰다듬어 주었다.

저녁의 바다. 불빛 하나 없는 이곳은 칠흑에 가까운 어둠이었다. 앞도 제대로 볼 수 없을 정도로 암흑이 찾아들었다. 하지만 함께 몸을 겹쳐 걸음을 옮기고 있는 이 순간, 두 사람은 참 행복했다.

여유로운 얼굴로 웃은 그가 말했다.

"내일은 맛있는 거 먹으러 가자. 생일이니까."

"뭐 사 줄 건데?"

눈을 뜬 정희가 물었다. 그러자 그가 거기까지 생각해 보지 않았다는 듯 되물었다.

"뭐 먹고 싶은데?"

"여름이니까 회는 좀 그렇겠지?"

천천히, 아주 천천히 걸음을 옮기는 두 사람 사이로 여름 바람이 살랑살랑 불었다.

❋　　　　❋　　　　❋

느긋하게 침대에서 뒹굴거리던 둘은 점심시간이 되어서야 자리를 털고 일어났다.

근처에 있는 해녀집에서 간단히 식사를 마친 후 곧장 제주 성산항으로 향했다. 성수기라 그런지 많은 관광객으로 정신이 없는 와중에 겨우 티켓을 구입해 우도로 향한 두 사람은 작은 섬이 주는 매력에 푹 빠져 차에서 내려 잠시 그 근처를 서성였다.

해안가를 따라 쭉 나 있는 도로를 함께 걷는 와중에도 두 사람은 꼭 잡은 손을 놓지 않았다. 살갗을 태울 만큼 뜨거운 볕과 후덥지근한 바람은 아무런 문제도 되지 않는다는 듯이.

해안 도로 안쪽으로 듬성듬성 들어선 카페 중 한 곳에 들어간 두 사람은 시원한 음료를 주문한 후 자리에 앉았다.

사진을 찍느라 정신이 없는 어린 커플들의 모습을 보던 정희가 곁에서 들려오는 셔터 소리에 고개를 돌렸다.

"뭐야?"

턱을 괴고 있던 정희가 손을 떼며 물었다. 그러자 휴대전화를 들고 있던 윤상이 방금 전 그녀가 보고 있던 어린 연인들을 힐끔거리며 웃었다.

"왠지 찍어야 할 것 같아서."

"오빠도 그 생각했어?"

정희가 신기하다는 듯 되물었다. 그러더니 다시 어린 연인들 쪽으로 고개를 돌리며 말을 이었다.

"어린애들이 저러고 노니까, 나도 그런 생각이 들던데. 우리도 저랬으면 얼마나 좋았을까 하는 생각도 들고."

저들처럼 그랬다면, 참 좋았을 텐데.

마음고생은 하지 않아도 됐었을 것이고 요즘 들어 느끼는 몽글몽글한 감정을 더 오랫동안 가졌을 수도 있었을 터다. 서른이 넘어 하는 연애와, 20대 초반의 연애는 분명 다를 테니까. 어쩜 더 다양한 감정을 공유하며 지금의 나이가 되었을 수도 있겠지.

그 시간들이 아쉬웠다. 그래서 저들이 부러웠다. 아무것도 거칠 것이 없는 젊음이.

그들을 한참 동안 바라보던 정희가 고개를 돌려 윤상을 보았다. 그 역시 그녀와 같은 생각을 하고 있었다. 어쩔 수 없음을, 자신의 무지에 여기까지 흘려보내 온 시간이 회환이 되어 그의 마음을 아프게 때렸다.

그의 얼굴을 보던 그녀가 눈가에 힘을 주며 외쳤다.

"뒤처지지 말자! 우리 아직 젊어!"

"뭐?"

"이리 와, 이리 와."

정희가 윤상의 어깨를 잡아당겼다. 그리고 그의 휴대폰에서 카메라 기능을 켜 높이 들어 ㄴ올렸다. 다들 요즘 하나쯤 가지고 있다는 셀카봉 따위 필요 없다는 듯 팔을 힘껏 뻗은 그녀가 '치즈'라고 말한 후 버튼을 눌렀다.

찰칵!

사진이 찍히자 앨범으로 들어가 이를 확인한 그녀의 입술이 씰룩씰룩거렸다.

윤상은 멍한 표정으로 그녀를 바라보고 있었다. 온갖 예쁜 척을 하고 있는 정희와 달리. 사진을 보며 그녀가 박장대소했다.

"푸하하, 표정 봐!"

"재미있어?"

"응. 오빠 표정 웃겨."

정희가 이것 보라는 듯 키득키득 웃으며 액정을 그의 앞에 내밀자, 얼빠진 자신의 모습에 윤상도 따라 웃었다.

"다시 찍어."

"그런 게 어디 있어? 서울 올라가면 현상해야겠다."

"이렇게 나오기야?"

"내가 뭘?"

정희가 커다란 눈을 깜빡이며 요망한 표정을 짓자, 폰을 빼앗으려 애쓰던 그가 그녀의 뺨을 꼬집으며 말했다.

"마음대로 해."

"안 그래도 그렇게 하려고 했습니다."

그의 폰에서 자신의 폰으로 사진을 전송한 그녀가 윤상에게 휴대전화를 돌려준 후 반쯤 녹은 음료를 빨대로 쪽쪽 빨아들였다. 그러더니 자신의 곁에 앉은 그의 어깨에 제 머리를 기대며 깊은 한숨을 뱉었다.

"너무 좋다. 내년에 또 올까?"

"그럼 내년에도 이곳에서 네 생일을 축하하게 되겠네."

"음, 그렇게 되나? 매년 생일은 우도에서 축하. 그거 좋네. 돈은 좀 많이 들겠지만."

히죽.

그녀가 눈을 반짝이며 웃었다. 에메랄드빛 바다를 보며.

이 순간을 굳이 사진으로 찍어 남기진 않았으나, 뇌리에 오랫동안 남고 또 남길 바라며 한참이나 바다를 보던 그녀는 순간 찰랑이는 소리와 함께 자신의 눈앞에서 흔들리는 목걸이에 눈을 크게 떴다.

"생일 축하해, 나정희."

정희가 어깨에서 머리를 떼며 윤상을 올려다보았다. 그 목걸이는 그가 정우의 이름으로 준 것이었다.

"제대로 주고 싶었어."

그의 말에 정희가 손을 뻗어 목걸이를 가져왔다. 심플하게 스톤만 박혀 있는 목걸이는 오랫동안 그녀의 목을 차지하고 있던 것이었다.

안 그래도 이걸 돌려준 후로 목이 허전했던 참이었는데, 다시 돌아왔다. 그녀의 손에.

정희가 한참 목걸이를 바라보고 있자, 그가 지난날의 기억 하나를 꺼냈다.

"처음 만났을 때, 너에게 주고 싶었거든. 다이아몬드. 영원하다고 하잖아. 그 어떤 광물보다 단단하기도 하고."

철없던 그 시절, 단순히 그 이유만으로 정희에게 값비싼 보석을 안겨 주려 했었다. 정우의 만류에 의해 단순히 생각으로 끝났지만.

그가 즐겁다는 듯 하는 이야기를 가만히 듣고 있던 정희가 고개를 번쩍 들었다. 그러더니 제 손에 들린 목걸이를 허공에 둔 채 손가락으로 콕콕 찌르며 물었다.

"잠시만. 이게 지금 다이아몬드라고?"

"응? 왜?"

"……."

턱이 쩍 벌어졌다. 스톤의 크기를 보았을 때 당연히 '큐빅' 인 줄 알았는데…….

그의 스케일을 너무나 얕잡아 봤구나 생각하던 그녀가 얼떨 떨한 목소리로 읊조렸다.

"와. 목덜미가 안 잘린 게 신기하다."

제 목덜미를 더듬으며.

그녀의 손에 들려 있는 목걸이를 빼앗아 온 그가 자리에서 일어났다. 뒤로 돌아가 목걸이를 직접 걸어 준 그가 그녀의 목 뒤에 가볍게 입을 맞춘 후 한숨처럼 말했다.

"반지는 부담스러울 것 같아서. 이번 생일은 이걸로."

생각 같아서는 당장이라도 그녀의 네 번째 손가락에 반지부 터 끼우고 싶었다. 하지만 그렇게 하면 부담스러워할 것이라는 생각에 행동으로 옮길 수 없었다. 늘 거칠 것이 없는 그였지만 정희의 앞에선 한없이 작아졌다.

윤상이 자신의 옆에 앉는 것을 보던 정희가 눈을 가늘게 떴 다. 그러더니 그의 심장이 아래로 왈칵 쏟아질 말을 했다.

"흠, 잘한 선택이네."

아직 반지를 받고 싶지 않은 걸까. 아니, 어쩌면 화가 풀리 지 않은 것일지도 모르겠다.

윤상의 표정이 어두워졌다. 왜 그런 이야기를 하는 것인지 묻고 싶었으나 입술은 무거운 추라도 달아 놓은 것처럼 쉬이 열리지 않았다.

그의 표정을 가만히 살펴보던 정희가 들고 온 작은 가방에서 반지 케이스를 꺼내 그의 앞으로 내밀었다.

이게 뭐지?

윤상이 멍한 시선으로 벨벳 상자를 바라보자 정희가 긴장감에 침을 꼴깍 삼켰다. 아무리 거침없이 제 생각을 솔직히 이야기할 수 있는 그녀라 하더라도 중요한 순간 긴장감이 몰려오자 손끝을 떨었다.

심호흡을 몇 번 하여 떨리는 마음을 갈무리한 그녀가 무심히 이야기를 시작했다.

"돌려 말하기 싫으니까, 그냥 내 속마음을 이야기할게."

이런 성격 때문에 오해도 많이 받았다. 지나친 솔직함은 오히려 타인의 경계심을 불러일으키는 것이었고, 어떤 이들은 그걸 '이기심'이라고 말하기도 했다.

하지만 정희는 믿고 있었다. 그는 자신의 이기심을 받아 줄 만큼 너른 마음을 가진 사람이었고, 자신의 말을 돌려 생각해 오해하지 않을 것이라고.

그렇기에, 흔들리는 눈망울을 마주한 그녀는 진심을 다해 웃을 수 있었다.

"받아 줄래?"

"……나정희?"

파도가 쳤다. 갑자기 밀려온 파도에 바지와 신발이 젖은 사람들의 비명이 들려왔다. 그리고 옆자리에 앉은 이들은 정희의 프러포즈에 속닥속닥 떠들기도 했고, 가만히 걸음을 멈춰 두 사람을 바라보는 이들도 있었다.

하지만 정희는 말을 멈추지 않았다.

"받아만 준다면, 평생 손에 물 안 묻히고 살게 해 줄게."

나한테 시집와.

그렇게 말한 그녀가 벨벳 상자를 열어 그의 앞으로 내밀었다.

예쁘게 반짝이는 두 개의 반지. 아름다운 바다.

이보다 완벽한 프러포즈가 있을까.

"결혼을 당장 하자는 건 아니야. 하지만 미리 침 정도는 발라 놓으려고."

"……."

그의 고개가 아래로 뚝 떨어졌다. 어떻게 반응해야 할지 모르겠다는 듯 혼란스러운 얼굴이었다.

"난……."

운을 뗀 그가 붉어진 눈망울로 정희를 봤다. 용기 내 마주한 시선에 정희가 입술을 길게 늘어뜨리며 웃었다.

"대답은 하나뿐이야. 예스."

"……."

딱 잘라 하는 말엔 확신이 서려 있었다. 그가 그 하나의 대답을 할 것이라고.

정희의 얼굴을 멍하니 보던 그가 미간 사이를 좁히더니 팔을 뻗어 그녀의 뒤통수를 움켜쥐었다. 그러더니 곧장 자신 쪽으로 끌어당기며 고개를 비스듬히 내렸다.

깍!

소리를 죽인 비명이 여기저기서 터져 나왔다. 하지만 입술을 겹치고 있는 두 사람은 이를 알아차리지 못한 채 상대의 향에, 체온에만 집중하고 있었다.

처음엔 거칠었던 키스가 점차 부드러워졌다. 달콤하게 입을 맞추던 그가 고개를 뗀 후 서서히 눈을 뜨는 정희와 시선을 맞췄다.

그가 고개를 끄덕였다.

답은 예스.

그것뿐이었다.

그의 답에 정희의 눈매가 부드럽게 변했다. 따뜻하게 웃던 그녀가 낮은 목소리로 조곤조곤 물었다.

"자, 이제 오빠의 현모양처 꿈도 이루어졌어."

"너……."

그의 눈이 커다랗게 변했다. 하지만 정희는 거기서 멈추지 않고, 더 명확하게 제 생각을 전했다.

"돌아가. 오빠의 자리로."

"……."

"확신을 줄게. 곁에 없더라도, 장시간 연락이 되지 않더라도 불안하지 않도록 해 줄게."

"……."

윤상의 얼굴에 점점 놀라움이 쌓여 갔다. 그녀가 지금 하고자 하는 이야기를 명확하게 알아들은 눈치였다.

참, 이런 일에는 눈치가 빠르단 말이야.

"내가 오빠를 믿는 것처럼. 오빠도 날 믿어 줬음 하는데?"

그렇게 물은 그녀가 미간을 좁혔다.

그는 오랜 시간 자신에게 오기 위해 많은 것을 포기했다. 그 중 하나는 그의 꿈이었다.

정 회장에게 처음 이 이야기를 전해 들었을 때부터 정희는 마음이 쓰였다. 자신은 자신이 원했던 삶을 살아가고 있는데 그는 그런 것 같지 않아 마음이 아프기까지 했다. 그저, 이미 다 포기했으니 이 상태 그대로, 행복한 미래만 꿈꾸자며 말을 할 수가 없었다.

"……너. 아버지한테 사주 받았어?"

"그렇다면?"

부정하지 않는 말에 그가 헛웃음을 뱉었다.

가만히 계신다 했더니, 뒤에서 정희와 몰래 만나 계략을 꾸미고 있었던 것이다. 그가 생각에 잠긴 듯 바라보자, 그녀는 그와 손을 맞잡은 후 진중한 얼굴로 말했다.

"오빠가 하고 싶은 걸 해. 난 뒤에서 그런 오빠를 응원할 테니까."

그것이 무엇이든, 그녀는 응원해 줄 것이다.

만약 그가 'D.C IT'에 더 이상 뜻이 없다고 한다면, 이젠 그녀가 정 회장을 설득시킬 것이다. 그의 인생이니, 그가 하고 싶은 대로 두라고. 정희는 윤상의 편이었으니까. 그가 무조건적으로 그녀의 편이 되어 주는 것처럼.

"내 꿈은 오빠와 행복한 가정을 꾸리는 거야."

"……."

"오빠의 다음 꿈은 뭐야?"

그녀의 물음에 그의 얼굴이 일그러졌다.

붉어진 눈망울로 정희를 보던 윤상이 입가에 환한 웃음을 띠었다.

"너와 같아."

울고 싶어졌다.

펑펑.

아이처럼 울고 싶어졌다.

❀   ❀   ❀

"내일은 뭐할 거야? 영화 볼까?"

"어디서? 집에서?"

"어, 집에서."

드륵드륵.

정희의 캐리어를 끌어 주던 윤상이 고개를 끄덕였다.

두 사람은 제주도에서 돌아온 길이었다. 다음 주 수요일부턴 정상 출근을 해야 했기에, 이틀 남은 휴가를 어떻게 보낼지 제안하던 정희가 그의 손을 붙잡았다. 그녀의 네 번째 손가락에도, 그의 네 번째 손가락에도 같은 반지가 끼워져 있었다.

"그냥 오빠 집에 있을까?"

"우리 정희가 그래 주면 내가 무척 기쁘겠는데."

"그럼 짐 놔두고 옷 몇 개만 챙겨 가자."

말을 마친 정희가 비밀번호를 누른 후 현관문을 열었다.

뒤에서 캐리어 손잡이를 접어 들어 올린 윤상은 정희가 집

안으로 들어갈 생각도 하지 않은 채 얼어 있자 고개를 기울였다.

무슨 일이지?

의아한 얼굴로 그녀의 어깨 너머를 바라보던 그는 묘하게 벽에 가려 보이지 않던 사각지대에 서 있는 한 남자를 발견하곤 정희와 마찬가지로 얼굴을 굳혔다.

"오, 오빠."

"……."

정우였다. 그는 정희와 윤상이 같이 있는 모습은 단 한 번도 생각해 본 적이 없다는 듯 얼음장처럼 차가운 얼굴이었다.

"왜 너희 둘이 같이……."

놀라 바짝 얼어 있던 정우가 입술을 달싹이며 겨우 한마디를 내뱉었다. 그러다 두 사람 모두 도둑질을 하다 걸린 사람처럼 어쩔 줄 몰라 하는 표정에 미간을 좁혔다.

"이야기 좀 하자."

먼저 몸을 돌린 정우가 집 안으로 들어서자 그제야 정희가 고개를 돌려 윤상을 보았다. 처음엔 놀란 표정이던 그는 이내 생각이 바뀐 것인지 무심히 표정을 굳히고 있었다.

정희가 윤상의 손을 붙잡았다. 정우에게 닿아 있던 시선이 자신에게 향하는 것을 본 그녀가 다부진 표정으로 말했다.

"나한테 맡겨."

그녀의 말에 윤상이 기가 막힌다는 듯 헛웃음을 뱉었다. 그러더니 정희의 머리카락을 거칠게 흩뜨린 후 먼저 집 안으로 들어섰다. 그의 뒤를 따라 종종걸음을 옮긴 그녀가 마주 보고 앉은 정우와 윤상을 번갈아 보더니 이내 윤상의 옆에 있던 의자를 빼냈다.

"네가 왜 거기 앉아?"

정우가 눈썹을 치켜 올리자 정희가 따지듯 말했다.

"여기가 내 자리야."

"……후."

참자, 참아.

정우가 머릿속에 참을 인 자를 세 번 세긴 후 윤상을 보았다. 그는 정희와는 달리 얼굴에 감정 한 터럭 보이지 않았다.

저 표정은 또 뭐야.

정우 역시 윤상과 오랜 시간을 함께 보내 왔다. 붙어 있었던 시간을 따지자면 정희와 감히 비교하지 못할 정도였다. 학창 시절을 쭉 함께했고 성인이 되어 먼저 유학을 떠난 윤상을 뒤따라 맨해튼에 자리를 잡기도 했었다.

그래서 알 수 있었다. 윤상이 답지 않게 긴장하고 있다는 걸.

"휴가, 같이 갔던 거야?"

"……그래."

짧은 윤상의 답에 정우가 눈을 삐죽였다.

그럴 거라 생각은 했어도 실제 답으로 듣자 오장육부가 뒤틀리는 기분이었다.

"너희!"

와락 소리를 친 정우가 정희와 윤상을 번갈아 노려보며 말을 이었다.

"설마 나이 먹고 불장난하는 건 아닐 테고! 진심이야?"

"어."

"진심이야, 오빠."

두 사람의 입에서 망설임 없는 답이 흘러나왔다. 중간에 겹치긴 했으나 두 사람이 뭐라고 했는지 모두 정확하게 들은 정우의 낯빛이 창백해졌다.

아, 이런.

앓는 소리를 낸 그가 손가락으로 머리를 꾹꾹 눌렀다. 갑자기 두통이 몰려왔다.

"나, 윤상 오빠, 많이 사랑해."

"나정희."

안 미쳤다며! 안 미칠 거라며!

그의 눈초리가 마치 그렇게 말하는 것 같았다. 그러자 정희가 뻔뻔한 표정으로 어깨를 으쓱였다.

"그런데 어떻게 하겠어? 오빠 동생이 미쳤거든. 짠, 봐 봐. 어젠 내가 프러포즈까지 했어."

"……뭐? 네가 했다고?"

그건 또 무슨 소리냐는 듯 정우가 눈을 깜빡이자, 정희가 거기에 대한 증거라는 듯 제 손을 들어 손가락에 끼워진 반지를 보여 주며 웃었다.

"자. 우리 결혼하기로 했어요."

"……."

"이제 와 어떻게 물리겠어요?"

"……."

정희가 절대 물러서지 않겠다는 듯 빈정거렸다. 정우가 반대를 한다는 생각에 온몸으로 전의를 불태우는 모습이었다.

이쪽은 말이 안 통하겠군.

정희를 보며 혀를 찬 정우가 이번엔 윤상을 보았다. 그는 여전히 입을 굳게 다물고 있었다.

"정윤상, 나 좀 보자."

"왜, 나랑 이야기해!"

쾅!

식탁을 내려친 그녀가 자리에서 벌떡 일어나며 말했다. 왜 당사자인 자신은 쏙 빼놓고 이야기를 하냐고. 자신도 그 자리에 있겠다고.

하지만 나정우가 누구던가. 한 성깔 하는 나정희의 오빠이자 눈빛으로 사람을 제압하는 것쯤은 손가락 하나 까딱하는 것보다 쉬운 '남자'였다.

"나정희, 가만히 있어. 오빠 지금 화 많이 났다."

"……."

고저 없는 목소리와 무표정한 얼굴에 정희가 깨갱하며 입을 굳게 다물었다.

여기서 더 건드려 봤자 좋지 않다. 전에 이 정도로 화가 난 오빠에게 대들었다가 지옥불이 이런 것이구나, 하고 깨닫지 않았던가.

"넌 따라 와."

윤상을 향해 차가운 목소리로 말한 정우가 답 따윈 필요하지 않다는 듯 먼저 걸음을 옮겨 집을 나섰다.

아, 어쩌지?

정희가 시무룩한 얼굴로 윤상을 보자, 그가 손을 들어 그녀의 머리를 쓰다듬어 주었다.

"나 정우한테 혼나고 올게."

"오빠가 왜 혼나? 뭐라고 하면 당장 불러."

바로 뛰어나가겠다는 듯 정희가 다부진 표정으로 말하자 윤상이 키득키득 웃음을 뱉었다.

반듯하게 펴진 그의 미간에 정희가 다행이라는 듯 안도의 한숨을 내뱉을 때였다. 윤상의 웃음이 멎은 것은.

"소중한 여동생이랑 밀월여행을 다녀왔는데, 당연히 혼나겠지."

"내가 원해서 다녀온 건데."

"그렇게 말하면 너랑 나 세트로 파묻을걸?"

장난스럽게 말한 윤상이 자리에서 일어났다.

한 번쯤은 거쳐야 하는 단계였으니, 차라리 잘됐다 싶었는지 그가 여전히 걱정이 뚝뚝 묻어나는 눈동자를 바라보며 웃었다.

"그럼 오늘은 피곤할 테니 쉬어."

끼이익. 끼이익.

기름칠이 되지 않은 그네에서 괴기스러운 소리가 났다. 생각에 잠긴 정우는 두꺼운 쇠줄로 만들어진 그네 줄을 밀며, 윤상을 기다리고 있었다.

미간을 찌푸린 그의 입에서 숨이 터져 나왔다.

두 사람의 관계 진전이야, 윤상과의 통화로 어느 정도는 예상할 수 있었다. 두 사람의 마음 모두 어느 정도 눈치는 채고 있었으니까.

윤상은 마음을 들켰고, 그때 정우는 반대를 했었다. 평범한 부모님 밑에서 자라지 못한 정윤상은 어딘가 뒤틀린 사람이었고 모자란 이였으니까. 어떤 순간에 터질지 모르는 시한폭탄 같은 그가 자신의 소중한 여동생 옆에 있는 건, 정희의 친오빠로서 당연한 반응이었다.

정희는 부모님을 잃었다. 사춘기 시절이었고, 많이 힘들어했다. 겉으론 씩씩해 보였으나 늘 평범한 가정에 대한 동경이 있었고, 윤상은 그것을 만들어 줄 수 없는 사람이었다.

어쩔 수 없는 일이던가.

미간을 구기고 있던 정우는 인기척에 몸을 돌렸다. 그곳에 윤상이 서 있었다.

그를 마주하면 바로 주먹을 날려 줄 생각이었는데.

정우는 잠시 아무런 말없이 오랜 벗을 보았다. 늘 설렁설렁, 건성으로 살던 친구였다. 세상에 큰 관심이 없고, 무슨 일이든 어려움이 없으니 불편함도 가지지 못한 채.

맨해튼에서의 윤상은 염세주의자에 가까웠다. 매번 죽은 듯 살다, 여름이 되면 밝아졌다. 그것이 무엇 때문인지 정우는 알고 있었다. 자신의 동생, 나정희라는 걸.

그래서 쉬이 반대하지 못했다. 친구에게 동생이 어떤 존재인지 알기 때문에.

하지만 동생의 행복을 윤상이 줄 수 없다는 생각은 바뀌지 않았다. 그건 현실이었으니까.

"진짜 무슨 생각이야? 정 회장님은?"

정우는 윤상을 탓하고, 그의 얼굴에 주먹을 내리꽂는 대신 현실적인 문제부터 물었다. 아직도 정 회장이 자신과 정희의 후원자라고 알고 있는 그였기에 조심스러운 기색이었다.

윤상이 물음에 흔들림 없이 답했다.

"허락하실 거야. 마음에 들어 하시거든."

"후."

안도의 한숨을 내뱉은 정우가 혼란스러운 표정으로 거칠게 머리를 쓸어 올렸다. 결국 걱정했던 상황이 일어나긴 했는데, 어떤 식으로 받아들여야 할지 머릿속이 복잡했다.

그에게 두 사람은 아주, 소중한 사람들이었으니까.

정우가 정처 없이 시선을 옮기다 말고 윤상을 보았다. 그러더니 거친 목소리로 말을 이었다.

"난 너에게 분명히 말했어. 정희는 평범한 남자와……."

미처 끝맺지 못하고 말을 멈췄다. 윤상의 얼굴이 끔찍하게 일그러졌기 때문에.

정우는 정희가 평범한 가정을 꾸렸으면 했다. 바람이 있다면 딱 그것 하나였다. 평범하게 학창 시절을 보내고, 좋은 대학은 아니더라도 4년제를 나와 월급 받으며 사는 사람. 부모님이 모두 살아 계시고, 무던한 성격의 사람. 정희는 예쁘고 마음씨가 고운 아이니 평생 그런 이에게 사랑받으며 살아갔으면 했다.

이는, 윤상과는 정반대의 사람이었다.

정우는 마치 길을 잃은 사람처럼 불안해 보이는 윤상을 보았다. 그러다 그의 표정이 순간 일그러지는 것을 보며 거친 숨을 토해 냈다. 어둠 속에서도 윤상의 눈동자가 붉어지는 것이 확연히 보였다.

"정희가…… 선녀 옷 벗어서 던져 준대."

"그게 무슨 소리야?"

수수께끼 같은 말을 알아듣지 못한 정우가 되물었다. 그러자 윤상이 한 걸음 그에게 더 다가오며 말했다.

"먼저 결혼하자고 하더라. 불안하게 만들지 않겠대."

"……."

윤상의 입술이 부드럽게 호를 그리는 것을 보며 정우가 눈을 질끈 감았다.

"어머니처럼 버리고 떠나지 않겠대."

"……."

언제였더라.

아직은 세상이 무엇인지도 모르는, 죽음이, 이별이 무엇인지도 모를 때의 일이다. 같은 유치원을 다녔던 그때, 어린 윤상이 일주일 정도 유치원을 나오지 않다가 나왔던 그날. 그는 놀다 갑자기 펑펑 울음을 터뜨렸다. 아이들과 잘 놀다가, 밥을 먹다가, 뛰어다니다가, 자신의 손을 보며 문득 하염없이 울음을 터뜨렸던 그때.

아직은 친구가 아니었던 그때, 윤상이 정우에게 말했다.

"엄마가 갔어."

갔어.

멀리 갔대.

그렇게.

그리고 훗날, 두 사람이 조금은 세상살이에 대해 알게 되었을 때 정우는 다른 아이들을 통해 들었다. 프랑스에서 최근 전시회를 연 사람이 윤상의 친모라고.

남에게 숨기고 싶은 가정사도 오픈되는 세계에 사는 윤상이었기에 속살을 고스란히 내보이게 되었다. 그리고, 그는 누군지도 모르는 사람들이 뒤에서 제 '약점'이자 '슬픔'에 대해 이야기하는 것을 알면서도 모른 척 살아가야 했다.

그런 상처였다. 아직은 '자아'가 제대로 형성되기도 전에 처음으로 맛본 이별. 그걸 정희는 정확하게 건드려 자신은 그렇게 하지 않겠노라 말한 것이다.

정우의 얼굴이 얼음장처럼 굳어졌다.

"하루하루 시간이 흐를수록 더 좋아져. 더 사랑하게 돼."

"……."

"믿겨져?"

그렇게 묻는 윤상의 얼굴이 일그러졌다.

줄곧 울고 싶었다. 하지만 정희의 앞에선 울지 못했다. 꾹꾹 그렇게 억눌렀다. 남자가 되어서 사랑하는 여자 앞에서 울 수는 없었으니까.

"하루하루, 마음이 커져 가. 이젠 그 아이가 아니면 아무것도 아닌 게 되었어."

"……."

툭.

떨어지는 눈물에 윤상이 손을 들어 눈을 막았다. 역시나, 친구 앞에서도 울고 싶지 않았다. 하지만 흔들리는 윤상의 모습을 정우가 보지 못했을 리가 없었다.

정우는 이를 악물었다. 잇새로 거친 숨이 터져 나왔다.

"반대는 하지 말아 주라."

윤상의 목소리가 흔들렸다. 눈동자엔 절박함이 어려 있었다.

"나, 진짜 정희가 아니면 안 돼."

침묵을 지키던 정우는 마치 어떤 힘에 의해 윤상에게 옭매여 있던 시선을 거칠게 옆으로 돌렸다. 가슴이 들썩였다.

"젠장."

욕설이 나왔다.

"정말 그 아이가 아니면 안 돼. 그러니까, 나 한 번만 봐주라."

이렇게까지 말하는데 어떻게 반대를 할 수 있겠는가. 처음으로 본 친구의 눈물에 정우가 눈을 질끈 감았다.

"망할 것들."

chapter 11
소년과 소녀의 꿈

침대에서 연신 뒹굴거리는 정희의 손엔 휴대전화가 들려 있었다. 마치 자석처럼 휴대전화를 손에 꼭 쥐고 있는 정희가 우도에서 찍은 사진을 보다 말고 액정을 아래로 내렸다.

〈뭐해? 무슨 이야기를 했기에 오빠가 나한테 뭐라고 안 하고 방으로 들어가지?〉

〈자?〉

〈오빠?〉

모두 정희가 보낸 문자였다.

하지만 윤상은 답장을 하기는커녕, 확인조차 하고 있지 않았다.

"뭐지? 혹시……."

몸을 벌떡 일으킨 정희가 문을 노려보았다.

오빠가 비수를 팍팍 꽂는 말을 했나? 친구라고 봐주지 않고 평소처럼 독설을 날렸을지도 모르겠다. 자신을 보자마자 방으로 쌩 들어가 버렸던 정우를 떠올린 정희가 이를 버득버득 갈았다. 지금이라도 쫓아 들어가서 뭐라고 했는지 물어봐야 할까?

고민하는 얼굴로 방 안을 서성이던 그녀가 당장 정우에게로 쫓아가 따져 물으려던 찰나였다.

들고 있던 휴대전화가 울렸다. 액정엔 그토록 기다렸던 윤상의 번호와 함께 '웬수'라는 이름이 떴다. 전화번호부 이름을 바꿔야겠다 생각한 그녀가 서둘러 전화를 받아 들었다.

"오빠!"

―씻었어.

그사이 문자를 확인한 것인지 그가 인사 대신 무엇을 하며 시간을 보냈는지 답부터 했다.

"오호, 구석구석?"

―우리 정희, 음란해졌어.

가벼운 어투에 정희가 눈에 띄게 안도했다. 그녀의 기준에선 '날 위해 주긴 하지만 성질머리 못됐고, 독설 잘 뱉는 오빠'에게 혹여 상처 받은 말을 듣진 않았을까 걱정했는데 다행히도 그건 아닌 모양이었다.

하지만 정희는 이 문제에 대해 확실히 하고 싶었기에 분명한 어조로 물었다.

"오빠가 뭐라고 안 해?"

—응.

답이 지나치게 빠르자 정희가 의심스러운 눈을 깜빡였다. 휴
대전화를 쥐고 있는 손은 하얗게 질릴 정도로 힘이 들어가 있
었다.

"거짓말이지?"

—아니, 정말 아무 말도 안 했어.

"그래? 그럴 리가 없는데, 이상하다."

고개를 갸웃거리며 비 맞은 중처럼 중얼거리는 목소리에 전
화 너머로 작은 웃음이 흘러나왔다.

—너 정우를 뭐라고 생각하는 거야?

"멘탈은 영감인 백면서생."

—정우한텐 이야기하지 마. 상처 받을라.

입술을 삐죽이며 '상처 받으라지'라고 읊조리던 정희가 침
대에 털썩 앉으며 말했다.

"보고 싶다."

—집에 정우 있잖아. 오늘은 얌전히······.

윤상이 내일 아침 일찍 보자고 말을 하려 했다. 오늘 그에게
두 사람의 관계를 들켰는데, 이 오밤중에 두 사람이 만난다고
하면 그 성질 머리에 뒷목을 잡지 않으면 다행이었다.

거기에다 정우는 기본적으로 정희에게 좋은 오빠이자 엄한
오빠였다. 여러모로 오늘은 이대로 아쉬운 이별을 하는 것이
좋았다.

하지만 정희의 생각은 다른 모양이었다.

"이래서 사람들이 결혼을 하는구나."

—······어?

"지금 갈래. 오빠 몰래 나가면 되지, 뭐."

—정희야? 나정희?

윤상은 연신 그건 그리 좋지 못한 선택이라고 말하려 했다.
안 그래도 찍혔는데, 여기서 눈 밖에 나 봤자 두 사람의 신상에
좋을 건 없었으니까. 하지만 정희는 상큼하게 웃으며 청개구리
심리를 발동했다.

"조금만 기다려. 금방 갈게."

그가 뭐라 하든 말든 전화를 끊은 정희는 화장대에서 자신의
얼굴을 확인한 뒤, 모자까지 푹 눌러썼다.

사춘기 때도 야밤에 몰래 탈출해 본 적이 없건만.

윤상의 각인 작전이 꽤 잘 들어 먹힌 것인지 그녀도 이젠 그
가 시도 때도 없이 예뻐 보였고, 좋았고, 보고 싶어졌다.

조심스럽게 방문을 열고 밖으로 나온 정희가 뒤꿈치를 든 뒤
살금살금 현관 쪽으로 걸음을 옮겼다.

현관에서 신발을 챙겨 밖에서 신는 것이 좋으리라. 문을 닫
을 때 소리가 나겠지만 굳게 닫혀 있는 방문이 부디 그 소릴 막
아 주길 바라며 현관에 놓인 슬리퍼를 조심스럽게 주워 들었
다.

헤, 나갈 수 있겠다.

그녀가 히죽, 승리의 웃음을 지을 때였다.

"너 어디 가냐?"

"헉!"

숨을 왈칵 들이켠 그녀가 삐걱삐걱 고개를 움직였다. 방에

있는 줄 알았는데, 머그잔을 든 것을 보니 부엌에서 막 나온 모양이었다.

꿀꺽.

침을 삼킨 그녀가 어색하게 웃음을 뱉었다.

"오, 오빠."

"다시 방으로 들어간다, 실시."

군대에서나 볼 법한 빨간 모자 조교처럼 매서운 눈동자가 정희의 방을 곁눈질했다. 굳게 다물려 있는 입술과 뻣뻣하게 굳은 몸은 밤에 몰래 기어 나가려고 했던 동생에게 화를 내지 않으려고 엄청난 인내심을 발휘하고 있다는 걸 보여 주고 있었다.

하지만 사랑에 빠진 철없는 나정희는 굽히고 있던 허리를 꼿꼿하게 펴곤 정우를 노려보았다.

"씨!"

"당장 들어가. 여자애가 이 밤에 겁도 없이."

내가 왜 남자 친구 집에 가는 걸 겁내야 하나요, 님?

그렇게 빈정거려 볼까, 하던 정희는 이내 방법을 바꿔 먹었다. 일단 목숨은 하나니까.

"오빤 병원으로 들어가서 환자나 관리하지? 다 큰 여동생 사생활 관리하지 말고."

"……."

정우가 미간을 좁혔다. 어디서부터 어떻게 저 당당한 나정희의 콧대를 잘근잘근 밟아 줄까 고민하는 눈동자가 긴밀하게 움직였다. 마치 먹이를 눈앞에 둔 맹수처럼.

검은 퓨마에 가까운 그가 기를 꺾지 않은 채 씩씩거리고 있는 정희를 향해 입꼬리를 비틀었다.

"나정희, 너 지금 뭔가 착각하고 있는 모양인데."

그의 웃음은 살벌해 오금이 저릴 정도였다. 하지만 정희는 정우와 같은 배에서 나온 남매였다. 저 웃음에 쉽게 물러날 그녀가 아니었다.

정희가 팔짱을 끼며 도도하게 턱을 치켜들었다. 어디 한번 계속 말해 보라고. 그에 정우의 웃음이 더욱 비틀렸다.

"지금 너도 환자야."

"뭐어?"

"미쳐도 단단히 미쳤어."

관자놀이 옆에서 손가락을 빙글빙글 돌리던 그가 손끝을 정희의 방으로 옮기며 소리쳤다.

"당장 방으로 돌아가!"

잔뜩 화가 난 눈빛에 정희가 입술을 깨물었다.

나쁜 놈.

오빠면 다야?

씩씩거리던 그녀는 결국 자신의 방으로 발길을 옮겼다.

❋　　　　❋　　　　❋

아침 일찍 일어난 정희가 준비를 마치고 방에서 나왔다. 기다란 다리를 꼬고 신문을 읽고 있는 정우는 정적인 분위기였다. 다른 이들이라면 지적이다, 혹은 멋있다, 라고 생각할지 모르겠지만 정희의 눈엔 '노친네' 정도로 보였다.

정우를 노려보던 그녀가 씩씩거리며 현관문 쪽으로 향했다.

"저녁 먹기 전엔 들어와라."

신발을 꿰어 신던 정희가 정우의 말에 고개를 번쩍 들었다. 그는 여전히 신문을 읽고 있었다.

아, 정말.

그가 맨해튼으로 돌아가기 전까진 계속 이 상황이 이어지리란 것을 알았기에 정희가 눈을 뾰족하게 떴다.

"오빠 약속도 없어? 오랜만에 한국 들어온 건데?"

"있어. 저녁 먹기 전에 들어올 거야."

정희가 입술을 잘근잘근 씹었다.

멀쩡한 인간이 대인 관계는 왜 이렇게 좁은지.

눈을 삐죽 뜬 그녀가 고개를 팩 돌리며 무시했다. 못들은 척할 기세였다. 거칠게 신문을 다음 장으로 넘긴 그가 무심한 어조로 말했다.

"늦기만 해 봐. 너 끌고 맨해튼으로 갈 테니까."

"오빠!"

정희가 눈을 동그랗게 뜨며 외쳤다.

"내 인생이야. 오빠가 뭐라고⋯⋯!"

당장이라도 뛰어 들어가 따질 기세로 외치던 정희는 정우가 자리에서 일어나 자신에게 다가오자 말을 끝맺지 못하고 입을 꾹 다물었다.

무표정한 나정우는 무서웠다. 천하의 나정희의 입을 한 번에 막을 정도로.

"네 보호자."

짧게 잘라 말한 정우가 정희를 노려보며 말을 이었다.

"네가 만나는 남자에 대해 숟가락 정도는 없고 이야기할 수
있는 사이."

"……."

"가족."

정희의 얼굴이 일그러졌다.

굳은 시선을 마주하고 있던 둘 중 먼저 시선을 피한 것은 정
희였다. 현관문을 열고 밖으로 나가던 그녀가 문이 닫히기 전
기어들어 갈 것처럼 작은 목소리로 말했다.

"일찍 들어오면 되잖아."

탕.

닫힌 문을 바라보던 정우가 이마를 짚었다.

"후."

지끈지끈.

또다시 두통이 몰려왔다.

"나 진짜 고등학교 때도 오빠가 안 이랬거든? 근데 오늘 저
녁 먹기 전에 들어오라고, 아주 잔소리, 잔소리를! 그렇게 걱정
되면 나 혼자 두고 맨해튼은 어떻게 갔대?"

커다란 벽걸이 텔레비전에선 어제 뜬 VOD가 틀어져 있었다.

대한민국 최고 여배우의 액션신은 화려했다. 짧은 바지를 입
고서 도로 위를 뛰어다니는 모습과 공중에서 붕 도는 장면은
같은 여자가 보아도 섹시하다는 말이 절로 나올 정도였다. 하

지만 정희도 윤상도 화면에 집중을 하지 못하고 있었다.

실오라기 하나 걸치지 않은 몸은 흰색의 얇은 이불로만 가려져 있었다. 그건 윤상 또한 마찬가지였다. 바지만 챙겨 입은 채 그는 상체를 드러낸 상태였다. 커다란 손으로 자신의 무릎을 베고 누워 있는 정희의 머리카락을 연신 쓸어 주던 그의 표정은 차디차게 굳어 있었다. 그건 정희의 앓는 소리가 계속될수록 더욱 딱딱해졌다.

"너무 이상하지 않아? 난 진짜 오빠를 이해하지 못하겠어. 왜 그러는지. 왜……."

말을 길게 늘어뜨린 정희가 윤상을 올려다보며 입을 굳게 다물었다.

오빠와 만나는 걸 왜 반대하는지 모르겠어.

뒷말을 잊지 못한 그녀가 심통 맞은 표정을 지었다. 그럴수록 그의 손길은 다정하게만 변해 갔다. 하지만 무어라 말을 하진 않았다. 그는 그 이유를 너무나 잘 알고 있었다. 그 이유로 인하여 이제껏 계속 반대를 해 왔으니까.

손을 들어 윤상의 뺨을 매만지던 정희가 낮은 목소리로 운을 뗐다.

"정윤상 씨."

"……왜?"

"표정이 왜 그러실까. 당신답지 않게."

엄지손가락으로 윤상의 뺨을 연신 쓰다듬어 주던 그녀가 제 손 위에 손을 겹치는 그를 보며 힘없이 웃었다. 그가 힘이 없으니, 자신도 힘이 빠졌다.

"나다운 게 뭔데?"

입가를 느른하게 늘인 채 그가 물었다. 웃음은 여전히 달콤했으나 곧 사라질 것처럼 희미했다. 그의 웃음을 바라보던 정희가 무심한 어조로 말했다.

"이럴 땐 사랑하는 우리 정희부터 말해 줘야 하는데. 사랑이면 무엇이든 이겨 낼 거라고 말할 타입 아니신가?"

"음."

아랫입술을 깨문 그가 애써 입꼬리를 끌어 올리며 웃었다. 멈춰 있던 손을 다시 움직인 윤상이 정희의 뺨을 감싸 쥐었다.

"난 우리 나정희 양도 무척 사랑하지만 나정우도 사랑하거든."

"……뭐?"

전혀 예상하지 못한 말에 정희가 눈을 동그랗게 떴다. 하지만 윤상은 거기서 말을 멈추지 않았다.

"남매에게 너무 휘둘리는 거지."

아, 지나치게 솔직한 정윤상 씨. 이럴 땐 오빠를 욕해도 될 텐데.

"내 상황이 이 모양이고, 내 꼴도 이 모양이라, 친구가 없었거든. 아니, 먼저 다가온 친구들은 많았지. 콩고물이라도 떨어지지 않을까 하고."

아무것도 모르던 꼬꼬마들도 '인맥'이란 곳을 만드는 학교에서 윤상은 마치 이상한 나라에 떨어진 엘리스 같은 느낌이었다.

"굽신거리는 친구들을 보면서 느낀 게 뭔지 알아?"

그의 물음에 정희가 작게 고개를 저었다. 그러자 윤상이 마치 그때로 돌아간 것처럼 개구쟁이같이 웃었다.

"아. 얘 부모님들이 나랑 친해지라고 했구나."

그때 세상에 대한 오만상 정나미가 다 떨어졌었다. 정윤상은 치열한 세계완 어울리지 않는 사람이었고, 그렇게 살아갈 수 없는 사람이었으니까.

하지만 그의 주변엔 온통 치열한 삶을 원하는 사람들로 가득 차 있었다. 하다못해 또래 아이들조차도.

"그런데 정우는 아니었거든. 내가 먼저 좋아서 따라다녔어."

유일하게 자신에게 관심을 두지 않는 아이. 조용조용하게 학교생활을 하면서 많은 사람들에게 주목을 받을 정도로 예쁜 아이였다. 동성이었지만 정우에게 한눈에 반했다. 그래서 가끔 스트레스를 풀러 간다는 오락실도 함께 따라나섰고, 길거리 음식도 정우 때문에 처음 먹어 보았다. 그건 여전히 참, 즐거운 기억으로 남아 있었다.

지금도 친구라고 할 사람은 정우뿐이었다. 그런 정우가 수없이 반대를 했다. 결국 친구가 아닌 사랑을 선택해 버렸지만.

자신은 참 나쁜 친구다, 자신의 세계를 넓혀 준 사람인데.

윤상의 눈빛이 어두워지자 정희가 상체를 벌떡 일으켰다. 그리고 아래로 내려가는 이불을 둘둘 몸에 말았다.

"삼각관계야? 그런 거야?"

장난스럽게 말한 그녀가 어두워진 그의 얼굴을 보며 더 오버해 외쳤다.

"방금 전에 나한테 이런 짓도 하고 저런 짓도 했으면서!"

"……정희야."

"혹시 내가 나정우 여자 버전이어서 좋아한 건 아니겠지?"

"아니야."

윤상이 곧장 답했다. 절대 그렇지 않다고.

정희가 의심스럽다는 눈을 거두지 않자 그의 낯빛이 창백하게 변했다. 양손을 허공에 휘저은 그가 항의하듯 말했다.

"진짜 아니라니까? 정말 정우에게 그런 마음을 품었다면 널 좋아하는 대신 커밍아웃을 했겠지."

"그럼 됐어. 마음 넓은 내가 지금 정우 오빠한테 조금 밀리는 기분이긴 한데 참지, 뭐."

제 말에 윤상이 피식 웃음을 터뜨리자 정희가 다행이라는 듯 어깨를 으쓱였다. 무거웠던 분위기가 가벼워지니 이제야 조금 숨통이 트이는 듯했다.

다시 그의 무릎에 누우려던 정희는 휴대폰 벨소리에 눈을 삐죽이며 액정을 확인했다.

"아, 진짜! 이 인간은 눈치도 없대!"

정우였다. 전화를 받기 싫었지만, 창밖엔 어느새 해가 져 갔고 정우와 약속했던 시간이 다가오고 있었다.

"왜!"

한숨을 푹 내뱉은 정희는 전화를 받은 후 다짜고짜 소리부터 질렀다. 하지만 찌르면 피 한 방울 안 흘릴 것 같은 정우는 그녀의 기세에도 무심하게 짧은 답만 내뱉을 뿐이었다.

—와.

"아직 해 안 떨어졌거든? 그리고 지금 내가 몇 살인데 통금 이야? 시집가라고 난리일 나이라고! 모임에서도 시집 안 간 애는 나뿐이거든?"

―집 가깝다고 했지? 10분 준다.

뚝.

가타부타 말없이 끊긴 전화를 허망한 눈으로 보던 정희가 입술을 삐끔거리더니 이내 헛웃음을 뱉었다.

"허! 이 사람 왜 이래? 뭐 잘못 먹었대? 나한테 왜 이러는 거래? 오빠 친구니까 말 좀 해 봐. 왜 이럴까, 응?"

"고등학교 때도 그랬어. 누가 너에 대해 물어보기만 해도 눈에 불을 켜고."

그가 떨어져 있던 티셔츠를 주워 입은 후 정희의 옷가지도 하나하나 주워 들어 건넸다. 옷을 싹 받아 든 그녀가 미간을 구겼다.

"늑대가 예쁜 우리 정희 꿀꺽 삼킬까 봐 그런가 보다."

"이미 한입에 꿀꺽하셨잖아."

"그런가? 데려다줄게, 가자."

가볍게 되물은 그가 옷부터 입으라는 듯 그녀를 바라보자, 심통 맞은 표정으로 정희가 속옷을 주섬주섬 입기 시작했다. 입으론 연신 불만을 터뜨리고 있었지만.

"왜? 나 더 있고 싶은데……."

한 시간, 아니, 10분이라도.

윤상과 더 있고 싶었다. 모레부터 정상 출근을 하고 나면 이렇게 여유로운 시간은 보내지 못할 테니까.

시무룩한 표정으로 옷을 입는 정희를 바라보던 윤상이 한숨

을 내뱉었다. 그러더니 잔뜩 가라앉은 기분을 애써 갈무리하며
말했다.

"철없는 나정희 양. 우린 지금 정우에게 잘 보여야 할 상황
이거든?"

막 티셔츠를 꿰어 입던 정희가 눈을 동그랗게 뜨며 물었다.

"왜?"

"왜긴 왜야. 미래의 형님이 될 사람이니까."

"그런가?"

그의 말에 어느 정도 동의한다는 듯 정희가 고개를 끄덕였
다. 이미 이곳에 오기 전에 정우에게 한 소리를 들은 그녀였다.

윤상과 함께하기 위해선 정우의 허락이 필요했다. 윤상에겐
'친구'였고, 자신에겐 '가족'이었으니까.

"우리만 이렇게 슬픈 건 아니겠지?"

가재미눈을 뜬 정희가 입술을 잘근잘근 씹었다. 자신과 윤상
이 이렇게 흔들리는 것과는 달리 정우는 아무렇지도 않을 것만
같았다. 이에 윤상이 그건 아니라는 듯 고개를 저었지만, 정희
의 눈에 그것이 들어올 리가 없었다.

"비수를 꽂아야겠어. 철로 만들어진 강철 심장에."

"정희야."

"걱정 마. 쫓겨나면 이리로 올 테니까."

의지를 불태우는 정희의 눈빛이 반짝였다.

"복수할 테다."

자신의 이마에 입을 맞추는 윤상의 모습에 정희가 시무룩한
얼굴로 그의 손을 붙잡았다.

"내일 맛있는 거 먹자. 근사한 곳에 가서."

"그래? 뭐 먹고 싶은데?"

"레스토랑은 내가 예약할게. 5시쯤 봐."

"알았어."

시무룩한 얼굴로 다시 한 번 가볍게 입술을 맞춘 정희가 집 쪽으로 걸음을 옮기자 윤상이 멀리서 그녀의 모습을 바라보았다.

엘리베이터를 타고 곧장 올라와 초인종 대신 비밀번호를 누르고 들어온 정희는 도깨비처럼 서 있는 정우를 발견하고 걸음을 멈췄다.

신발을 벗고 안으로 들어온 그녀가 방으로 가다 말고 걸음을 뒤로 돌렸다.

"오빠."

그녀의 부름에 정우가 말해 보라는 듯 고개를 끄덕였다. 윤상과는 달리 너무나 멀쩡해 보이는 그의 모습에 정희가 입술을 비틀었다.

UN군이 되어 평화롭게 두 사람의 관계를 회복시켜야 하는 위치에 있다는 걸 그녀도 알고 있었다. 하지만 오늘 하루 종일 시종일관 굳은 표정이었던 윤상을 생각하면 그렇게 할 수가 없었다. 덕분에 자신의 기분도 바닥으로 다운되지 않았던가.

복수해야지, 복수할 거야.

전의를 불태운 정희가 눈을 아래로 내리깔며 말했다.

"오빠 친구 없지?"

"뭐?"

정희가 삐딱하게 서서 정우를 보았다.

"약속 없는 거 봐선 대인 관계가 아주 좁은 게 분명해."

"무슨 말이 하고 싶은 거야?"

"그런데 그런 사람이 하나 더 있더라고. 하나뿐인 친구를 잃을까 봐 무서워하는 사람."

"……."

이쯤 되니 지금 정희가 무슨 말을 하고자 하는지 정우가 눈치 있게 알아차렸다. 그가 더 이상 이야기하고 싶지 않다는 듯 몸을 돌리려 하자 정희가 직설적으로 물었다.

"누굴 위하는 거야? 오빠가 이러는 이유."

"난……."

정우가 미처 말을 끝내지 못하고 입술을 닫았다. 복잡해 보이는 표정이었다. 여전히 아무것도 결론을 내리지 못한 얼굴. 그 모습을 가만히 바라보던 정희가 거저 없이 물었다.

"날 위하는 거라고? 그럼 이유라도 듣자. 왜 그러는지."

"윤상인 널 행복하게 해 줄 수 없어. 오랫동안 생각해 본 결과야."

"와. 그럼 오빠도 윤상 오빠가 날 오랫동안 좋아했다는 걸 알았다는 거네?"

"……."

정희가 기가 막히다는 듯 묻자, 정우의 입술이 굳게 다물렸다. 그 모습에 정희의 입술이 더욱 시니컬하게 휘었다.

"오호. 말 못 하는 거 보니 정곡을 찌른 모양이네, 내가?"

"이 이야기는 다음에 하자. 피곤하다."

"도망가지 마."

도망가면 아무것도 해결되지 않으니까.

정희가 무심히 뒷말을 이은 뒤, 한 대 얻어맞은 것 같은 정우를 보며 따지듯 물었다.

"오빠가 날 위하는 거였다면, 2년 전에 오빠한테 전화했을 때, 아니, 그전에 말을 해 줬어야 했어. 오빠도 알았잖아. 내가 정윤상 그 인간 때문에 어떤 사람이 됐는지. 연애관이 아주 삭막했었다고."

한때 세상의 남자는 다 똑같고, 연애 역시 그렇다 생각했다. 간단한 데이트, 가볍게 기울이는 술, 혹은 극장 나들이. 그것들이 지루하고 지리멸렬하게 느껴졌다.

간단한 데이트 이후에 몸을 취하기 위해 유혹하는 남자들. 자신이 섹스를 좋아하는 여자였다면, 다른 이들과 그런 친밀한 관계를 나누는 것을 좋아하는 사람이었다면 그런 가벼운 관계 역시 즐길 수 있었을 것이다.

하지만 자신은 그런 사람이 아니었다. 사람과 지나치게 가까워지는 것이 무서웠다. 그런 주제에 또 외로움은 많아서 혼자 바닥을 벅벅 긁기도 했다.

만약 미리 알았더라면. 윤상이 자신에게 하는 행동들이 진심이었다는 걸 더 빨리 알았다면 우도에서 만난 연인들처럼 아무 걱정 없이 사랑만 해 봤을 수도 있었을 것이다. 어른의 연애는 너무나 복잡한 것들이 많으니까. 지금처럼.

그녀가 굳은 얼굴로 자신을 바라보자 정우가 깊은 한숨을 뱉었다. 그러더니 앞서 했던 말을 다시 한 번 내뱉었다.

"윤상인 네가 원하는 걸 해 줄 수 없어."

"내가 원하는 게 뭔데?"

정희의 물음에 정우의 얼굴이 순간 와르르 무너졌다. 높은 성벽처럼 단단한 남자를, 정희는 너무나 쉽게 무너뜨렸다.

"우리…… 부모님처럼 살고 싶다고 했잖아."

"오빠……."

"그리고 나도 그걸 원했어."

따뜻했던 가정이 순식간에 풍비박산이 났다. 열일곱 나정희에게 그 일은 세상이 무너지는 일이었지만 그런 열아홉 나정우에게도 마찬가지였다. 더욱, 그는 그 순간 가장이 되어야 했다. 두 살 어린 여동생에 대한 막중한 책임감까지 느끼면서.

흔들리는 정우의 얼굴을 보던 정희가 성큼성큼 다가가 그의 앞에 섰다. 그리곤 진심이 그득한 눈망울로 말했다.

"그걸 왜 못 한다고 생각해?"

"……."

"왜 지레짐작 못 한다고 결론을 내리냐고."

딱 잘라 하는 말엔 자신감이 가득 차 있었다. 기백이 넘치는 행동에 오히려 겁을 먹은 것은 반대를 하고 있는 나정우였다.

"오빠, 윤상 오빠는 나만 사랑해 줘. 아버지가 어머니를 그렇게 사랑했듯이. 이런 남자는 세상에 흔치 않아."

"……."

그래, 그렇겠지. 그렇게 지독하고 집요한 놈은 세상에 정윤상 하나일 것이다. 둘이었다면 이 세계에 위협이 될 것이니까. 눈을 감은 그는 자신의 앞에서 눈물을 쏟던 친구를 떠올렸다.

"정말 그 아이가 아니면 안 돼. 그러니까, 나 한 번만 봐주라."

망할 자식. 참으려면 끝까지 참든가.

파들파들 떨리던 윤상의 주먹을 떠올린 그가 거친 숨을 내뱉었다.

"오빠 지금 오빠만 생각하고 있는 거야. 오빠 혼자 이기적으로 생각하고 결론 내리고 반대하고. 오빠 친구 가슴 너덜너덜해지게 만들고."

이야기를 하면 할수록 감정이 요동을 치는지 정희의 얼굴이 와작 일그러졌다.

"꼴좋다. 이제 오빠 왕따야!"

멀쩡할 줄 알았던 정우도 그렇지 못했다. 자신의 일격에 얼굴을 일그러뜨리는 모습은 그녀가 오늘 하루 종일 봐 왔던 윤상의 것과 꼭 닮아 있었다.

이게 뭐야?

마치 싸운 연인을 중간에서 화해시켜 주는 것만 같은 느낌에 정희가 입술을 잘근잘근 씹었다.

이러다가 둘 중 하나가 커밍아웃하는 거 아니야?

말도 안 되는 생각을 하던 정희가 입술을 비죽였다.

"축하해. 다 늙어서 친구 잃고. 동생한테 신의 잃고."

성큼성큼 걸음을 옮긴 그녀가 얼어 있는 정우의 곁을 지나 방으로 향했다. 문을 벌컥 열고 안으로 들어온 그녀가 작은 손가방을 침대 위에 던진 후 씩씩거렸다.

"이게 뭐야!"

셋 중 하나라도 멀쩡하면 이 피의 승리를 그녀도 즐겼을 것이다. 그리고 그 멀쩡한 한 사람이 그녀는 '정우'인 줄만 알았다.

충격으로 굳어진 정우의 얼굴을 떠올리던 정희가 문을 노려보았다. 그러다 하는 수 없다는 듯 한숨을 푹 내뱉은 후 다시 걸음을 옮겨 방문을 열었다.

정우는 여전히 그 자리에 서 있었다. 축 처진 넓은 어깨를 보던 그녀가 자신의 방문을 똑똑 노크한 후 자신을 돌아보는 정우와 시선을 맞추며 말했다.

"반대하는 건 좋은데. 화해는 해라. 나이 들어서 싸우면 더 진 빠져."

정우의 얼굴이 일그러졌다.

❀   ❀   ❀

평소보다 더 힘이 들어간 화장, 작년에 사 두고 한 번밖에 입어 본 적이 없는 화려한 원피스, 큰맘 먹고 3개월 할부로 산 구두까지 신고서 한껏 꾸민 정희는 검은색 매끈한 차에서 내리는 윤상의 모습에 쪼르르 걸음을 옮겼다.

"여긴 어떻게 예약했어?"

"내가 든든한 백이 있거든. 여기 스테이크 맛있잖아."

"그거야 그런데……"

세 달 전에 예약을 해야 맛볼 수 있다는 이탈리안 레스토랑은 웬만한 백으로도 중도에 예약을 잡기 힘들기에, 윤상의 얼굴에 의아함이 머물렀다.

그 대단한 '백'이 누구인지 대충 예상이 됨은 물론이오, 이 일에 그 백이 관련되어 있을 것 같다는 생각이 들었기 때문이다. 음모론을 솔솔 피우는 그의 얼굴을 보던 정희가 서둘러 팔짱을 끼며 아양을 떨었다.

"와, 배 많이 고프다. 5시인데 벌써 배가 고프네?"

"……왜 따로 오자고 한 거야?"

그의 물음에 정희의 얼굴이 창백하게 변했다. 능글맞게 거짓말을 못하는 얼굴을 보자 '음모'는 어느 순간 '확신'으로 바뀌었다.

"안에 아버지 계셔?"

"……."

"표정 보니 답 안 해도 알겠다."

윤상이 더 이상 말할 것도 없다는 듯 뒤돌아서자 정희가 그의 팔을 붙잡고 늘어졌다.

"오빠!"

"……왜?"

그가 무심한 시선을 내려 정희를 보았다. 양해도 없이 이런 자리를 만든 그녀가 미운지 그는 웃어 주지 않았다.

그런 윤상의 모습에 정희가 다급하게 말했다.

"오빠한테 정우 오빠의 허락이 필요하듯 나에겐 회장님의 허락이 필요하거든?"

"……그래서."

조급해진 마음에 그녀가 숨을 헐떡였다.

'그래서'.

고저 없는 그 목소리에 그녀가 어색하게 웃으며 그를 설득하기 위해 애썼다.

"오늘 오빠를 데리고 오면 가타부타 말없이 허락해 주시기로 하셨어. 그리고 나 미래에 취업 알선까지 해 주기로 하셨고."

"그게 다 무슨 이야기야."

도대체 정희는 자신 몰래 아버지를 몇 번이나 만난 것일까.

그가 거친 한숨을 내뱉었다. 두통 때문에 지끈거리는 머리를 부여잡은 그가 눈을 감자, 정희가 기가 잔뜩 죽은 목소리로 말했다.

"오빠랑 결혼하면 애 셋 낳고 선녀 옷까지 벗어 던져 줘야 하잖아."

"그래서."

"그럼 나도 그 무시무시한 D.C를 등에 업는 건데, 시즌엔 더 이상 남아 있을 수 없게 돼. 재벌가 며느리가 다른 회사에서, 그게 가능키나 해?"

그가 곁눈질하자 정희가 결백하다는 듯 처연한 눈동자로 말을 이었다.

"그래서 D.C 내에서 자리를 마련해 주기로 했어. 그리고 내 배경은 무시하고 나란 사람만 봐 주기로 했고."

"나정희 너 진짜……!"

"어머, 지금 나한테 소리 지른 거야?"

이를 바득바득 가는 윤상을 보며 그녀가 커다란 눈을 깜빡였다. 그러더니 눈살을 찌푸리곤 자신을 내려다보는 그를 보며 인상을 팍 썼다.

"어머어머. 이래서 잡은 물고기한테 밥 안 준다더니······."

전에 화 안 내겠다고 했잖아!

그녀가 제주도에서 싸웠던 일을 떠올리며 눈을 삐죽이자 그가 굳히고 있던 표정을 풀었다.

"나정희, 그게 아니잖아. 말을 해 줬으면 좋았을 거야."

"말해 줬으면 이 자리에 안 나왔겠지. 회장님 말로는 노인네가 이 정도의 정성을 보여도 오빠 나와 관련된 과거의 일로 인해 자신과는 제대로 된 대화도 안 하려고 한대."

그런 이야기까지 했단 말인가? 이건 뭐 절친도 아니고.

정희와 정 회장이 가까운 사이라는 것에 기뻐해야 할지, 아님 싫어해야 할지 감을 잡지 못하겠다는 듯 윤상의 얼굴이 묘하게 굳어졌다.

그 모습을 보던 정희가 거기서 멈추지 않고 고삐를 더욱 바짝 당겼다. 한번 시작했으니 이 문제에 대해선 확실하게 풀고 가고 싶다는 듯이.

"입이 열 개여도 할 말이 없지?"

"······."

"용기 내셨으니까 이야기는 해 봐. 맛있는 것도 먹고. 그리고 나랑 약속했잖아?"

다음 꿈. 함께 꿈꿔 보기로.

그 말에 한숨을 내뱉은 그가 고개를 절레절레 저었다. 저 말에 대고 무어라 얘기할 수가 있겠는가. 속 좁은 남자밖에 되지 않을 텐데.

"이번만이야. 다음에도 말없이 이러면 그땐 정말 화낼 거야."

"알았어. 오지랖은 여기까지만 할게."

드디어 말이 통하자 정희가 활짝 웃었다. 그러더니 그의 팔에 대롱대롱 매달려 아양을 부렸다.

"자, 우리 잘생긴 낭군님, 들어갑시다. 회장님 기다리셔요—"

결국 그가 웃음을 터뜨리자 정희가 가벼운 걸음을 옮겼다. 윤상은 이에 못 이긴 척 같이 레스토랑 안으로 들어섰다.

인기가 많은 곳이었지만 테이블은 몇 개 되지 않았다. 옆 사람과 나누는 대화 소리가 들리지 않을 정도로 적절하게 떨어져 있는 테이블을 눈으로 훑던 정희는 정 회장의 모습이 보이지 않자 다가온 웨이터를 붙잡아 물었다.

"나정희로 예약되어 있어요."

"아, 일행분께선 먼저 와 계십니다."

그의 안내를 받아 구석에 위치한 두 개의 룸 중 오른쪽 룸으로 들어간 두 사람은 긴장감에 물을 마시고 있는 정 회장을 보았다.

"왔냐."

컵을 내려놓는 손은 파르르 떨리고 있었지만, 목소리만은 강경했다.

"네."

그 모습을 짐짓 모른 척한 윤상이 의자를 끌어다 먼저 앉았다. 시선조차 마주치지 않는 두 사람이었지만, 자신이 할 일은 여기까지라 생각한 그녀가 정 회장을 보며 허리를 숙였다.

"그럼 전 이만."

"정희 양."

"정희야."

두 사람이 동시에 자신을 부르자 정희가 눈을 동그랗게 떴다. 두 사람 모두 그녀에게 눈빛으로 종용했다.

당장 앉아. 어디 가지 마. 어색해.

차례로 읽히는 감정에 그녀가 어색하게 웃으며 윤상의 옆에 앉았다. 그런 후 이 분위기에 제대로 된 식사를 할 수 있을까 머리를 굴려 봤다.

절대.

아무리 맛있는 스테이크라 하더라도 지금은 질긴 고기처럼 느껴질 것 같았다.

들어온 웨이터에게 주문을 마친 세 사람은 누구 입이 더 무겁나 내기를 하는 것처럼 입술을 굳게 다물었다. 고집불통 부자 사이에 끼인 정희는 반쯤 울 것 같은 얼굴로 고개를 푹 숙였다. 이 상황을 만든 것은 본인이니 누군가를 욕할 수도 없었다.

"저에게 하고 싶은 말씀 있으시죠?"

어색한 마음에 손가락을 꼼지락거리던 정희가 곁에서 들려오는 말에 고개를 들었다. 윤상은 친부와 대화를 나누는 사람이라곤 생각할 수 없을 정도로 냉랭한 표정이었다. 날카로운 눈매는 무엇이든 벨 것처럼 날이 서 있었고, 입매는 굳게 다물려 있어 음산한 분위기를 풍겼다.

그러자 정 회장도 만만치 않은 표정으로 응수했다.

"없다면."

이, 이게 뭐야.

가운데 낀 정희가 두 사람을 번갈아 보다 말고 인상을 구겼다.

"회장님. 오빠."

제발 그만 좀 하시죠?

자존심 싸움을 하는 사내들처럼 서로를 바라보던 두 사람은 정희의 부름에 표정을 풀었다. 하지만 이번엔 서로를 바라보려 하지 않고 있었다.

"없으시면 굳이 정희까지 앞세워서 함께 저녁을 먹자고 하실 분이 아니니까요."

"왜? 좋아하는 아이랑 같이 식사할 수도 있지."

미소를 띤 정 회장은 윤상의 얼굴이 종잇장처럼 일그러지는 것을 보며 속으로 웃음을 삼켰다. 하지만 먼저 승기를 잡았다는 생각에 입꼬리가 꿈틀거리는 것까진 관리하지 못하고 비식 비식 웃음을 흘렸다.

그 모습을 보던 정희가 고개를 옆으로 틀어 윤상을 보았다. 데미지 하나 입지 않은 얼굴로 다음 공격을 준비하는 그의 모습엔 비장함마저 흘렀다.

"본사로 들어갈 마음, 없어요."

갑작스러운 본론에 정 회장의 얼굴에 순간 금이 갔다.

쩌, 쩌저적—

당황한 기색이 역력한 정 회장을 보며 정희가 입술을 잘근잘근 깨물었다.

"가족에겐 솔직한 게 미덕이에요. 잃은 후에 많은 후회를 했거든요. 가족과 사업을 하는 건 아니잖아요?"

정희와 시선을 마주한 정 회장은 예전, 그녀에게 들었던 충고를 떠올렸다.

그래, 가족과는 사업을 하는 게 아니지.

물로 입안을 축인 정 회장은 시선으로 제 행동을 좇는 윤상을 마주했다.

"D.C IT는 어떠냐. 본사와 완벽하게 분리해 줄 수도 있다."

"……."

윤상의 눈이 커다랗게 떠졌다.

윤상은 정희와의 대화로 D.C로 돌아갈 마음은 이미 먹고 있었다. 하지만 정 회장이 원하는 자리와 제가 원하는 자리가 달라 어떻게 해야 할지 고민하고 있던 중이었다.

자신의 패를 어떻게 보여야 원하는 것을 얻어 낼 수 있을까.

그는 큰 자리를 원하지 않았다. 형과 척을 지며 후계자 싸움도 하고 싶지 않았다. 그가 하고 싶은 일은 처음부터 하나하나 쌓아 만든 D.C IT였다.

그런데 그가 싸움을 걸고 제안을 하기도 전, 정 회장이 너무나 구미에 당기는 이야기를 한 것이다. 놀란 그가 아무런 말도 하지 못하자 정 회장이 정희를 보며 웃었다.

"정희 양은 사내 연애 별로라고 하던데."

그런 이야기를 했어?

놀란 시선을 고스란히 정희에게로 옮긴 윤상이 미간을 좁혔다. 그녀가 혀를 쏙 빼내자 그의 인상이 더욱 찌푸려졌다. 순간 그는 이 자리가 끝나면 정희가 자신의 아버지와 만나 어떤 이야기를 나눴었는지 모두 알아내리라 마음먹었다. 끝까지 입에 지퍼를 잠그고 있다면 침대에서 괴롭혀서라도 모두 토설하게 만들리라.

그가 살벌한 생각을 할 때였다. 정 회장은 근엄했던 표정을 모두 지우고 처음으로 편히 웃으며 윤상에게 제 뜻을 전했다.

"네가 가장 좋아하고, 잘할 수 있는 곳이지 않냐. 진지하게 생각해 다오."

"……."

"부탁하마."

정희의 시선이 조심스레 윤상을 향했다. 고민이 많아 보이는 표정이었다. 그녀가 듣기엔 당장 이 자리에서 승낙을 해도 이상하지 않는데.

도대체 무엇이 고민일까. 그의 깊은 마음까지 이해할 수 없었지만, 그에게 뭐라고 할 권리도 없었다. 그녀는 그가 한 기업체를 호령하는 사람이 되는 걸 원하는 게 아니라, 그저 그가 꿈을 되찾길 바랐으니까.

"……생각해 보고 조만간 찾아뵙겠습니다."

"좋다. 늙은이, 너무 오래 기다리게 하진 말거라."

"네."

얘기는 생각보다 너무나 쉽게 끝이 났다. 정 회장은 하고 싶은 말을 속 시원히 해 기분이 좋아 보였지만 반대로 윤상의 얼굴은 어두웠다.

그 사이, 주문한 음식이 차례대로 들어왔다.

상큼한 드레싱이 뿌려진 연어 샐러드가 가운데 올려지고 세 사람의 앞에 스프 그릇이 놓였다. 정 회장과 윤상이 스푼도 들지 못하는 것과 상반되게 정희는 양송이 맛이 나는 스프와 연어 샐러드를 차례대로 맛보며 즐거운 듯 미소 지었다.

그녀를 바라보던 정 회장이 의심스러운 눈으로 음식을 훑어보며 물었다.

"요즘 젊은이들은 이런 걸 좋아하나?"

"어머, 회장님. 젊은이들이 아니라 여자들은 이런 분위기를 좋아해요. 각 잡힌 것보다 자유롭고 적당히 고급스러운 분위기. 회장님께서 식당을 추천해 달라고 하셔서 평소 와 보고 싶었던 곳으로 추천한 거예요."

"그래서 여기 와 보니 마음엔 들고?"

"네. 기대하고 있는 스테이크는 아직이지만 맛있을 것 같아요."

"그럼 먹고 가지. 왜 먼저 일어나려고 했어?"

"에, 그거야 두 분이 이야기를 나눠야 하니까……."

두 사람이 친숙하게 대화를 나누면 나눌수록 윤상의 얼굴이 일그러졌다.

정 회장이 어떤 위인이던가. 검증이 되지 않은 사람이라면 곁에 두려고 하지 않았고, 자신에게 불필요한 인맥도 만들려 하지 않았다.

그렇다면 정희는 아버지에게 인정을 받은 건가? 어떻게? 언제?

답을 찾을 수 없는 의문이 계속되자, 윤상이 입술을 짓이기며 물었다.

"두 사람 뭡니까?"

"응? 왜?"

"언제부터……."

윤상이 정희를 보며 물었다. 두 사람 언제부터 '절친 모드'였냐고.

그러자 정희가 정 회장에게 시선을 돌리고 히죽 웃었다.

"회장님, 오빠가 질투하나 봐요."

"그래, 내가 20년만 젊었……."

"아버지, 그건 범죄입니다."

정 회장의 말이 끝나기도 전에 윤상이 딱 잘라 말했다. 상상조차 하기 싫은 일이라는 듯이.

그 모습에 정희가 가볍게 웃음을 터뜨리며 윤상의 어깨를 때렸다.

"왜? 회장님 젊으셨을 때 딱 내 취향이었을 것 같은데. 오빠 얼굴도 회장님이 물려주신 거잖아?"

"너, 진짜……."

"어제 내 기분이 어땠는지 알겠어? 어우, 친오빠를 질투하게 되다니. 근데 두 사람 오늘 연락했어?"

"……아, 정우랑은 그런 게 아니라고 했잖아."

두 사람이 편하게 대화를 나누는 모습을 말간 눈으로 보던 정 회장이 미소 지었다.

아들이 이렇게 편하게 누군가와 이야기를 나누는 걸 본 적이 있던가?

그들이 사는 세계에서 윤상은 늘 날카롭게 벼려진 칼처럼 보였다. 겉으론 웃는 얼굴이었으나 속으론 그들을 비웃고 있는. 그래서 정 회장은 둘째인 그를 후계자로 생각했던 적도 있었다. 가르치지 않아도 남들의 위에 서 있는 것이 익숙한 남자였으니까.

투닥투닥 다투는 것과는 달리 눈동자에 머물러 있는 평온함을 한참이고 보던 정 회장이 진심으로 궁금하다는 듯 물었다.

"그래서. 식은 언제 올릴 거냐?"

"……예?"

당황한 윤상이 이상한 소리를 내며 입을 쩍 벌렸다. 하지만 이런 대화에 익숙해진 정희는 당황하지 않은 채 앙큼하게 눈을 깜빡였다.

"저희 오빠가 반대해요, 회장님. 만나서 혼 좀 내 주세요."

"뭐? 왜 반대를 하는데?"

정 회장이 미간을 좁혔다. 그쪽에 난관이 있으리라고는 생각도 해 본 적이 없었기에. 그러자 정희는 여전히 당황한 기색이 역력한 얼굴로 두 사람을 보고 있는 윤상을 힐끔거렸다.

"내가 많이 아깝나 봐요."

"뭐, 저 실없는 녀석에 비하면 정희 양이 백배 정도 아깝……."

두 사람의 사담이 길어지자 윤상이 얼굴을 일그러뜨렸다.

"그만들 하시죠?"

그가 할 수 있는 반항은 이 정도였다.

정 회장과 정희는 그 뒤로 한 시간이 넘게 그를 깨끗하게 무시한 채 이야기를 나눴다.

❀　　　❀　　　❀

쪽.

소리 내어 맞춰진 입술이 금방 떨어졌다. 더 길게 입을 맞추고, 서로의 체온을 나누고 싶었으나 서른둘에 팔자에도 없는 통금 시간이 생긴 그녀 때문에 그럴 수가 없었다.

아쉬움이 뚝뚝 떨어지는 얼굴로 정희를 보던 윤상이 그녀의 뺨을 살짝 꼬집으며 엄하게 말했다.

"내일 자세히 들을 거야."

"말하고 말 것도 없다니까? 정말 두세 번 뵌 게 전부야."

"두세 번 봐서 아버지랑 그런 관계가 될 수 있다고? 만약 그게 사실이라면 D.C에 들어가서 임원진한테 비법 전수해라. 좋은 아들 하실 거다."

"이렇게 사랑하는 사람을 믿지 못해서야."

혀를 끌끌 찬 그녀가 아쉬움이 가득한 눈동자로 그를 바라보다 말고, 한숨처럼 말했다.

"그럼 들어가 봐야겠다."

"응. 연락해."

마지막까지 그의 배웅을 받은 정희가 엘리베이터를 타고 위로 올라왔다. 비밀번호를 누르고 안으로 들어가자 역시나 현관문 앞을 지키고 있는 정우가 보였다.

"왜 이렇게 늦게 와?"

"정 회장님이랑 식사했어."

"정 회장님이 너 마음에 들어 한다는 거 사실이냐?"

"음."

믿지 못하겠다는 듯 정우가 묻자 정희가 눈알을 데굴데굴 굴리며 잠시 생각에 잠겼다.

어떤 답이 적당할까? 고민하던 그녀가 이내 답을 찾곤 말했다.

"정 회장님 말씀으론, 내가 윤상 오빠보다 백배는 아깝대."

"······."

말문이 막힌 듯 정우가 입을 굳게 다물었다. 어떤 표정을 지어야 할지 몰라 어색하게 굳어 있는 얼굴을 한참 바라보던 정희가 팔짱을 끼며 몸을 삐딱하게 세웠다. 그리곤 껄렁껄렁하게 정우를 보다 툭 말을 내뱉었다.

"오늘 귀 안 간지럽디?"

"그건 무슨 말이야?"

"내가 D.C 며느리가 되는 길에 가장 큰 장애물이 오빠라서 오늘 뒷담화 좀 했거든."

"······하아."

한숨을 내뱉은 정우가 고개를 절레절레 저었다.

어찌 된 일인지 그녀와 이야기를 나누면 나눌수록 자신이 했던 고민들이 모두 헛수고가 되는 느낌이었다. 윤상의 마음을 알아챘던 그 순간부터 브레이크를 걸라고 외치고, 두 사람을 걱정했던 자신의 모습이 머저리처럼 느껴졌다.

이렇게 쉬운 거였나?

정희의 모습을 보자 정우는 혼란스러울 수밖에 없었다.

"그렇게 좋아?"

"정 회장님? 좋은 분……."

"정윤상 말이야."

"아아."

그런 거였어?

어색하게 되물은 그녀가 입맛을 쩝쩝 다셨다.

"답을 말해 주면, 오빠도 내 물음에 하나 답해 줄래?"

"그래."

심플한 답에 정희가 '콜!'이라고 외친 후 부드럽게 웃었다.

"음, 이젠 뭐가 뭔지 잘 모르겠어."

이야기를 시작하며 정희는 인상부터 찌푸렸다. 과거의 일을 돌
아보면 그때의 감정이 떠올라 인상부터 써졌다. 이젠 조금씩 추
억이 되어 가는 시간들. 2년에 한 번씩 주기적으로 찾아와 자신을
괴롭히던 윤상.

그 모습들이 차례차례 파노라마처럼 눈앞을 스치고 지나갔
다.

"처음에 시작한 감정은 분명 사랑이었거든? 내 첫사랑이잖
아, 그 인간이. 핑크핑크하다 못해 반짝반짝 빛까지 났었거든.
그런데 시간이 지나니까 그 색이 조금씩 퇴색되어 버렸어."

핑크는커녕 이젠 시꺼면 색에 가까웠다. 그래서 아름답게 느
껴지지도, 예뻐 보이지도 않았다. 검은색은 무난했고, 평범했
으며, 다른 색들이 섞일 수 없으니까.

"'사랑한다', '하지 않는다'의 문제가 아닌 것 같아. 난 이제 정

윤상이란 사람을 믿고, 그 사람을 곁에 계속 두기로 결심했어."

그래서 그녀는 믿기로 했다. 검은색이니 변하지 않을 것이라고. 다른 사람들의 사랑처럼 예쁜 색은 아닐지 모르나, 그건 그거대로 좋았다.

"윤상 오빠, 오빠가 내 옆에 있는 것처럼 당연히 옆에 있어야 하는 사람이야."

정우를 똑바로 바라본 정희가 힘 있게 말했다.

"당연히. 늘 그랬던 것처럼."

그렇게 될 것이라고.

아니, 그래야 한다고.

"충분한 답이 됐나?"

씨익 웃으며 물은 그녀는 정우가 고개를 주억거리며 짧게 '그래'라고 답하는 것을 보았다. 자신의 감정을 100% 제대로 설명했다고는 할 수 없었으나 그가 납득이 간다는 표정을 짓자 다행이라는 듯 고개를 끄덕였다.

그리고 이젠, 그녀가 질문을 던질 차례였다.

"그럼 이번엔 내 질문."

"언제 허락할 거냐든가……."

그의 말에 정희가 고개를 저었다.

"에이, 그런 질문을 왜 해? 오빠도 답을 못 내린 얼굴인데."

"그럼 뭐야."

정희의 얼굴에 긴장감이 서리자 정우도 덩달아 긴장했다. 도대체 얼마나 대단한 질문을 하려고 천하의 나정희가 이런 태도인 것일까. 그녀의 입에서 나올 질문을 상상하며 불안감에 떨던 그는 곧 얼굴을 일그러뜨렸다.

"오빠 언제 가?"

"……너 내가 사라져 주길 바라는 것 같다?"

몇 년 만에 만난 가족에게 이런 냉대라니. 정우가 진심으로
섭섭하다는 듯 물었다. 하지만 정희는 그보다 더 기겁할 질문
을 던지는 것으로 응수했다.

"외박해도 뭐라고 안 할 거야?"

"나정희!"

"쳇."

혀를 찬 정희가 툴툴거리며 방으로 들어가자, 철없는 여동생
의 뒷모습을 보던 그가 고개를 절레절레 저었다.

마음이 불편했다. 이 불편함이 생긴 것은 아주 오래전의 일
이었다. 정희와 윤상이 함께 서 있는 모습을 처음으로 상상했
던 그날. 그날부터 정우는 이 불안감을 안고 지내 왔다.

이젠 털어 버릴 때도 됐나.

무거운 시선을 아래로 내린 그가 휴대전화를 꺼내 익숙한 번
호를 눌렀다.

"정윤상, 너 아직 우리 집 앞이지? 술 한잔하자."

❀   ❀   ❀

윤상이 먼저 문을 열어 주고 집 안으로 들어서자, 정우가 황
당하다는 듯 그의 뒷모습에 대고 물었다.

"너 언제 이리로 이사 왔냐?"

"얼마 안 됐어."

먼저 술을 마시기 시작했다는 윤상의 말에 정우는 그의 집으로 가겠다 말했다. 그리고 그의 집 위치를 듣는 순간 황당함을 감추지 못한 채 계속 헛웃음을 뱉었다.

집 안으로 들어오고 나서 그 웃음은 더욱 거세졌다. 창가에 찰싹 붙은 윤상이 정희의 집을 손가락으로 콕콕 가리키며 웃었기 때문이다.

"여기선 정희 집 잘 보인다?"

"내 집이야."

이것들이 진짜.

집을 지척에 두고서 연애를 하고 있었다 생각하니, 이젠 기도 차지 않았다.

고저 없이 말을 한 후 바 테이블로 향한 정우는 이미 오픈이 되어 있는 양주를 스트레이트 잔에 따르며 높은 의자에 앉았다.

정말, 술이 고팠다. 갑자기. 미친 듯이.

그리고 이런 정우의 마음을 잘 알고 있다는 듯 자리에 앉은 윤상이 반쯤 비운 잔을 들었다.

쨍—

두 개의 잔이 부딪히는 맑은 소리에 술을 쭉 들이켠 그는 따라 마시는 정우를 보며 웃었다.

"세 받을 기세다?"

가벼운 물음. 어색했던 지난 며칠의 일이 없었다는 듯이.

윤상이 정우의 잔을 채워 주었다. 호박색의 액체가 작은 잔

안에서 찰랑이는 것을 보던 정우가 술병을 빼앗아 와 윤상의
잔을 채우며 말했다.

"수틀리면 받을 수도 있지."

"돈 쓸 것 없이 그럼 집부터 합쳐야겠다."

가볍게 내뱉은 말에 정우가 상상이 된다는 듯 미간을 좁혔
다.

정희라면 얼씨구나 하고 이 집으로 올지도 모른다. 아니, 올
것이다. 부끄러운 줄 모르고 오빠에게 '외박은 안 되냐'며 당
당히 말했던 동생이니까.

"두 사람 다 어디까지가 진심인지 모르겠다."

정우가 혼란스러움을 담아 말했다.

자신이 알기로 정희는 연애에 소심했고, 심드렁했다. 열정이
없는 연애는 빨리 식었고, 제대로 된 관계로 발전하지 못했다.
그런데 그런 나정희가 정말 무서울 정도로 솔직하게 윤상과의
연애를 인정했고, 자신들의 관계를 인정받으려 했다. 자신이
알던 동생이 맞나 싶은 생각이 들 정도로.

하지만 그와는 반대로 세상 거칠 것이 없는 윤상은 오히려
주눅이 들어 있었다. 자신의 눈치를 보고 정희의 눈치를 보고.
그답지 않게 나약한 모습도 보였다.

도대체 뭘까.

사랑이란 것이 얼마나 대단한 것이기에 두 사람을 이렇게 바
꿔 놓았는지 알 리가 없는 정우는 입가에 희미한 웃음을 머금
는 윤상을 보았다.

"보이는 것 그대로. 말하는 것 그대로. 모두 진심이야. 장난

할 나이도 아니고."

그 말엔 확신이 있었다. 하지만 그와 반대로 미소는 손가락으로 툭 건드리면 사라질 것처럼 옅었다.

정우가 고개를 끄덕인 후 술을 들이켰다.

맞다. 두 사람은 더 이상 장난할 나이는 아니었다. 사회적으로 보았을 때 서른넷의 남자와 서른둘의 여자는 '미래를 함께할 상대'를 만날 나이지 불장난을 할 나이는 아니니까.

"네가 신경 쓰는 게 뭔지 알아. 정희가 D.C 패밀리가 되는 걸 걱정하는 것도 알고 있고."

"워낙 요지경인 세상이어야지."

"지켜 줄 수 있어."

윤상의 말에 정우가 행동을 멈췄다.

놀란 눈으로 고개를 돌린 그가 자신을 보자 윤상은 장난기를 모두 깨끗이 지운 진중한 얼굴로 다시 한 번 말했다.

"자신해."

그렇게.

"……회사에 들어갈 생각이구나?"

그렇게도 거부했던 자리. 그 때문에 윤상은 오랫동안 타지를 떠돌아야 했다. 윤상이 D.C에 들어가는 그림을 한 번도 생각해 본 적이 없었던 정우였기에 깜짝 놀란 표정으로 그를 바라봤다.

도대체 무슨 일이 있었던 것일까.

윤상이 한국에 입국한 지는 이제 두 달. 사람이 바뀌기엔 지나치게 짧은 시간이었다.

"음. 아주 예전 일이 생각났거든. 열정 가득한 여자 옆에 있으니, 그날의 일이 떠오르더라고."

정우의 궁금증을 깨달은 것일까. 윤상은 자신이 변한 이유에 대해 설명하기 시작했다.

이 모든 것도 나정희, 그녀 덕분이라고.

"나도 열정 가득하게 일했던 그날."

그날을, 정희가 떠올리게 만들어 주었노라고.

아, 이제 더 놀랄 일이 남았나?

윤상에게서 시선을 뗀 정우가 허공을 바라보며 속으로 자조했다.

"오늘 아버지에게 돌아오라는 말을 들었어. 고민은 딱 하나였어. 그 세계에서 정희가 견딜 수 있을까. 그런데 오늘 아버지와 있는 걸 보니까 굳이 내가 걱정하지 않아도 되겠더라고."

"아직은 시집 못 보내."

정우가 술을 들이켜며 딱 잘라 말했다. 그러자 윤상 또한 그를 따라 술잔을 비운 후 가벼운 어조로 응했다.

"걱정 마. 우리 정희도 아직 장가올 마음은 없어 보이니까."

"장가?"

"난 정희가 그런 타입인지 이번에 처음 알았다. 추진력이, 아주."

뚝뚝 끊어 말하던 윤상의 표정이 순간 부드럽게 변했다. 달콤한 웃음을 짓는 친구의 모습에 정우가 고개를 절레절레 저었다.

"그래서 더 사랑스럽지만."

나정희만 환자인 줄 알았는데 정윤상도 환자다. 두 사람 모두 입원이 아주 시급했다.

"난 다시 한 번 네 취향에 대해 의심해 본다."

자신에게 비수를 팍팍 꽂아 대던 모습의 그녀가 어떻게 사랑스러울 수 있는지, 정우는 도통 이해를 하지 못했으니까.

그렇게 두 사람은 한참이고 술잔만 비웠다. 윤상은 윤상대로, 정우는 정우대로 각자의 생각에 빠져. 그러다 오픈한 양주가 바닥을 보이고, 새로운 병을 오픈하고 나서야 정우가 운을 뗐다.

"너에게 정희는 어떤 존재야?"

방금 전 정희에게 했던 질문이었다. 그리고 이 질문에 따라, 정우는 앞으로의 일을 결정하기로 했다.

정희는 절대적으로 윤상을 곁에 두어야 한다고 했다. 그렇다면 정윤상은?

정우가 어서 답을 해 보라는 듯 바라보자 윤상이 얼굴 가득웃음을 띠며 답했다.

"저번에 했던 답으로 충분하지 않았어?"

"아."

짧게 신음을 내뱉은 정우가 이내 말을 이었다.

"아니, 충분해."

사실 대답은 들을 필요가 없었다. 윤상이 오랫동안 그에게 보여 줬던 모습으로 이미 충분한 답이 되었으니까.

"울리지 마라."

"좋아하면 괴롭히지 말고 잘해 주라고도 안 하고?"

윤상의 말에 정우가 쓴웃음을 뱉었다.

그가 한국에 들어갔다는 소식을 듣고, 겨우겨우 통화를 할
수 있었던 날, 자신이 윤상에게 했던 말이었다. 그리고 또 어떤
대화를 나누었더라?

"난 정희한테 죽어라 안 된다고 말할 거다."
—나한테는?
"정희한테 내가 친오빠인 것처럼, 너한텐 친구니까."
—너도 참 인생 복잡하게 산다.

아아.
그래, 그런 말을 했었지.
복잡한 심경에서.
눈을 감은 정우가 한숨처럼 말했다.
"이젠 인생 좀 편하게 살아보려고."
더 이상 뜯어말려 봤자 '로미오와 줄리엣' 흉내밖에 더 내겠
어? 독약을 삼켜 죽은 척하는 행동을 자신의 동생은 충분히 소
화해 낼 수 있을 터다.
정우가 백기를 흔들자, 무심하게 굳어져 있던 윤상의 얼굴이
일그러졌다.
"고맙다."
어찌 된 일인지 윤상의 목소리는 기쁘게 들리지 않았다.
그 뒤로, 두 남자의 술자리엔 침묵이 흘렀다.

❋　　　❋　　　❋

취업난 시대.

4대 보험에 가입되어 회사를 다니는 사람들이라 하더라도 '출근' 하기 싫은 날이 있다. 물론, 1년 365일 대부분 아침에 일어나 사투를 벌이지만 특히나 더 싫은 날. 그건 장기 휴가를 다녀온 다음 날이었다.

여름휴가가 끝난 뒤 윤상의 차를 얻어 타고 출근한 정희는 자신에게 쏟아지는 시선에 미간을 좁혔다.

"그 이야기 들었어?"

"어어! 제주도에서 엄청 싸웠다던데?"

이런. 이미 회사 내에 파다하게 소문이 난 모양이었다. 엘리베이터에 오른 정희와 윤상은 정면을 주시하고 있었지만 귀에 확확 꽂히는 말들과 그에게 닿는 여직원들의 은밀한 시선들을 느끼지 못할 수는 없었다.

정희의 기분이 바닥을 찍자, 윤상이 그녀를 곁눈질하며 목소리를 낮춰 물었다.

"어쩌지? 다 알고 있는 모양인데?"

"각오는 했어. 직원 빌라에서 그 정도로 싸웠는데, 소문이 안 나면 오히려 자존심이 상할 뻔했거든."

그 대화마저도 뒤에 있는 직원들에게 들렸는지, 또다시 웅성거리는 소리가 들려왔다.

"어머, 두 사람 싸운 거 진짠가 본데?"

"너도 들었어? 나 제대로 들은 거 맞지?"

"어어."

거참, 이야기를 하려면 조용히 하든가.

가끔 아이들보다 어른들이 더 유치한 구석이 있다지만 이 정도일 줄은 몰랐다.

인상을 구긴 정희가 윤상을 올려다보았다. 그는 다른 이들이 무슨 말을 하든 상관없는 모양이었지만 정희의 기분만큼은 절대적으로 신경이 쓰이는 듯했다.

그의 표정을 살피던 정희가 시선을 내려 윤상의 손을 보았다. 그의 네 번째 손가락엔 프러포즈 할 때 준 반지가 얌전히 자리를 잡고 있었다. 우도에서 아름다운 바다를 보며 그녀가 끼워 준 순간부터 처음부터 제 자리인 양 자리하고 있는 반지. 심플한 링을 보던 정희가 고개를 뒤로 휙 돌렸다.

이것들 봐라. 방금 전까지 조잘조잘 떠들던 기백은 어디로 가고?

정희의 시선에 그들은 마치 아무런 일도 없었던 것마냥 조개처럼 입을 꾹 다물었다. 그 모습에 입꼬리를 시니컬하게 올린 그녀는 엘리베이터에 타고 있는 열댓 명의 시선을 고스란히 느끼며 그의 손을 붙잡았다.

"헉!"

"어머!"

뒤에서 놀란 탄성이 터져 나왔다. 하지만 이 자리에 있는 사람 중 가장 놀란 사람은 단연코 정윤상이었다.

더 이상 커질 수 없을 정도로 눈을 동그랗게 뜬 윤상이 입을 벌리자 정희는 그의 어깨에 마치 먼지라도 내려 있었던 것마냥 툭툭 두드려 주었다.

510

"어머, 먼지."

"……정희야?"

"칠칠치 못하게 이게 뭐야? 하여튼 처음부터 끝까지 내가 챙겨 줘야 한다니까."

정희의 말에 방금 전까지 '곧 헤어질 거야'라며 읊조리던 여 직원들은 물론, 남자 직원들까지 입을 꾹 다문 채 다른 곳으로 시선을 돌렸다.

역시, 유치한 것엔 유치하게 대응해야 이길 수 있다.

싸움의 기술을 마음껏 발휘한 그녀는 마케팅부가 있는 층에 도착하자 그의 손을 떼어 낸 후 먼저 엘리베이터에서 내렸다.

그녀는 자신을 따라오려는 윤상을 눈빛으로 제압한 후 그의 뒤에 서 있는 직원들을 향해 앙큼하게 웃었다.

"오빠, 난 아이스티. 알지?"

"어? 아, 어. 어."

"그럼 조금 이따가 봬요, 정윤상 실장님."

윤상이 다시 엘리베이터에 오르자 마지막까지 상큼하게 웃어 준 그녀가 몸을 돌려 사무실 쪽으로 향했다.

또각또각.

화려한 힐이 경쾌하게 움직이고, 어느새 어깨까지 자란 머리 카락이 허공에서 나부꼈다. 자신감 있는 워킹을 보이던 그녀는 주위에 시선이 사라지자 그제야 자리에서 멈췄다.

"흥!"

웃기고 있어!

콧방귀를 뀐 그녀가 마케팅부 사무실 문을 열고 안으로 들어

갔다.

"좋은 아침!"

어느 때보다도 발랄한 웃음이었다.

힐끗힐끗.

아침에 있었던 일들은 또다시 고스란히 소문이 되어 정희에게 되돌아왔다.

팀원들은 물론이고, 구경이라도 났는지 타 부서의 직원들까지 마케팅부를 들락거리느라, 그녀는 하루 종일 허리를 꼿꼿하게 세우고 있어야 했다.

이렇게 시선이 주목될 때 흐트러진 모습 따윈 보여 줄 수 없지.

소문에 대응하는 방식을 바꾼 그녀는 최대한 유려한 자세로 일어나 파일을 집어 들었다. 윤상에게 보고할 내용이었다.

"어머, 팀장님 그 반지……."

정희의 주위를 얼씬거리던 자연이 그녀의 네 번째 손가락에 자리 잡은 반지를 보며 물었다. 검은색 파일과 새하얀 반지는 대조되는 색상이라 더욱 눈에 튀었다.

"아, 결혼하기로 했어요. 정윤상 실장님이랑."

"네? 겨, 결혼이요?"

"네."

짧게 답한 정희가 입술을 길게 늘어뜨리며 미소 지은 후 말을 이었다.

"전에 이야기했죠? 헤어질 일은 없을 거라고. 그럼 전 정윤상 실장님께 보고할 게 있어서."

당당하게 걸음을 옮겨 실장실로 향하던 그녀는 주머니에 넣어 둔 휴대전화가 울리자 액정부터 확인했다. 혹여 휴가 기간에 연락을 하지 못한 거래처에서 걸려 온 전화인가 싶어. 하지만 안타깝게도 전화를 걸어 온 이는 미란이었다. 지금 가장 전화를 받고 싶지 않은, 윤상이 사는 세계에서 제일가는 나팔의 기수.

전화를 피할까 생각하던 정희는 마음을 고쳐먹고 통화 버튼을 눌렀다. 걸음을 자연스럽게 사무실 문 쪽으로 향한 채로.

"나 지금 사무실이야. 잠시……."

―너, 윤상 오빠랑 만난다며?

경악에 찬 미란의 음성에 정희는 아직 자신이 사무실이란 사실도 인식하지 못한 채 얼굴부터 구겼다.

"거기까지 소문이 났어?"

소문 한번 빠르네.

아무리 세상에 걱정할 일이 없는 사람들이라 해도 남의 연애에 이 정도로 관심이 많다니.

정희가 혀를 끌끌 찼지만 통화 너머로까진 들리지 않았던 것인지 미란이 따발총을 쏘듯 물어 댔다.

―끝까지 아무런 사이도 아니라고 잡아떼더니.

"그땐 아무런 사이도 아니었어."

―그게 말이 돼? 아주…….

"너, 요즘 결혼 생활 힘들다는 이야기 들리더라? 남편이 가수 차인이랑……."

513

―뭐? 그게 소문으로 돌아?

"그래, 주영이가 이야기해 주더라."

―아, 입 싼 기지배! 나중에 통화하자!

뚝 끊긴 전화를 말없이 바라보던 정희는 앞으로 이런 전화가
몇 번이나 올지 가늠한 뒤 입술을 비틀며 웃었다.

"우선 주영이한테 전화가 오겠지."

흥.

콧방귀를 낀 그녀는 실장실 문을 두어 번 두드려 노크한 후
안으로 들어갔다.

"제주도 면세점 첫날 매출표입니다."

다짜고짜 서류 파일부터 내밀며 공과 사는 분명히, 라고 몇
번을 되뇌었지만 시선은 자연스럽게 윤상에게로 향했다. 가죽
파일을 연 그가 매끈한 손가락을 움직여 서류를 살폈다.

손가락 참 예쁘네.

그녀가 자신도 모르게 시선을 내려 제 손을 내려다본 후 인
상을 구겼다.

손까지 관리해야 하는 거야?

자신의 것보다 더 예쁜 손을 보며 다른 생각을 하고 있을 때
였다.

"사람들의 시선이 찐득하고 좋던데?"

서류를 살피던 그가 무심하게 물었다. 그러자 그녀는 회사에
출근하면서 있었던 일부터 시작해 방금 전에 걸려 온 미란의
전화까지 차근차근 떠올리며 얼굴을 붉혔다.

"어쩔 수 없지, 뭐. 사내 연애니까. 요란하게 만나고 싸우기

도 했고."

그렇게 말을 하는 와중에도 정희는 이를 버득버득 갈았다. 동물원의 원숭이가 되는 건 사양이었지만 그건 윤상과 사귀기로 한 순간부터 어느 정도 각오한 일이었다.

"그래도 나름 대응은 잘하는 것 같던데?"

그의 물음에 정희가 고개를 주억거렸다. 눈꼬리는 아래로 힘없이 처져 있었지만.

"사표는?"

윤상이 다시 자신에게 파일을 건네자 그녀는 가장 궁금했던 점부터 물었다.

그는 아침부터 김 사장을 찾아 자신의 사정을 이야기하며 사표를 제출한 상태였다.

"냈어. 한국 지사로 출근한 지 얼마 안 돼서 인수인계할 게 많진 않지만 세 달 뒤에 퇴사하기로 했고."

"세 달?"

"어, 세 달. 12월 퇴사."

불만이 있다거나 페이에 문제가 있는 것이 아니었으니 회사에서 잡지 못하리라 생각은 했지만 세 달 뒤는 너무나 빨랐다.

고개를 주억거린 그녀는 블라인드가 쳐져 있는 문을 힐끗 바라본 후 허리를 숙였다. 그리고 마치 남들이 엿듣고 있다는 듯 그와 밀착한 채 장난스럽게 눈을 반짝였다.

"그럼 세 달 동안만 사내 연애하는 건가?"

"흠, 그렇게 되나? 네가 D.C IT 쪽으로 올 일은 없으니까."

"나 컴맹이야."

절대 그럴 일은 없지.

그녀가 읊조리듯 뒷말을 이은 후 키득키득 웃음을 뱉었다.

"그 정도면 즐길 만하네."

"즐겨?"

뭘?

그녀의 말을 정확하게 이해하지 못한 그가 한쪽 눈살을 찌푸리며 물었다. 하지만 정희는 지금쯤 문 밖에서 사람들이 어떤 대화를 주고받고 있을지 '능력 있는 탐정'처럼 유추해 보며 즐거워하고 있었다.

"오빠, 지금 문 밖의 시선이 느껴지지 않아? 블라인드 쳐 놔서 안은 안 보이지. 들어간 지 오래됐는데 나오지는 않지. 안에서 무슨 짓을 할까, 엄청 궁금해하고 있을걸?"

"……뭐?"

"오해받으면 억울하니까 비슷한 레벨 정도론 해 볼까?"

"정희야."

"어?"

"나 너한테 말 안 한 것 있는데……."

윤상이 평소답지 않게 당황하며 한참이고 정희의 눈치를 보았다.

이 사실을 전하면 그녀는 어떤 반응을 보일까. 어떤 식으로 말을 전해야 할지 몰라 눈살을 찌푸리자 정희가 재촉하듯 말했다.

"말 안 한 거? 그게 뭔데?"

"……이 방에 CCTV 있어."

아, 그렇구나. 이 방에 CCTV가 있구…….

처음엔 고개를 끄덕이며 그게 뭐가 문제냐는 듯 웃던 정희의 얼굴에 곧 핏기가 쏴아아 가셨다.

자, 잠시만.

"엉? CCTV?"

"영상은 깔끔하게 지우긴 했지만 아마도……."

퍽!

주먹부터 휘두른 정희가 손을 뻗어 넥타이를 움켜쥔 후 자신의 쪽으로 확 잡아당겼다.

"우 씨! 그럼 다 봤다는 거잖아! 보안팀은!"

나중에 지우면 뭐해!

이 방에서 뭘 했지?

그녀의 머리가 빠르게 돌아가기 시작했다. 하지만 명확한 생각은 떠오르지 않았다. 그래서 더 무서웠다. 아무것도 생각이 나지 않아서!

"아악!"

비명을 내지른 그녀는 밖에서 직원들이 깜짝 놀라 어깨를 떠는 것도 모른 채 한참이고 그의 넥타이를 앞뒤로 흔들어 댔다.

"아, 아파……."

그의 목소리는 깨끗이 무시하며.

❀   ❀   ❀

12월, 하얀 눈이 펑펑 쏟아졌다.

2년에 한 번 여름이면 주기처럼 찾아왔던 정윤상. 그런 그가 겨울이 되어서도 정희의 앞에 서 있었다.

"짐은? 다 실었어?"

"어. 이게 마지막."

상자 세 개면 시즌에서 그의 생활을 모두 정리할 수 있었다. 몇 안 되는 짐을 바라보던 그가 정희를 향해 고개를 돌렸다.

그녀의 머리카락은 어느새 겨드랑이까지 자라 있었고 예전보다 옅은 화장에 높은 힐 대신 털이 보송보송 들어간 어그부츠를 신고 있었다.

그를 배웅하기 위해 업무 도중에 나온 그녀가 윤상을 바라보며 웃더니 장갑을 낀 손을 앞으로 내밀었다.

"수고했어요, 정윤상 실장님. 많은 걸 배웠습니다."

그녀의 말에 윤상의 입술에도 비슷한 미소가 내걸렸다.

"감사했습니다, 나정희 부장님."

"헤헤!"

11월 초, 제주도 면세점 건을 완벽하게 마친 것도 모자라 그 후에 PPL로 넣은 상품들까지 완판 행진을 펼친 그녀는 차장에서 부장으로 승진했다. 또한 마케팅부의 수장 자리도 맡았기에 정윤상처럼 굴러온 돌이 더 이상 그녀의 위로 올 일은 없었다.

"오늘 바로 사무실 들어가 보기로 했지?"

"어, 사무실 정리하러. 출근은 다음 주."

그가 머릿속으로 그려 둔 스케줄을 말하자 정희가 고개를 끄덕였다.

마주 잡고 있던 손을 아래로 내린 그녀가 그와 한 걸음 떨어졌다.

"힘내자."

"물론."

고개를 끄덕인 그가 장난스러운 웃음을 지으며 말을 이었다.

"사내 연애 종료."

그의 말에 정희가 고개를 끄덕였다. 아쉬운 마음은 컸으나, 그를 회사에서 못 본다 뿐이지, 일이 끝나면 만날 수 있었고 함께 잠자리에 들 수 있었다.

그러니 사내 연애가 끝난다 하여 아쉬울 건 없었다. 굳이 그가 회사를 그만두지 않더라도 사내 '연애'는 불가능할 테니까.

그녀가 몸을 오들오들 떨자, 윤상은 목에 두르고 있던 넥타이를 풀어 정희의 목에 둘러 주며 말했다.

"도망 못 가게 하려면 애를 셋이나 낳아야 하는데, 가장된 도리 먼저 다 해야겠지. 다음 주부터 몸이 부서져라 일해야겠다."

"우와. 얼마나 벌어 주려고?"

"내가 이야기했지? 정윤상이 최고의 수익률이라고."

이미 윤상의 자산 관리자를 만나 그의 재무 상태에 대해 모두 확인한 그녀였다. 정희가 혀를 쏙 내밀며 '어머, 또 돈 자랑?'이라고 가볍게 받아치자, 그가 그녀의 어깨를 감싸 쥔 후 말했다.

"그러니까 이제 그만 결혼해 주라."

그의 입에서 뽀얀 입김이 흘러나왔다. 한숨이 뒤섞인 말에 정희가 그의 얼굴을 말똥말똥한 눈으로 올려다보더니 고개를 옆으로 기울였다.

"음."

애써 고민하는 표정을 짓는다는 걸 알면서도 윤상의 얼굴엔 긴장감이 흘렀다. 그러다 곧 정희의 입에서 흘러나온 답에 그의 얼굴이 사정없이 구겨졌다.

"난 역시 여름의 신부가 좋겠어."

"뭐?"

턱이 빠진 사람처럼 그가 입을 쩍 벌렸다. 그러다 재빨리 정신을 수습하며 말했다.

"너 배불러서 결혼할 거야?"

내가 왜 내 아이를 임신한 여자한테 결혼해 달라고 구걸을 해야 하지? 이해할 수 없었으나 곧 이어지는 정희의 말이 너무나 가관이라 따져 물을 수조차 없었다.

"그럼 어때? 뭔 상관이야?"

나정희는 정말 배가 불러도 웨딩드레스를 입을 여자였으니까.

"나정희!"

"아, 지금 산모에게 소리 지른 건가요? 이런, 이런. 개념 없는 남자인지고."

혀를 끌끌 찬 그녀가 몸을 휙 돌려 시즌 한국 지사 건물로 걸음을 옮겼다.

그녀는 높은 힐을 신지 않아도, 완벽한 화장을 하지 않아도, 도도하고 기품이 흘러넘쳤다. 그녀에게서 자신감이 흘러나올 수 있는 것은 값비싼 옷이나 장신구 때문이 아니었다.

그녀만을 바라봐 주고 사랑해 주는 남자.

여잔 그런 남자만 있다면 세상에서 가장 고혹적인 여왕이 될수 있었고, 그를 가진 나정희는 마치 몇 개의 나라를 함락시킨 여왕처럼 보였다.

그녀의 뒷모습을 얼떨떨한 눈으로 보던 윤상이 재빨리 걸음을 옮겼다.

뽀드득, 뽀드득.

그의 발에 짓밟힌 눈이 비명을 질렀다.

"정희야, 사랑하는 정희야. 여름은 너무하지 않아? 응?"

그가 한동안 정희의 곁을 맴돌며 애원할 때였다. 장난스럽게 표정을 굳히고 있던 정희가 고개를 팩 돌려 그를 바라봤다. 기습적으로 입을 맞춘 후 입꼬리를 길게 늘이며 웃었다.

"좋아. 그럼 따뜻한 나라에 가서 하기다?"

얼떨떨해하던 윤상은 곧 세상을 다 가진 사람처럼 환하게 웃었다. 그러다 문득 한 사실을 깨닫곤 다급한 표정으로 그녀의 팔목부터 붙잡았다.

"너 지금 임신 초긴데 비행기를 타겠……."

"싫음 말고."

딱 잘라 말한 정희가 배를 감싸 쥐었다. 그러더니 애달픈 얼굴로 자신을 바라보는 윤상을 향해 깊은 한숨을 내뱉었다.

"난 임신 초기에 무리해서 결혼하고 싶은 마음이 없거든."

거기에다가 남들 눈초리 때문에 그런 거 싫어. 달수만 새어봐도 혼수로 아이 준비한 거 티 나는데 눈 가리고 아웅이라니. 싫어.

딱 잘라 말한 정희가 콧방귀를 꼈다.

새 생명이 찾아왔다. 그것도 한꺼번에 둘씩이나.

소중한 아이들이니만큼 무리하고 싶지 않은 마음에 계속 결혼을 미뤘으면 좋겠다 한 것인데 윤상은 그 빠르던 눈치를 다엿 바꿔 먹은 모양이었다.

"어……?"

얼떨떨한 윤상의 얼굴을 보던 정희가 입술을 삐죽였다.

그녀가 뜨거운 볕이 내리쬐는 날에 결혼식을 올리고 싶어 하는 두 번째 이유.

"그리고 난 더운 날씨가 아! 주! 좋거든. 누구 덕분에."

그건 그 날씨가 되어서만이 그가 자신의 앞에 나타났기 때문이다.

2년에 한 번씩 돌아왔던 무더운 날.

정윤상은 약속이라도 한 것처럼 그녀의 앞에 나타났다.

매미가 울어 대던 그날에.

그리고 둘은 그러한 날에 미래를 함께하기로 약속했다.

앞에서 꽃가루를 뿌리는 예쁜 아이들 셋과 함께.

epilogue

 너른 마당에 폭신폭신한 푸른 잔디도, 고운 입자의 흙도, 모두 아이들을 위해 가꿔진 것이었다. 아이들이 마음껏 뛰어 놀아도 다치지 않도록 세심하게 신경 쓴 이 전원주택의 주인은 정희였고, 집을 일일이 꾸미고 가꾼 것은 정 회장이었다.

 그는 친환경 자재로만 지은 주택을 아이들에게 위험한 부분을 배제하여 꾸민 후, 혼인신고를 하고 윤상의 아파트에서 지내고 있던 정희에게 안겨 주었다. 좋은 환경에서 손주들이 자랐으면 좋겠다고.

 처음엔 부담스러워했던 그녀였지만 따뜻한 웃음으로 받아 주면 고맙겠다는 말에 고개를 끄덕였다.

 감사합니다.

 그녀가 할 수 있는 말은 그것이 전부였다.

 그 뒤, 아직은 후텁지근한 날씨에 두 아이가 태어났다. 일란

성 쌍둥이였지만 형인 '정훈'은 태어날 때부터 우렁찬 울음을 터뜨렸고 '정민'은 그 반대였다. 혹 아이가 잘못된 것은 아닐까, 의료진들이 모두 걱정할 정도였다.

D.C의 차기 후계자일지도 모르는 아이들이 잘못되다니. 병원도 그들의 큰 후원을 받고 있었기에 순간 비상이 걸렸지만 곧 작게 터뜨리는 울음에 모두 안도를 했다는 이야기는 아직도 회자되고 있었다.

네 가족이 함께 사는 그 집에 정 회장이 방문을 했다.

"하부지! 하부지!"

두 살배기 아이들이 혀 짧은 소리를 내며 정 회장의 품에 풀썩 안겼다. 노인네는 낯을 가리지 않고 제 품에 달려와 안기는 아이들을 한 품에 끌어안으며 허허 웃음을 뱉었다.

"아이고, 복덩이들. 잘 지냈어?"

"하부지! 하부지! 엄마 아빠 갔어!"

"응응! 갔어!"

훈과 민이 고자질을 하듯 조잘조잘 떠들어 대자 정 회장도 익히 알고 있다는 듯 미간을 찌푸렸다. 아침에 제주도행 비행기에 올랐다는 전화를 받았으니, 모를 리가 없지 않은가. 밝은 며느리의 목소리를 떠올린 그가 이해할 수 없다는 듯 고개를 절레절레 저었다.

"너희 부모는 아직도 뭐가 그렇게 좋다니?"

아들 부부 내외가 아직도 깨가 쏟아지는 게 신기한 듯 되물은 그는 곁에 다가온 김 비서가 아이를 건네받으려 하자 손을 들어 막았다.

"내가 안고 갈 거야."

"하지만……."

김 비서가 걱정스럽게 정 회장의 허리를 보았다. 작년, 아이들을 안다가 허리를 잘못 삐끗한 적이 있었기에 걱정하는 모습이었다.

"뭐, 그래도 마음 넓은 우리가 이해해 주자꾸나. 우리 복덩이들 덕분에 신혼도 없이 바쁘게 살았는데, 이젠……."

말끝을 흐린 정 회장은 자신의 목덜미를 붙잡는 고사리 손에 흐뭇한 웃음을 지었다.

"예쁜 공주님도 곧 태어난다고 하잖니."

훈민정음.

그 이름을 완성했다.

"너희도 좋지? 예쁜 여동생이 생겨서."

동생이 무엇인지, 생명의 탄생이 무엇인지 이해하기엔 아직 어려운 나이.

아이들이 까르르 웃음을 터뜨리며 자신의 목을 더 꽉 끌어안자 정 회장의 눈동자에 기쁨이 서렸다.

"이 할애비는 정말 좋단다."

철썩— 철써억—

에메랄드빛 바다가 요동쳤다. 원래라면 배가 뜰 수 없는 파도 높이였으나 신혼을 즐기러 온 부부를 위해서일까, 뱃길이 열렸고 윤상과 정희는 무사히 우도에 도착했다.

그들이 짐을 푼 곳은 윤상이 정희에게 결혼 선물로 준 우도 별장이었다. 방이 세 칸밖에 되지 않는 작은 현대식 건물이었지만, 정희는 무척 기뻐했다.

우도는 두 사람에게 특별한 기억이 있는 곳이니까.

서로의 마음을 인정하고 얼마의 시간이 흐르지 않아 함께 온 제주도. 그곳에서 두 사람은 처음으로 다퉜고, 처음으로 여유로운 시간을 보냈으며, 정희가 그에게 '꿈을 꾸라'고 말을 해 주었던 장소였다.

이곳에서 그들은 결혼을 약속했다. 그리고 미래를 기약했다.

처음으로 함께 즐거운 '여름'을 보낸 곳. 아이들까지 정 회장에게 맡긴 두 사람은 제대로 된 신혼여행을 보내지 못했다는 것을 이유로 함께 이곳에 왔다. 정희의 생일에 맞춰.

피곤한 기색이 역력한 얼굴로 잠들어 있는 정희는 고단해 보였다. 시즌에 홀로 남은 그녀는 고군분투해야 했고, 아이를 키우고 직장 생활까지 하는 슈퍼맘이 되어야 했으니까.

무엇이든 완벽하게 해내고 싶어 하는 그녀가 항상 무리를 하는 것 같아 윤상의 걱정도 이만저만이 아니었다. 그가 집안일을 도와주고, 드센 남자아이들과 놀아 준다고 해도 엄마와 아빠의 역할은 따로 있었으니까.

막 방에 들어온 윤상은 정신없이 잠들어 있는 정희를 보며 한숨을 쉬었다.

참, 대단한 사람이었다. 하고 싶은 일도 많고, 해내고 싶은 일도 많은. 그것이 '꿈'에 지나지 않는다면 욕심이 많다고 타박이라도 하겠지만 모두 잘 해내고 있으니 옆에서 걱정과 함께 응원을 해 줄 수밖에 없었다.

그녀가 자신에게 꿈을 이룰 수 있도록 도와준 것처럼, 자신 역시 그렇게 하고 싶었으니까.

들고 있던 쟁반을 협탁에 놓은 그가 조심스럽게 이불 속으로 파고들었다. 그리고 팔베개를 해 주자 자신의 몸 안으로 쏙 들어오는 여체를 토닥토닥 두드리며 말했다.

"사랑하는 정희야."

"으음, 오빠."

옅은 신음을 내뱉은 그녀가 몸을 꼼지락 움직여 윤상의 품 안으로 파고들었다. 아직은 잠에서 깨고 싶지 않은 모양이었으나, 등에 큰 원을 그리는 손길에 잠이 조금씩 멀어져 가고 있었다.

"안 일어나? 4시야, 벌써."

"벌써……?"

간신히 눈을 뜬 그녀가 크게 하품을 했다. 두 시간만 자고 일어나려 했더니, 아주 푹 잔 모양이었다. 휴가의 첫날을 침대에서만 보내고 싶지 않았기에 정희가 연신 눈을 비볐다. 잠을 깨워 보려 애를 썼지만 쉽지 않은지 연신 커다란 눈을 깜빡였다.

"잠순이 일어나. 이것 좀 마셔."

윤상은 정희가 정신을 못 차리자 쟁반 위에 있던 컵을 건넸다. 투명한 유리컵 안엔 그가 손수 간 한라봉이 들어 있었다. 오렌지색보단 개나리색에 가까운 액체를 보던 그녀가 상체를 일으키며 컵을 받아 들었다.

꿀꺽꿀꺽.

입에서 톡톡 터지는 알갱이들을 혀로 굴리며 맛보던 정희가 한숨을 푹 내뱉었다. 상큼한 맛에 정신이 조금 돌아왔다. 윤상이 그녀의 머리를 부드럽게 쓰다듬었다.

"잘 잤어?"

"어, 오빠 때문에 한 번 깨긴 했지만."

"정우?"

그녀가 오빠라고 부를 만한 사람은 윤상과 정우가 전부였다. 고개를 끄덕인 정희는 윤상이 기겁할 만한 말을 이었다.

"정우가 한국에 들어온다고?"

정희의 말을 고스란히 반복한 그가 눈을 깜빡였다.

정우가 맨해튼으로 떠난 것은 윤상이 떠난 후 2년 뒤였다. 그곳에서 의대를 마치고, 실력을 인정받는 서전으로 승승장구하던 그가 왜 갑자기 한국에 돌아온다는 것일까.

정희가 매일 밤 힘들다고 할 때도 그는 끝까지 그곳에서의 생활을 유지했다. 자신이 선택한 것이었고, 그곳에서 교수 생활을 꿈꾸고 있었으니까.

중도에 들어올 녀석은 아닌데.

윤상이 고개를 기울이자 정희가 입술을 잘근잘근 씹으며 알 만하다는 듯 말했다.

"응. 이번에 완전히 정리하고 온대."

"갑자기 왜?"

"도희 선배 때문이겠지."

정희가 딱 잘라 말했다. 그것이 아니면 다른 건 생각할 수 없다고.

"도희 선배? 그게 누군데?"

"어? 오빠 몰라?"

눈을 깜빡이며 물은 정희가 이내 고개를 끄덕였다. 그는 고등학교 졸업식을 마친 후 얼마 안 되어 바로 맨해튼으로 떠났으니 시기적으로 본다면 도희를 만날 가능성은 희박했다.

"아, 오빤 모를 수도 있겠다. 정우 오빠 1년 후배."

"후배?"

"어. 나도 몇 번 봐서 알고 있었지."

정우가 맨해튼으로 떠나고 2년까지, 도희는 간혹 자신을 찾아와 정우의 생활을 물었었다. 시간이 흐르면서 뜸해지긴 했지만.

그런 두 사람은 2년 전, 정희 때문에 한국에 일시 귀국할 때 만났었다.

술을 진탕 마시고 왔었지?

처음엔 자신의 일 때문에 그렇게 술을 마셨나 생각했지만, 곧 잠결에 내뱉는 '도희'라는 이름에 멈춰 있던 그 관계가 다시 움직이나 했었다. 그가 한 달 만의 일정을 끝내고 원래 있던 자리로 돌아가며 착각이었구나, 라는 결론을 내렸었지만.

흐음.

콧소리를 낸 정희가 눈을 반짝였다.

"그리고 나정우의 첫 여자."

"……뭐?"

상상도 못 했다는 듯 윤상이 눈을 동그랗게 떴다. 지나치게 놀라는 그의 모습을 보던 정희가 가재미눈을 떴다.

"왜, 질투 나나?"

이것들, 정말 뭐 있는 거 아니야?

정희가 눈을 번뜩였지만, 윤상의 눈엔 그 모습 따윈 보이지 않는 것인지 연달아 질문을 던졌다.

"자세히 좀 이야기해 봐. 정우한테 여자가 있었어?"

"어, 어? 이것 봐라? 진짜야? 정말?"

"아니라는 거 알잖아."

"뭐가 아닌데?"

"나정희."

그의 나지막한 부름에 정희가 쳇, 하고 혀를 찼다. 그리고 자신이 알고 있는 사실을 차례대로 열거했다. 별건 없었지만.

"서로 좋아했어. 눈치 없는 양반들이라 그건 모른 모양이었지만."

"뭐, 몰라?"

"어."

정희가 딱 잘라 말했다. 그녀의 판단은 그거였다. 학창 시절에 죽어라 공부만 파서 대한민국에서 최고로 손꼽히는 의대에 들어간 백면서생들은 현실 감각은 물론이고, 연애 세포 따위도 없어 상대의 마음을 알아차리지 못했고, 그대로 끝.

학교에선 두 사람에 대한 소문이 파다하게 돌았고, 그게 정희의 귀에 들어오는 것은 순식간이었다.

"불우이웃을 돕는 것처럼, 오빠도 도와줄까 했지만…… 우리 반대했던 걸 생각하니 그 마음이 싹 가셔서."

정희가 입술을 잘근잘근 씹었다. 정우가 두 사람에게 한 행동을 봐선 절대 도와주고 싶은 마음이 들지 않았다.

한국에 들어오겠다고 하는 건 이제라도 뭔가 제대로 해 보려는 것 같은데…….

정희가 못된 심보를 내뿜을 때였다. 곁에서 그녀를 바라보던 윤상이 눈을 반짝이며 아직은 흔적도 보이지 않는 납작한 배를 쓰다듬었다.

"사랑하는 정희야, 마음을 곱게 써야 뱃속에 우리 호박이도 예쁜 마음을 가지지."

목소리엔 즐거움이 가득했다.

배 속에서 예쁘게 자라나고 있는 아이.

16주가 넘어서면서부터 안정기에 들어섰다 하여 그들은 요즘 안도하고 있는 중이었다.

그의 말에 정희가 제 배를 내려다보았다. 커다란 손이 아이를 보호하듯 감싸고 있었다. 그 모습은 입가에 미소를 지을 만큼 예쁜 장면이었으나, 그녀의 생각은 다른 곳으로 튀어 있었다.

"근데, 태명이 호박이는 좀 그렇지 않아? 나중에 태명 들으면 섭섭해할 것 같은데. 우리 아가가."

그녀의 말에 윤상이 고개를 옆으로 기울였다. 그게 왜 문제가 되냐며.

"태몽이 호박이니까."

아름다운 색의 물 위를 둥둥 떠내려가던 커다란 호박 하나.

호박색이 예쁜 금빛이었다는 이야기를 정우에게 전해 듣자 정희는 인상을 굳히며 경을 칠 이야기를 내뱉었다.

"오빠 사고 쳤어?"

결국 그게 호박이가 자신에게 왔다는 꿈이었지만.

"아! 그래, 오빠가 태몽도 꿔 줬지? 흠, 그럼 마음 곱게 써서 방해는 하지 말아야겠다."

정희가 인심 썼다는 듯 말한 후 피식 웃었다. 그에 윤상은 '마음씨 예쁜 우리 정희'라며 소름이 오소소 돋을 만큼 다정한 목소리로 말하곤 뺨을 쓰다듬었다.

정희는 고개를 돌려 커다란 창 너머로 보이는 바다를 보았다. 일을 하면서, 그와 함께 시간을 보내며, 이곳을 그리워했었다. 마음의 평화를 찾고 싶을 때. 가끔 너무나 진이 빠질 때.

"여기 내려와서 살고 싶다."

몇 번이고 이곳에 집을 짓고 그저 아무것도 하지 않고 지내고 싶다는 생각을 했었다. 정희가 곧은 시선으로 바다를 보자 곁에 있던 그가 그녀의 상체를 자신의 쪽으로 기울이며 말했다.

"나도."

짧게 답한 그가 정희의 정수리에 짧게 입을 맞추며 물었다.

"여기서 살까?"

"어머, 정 사장님. 회사는 어쩌고요?"

"육아휴직 내지, 뭐."

"육아휴직?"

"끔찍하게 아끼는 손주들이 부모의 사랑을 받으며 커야 하지 않겠냐고 말하면 당장이라도 허락해 주실걸?"

그의 말에 정희가 키득키득 웃음을 뱉었다. 매일 하루에 한 번씩 전화를 걸어 와 손주들의 목소리를 듣는 걸 생각해 보면 3개월이 아니라 3년이라도 내주실지 모르겠다.

"육아휴직이라. 안 그래도 고민이 많았는데."

웃음기 섞인 목소리로 말한 정희가 아직은 티가 나지 않는 자신의 배를 쓰다듬으며 느른하게 눈을 감았다.

"또 쓰기엔 눈치가 보여서. 그만두려고."

"뭐?"

그의 목소리가 한 톤 높아졌다.

"너 승진한다고……."

"그치? 대단하지?"

정희가 스스로에게 '난 참 대단해'라며 칭찬한 후에 깊은 한숨을 내쉬었다.

"여자 부장도 처음인데, 상무라니. 꿈이 이루어진 거지."

"……."

"그러니까, 내 꿈이 이루어졌다고."

정희가 몸을 조금 돌려 윤상을 올려다보았다. 그의 눈동자는 혼란스러움으로 가득했다.

아이는 부모의 사랑을 먹고 자란다. 그 시기에만 볼 수 있는 것, 할 수 있는 것, 느낄 수 있는 것이 있었다.

쌍둥이를 출산한 후에도 정희는 '일'에 대한 미련을 버리지 못했다. 출산을 하고 3개월이 지난 후 바로 회사에 복귀한 그녀는 누구보다 열심히 일했다. 그러다가 깨달았다. 일에 매달리면 매달릴수록 가족과 보내는 시간이 줄어든다는 것을.

"그러니 다음 꿈을 향해 가야지."

치열하게 일을 해 왔다. 그리고 목표했던 것도 이뤘다. 이제 그녀는, 다음 꿈을 꾸고자 했다.

"엄마로 살고 싶어."

"……."

"오빠의 좋은 아내가 되고 싶고."

얼마의 시간 동안 이런 마음을 유지할지 모르겠다. 또다시 전장으로 나가 치열하게 일을 하며 살고 싶다고 마음을 바꿔 먹을지도 모른다. 하지만 지금 당장은 가족의 품에 있고 싶었다. 행복하고 따뜻한 가정의 울타리부터 견고하게 만들고 싶었다.

그녀의 이야기에 윤상의 입에서 거친 숨이 터져 나왔다. 하지만 놀라운 이야기는 거기서 끝나지 않았다.

"결혼식 올릴까?"

"정희야……."

그녀의 말에 윤상의 눈망울이 흔들렸다. 하지만 정희는 그가 더 기뻐할 만한 이야기를 했다.

"애 셋 낳고, 선녀 옷 벗어 던져 줬으니까 이젠 웨딩드레스 입혀 줘."

"……."

"여름이 아니어도 상관없어. 그냥 오빠만 옆에 있어 주면 좋을 것 같은데."

그의 눈동자에 기쁨이 서렸다. 정희의 어깨를 힘껏 끌어안은
그가 정수리에 입을 맞췄다.

"사랑하는 나정희."

"……으응, 오빠."

"고마워."

그는, 그녀가 있어 완성이 됐다.

그녀도, 그가 있어 완성이 됐다.

두 사람은 이제 한 가정을 완성시키려 했다.

—fin

맺는 말

감사합니다.

마지막 페이지를 저와 함께하고 계신 분들.

감사합니다.

힘들 때마다 도움을 주셨던 많은 사람들.

감사합니다.

스캔들 메이커가 세상 밖으로 나오기까지 수고해 주신

출판사 관계자님.

감사합니다.

감사합니다.

─2015년 무더운 여름,

이아현 올림.

★ SCANDAL MAKER ★

hidden track

가을에서 겨울로 넘어가는 길목.

바빴던 여름 시즌이 끝나고, 그보다 더 바쁜 추석 시즌도 눈 깜짝할 사이에 지나간 어느 날.

거울 앞에 선 정희는 눈 밑에 짙게 내려앉은 다크서클을 보며 울먹였다.

"얼굴이 이게 뭐야."

바쁜 시즌은 다 지났는데. 어찌 된 일인지 요즘 더 몸이 고됐다.

나이 탓인가?

이제 그녀도 두 달 뒤면 서른셋이었다. 골드미스라고 불릴 수 있는 날도 얼마 남지 않은 나이 탓에 혹 몸의 회복이 더딘 것은 아닐까 생각하던 정희는 눈을 깜빡이며 파우치에서 파우더를 꺼냈다.

537

"퇴근하고 병원에라도 가야겠어."

링겔이라도 한 대 맞아야겠다고 생각한 그녀가 파우더 퍼프를 얼굴에 덕지덕지 두드리기 시작했다. 어찌 된 일인지 피부 톤이 어두워지고, 기미도 더 올라온 것 같다.

"거기에다가…… 생리도 늦어지……."

퍼프를 두드리던 정희의 손이 움찔 멈췄다.

"그러고 보니……."

언제 마지막으로 했더라?

눈을 동그랗게 뜬 정희가 손가락을 하나하나 꼽아 보더니 이내 숨을 들이켰다.

"아……."

얼굴에 순식간에 핏기가 가셨다.

생리통도 없는 편이고, 주기도 꽤 일정했기에 남들보단 생리에 대해 받는 스트레스가 적었다. 심하게 아픈 날도 약 하나면 그만이었으니까.

그래서 그녀는 자신이 한 달 넘도록 생리를 하지 않고 있다는 사실을 깨닫는 순간 얼어붙을 수밖에 없었다.

"오늘이……."

10월 28일이니까…….

내가 저번에 언제 했더라?

생각을 하면 할수록 하얗게 질린 얼굴이 흙빛으로 변해 갔다.

한쪽 책상에 가득 쌓여 있는 상품을 일일이 눈으로 훑어보던 윤상이 머리를 긁적였다.

시즌 본사에서 보내온 겨울 시즌 상품들이었다. 가격 책정은 본사에서 할 일이었지만 한국 실정에 맞게 수정할 필요가 있었고, 물량 역시 조절할 필요가 있었기에 그의 표정엔 고민이 어렸다.

이제 그가 시즌에서 일할 날도 얼마 남지 않았다. 마지막까지 제대로 하고 떠나고 싶었기에 상품을 바라보는 눈빛에 고심이 어렸다.

그가 옴짝달싹하지 않은 채 남성용 백 팩과 씨름을 하고 있을 때였다. 책상 위에 올려 두었던 휴대전화가 울렸다.

"응? 왜? 사무실 아니야?"

―정윤상!

"어……?"

액정에 떠 있는 정희의 이름을 확인하고 의아한 얼굴로 전화를 받은 그는 벼락처럼 들리는 제 이름에 눈을 깜빡였다.

뭐지?

두 시간 전까지만 해도 두 사람은 깨를 쏟으며 근처에 있는 한식당에서 맛있는 점심 식사까지 했었다. 그런데 그 짧은 시간 동안 그녀의 비위를 상하게 할 일이 있었던가?

그리 생각하던 윤상은 가볍게 고개를 저었다. 그 두 시간 동안 그는 정희의 그림자도 보지 못했으니까. 하지만 정희의 날선 비난은 계속되고 있었다.

―진짜 이 망할! 아! 어쩔 거야! 어쩔 거냐고!

"응? 정희야, 무슨 말인지 똑바로 말을 해 줘야, 내가 같이 화를 내든 사과를 하든……"

할 거 아니야?

그가 그렇게 말을 마치려 했다. 하지만 중간에 말을 싹뚝 잘라 낸 정희가 그를 벙찌게 만들었다.

—두 줄이야!

"……응? 뭐가?"

—테스트기 두 줄이라고!

"……."

그러더니 정희가 엉엉 울음을 터뜨렸다. 아이처럼 울음을 터뜨리는 그녀의 목소리에 윤상이 자신도 모르게 엉덩이를 들썩였다.

테스트기가 두 줄이라고……? 그러니까…….

그의 머릿속이 백지가 되어 갈 때였다.

—물론 이건 쌍방 과실이란 거 알고 있어! 알고는 있는데, 너무 억울해!

"……."

—어쩔 거야! 어쩔 거냐고!

정희가 쏴붙이며 울음을 터뜨렸다. 세상이 떠나가도록.

좁은 공간에 있는 것인지 웅웅 울리는 목소리에 그가 서둘러 실장실 문을 열고 밖으로 나왔다. 정희의 자리를 보니 역시나 비어 있었다.

"우리 정희, 지금 어디에서 울고 있을까?"

—알면 왜? 찾아오게? 찾아와 보시지, 여자 화장실이니까!

그녀가 자신의 위치를 말하자마자 그가 바쁜 걸음으로 사무실을 벗어났다. 곁에 다가온 직원이 '실장님 어디 가세요?' 라고 하는 말도 깡그리 무시한 채.

시즌 건물은 30층이었다. 그중 어느 여자 화장실에 있을까, 생각하던 그는 곧장 엘리베이터 쪽으로 걸음을 옮겼다.

"엘리베이터 탈 거야. 1층에 있지?"

―헉!

빙고.

아마 근처 약국에 가서 테스트기를 구입하자마자 급한 마음에 1층 구석진 곳에 있는 화장실을 이용했으리라. 가까운 것도 있었지만 1층 화장실은 외진 곳에 있어 이용하는 이가 많지 않았다.

"기다려. 어디 튈 생각하지 말고."

딱 잘라 말한 그가 전화를 끊었다. 그리고 엘리베이터에 오른 후 불안한 듯 발을 탁탁 굴렸다.

정희가 임신을 했다.

자신의 아이를, 아니, 두 사람의 아이를 가졌다.

시간이 지날수록 마음이 커다랗게 부풀어 올랐다. 마치 곧 펑 하고 터질 것처럼.

엘리베이터가 1층에 도착하자마자 그가 거침없이 여자 화장실 쪽으로 걸음을 옮겼다.

"꺄! 뭐, 뭐예요?"

막 화장실을 나오던 여자가 기함하며 외쳤지만, 곧 그의 얼굴에 변태라고는 판단하지 않은 것인지 얼굴을 붉혔다.

"죄송합니다."

고개를 숙여 사과한 그는 화장실 안으로 들어갔다. 여러 칸 중 정희가 어디 있을 것인지 눈으로 훑어 살피던 그는 가장 구석진 자리로 향한 후 거칠게 문을 열었다. 역시나 예상대로 가장 구석진 자리는 잠금장치가 걸려 있었다.

쾅—!

가볍게 문을 두드린 그가 안에서 문을 노려보고 있을 정희를 향해 말했다.

"정희야, 문 열어 주지?"

"여기가 어디라고 들어와!"

기함한 목소리가 들려왔지만 그는 여유로운 미소를 애써 유지하며 말했다.

"정윤상 실장이 여자 화장실에 들어가는 변태라는 소문이 도는 걸 원치 않는다면 빨리 문 열지?"

"······."

"나정희 남자 친구가 변태라니. 자존심 상하잖아."

그 말이 특효약이었을까.

달각, 문 열리는 소리와 함께 정희가 허탈한 얼굴을 드러냈다.

걸음을 옮겨 화장실 칸 안으로 들어간 그가 그녀의 손에 들려 있는 하얀색 플라스틱 막대기를 보며 물었다.

"너······ 진짜야?"

테스트기까지 들고 있는 것을 보니, 나쁜 장난이라고는 생각할 수가 없었다.

정말이구나.

정말…….

"울지 마, 울고 싶은 건 나라고."

정희의 말에 윤상의 눈동자가 붉어졌다. 손을 뻗은 그가 그녀의 몸을 곧장 끌어당겨 제 품에 안았다.

"미안해."

"쌍방 과실이라고 했지? 늦게 배운 도둑질이 무서운 줄 몰랐던 내 잘못도 있어."

정희가 그의 품에 파고든 후 단단한 허리를 끌어안았다.

그녀의 행동에 그가 입술을 내려 정수리에 입을 맞췄다. 그리고 한숨처럼 말했다.

"넌 생각이 복잡하겠지만, 난 아주 단순해서 한 가지 생각밖에 안 든다. ……고마워. 난 이 상황이 무척 기뻐."

"……나도 기쁘다, 뭐."

정희의 말에 윤상이 어깨를 들썩이며 웃었다. 온몸에서 행복이 넘쳐흘렀다.

드디어, 드디어 나정희를 자신의 '신부'로 '아내'로 세워 둘 수 있으니까. 두 사람의 사랑의 결실이, 생겨났으니까.

"사랑해."

그가 나지막하게 속삭였다. 그 후 한참이고 여체를 끌어안은 채 기쁨을 즐겼다.

사랑해, 사랑해. 사랑한다, 나정희.

꿈을 꾸면서도 그 이야길 들을 수 있도록 맘껏 이야기한 그가 정희의 몸을 떼어 낸 후 여전히 붉어진 눈동자로 물었다.

"그럼 이제 우리 정희 미니미가 태어나는 거야?"

하지만 목소리는 기쁨으로 가득 차 있었다. 눈물은 슬픔을 담은 것이 아니었으니까.

감동으로 점철된 윤상의 얼굴을 바라보던 정희도 역시나 붉은 눈동자를 몇 번이나 깜빡이며 눈가에 가득했던 눈물을 떨궈 냈다.

"……딸인지 아들인지 모르거든? 하나인지, 둘인지도 모르고."

기가 막히다는 듯이.

그날, 두 사람은 '훈'과 '민'의 정체를 알게 됐다.

두 사람과 함께 따뜻한 가정의 일원이 될 아이들을.

—Real end